mil beijos de garoto

TILLIE COLE

mil beijos de garoto

3ª edição

Tradução
Marina Della Valle

Copyright © Tillie Cole, 2016
Esta edição é publicada mediante acordo com McIntosh e Otis, Inc. por meio da International Editors & Yáñez Co' S.L.
Copyright © Editora Planeta do Brasil, 2023
Copyright da tradução © Marina Della Valle
Todos os direitos reservados.
Título original: *A Thousand Boy Kisses*

Preparação: Carla Fortino
Revisão: Andréa Bruno, Clara Diament, Ligia Alves, Tamiris Sene e Thiago Fraga
Diagramação: Futura e Márcia Matos
Capa: Filipa Damião Pinto (@filipa_) | Foresti Design

Dados Internacionais de Catalogação na Publicação (CIP)
Angélica Ilacqua CRB-8/7057

Cole, Tillie
    Mil beijos de garoto / Tillie Cole; tradução Marina Della Valle. – 3. ed. - São Paulo: Planeta do Brasil, 2023.
    416 p.

ISBN 978-85-422-2467-2 - Edição de luxo
Título original: A Thousand Boy Kisses

1. Ficção juvenil I. Título II. Valle, Marina Della

23-5835   CDD 808.899282

Índice para catálogo sistemático:
1. Ficção juvenil

Ao escolher este livro, você está apoiando o manejo responsável das florestas do mundo

2023
Todos os direitos desta edição reservados à
EDITORA PLANETA DO BRASIL LTDA.
Rua Bela Cintra, 986 – 4º andar – Consolação
01415-002 – São Paulo-SP
www.planetadelivros.com.br
faleconosco@editoraplaneta.com.br

*Para os que acreditam no amor verdadeiro,
épico e destruidor de almas.
Este é para vocês.*

Prólogo

Rune

Houve exatamente quatro momentos que definiram minha vida.

Este foi o primeiro.

* * *

Blossom Grove, Geórgia
Estados Unidos da América
Há doze anos
Aos cinco anos de idade

— Jeg vil dra! Nå! Jeg vil reise hjem igjen! — *eu gritei o mais alto que pude, dizendo para a minha* mamma *que eu queria ir embora naquela hora! Eu queria voltar para casa!*

— Não vamos voltar para casa, Rune. E não vamos embora. Nossa casa agora é aqui — *ela respondeu em inglês. Ela se agachou e me olhou bem nos olhos.* — Rune — *disse, suavemente* —, *eu sei que você não queria ir embora de Oslo, mas seu* pappa *conseguiu um emprego novo aqui na Geórgia.*

Ela passou a mão no meu braço, mas eu não me sentia melhor. Eu não queria estar neste lugar, nos Estados Unidos.

Eu queria ir embora para casa.

— Slutt å snakke engelsk! — reagi.

Eu odiava falar inglês. Desde que tínhamos saído da Noruega e chegado à América, mamma *e* pappa *só falavam comigo em inglês. Eles diziam que eu tinha que praticar.*

Eu não queria!

Minha mamma *ficou em pé e levantou uma caixa do chão.*

— Nós estamos na América, Rune. Eles falam inglês aqui. Você fala inglês há tanto tempo quanto fala norueguês. Está na hora de usá-lo.

Fiquei onde estava, olhando minha mamma *enquanto ela passava por mim e entrava na casa. Espiei, ao redor, a pequena rua onde a gente ia morar. Havia oito casas. Eram todas grandes, mas cada uma tinha uma aparência diferente. A nossa era pintada de vermelho, com janelas brancas e uma varanda enorme. Meu quarto era grande e ficava no térreo. Achei mesmo que era, tipo, legal. Um pouco, pelo menos. Eu nunca tinha dormido no térreo antes. Em Oslo, meu quarto ficava no segundo andar.*

Prestei atenção nas outras casas. Todas tinham cores brilhantes: azul-claro, amarelo, rosa... Então olhei para a que ficava ao lado. Bem ao lado – dividíamos um pedaço de grama. As duas casas eram grandes, e os jardins também, mas não havia cerca ou muro entre eles. Se eu quisesse, poderia correr para o jardim vizinho; não havia nada para impedir.

A casa era de um branco brilhante, com uma varanda ao redor. Ela tinha cadeiras de balanço e uma grande cadeira suspensa na frente. As beiradas das janelas estavam pintadas de preto, e tinha uma em frente à do meu quarto. Bem na frente! Eu não gostei daquilo. Não gostei que pudesse ver dentro do quarto deles, e eles, do meu.

Vi uma pedra no chão. Eu a chutei, observando-a rolar para a rua. E me virei para seguir minha mamma, *mas então ouvi um barulho. Vinha da casa vizinha. Olhei para a porta da frente deles, mas ninguém saiu. Eu estava subindo os degraus da minha varanda quando notei um movimento ao lado da casa – na janela do quarto da casa ao lado, aquela em frente à minha.*

As minhas mãos congelaram no corrimão e fiquei olhando enquanto uma garota, usando um vestido azul brilhante, se pendurava na janela. Ela pulou para a grama e limpou as mãos nas coxas. Eu franzi o cenho, com as sobrancelhas para baixo, enquanto a esperava levantar a cabeça. Ela tinha cabelos castanhos, amontoados na cabeça feito um ninho. Usava um grande laço branco na lateral da cabeça.

Quando ela olhou para cima, deu de cara comigo. E então sorriu. Ela me deu um sorriso tão grande. Acenou rápido e aí correu e parou na minha frente.

Ela estendeu a mão e disse:

— Oi, meu nome é Poppy Litchfield, eu tenho cinco anos e moro na casa ao lado.

Encarei a garota. Ela tinha um sotaque engraçado. Fazia as palavras em inglês soarem diferente do modo como aprendi na Noruega. A garota – Poppy – tinha uma mancha de lama no rosto e galochas amarelas nos pés. Cada uma delas tinha um grande balão vermelho do lado.

Ela parecia esquisita.

Subi o olhar de seus pés e reparei na sua mão. Ainda estava estendida. Eu não sabia o que fazer. Eu não sabia o que ela queria.

Poppy suspirou. Balançando a cabeça, ela pegou minha mão e a apertou. Sacudiu-a para cima e para baixo duas vezes e disse:

— Um aperto de mãos. Minha vovó sempre diz que é totalmente certo apertar a mão das pessoas que você conhece. — Ela apontou para nossas mãos. — Isso é um aperto de mãos. E isso foi educado, porque eu não conheço você.

Eu não disse nada; por alguma razão, minha voz não saía. Quando olhei para baixo, percebi que era porque nossas mãos ainda estavam juntas.

Ela também tinha lama nas mãos. Na verdade, ela tinha lama em todo lugar.

— *Qual o seu nome?* — *perguntou Poppy.*

Sua cabeça estava inclinada para o lado. Um pequeno graveto estava preso em seu cabelo.

— *Ei* — *ela disse, puxando nossas mãos* —, *perguntei seu nome.*

Limpei a garganta.

— *Meu nome é Rune. Rune Erik Kristiansen.*

Poppy torceu o rosto, os lábios rosados sobressaindo de um jeito todo estranho.

— *Você fala esquisito* — *disparou.*

Puxei minha mão.

— *Nei det gjør jeg ikke!* — *reagi.*

Seu rosto se contorceu ainda mais.

— *O que você disse?* — *perguntou Poppy, enquanto eu me virava para entrar em casa. Não queria mais falar com ela.*

Com raiva, eu me virei:

— *Eu disse: "Não, eu não falo esquisito!". Eu estava falando norueguês!* — *respondi, dessa vez em inglês. Os olhos verdes de Poppy ficaram enormes.*

Ela chegou mais perto, e ainda mais perto, e então perguntou:

— *Norueguês? Como os vikings? Minha vovó leu para mim um livro sobre os vikings. Dizia que eles eram da Noruega.* — *Seus olhos estavam ainda maiores.* — *Rune, você é um viking?* — *A voz tinha ficado esganiçada.*

Aquilo fez com que eu me sentisse bem. Estufei o peito. Meu pappa *sempre dizia que eu era um viking, como todos os homens da família. Éramos vikings grandes e fortes.*

— *Ja* — *eu disse.* — *Somos vikings de verdade, da Noruega.*

Um grande sorriso se abriu no rosto de Poppy, e um risinho alto de garota saiu de sua boca. Ela levantou a mão e puxou meu cabelo.

— É por isso que você tem cabelo loiro comprido e olhos azuis tão claros e brilhantes. Porque você é um viking. Num primeiro momento, pensei que você fosse uma menina...

— Eu não sou menina! — *interrompi, mas Poppy não pareceu se importar. Passei a mão no meu cabelo. Ele chegava ao ombro. Todos os meninos em Oslo tinham o cabelo assim.*

— ... mas agora percebi que é porque você é um viking da vida real. Como o Thor. Ele também tinha cabelo loiro comprido e olhos azuis! Você é igualzinho ao Thor!

— Ja — *concordei*. — Thor serve. E ele é o mais forte de todos os deuses.

Poppy concordou com a cabeça e então colocou as mãos nos meus ombros. Seu rosto havia ficado sério, e a voz era um sussurro.

— Rune, não conte para ninguém, mas eu saio em aventuras.

Eu torci a cara. Não entendi. Poppy chegou mais perto e me olhou nos olhos. Apertou meus braços. Inclinou a cabeça. Olhou para os lados e então se curvou para falar.

— Normalmente não levo ninguém comigo às jornadas, mas você é um viking, e todo mundo sabe que os vikings ficam altos e fortes e que eles são muito bons em aventuras e explorações, em longas caminhadas, em pegar bandidos e... em todo tipo de coisa!

Eu ainda estava confuso, mas Poppy se afastou e estendeu a mão de novo.

— Rune — *ela disse, com a voz séria e forte* —, você mora na casa ao lado, é um viking e eu *amo* vikings. Acho que devemos ser melhores amigos.

— Melhores amigos? — *perguntei.*

Poppy assentiu com a cabeça e espichou a mão ainda mais para o meu lado. Levantei a minha, lentamente, apertei a mão dela e a chacoalhei duas vezes, como ela havia me mostrado.

Um aperto de mão.

— Então agora somos melhores amigos? — perguntei, quando Poppy puxou a mão de volta.

— Somos! — disse ela, empolgada. — Poppy e Rune.

Ela encostou o dedo no queixo e olhou para cima. Seus lábios se projetaram de novo, como se estivesse pensando em algo difícil.

— Fica legal, não fica? Poppy e Rune, melhores amigos até o infinito!

Fiz que sim com a cabeça porque realmente soava legal. Poppy colocou a mão na minha.

— Me mostra seu quarto! Eu quero te falar sobre a nossa próxima aventura.

Ela começou a me puxar, e entramos correndo na casa.

Quando chegamos ao meu quarto, Poppy correu direto para a janela.

— Este é o quarto bem em frente ao meu!

Eu concordei com a cabeça, e ela deu um gritinho, correndo para pegar minha mão de novo.

— Rune! — ela disse, empolgada —, nós podemos conversar de noite e fazer walkie-talkies com latas e barbante. Podemos cochichar nossos segredos um para o outro quando todo mundo estiver dormindo, e podemos planejar, e brincar, e...

Poppy continuou falando, mas eu não liguei. Eu gostava do som de sua voz. Eu gostava do seu riso e do grande laço branco em seu cabelo.

Talvez a Geórgia não seja tão ruim, *pensei*, não se eu tiver Poppy Litchfield como minha melhor amiga.

* * *

E então éramos Poppy e eu desde aquele dia.

Poppy e Rune.

Melhores amigos até o infinito.

Era o que eu pensava.

Engraçado como as coisas mudam.

Corações partidos e potes de beijo de garoto

Poppy
Há nove anos
Aos oito anos de idade

— Aonde vamos, papai? — perguntei, enquanto ele segurava delicadamente minha mão, guiando-me até o carro.

Olhei para a escola, imaginando por que estava saindo cedo. Era só o intervalo do almoço. Eu não deveria ir embora ainda.

Meu pai não disse nada enquanto caminhávamos, apenas apertou minha mão. Olhei ao longo da cerca da escola, e uma sensação esquisita revirou meu estômago. Eu amava a escola, amava aprender, e a aula seguinte era de história. Era minha matéria favorita. Eu não queria perder.

— Poppy! — gritou Rune, meu amigo mais querido, de perto da cerca, quando me viu. Suas mãos apertavam com força as barras de metal. — Aonde você vai? — Eu sentava ao lado de Rune nas aulas. Estávamos sempre juntos. A escola não tinha graça quando um dos dois não estava lá.

Virei a cabeça para o rosto de meu pai, procurando respostas, mas ele não me olhou de volta. Ficou em silêncio. Olhando para Rune, eu gritei:

— Eu não sei!

Rune me observou por todo o caminho até o carro. Eu me sentei no meu assento de elevação, no banco traseiro, e meu pai afivelou o cinto de segurança.

Ouvi o sinal no pátio da escola indicando o fim do almoço. Olhei pela janela e vi todas as crianças correndo de volta para dentro, mas não Rune, que continuou na cerca me olhando. Seu longo cabelo loiro esvoaçava com o vento enquanto ele perguntava:

— Você está bem?

Mas meu pai entrou no carro e deu partida antes que eu pudesse responder.

Rune correu ao longo da cerca, seguindo nosso carro, até que a srta. Davis o obrigou a entrar.

Quando a escola já não estava mais visível, meu pai disse:

— Poppy?

— Sim, papai? — respondi.

— Você sabe que a vovó está morando com a gente já faz um tempo, né?

Eu concordei com a cabeça. Minha vovó tinha se mudado para o quarto em frente ao meu um tempo atrás. Mamãe disse que era porque ela precisava de ajuda. Meu vovô morreu quando eu era um bebê. Minha vovó morou sozinha por anos, até vir morar com a gente.

— Você se lembra do que sua mãe e eu te dissemos? Sobre por que vovó não podia mais morar sozinha?

Eu suspirei e disse, baixinho:

— Sim. Porque ela precisava da nossa ajuda. Porque ela está doente.

Meu estômago revirou enquanto eu falava. Minha vovó era minha melhor amiga. Bem, ela e o Rune estavam empatados no primeiríssimo lugar. Minha vovó dizia que eu era igualzinha a ela.

Antes que ela ficasse doente, nós duas saíamos em muitas aventuras. Ela lia para mim toda noite sobre os grandes exploradores do mundo. Ela me falava sobre história: Alexandre, o Grande, os romanos e, os meus favoritos, os samurais do Japão. Eram os favoritos da vovó também.

Eu sabia que a minha vovó estava doente, mas ela nunca agia como se estivesse. Ela sempre sorria, dava abraços apertados e me fazia rir. Sempre dizia que ela tinha luar no coração e raios de sol no sorriso. Vovó me disse que aquilo significava que ela estava feliz.

Ela me deixava feliz também.

Mas nas últimas semanas vovó vinha dormindo muito. Estava sempre cansada para fazer qualquer coisa. Na verdade, na maioria das noites agora eu lia para ela, enquanto ela acariciava meu cabelo e sorria para mim. E era bom, porque os sorrisos da vovó eram o melhor tipo de sorriso para se receber.

— Certo, querida, ela está doente. Na verdade, ela está muito, muito doente. Você entende?

Franzi a cara, mas fiz que sim com a cabeça e respondi:

— Sim.

— É por isso que vamos para casa mais cedo — ele explicou. — Ela está esperando por você. Ela quer ver você. Quer ver a companheirinha dela.

Não entendi por que meu pai tinha de me levar para casa mais cedo para visitar minha vovó, quando a primeira coisa que eu fazia toda tarde depois da escola era ir ao quarto dela para conversar enquanto ela ficava na cama. Ela gostava de saber sobre meu dia.

Viramos na nossa rua e estacionamos na entrada de casa. Meu pai não se moveu por alguns segundos, mas então se virou para mim e disse:

— Sei que tem só oito anos, querida, mas hoje você precisa ser uma menina corajosa, certo?

Eu assenti com a cabeça. Meu pai me deu um sorriso triste.

— Esta é a minha garota.

Ele saiu do carro e andou até meu assento. Pegou minha mão e me guiou para fora do carro em direção à casa. Eu podia ver que havia mais carros lá que o normal. Eu ia perguntar de quem eram quando a sra. Kristiansen, mãe de Rune, veio caminhando pelo jardim entre nossas casas com uma grande travessa de comida nas mãos.

— James! — ela chamou, e meu pai se virou para cumprimentá-la.

— Adelis, oi — ele disse.

A mãe de Rune parou na nossa frente. Seu longo cabelo loiro estava solto. Era da mesma cor do cabelo de Rune. A sra. Kristiansen era muito bonita, e eu a adorava. Ela era bondosa e dizia que eu era a filha que ela não teve.

— Eu fiz isso para vocês. Por favor, diga a Ivy que estamos pensando em todos vocês.

Meu pai soltou minha mão para segurar a travessa.

A sra. Kristiansen se agachou e deu um beijo no meu rosto.

— Seja uma boa menina, Poppy, certo?

— Sim, senhora — respondi e observei enquanto ela ia pela grama de volta para a casa dela.

Meu pai suspirou, então fez um gesto com a cabeça para que eu o seguisse para dentro. Assim que passamos pela porta da frente, vi minhas tias e meus tios nos sofás, meus primos sentados no chão da sala, entretidos com seus brinquedos. Minha tia Silvia estava sentada com minhas irmãs, Savannah e Ida. Elas eram mais novas que eu, tinham quatro e dois anos. Elas acenaram para mim quando me viram, mas tia Silvia as manteve em seu colo.

Ninguém falava, mas muitos enxugavam os olhos; a maioria estava chorando.

Eu estava tão confusa.

Eu me encostei na perna de meu pai, segurando com força. Alguém parou na porta da cozinha – era minha tia Della, ou

DeeDee, como sempre a chamei. Ela era minha tia favorita. Era jovem e engraçada e sempre me fazia rir. Embora minha mãe fosse mais velha que a irmã, as duas eram parecidas. Ambas tinham cabelo castanho comprido e olhos verdes, como eu. Mas DeeDee era mais bonita. Eu queria ser igualzinha a ela um dia.

— Ei, Pops — ela disse, mas eu podia ver que tinha os olhos vermelhos, e a voz estava diferente.

DeeDee olhou para o meu pai. Ela tirou a travessa de comida da mão dele e disse:

— Vá até lá com a Poppy, James. Está quase na hora.

Eu comecei a ir com meu pai, mas, quando percebi que DeeDee não vinha junto, olhei para trás. Fiz menção de chamá-la, porém ela se virou de repente, colocou a travessa de comida no balcão e segurou a cabeça com as mãos. Ela estava chorando, chorando tanto que saíam sons altos de sua boca.

— Papai? — cochichei, com uma sensação estranha no estômago.

Meu pai envolveu meus ombros com o braço e me guiou.

— Está tudo bem, querida. DeeDee só precisa de um minuto sozinha.

Andamos para o quarto da vovó. Um pouco antes de abrir a porta, papai disse:

— A mamãe está aí, querida, e a Betty, enfermeira da vovó, também.

Franzi a testa.

— Por que uma enfermeira?

Papai abriu a porta do quarto da vovó, e minha mãe se levantou da cadeira ao lado da cama. Os olhos dela estavam vermelhos, e o cabelo, todo desarrumado. O cabelo da mamãe nunca ficava desarrumado.

Vi a enfermeira no fundo do quarto. Ela estava escrevendo algo em uma prancheta. Ela sorriu e acenou para mim quando entrei. Então olhei para a cama. Vovó estava deitada. Meu estômago revirou quando vi a agulha no braço dela, com um tubo transparente que ia dar em uma bolsa pendurada em um gancho de metal ao lado.

Fiquei imóvel, apavorada de repente. Então minha mãe veio ao meu encontro, e minha vovó olhou para mim. Ela parecia diferente da noite anterior. A pele dela estava mais pálida, e seus olhos não estavam tão brilhantes.

— Cadê minha companheirinha? — A voz de vovó estava baixa e parecia esquisita, mas o sorriso que ela me deu fez com que eu me sentisse acolhida.

Rindo para minha vovó, corri para o lado da cama.

— Estou aqui! Eu saí mais cedo da escola para ver você!

Vovó levantou o dedo e deu batidinhas na ponta do meu nariz.

— Esta é a minha garota!

Eu respondi com um sorriso bem grande.

— Eu só queria que você viesse me visitar um pouquinho. Eu sempre me sinto melhor quando a luz da minha vida senta ao meu lado e fala um pouco comigo.

Sorri de novo. Porque *eu* era a "luz da vida dela", "a menina dos olhos dela". Ela sempre me chamou assim. Vovó me disse em segredo que isso significava que eu era a favorita dela. Mas eu não poderia contar isso para ninguém, para não chatear meus primos e minhas irmãzinhas. Era nosso segredo.

Então senti mãos na minha cintura – era meu pai me levantando para me sentar na cama ao lado da vovó. Ela pegou minha mão e apertou meus dedos, mas tudo o que eu podia notar era como as mãos dela estavam geladas. Vovó inspirou profundamente, emitindo um som esquisito, como se algo crepitasse no peito dela.

— Vovó, você está bem? — perguntei e me debrucei sobre ela para lhe dar um beijo no rosto. Ela normalmente cheirava a tabaco, de todos os cigarros que fumava. Mas hoje eu não sentia o cheiro de fumaça nela.

Vovó sorriu e respondeu:

— Estou cansada, garotinha. E eu...

Vovó inspirou novamente, e seus olhos se fecharam por um momento. Quando abriram de novo, ela se mexeu na cama e disse:

— ... estou indo embora por um tempo.

Eu franzi o rosto.

— Para onde você vai, vovó? Posso ir também? Nós *sempre* vamos juntas para as aventuras.

Vovó sorriu, mas balançou a cabeça.

— Não, garotinha. Você não pode ir para onde eu vou. Ainda não. Mas um dia, daqui a muitos anos, você vai me ver de novo.

Minha mãe soltou um soluço atrás de mim, mas eu apenas fiquei olhando, confusa, para minha vovó.

— Mas para onde você vai, vovó? Eu não entendo.

— Para casa, amorzinho — disse ela. — Estou indo para *casa*.

— Mas você está em casa — rebati.

— Não. — Vovó balançou a cabeça. — Este não é nosso verdadeiro lar, garotinha. Esta vida... bem, ela é só uma grande aventura enquanto a temos. Uma aventura para apreciar e amar com todo o nosso coração antes de ir para a maior aventura de todas.

Meus olhos se arregalaram de entusiasmo, então me senti triste. Triste de *verdade*. Meu lábio inferior começou a tremer, e eu disse:

— Mas nós somos as melhores companheiras, vovó. Sempre vamos juntas a nossas aventuras. Você não pode ir sem mim.

Lágrimas começaram a rolar de meus olhos e escorrer pelo rosto. Minha vovó levantou a mão livre para enxugá-las. Aquela mão estava tão fria quanto a que eu estava segurando.

— Nós sempre vamos nos aventurar juntas, garotinha, mas não desta vez.

— Você não tem medo de ir sozinha? — perguntei.

Minha vovó suspirou.

— Não, garotinha, não é preciso ter medo. Não estou nem um pouco assustada.

— Mas eu não quero que você vá — supliquei, e minha garganta começou a doer.

A mão de vovó permaneceu no meu rosto.

— Você ainda vai me ver em seus sonhos. Isto não é um adeus.

Pisquei. Então pisquei de novo.

— Do mesmo jeito que você vê o vovô? Você sempre diz que ele te visita em seus sonhos. Fala com você e beija sua mão.

— Exatamente assim — ela disse.

Enxuguei minhas lágrimas. Vovó apertou minha mão e olhou para minha mãe atrás de mim. Quando me olhou de novo, disse:

— Enquanto eu estiver fora, eu tenho uma nova aventura para você.

Fiquei imóvel. E então perguntei:

— Você tem?

Um som de vidro sendo colocado numa mesa me distraiu. Isso fez com que eu quisesse olhar em volta, mas, antes que eu pudesse, vovó perguntou:

— Poppy, o que eu sempre digo que é a lembrança favorita da minha vida? A coisa que sempre me fez sorrir?

— Os beijos do vovô. Os doces beijos de garoto dele. Todas as memórias de todos os beijos de garoto que ele te deu. Você me disse que são suas memórias favoritas. Não coisas, nem dinheiro, mas os beijos que recebeu do vovô, porque foram todos especiais e fizeram você sorrir, sentir que era amada, porque ele era sua alma gêmea. Seu para sempre e sempre.

— Está certo, garotinha — ela respondeu. — Então, para sua aventura...

Vovó olhou para minha mãe novamente. Dessa vez, quando olhei em volta, vi que ela segurava um grande pote de conservas cheio até o topo com muitos corações de papel cor-de-rosa.

— Uau! O que é isso? — perguntei, empolgada.

Mamãe colocou o pote em minhas mãos, e minha vovó deu umas batidinhas na tampa.

— São mil beijos de garoto. Ou ao menos vão ser, quando você preencher todos.

Meus olhos se arregalaram enquanto eu tentava contar todos os corações. Mas eu não conseguia. Mil era muito!

— Poppy — minha vovó disse, quando olhei para seus olhos verdes brilhando —, *esta* é a sua aventura. É como eu quero que você se lembre de mim enquanto eu estiver fora.

Eu olhei para o pote de novo.

— Mas eu não entendo.

Vovó se virou para sua mesinha de cabeceira e pegou uma caneta. Ela a passou para mim e disse:

— Já faz um tempo que estou doente, garotinha, mas as lembranças que fazem com que eu me sinta melhor são aquelas em que seu vovô me beijou. Não só os beijos de todo dia, mas os especiais, aqueles em que meu coração quase explodiu no meu peito. Os beijos que vovô fez questão de que eu jamais me esquecesse. Os beijos na chuva, os beijos no pôr do sol, o beijo que demos na nossa formatura... Aqueles em que ele me segurou forte e sussurrou no meu ouvido que eu era a menina mais bonita do lugar.

Eu só ouvia, sentindo meu coração cheio. Vovó apontou para todos os corações no pote.

— Este pote é para você registrar seus beijos de garoto, Poppy. Todos os beijos que fizerem seu coração quase explodir, aqueles que forem os mais especiais, os que você vai querer relembrar quando estiver velha e grisalha como eu, os que farão você sorrir quando se lembrar deles.

Dando batidinhas na caneta, ela continuou:

— Quando você encontrar o garoto que será seu para sempre e sempre, a cada vez que ganhar um beijo muito especial dele pegue um coração. Escreva onde vocês estavam quando se beijaram. Então, quando você for uma vovó também, seu netinho ou sua netinha, melhor companheiro ou companheira que você tiver, poderá ouvir tudo sobre eles, como eu te contei sobre os meus. Você vai ter um pote do tesouro de todos os beijos preciosos que fizeram seu coração voar.

Eu observei o pote e soltei o ar.

— Mil é um monte. É um monte de beijos, vovó!

Vovó riu.

— Não é tanto quanto você pensa, garotinha. Especialmente quando você encontrar sua alma gêmea. Você tem muitos anos pela frente.

Vovó respirou fundo e seu rosto se contraiu, como se ela estivesse sentindo dor.

— Vovó — chamei, sentindo-me muito assustada. A mão dela apertou a minha.

Vovó abriu os olhos, e dessa vez uma lágrima rolou por sua face pálida.

— Vovó? — eu disse, dessa vez mais baixo.

— Estou cansada, garotinha. Estou cansada, e está quase na minha hora de ir. Eu só queria te ver uma última vez, para te dar este pote. Para beijá-la, assim posso me lembrar de você todo dia no céu até vê-la novamente.

Meu lábio inferior começou a tremer de novo. Minha vovó balançou a cabeça.

— Sem lágrimas, garotinha. É só uma pequena pausa em nossas vidas. E estarei zelando por você, todos os dias. Estarei em seu coração. Estarei no bosque florido que amamos tanto, no sol e no vento.

Os olhos de vovó se apertaram, e as mãos de minha mãe pousaram em meus ombros.

— Poppy, dê um grande beijo na vovó. Ela está cansada agora. Ela precisa descansar.

Respirando fundo, eu me inclinei e dei um beijo no rosto de minha vovó.

— Eu te amo — sussurrei.

Ela acariciou meus cabelos.

— Eu também te amo, garotinha. Você é a luz da minha vida. Nunca se esqueça de que eu te amei tanto quanto uma avó pode amar sua netinha.

Segurei a mão dela e não queria soltar, mas meu pai me tirou da cama, e minha mão por fim deixou a dela. Eu apertei bem forte meu pote, enquanto minhas lágrimas caíam. Meu pai me pôs no chão e, enquanto eu me virava para sair, vovó chamou meu nome:

— Poppy?

Olhei para trás e minha vovó estava sorrindo.

— Lembre-se: *corações de luar e sorrisos de raios de sol...*

— Eu sempre vou me lembrar — eu disse, mas não me senti feliz. Tudo o que senti foi tristeza. Escutei minha mãe chorando atrás de mim. DeeDee passou por nós no corredor. Ela apertou meu ombro. O rosto dela também estava triste.

Eu não queria mais ficar ali. Não queria mais ficar naquela casa. Olhei para o meu pai e perguntei:

— Papai, posso ir ao bosque florido?

Papai suspirou:

— Sim, querida. Eu vou dar uma olhada em você depois. Apenas tenha cuidado.

Vi meu pai pegar o telefone e ligar para alguém. Ele pediu para a pessoa ficar de olho em mim enquanto eu estivesse no bosque, mas corri antes de descobrir quem era. Segui para a porta da frente, apertando contra o peito meu pote de mil beijos de garoto em branco. Corri para fora da casa, depois da varanda. Corri, corri e não parei mais.

Lágrimas escorriam pelo meu rosto. Ouvi chamarem meu nome.

— Poppy! Poppy, espere!

Olhei para trás e vi Rune me observando. Ele estava em sua varanda, mas começou a correr atrás de mim pela grama. Eu não parei, nem mesmo para Rune. Eu tinha que chegar às cerejeiras. Era o lugar favorito de minha vovó. Eu queria estar no lugar favorito dela. Porque eu estava triste por ela estar indo embora. Indo para o céu.

O lar de verdade dela.

— Poppy, espere! Vá mais devagar — gritou Rune, enquanto eu dobrava a esquina para o bosque no parque.

Atravessei correndo a entrada; as grandes cerejeiras, que estavam floridas, faziam um túnel sobre minha cabeça. A grama era verde sob meus pés, e o céu estava azul acima de mim. Pétalas brancas e cor-de-rosa cobriam as árvores. Então, bem no final do bosque, estava a maior árvore de todas. Seus galhos pendiam quase até o chão. O tronco era o mais grosso de todo o bosque.

Era a favorita absoluta minha e de Rune.

E da vovó também.

Eu estava sem fôlego. Quando cheguei debaixo da árvore favorita de vovó, afundei no chão, apertando meu pote, enquanto lágrimas rolavam pelo meu rosto. Eu senti Rune parar ao meu lado, mas não olhei para cima.

— *Poppymin?* — disse Rune. Era como ele me chamava. Significava "minha Poppy" em norueguês. Eu adorava quando ele falava norueguês comigo. — *Poppymin*, não chore — ele sussurrou.

Mas eu não conseguia evitar. Eu não queria que minha vovó me deixasse, mesmo sabendo que ela precisava ir. Eu sabia que, quando voltasse para casa, vovó não estaria mais lá: nem agora, nem nunca.

Rune sentou ao meu lado e me puxou para um abraço. Eu me aconcheguei no peito dele e chorei. Eu amava os abraços de Rune, ele sempre me apertava tão forte.

— Minha vovó, Rune, ela está doente e indo embora.

— Eu sei, minha mãe me contou quando voltei da escola.

Concordei com a cabeça, ainda encostada no peito dele. Quando eu já não conseguia mais chorar, me sentei, enxugando o rosto. Olhei para Rune, que estava me observando. Tentei sorrir. Assim que consegui, ele pegou minha mão e a levou ao peito.

— Sinto muito que esteja triste — disse Rune, apertando minha mão. A camiseta dele estava morna do sol. — Não quero que você fique triste, *nunca*. Você é *Poppymin*; você sempre sorri. Você está sempre feliz.

Funguei e apoiei a cabeça no ombro dele.

— Eu sei. Mas vovó é minha melhor amiga, Rune, e eu não a terei mais.

Rune não falou nada no começo, depois disse:

— Eu também sou seu melhor amigo. E não vou a lugar algum. Eu prometo. Sempre e sempre.

Meu peito, que estava doendo muito, de repente não doía mais tanto. Concordei com a cabeça.

— Poppy e Rune até o infinito — eu disse.

— Até o infinito — ele repetiu.

Ficamos quietos por um tempo, até que Rune perguntou:

— Para que serve esse pote? O que tem dentro?

Puxando minha mão de volta, peguei o pote e o levantei no ar.

— Minha vovó me deu uma nova aventura. Uma que vai durar minha vida inteira.

As sobrancelhas de Rune se moveram para baixo e seu longo cabelo loiro caiu sobre os olhos. Baixei o pote, e Rune deu aquele seu meio sorriso. Todas as meninas da escola queriam que ele sorrisse daquele jeito para elas – elas me disseram. Mas ele sorria assim apenas para mim. Eu disse que nenhuma delas poderia ficar com ele, de nenhum jeito, pois ele era meu melhor amigo e eu não queria dividi-lo com ninguém.

Rune apontou para o pote.

— Eu não estou entendendo.

— Você lembra quais são as memórias favoritas da minha vovó? Eu já te contei.

Eu podia ver Rune pensando intensamente, então ele disse:

— Beijos do seu vovô?

Assenti com a cabeça e puxei uma pétala rosa-claro de flor de cerejeira do galho que pendia ao meu lado. Observei a pétala. Elas eram as favoritas da minha vovó. Ela gostava delas porque não duravam muito. Ela me falou que as melhores coisas, as mais bonitas, nunca permanecem por muito tempo. Ela disse que uma flor de cerejeira era bonita demais para durar o ano todo. Era mais especial porque sua vida era curta. Como o samurai: beleza extrema, morte rápida. Eu ainda não tinha muita certeza do que isso significava, mas ela disse que eu entenderia melhor à medida que ficasse mais velha.

E acho que ela estava certa. Porque minha avó não era tão velha e estava indo embora jovem – pelo menos foi o que papai disse. Talvez fosse por isso que ela gostava tanto das flores de cerejeira. Porque era igual a elas.

— *Poppymin?*

A voz de Rune me fez olhar para cima.

— Estou certo? Beijar seu avô eram as lembranças favoritas de sua vovó?

— Sim — respondi, deixando a pétala cair —, *todos* os beijos que ganhou que fizeram o coração dela quase explodir. Vovó disse que os beijos dele eram as melhores coisas do mundo. Porque significavam que ele a amava, que se importava com ela. E ele gostava dela *exatamente* por quem ela era.

Rune fitou o pote e bufou.

— Ainda não estou entendendo, *Poppymin*.

Eu ri, e ele fez um bico e uma careta. Ele tinha belos lábios; eram bem grossos, com um arco perfeito. Abri o pote e puxei um coração de papel cor-de-rosa sem nada escrito. Eu o segurei no ar, entre mim e Rune.

— Isto é um beijo vazio. — Então apontei para o pote e continuei: — Vovó me deu mil deles para colecionar na minha vida. — Coloquei o coração de volta no pote, peguei a mão dele e disse: — Uma nova aventura, Rune. Colecionar mil beijos de garoto antes de morrer... beijos da minha alma gêmea.

— O quê, Poppy? Estou confuso — disse ele, mas eu podia ouvir a raiva em sua voz. Rune podia ser bem genioso quando queria.

Eu puxei a caneta do bolso.

— Quando o garoto que eu amo me beijar, quando for tão especial que meu coração poderia quase explodir... *apenas* os beijos *muito* especiais... eu tenho que escrever os detalhes em um desses corações. É para quando eu ficar velha e grisalha e quiser contar para meus netinhos tudo sobre os beijos realmente especiais da minha vida. E sobre o garoto doce que me beijou. — Eu me levantei, sentindo a empolgação dentro de mim. — É o que vovó queria para mim, Rune. Então tenho que começar logo! Quero fazer isso por ela.

Rune também ficou de pé. Justamente nesse momento uma rajada de vento soprou pétalas de flor de cerejeira bem onde estávamos, e eu sorri. Mas Rune não estava sorrindo. Na verdade, ele parecia furioso.

— Você vai beijar um garoto, para o seu pote? Um garoto especial? Que você ama? — ele perguntou.

Assenti.

— Mil beijos, Rune! *Mil!*

Rune balançou a cabeça e fez bico de novo.

— NÃO! — ele rosnou.

O sorriso sumiu do meu rosto.

— O quê? — perguntei.

Rune se aproximou, balançando a cabeça mais forte.

— Não! Eu não quero você beijando um garoto para o seu pote! Eu não vou deixar!

— Mas... — tentei falar, mas Rune tomou minha mão.

— Você é *minha* melhor amiga — ele disse e estufou o peito, puxando minha mão. — Eu não quero você beijando garotos!

— Mas eu tenho que beijar — expliquei, mostrando o pote. — Eu tenho que beijar para a minha aventura. Mil beijos é muita coisa, Rune. Muita coisa! Você ainda seria meu melhor amigo. Ninguém jamais será tão importante para mim, seu bobo.

Ele olhou intensamente para mim, depois para o pote. Meu peito doeu de novo. Pelo olhar em seu rosto, eu via que ele não estava feliz. Ele tinha ficado mal-humorado de novo.

Cheguei mais perto do meu melhor amigo, e os olhos de Rune se fixaram nos meus.

— *Poppymin* — ele disse, com a voz mais profunda, dura e forte. — *Poppymin!* Essa palavra significa *minha Poppy*. Até o infinito, para sempre e sempre. Você é *minha* Poppy!

Abri a boca para gritar com ele, dizer que era uma aventura que eu *tinha* que começar. Mas, assim que fiz isso, Rune se inclinou para a frente e pressionou os lábios nos meus.

Eu congelei. Não conseguia mover um músculo sequer enquanto sentia seus lábios. Eram mornos. Rune tinha gosto de canela. O vento soprou seu cabelo longo sobre meu rosto. Começou a fazer cócegas no meu nariz.

Rune se afastou um pouco, mas seu rosto ficou perto do meu. Tentei respirar, mas meu peito estava esquisito, meio leve. E meu coração estava batendo rápido. Tão rápido que coloquei a mão no peito para senti-lo tão acelerado dentro de mim.

— Rune — sussurrei. Levantei a mão para colocar os dedos sobre os lábios. Ele piscou várias vezes enquanto me observava. Estendi minha mão e pousei os dedos sobre os seus lábios. — Você me beijou — eu disse, aturdida.

Rune levantou a mão para segurar a minha. Ele baixou nossas mãos unidas para seu lado.

— *Eu* vou te dar mil beijos, *Poppymin*. Todos eles. Ninguém *nunca* vai beijar você, só *eu*.

Meus olhos se arregalaram, mas meu coração não desacelerou.

— Isso seria para sempre, Rune. *Nunca* ser beijada por mais ninguém significa que ficaremos juntos para sempre e sempre e sempre.

Rune fez que sim com a cabeça e então sorriu. Ele não sorria muito. Normalmente, dava um meio sorriso ou um sorrisinho. Mas ele deveria sorrir sempre. Ele ficava lindo quando sorria.

— Eu sei. Porque somos para sempre e sempre. Até o infinito, lembra?

Assenti com a cabeça lentamente e então a inclinei para o lado.

— Você vai me dar todos os meus beijos? O suficiente para encher este pote *inteiro*? — perguntei.

Rune deu outro sorrisinho.

— Todos eles. Vamos encher o pote inteiro e mais. Vamos juntar bem mais que mil.

Dei um suspiro e então me lembrei do pote. Puxei de volta minha mão, assim conseguiria alcançar a caneta e abrir a tampa do pote. Peguei um coração e me sentei para escrever. Rune se ajoelhou diante de mim e colocou a mão sobre a minha, impedindo-me de escrever.

Olhei confusa para ele. Ele engoliu em seco, enfiou o cabelo atrás da orelha e perguntou:

— Quando... eu... beijei você... seu coração quase explodiu? Foi muito especial? Você disse que só os beijos muito especiais iam para o pote. — Ao dizer isso, ele ficou vermelho e baixou os olhos.

Sem pensar, coloquei os braços em torno do pescoço do meu melhor amigo. Encostei o rosto em seu peito e escutei seu coração.

Estava batendo tão rápido quanto o meu.

— Foi, Rune. Foi tão especial quanto é possível ser especial.

Senti Rune sorrindo e me afastei um pouco. Cruzei as pernas e coloquei o coração de papel sobre a tampa do pote. Rune também se sentou de pernas cruzadas.

— O que você vai escrever? — ele perguntou.

Encostei a caneta no lábio enquanto pensava. Sentei-me reta e me inclinei para a frente, pressionando a caneta no papel.

Beijo 1
Com meu Rune.
No bosque florido.
Meu coração quase explodiu.

Quando terminei de escrever, guardei o coração no pote e fechei bem a tampa. Olhei para Rune, que tinha me observado o tempo todo, e anunciei, orgulhosa:

— Aqui está. Meu primeiro beijo de garoto!

Ele assentiu com a cabeça, mas seus olhos se voltaram para os meus lábios.

— *Poppymin?*

— Sim? — sussurrei.

Rune pegou minha mão e começou a fazer traços nela com a ponta do dedo.

— Posso… Posso te beijar de novo?

Engoli em seco, sentindo um frio na barriga.

— Você quer me beijar de novo... já?

Rune fez que sim com a cabeça.

— Fazia tempo que eu queria beijar você. E, bem, você é minha e gostei disso. Gostei de te beijar. Você tem gosto de açúcar.

— Eu comi um biscoito no almoço. Nozes. O favorito da vovó — expliquei.

Rune respirou fundo e se inclinou para mim. Seu cabelo foi para a frente.

— Eu quero fazer isso de novo — disse ele.

— Tudo bem.

E Rune me beijou.

E ele me beijou e me beijou e me beijou.

Até o fim do dia eu tinha mais quatro beijos de garoto no meu pote.

Quando cheguei em casa, mamãe me disse que minha vovó tinha ido para o céu. Corri para o meu quarto o mais rápido que pude. E me apressei para pegar no sono. Como ela havia prometido, vovó estava lá nos meus sonhos. Contei para ela sobre os cinco beijos de garoto do Rune.

Minha vovó deu um grande sorriso e me beijou no rosto.

Eu sabia que essa seria a melhor aventura da minha vida.

Notas musicais e chamas de fogueiras

Rune
Há dois anos
Aos quinze anos de idade

O silêncio caiu enquanto ela se posicionava no palco. Bem, nem tudo estava em silêncio – o estrondo do sangue correndo nas minhas veias soava em meus ouvidos enquanto Poppy sentava-se cuidadosamente. Ela estava linda de vestido preto sem mangas, o cabelo castanho longo preso em um coque e um laço branco no alto da cabeça.

Levantei a câmera que estava sempre pendurada em meu pescoço e levei as lentes ao olho assim que ela colocou o arco contra a corda do violoncelo. Sempre amei capturá-la nesse momento. O momento em que ela fechava os grandes olhos verdes. O momento em que a expressão mais perfeita tomava seu rosto – sua aparência um pouco antes do início da música. A aparência de pura paixão pelos sons que estavam prestes a começar.

Tirei a foto no momento perfeito, e então a melodia começou. Baixei a câmera e passei a me concentrar apenas nela. Eu não podia fotografar enquanto ela tocava. Eu não podia perder nenhum detalhe de como ela brilhava naquele palco.

Meus lábios se curvaram em um pequeno sorriso quando o corpo de Poppy começou a balançar ao ritmo da música. Ela amava aquela canção, tocava-a desde que eu podia me lembrar. Ela nem precisava de partitura; "Greensleeves" fluía de sua alma pelo arco.

Eu não conseguia tirar os olhos de Poppy. Meu coração batia feito um maldito tambor enquanto seus lábios se contraíam. As covinhas apareciam quando ela se concentrava nas passagens difíceis. Os olhos permaneciam fechados, mas era possível saber de que partes da música ela mais gostava. Sua cabeça pendia para o lado, e um grande sorriso tomava seu rosto.

As pessoas não entendiam que depois de todo esse tempo ela ainda fosse minha. Tínhamos apenas quinze anos, mas desde o dia em que a beijara no bosque florido, aos oito anos, ela tinha sido a única. Eu não tinha olhos para nenhuma outra garota. Eu só via Poppy. No meu mundo, só *ela* existia.

E ela era diferente de todas as garotas da nossa sala. Poppy era excêntrica, não legal. Ela não se preocupava com o que as pessoas pensavam dela – nunca tinha se preocupado. Ela tocava violoncelo porque amava. Ela lia livros, estudava para se divertir, acordava ao amanhecer só para ver o sol se levantar.

Era por isso que ela era tudo para mim. Minha para sempre e sempre. Porque ela era única. Única em uma cidade repleta de cópias de peruas burras. Ela não queria ser animadora de torcidas, nem falar mal dos outros, nem caçar garotos. Ela sabia que me tinha, tanto quanto eu a tinha.

Éramos tudo de que precisávamos.

Eu me mexi no assento enquanto o som do violoncelo ficava mais suave e Poppy conduzia a música ao seu final. Levantei novamente a câmera e tirei uma última foto no momento em que Poppy tirou o arco da corda e uma expressão de contentamento adornou seu belo rosto.

O som dos aplausos me fez baixar a câmera. Poppy afastou o instrumento do peito e se levantou. Ela fez uma pequena reverência e então olhou para todo o auditório. Seus olhos encontraram os meus. Ela sorriu.

Achei que meu coração fosse saltar do peito.

Dei um sorrisinho de volta, afastando meu cabelo loiro do rosto com os dedos. Um rubor cobriu as bochechas de Poppy, e então ela saiu do palco pela esquerda, enquanto as luzes inundavam de claridade o auditório. Poppy foi a última a se apresentar. Ela sempre fechava o concerto. Ela era a melhor musicista do distrito na nossa faixa etária. Mas, na minha opinião, ela ofuscava qualquer um nas três faixas etárias acima da nossa.

Uma vez perguntei a ela como conseguia tocar como tocava. Ela simplesmente me disse que as melodias brotavam de seu arco com a mesma facilidade com que respirava. Eu não podia imaginar o que era ter um talento daqueles. Mas aquela era Poppy, a garota mais incrível do mundo.

Quando os aplausos terminaram, as pessoas começaram a deixar o auditório. Senti alguém apertar meu braço. Era a sra. Litchfield, que enxugava uma lágrima. Ela sempre chorava quando Poppy se apresentava.

— Rune, querido, precisamos levar estas duas para casa. Você vai encontrar a Poppy?

— Sim, senhora — respondi, rindo discretamente de Ida e Savannah, as irmãs de nove e onze anos de Poppy, dormindo em seus assentos. Elas não ligavam para música, não como Poppy.

O sr. Litchfield revirou os olhos e acenou de leve para mim; então se virou para acordar as meninas e levá-las para casa. A sra. Litchfield me deu um beijo na cabeça, e os quatro foram embora.

Enquanto descia para o corredor, ouvi sussurros e risinhos vindos do meu lado direito. Olhando sobre os assentos, vi um grupo de calouras olhando para minha direção. Baixei a cabeça, ignorando os olhares.

Acontecia muito. Eu não tinha ideia do motivo pelo qual tantas delas me davam tamanha atenção. Eu estava com Poppy desde que elas me conheciam. Eu não queria nenhuma outra pessoa. E gostaria que elas parassem de tentar me tirar da minha garota – nada faria isso.

Passei pela saída e fui até a porta dos bastidores. O ar estava denso e úmido, fazendo minha camiseta grudar no peito. Meu jeans e minhas botas pretas eram quentes demais para o calor da primavera, mas eu usava roupa preta todo dia, não importava o clima.

Vendo os músicos se aglomerarem ao lado da porta, eu me encostei na parede do auditório, descansando o pé nos tijolos pintados de branco. Cruzei os braços sobre o peito, soltando-os apenas para tirar o cabelo dos olhos.

Vi os músicos sendo abraçados por seus familiares e então, ao flagrar as mesmas garotas de antes me encarando, baixei os olhos para o chão. Eu não queria que elas fossem até ali. Eu não tinha nada para dizer a elas.

Meus olhos ainda estavam baixos quando ouvi passos em minha direção. Olhei para cima no momento em que Poppy se jogou no meu peito, os braços envolvendo minhas costas, apertando-me forte.

Soltei um riso curto e a abracei de volta. Eu já tinha um metro e oitenta e dois, então ficava muito acima do um metro e cinquenta e dois de Poppy. Mas eu gostava de como ela se encaixava perfeitamente em mim.

Aspirei profundamente para sentir o cheiro adocicado do perfume e pousei o rosto em sua cabeça. Depois de um último apertão, Poppy se afastou e sorriu para mim. Seus olhos verdes pareciam enormes com o rímel e a maquiagem leve, e seus lábios estavam rosados e exuberantes por causa do protetor labial de cereja.

Deslizei as mãos pela lateral de seu corpo até alcançar suas bochechas macias. Os cílios de Poppy bateram, deixando-a totalmente doce.

Sem conseguir resistir ao desejo de sentir seus lábios junto aos meus, eu me curvei lentamente para a frente, quase sorrindo ao ouvir o suspiro que Poppy sempre soltava naqueles instantes anteriores ao encontro de nossos lábios.

Quando nossos lábios se tocaram, soltei o ar pelo nariz. Poppy sempre tinha aquele gosto de cereja, e o sabor de seu protetor labial inundava minha boca. Ela retribuiu meu beijo, suas pequenas mãos agarrando com força os lados da minha camiseta preta.

Movi minha boca contra a dela, devagar e com suavidade, até que finalmente me afastei, depositando três beijos curtos e leves em sua boca avolumada. Tomei fôlego e observei os olhos de Poppy piscando até se abrirem.

Suas pupilas estavam dilatadas. Ela lambeu o lábio inferior antes de me dar um sorriso reluzente e dizer:

— Beijo trezentos e cinquenta e dois. Com meu Rune, encostada na parede do auditório.

Segurei a respiração, esperando que ela continuasse a falar. O brilho nos olhos de Poppy me dizia que as palavras que eu esperava iam sair de seus lábios. Chegando mais perto, balançando na ponta dos pés, ela sussurrou:

— E meu coração quase explodiu.

Ela só registrava os beijos muito especiais. Apenas os que faziam com que ela sentisse seu coração cheio. A cada vez que nos beijávamos, eu esperava por aquelas palavras.

E, quando elas vieram, Poppy quase me fez explodir com seu sorriso.

Ela riu. Eu só podia sorrir com o som de felicidade em sua voz. Dei outro beijo rápido em seus lábios e desgrudei um pouco dela, para passar meu braço por seus ombros. Eu a puxei para perto e encostei o rosto em sua cabeça. Os braços de Poppy envolveram minhas costas e meu abdômen, e eu a levei para longe da parede. Quando fiz isso, senti Poppy congelar.

Levantei a cabeça e vi as calouras apontando para Poppy e cochichando entre si. Os olhos delas estavam focados em Poppy nos meus braços. Minha mandíbula se apertou. Eu odiava que elas a tratassem daquela maneira – por puro ciúme. A maioria das garotas nunca dava uma chance a Poppy porque queriam o que ela tinha. Poppy dizia que não ligava, mas eu percebia que sim. O fato de ela ter endurecido em meus braços me dizia o quanto.

Eu me posicionei de frente para Poppy e esperei que ela levantasse a cabeça. Assim que o fez, ordenei:

— Ignore essas meninas.

Senti um peso no estômago quando a vi forçar um sorriso.

— Eu ignoro, Rune. Elas não me incomodam.

Pendi a cabeça para o lado e levantei as sobrancelhas. Poppy balançou a cabeça.

— Não me incomodam, juro — ela tentou mentir.

Poppy olhou por cima de meu ombro e encolheu os dela. Quando seus olhos encontraram os meus, ela disse:

— Mas eu entendo. Quer dizer, olha pra você, Rune. Você é maravilhoso. Alto, misterioso, exótico... Norueguês! — Ela riu e colocou a palma da mão em meu peito. — Você tem todo esse lance de bad boy estilo indie. As meninas não conseguem deixar de te desejar. Você é você. Você é perfeito.

Cheguei mais perto e vi os olhos verdes de Poppy se arregalarem.

— E todo *seu* — completei. A tensão se esvaiu dos ombros dela.

Escorreguei minha mão até a mão dela, ainda em meu peito.

— E eu não sou misterioso, *Poppymin*. Você sabe tudo sobre mim: sem segredos, sem mistérios.

— Para mim — ela argumentou, olhando-me nos olhos mais uma vez. — Você não é um mistério para mim, mas é para todas as garotas da escola. E todas querem você.

Eu suspirei, começando a ficar irritado.

— E tudo o que eu quero é você. — Poppy me observou como se tentasse descobrir algo em minha expressão. Isso só me irritou mais. Juntei nossos dedos e sussurrei: — Até o infinito.

Com isso, um sorriso genuíno surgiu nos lábios de Poppy.

— Para sempre e sempre — ela, por fim, sussurrou de volta.

Encostei minha testa na dela. Minhas mãos contornaram seu rosto, e afirmei:

— Eu quero você e só você. Desde que eu tinha cinco anos e você apertou minha mão. Nenhuma garota vai mudar isso.

— É? — perguntou Poppy, mas eu podia ouvir o humor de volta em sua voz doce.

— *Ja* — respondi em norueguês, ouvindo o doce som do riso dela em meus ouvidos. Poppy amava quando eu falava em minha língua nativa com ela. Eu beijei sua testa, então dei um passo para trás para pegar em suas mãos. — Sua mãe e seu pai levaram as meninas para casa; eles me pediram para te avisar.

Ela concordou com a cabeça e então me olhou nervosa.

— O que você achou da noite de hoje?

Virei os olhos para cima e torci o nariz.

— Horrível, como sempre — eu disse de modo seco.

Poppy riu e bateu no meu braço.

— Rune Kristiansen! Não seja tão malvado! — ela me repreendeu.

— Certo — eu disse, fingindo estar irritado. E a puxei para o meu peito, envolvendo suas costas com os braços e prendendo-a contra mim. Ela soltou uns gritinhos quando comecei a beijar seu rosto de cima a baixo, mantendo seus braços presos do lado. Desci os lábios por seu pescoço e senti sua respiração, todos os riscos esquecidos.

Movi a boca para cima até puxar seu lóbulo com os dentes.

— Você estava incrível — sussurrei. — Como sempre. Você é sempre perfeita lá em cima. Você dominou aquele palco. E ganhou cada um naquele auditório.

— Rune — ela murmurou. Ouvi o tom feliz em sua voz.

Fui para trás, ainda sem soltar seus braços.

— Tenho o maior orgulho quando te vejo naquele palco — confessei.

Poppy corou.

— Rune — ela disse timidamente, mas baixei a cabeça para manter o contato visual quando ela tentou se afastar.

— Carnegie Hall, lembre-se. Um dia vou ver você se apresentando no Carnegie Hall.

Poppy conseguiu soltar uma das mãos e bateu de leve em meu braço.

— Você está me bajulando.

Abanei a cabeça.

— Nunca. Eu sempre falei somente a verdade.

Poppy pousou os lábios nos meus e senti seu beijo até os dedos dos pés. Quando ela se afastou, eu a soltei e lhe dei a mão.

— Estamos indo para o campo? — perguntou Poppy, quando comecei a conduzi-la pelo estacionamento, segurando-a um pouco mais perto ao passarmos pelo grupo de calouras.

— Eu preferiria ficar sozinho com você — falei.

— Jorie perguntou se íamos. Todo mundo está lá. — Poppy me olhou. Pela contração dos lábios dela eu sabia que estava de cara fechada. — Hoje é sexta à noite, Rune. Nós temos quinze anos, e você acabou de passar a maior parte da noite assistindo à minha apresentação de violoncelo. Temos noventa minutos até voltar para casa; deveríamos ver nossos amigos, como adolescentes normais.

— Certo. — Eu me rendi e envolvi os ombros dela com o braço. Então me abaixei, encostei a boca em seu ouvido e disse: — Mas amanhã eu vou ter você só pra mim.

Poppy colocou o braço em torno de minha cintura e me apertou forte.

— Está bem. Eu prometo.

Ouvimos as garotas atrás de nós mencionarem meu nome. Bufei de frustração quando Poppy se retesou brevemente.

— É porque você é diferente, Rune — disse Poppy, sem olhar para cima. — Você é artístico, gosta de fotografia, usa roupas escuras. — Ela riu e balançou a cabeça. Afastei o cabelo do rosto. Poppy apontou. — Mas principalmente por causa disso.

Franzi o cenho.

— Por causa do quê?

Ela puxou uma mecha do meu cabelo.

— Quando você faz isso. Quando puxa o cabelo para trás.

Levantei uma sobrancelha, confuso.

— *Ja?* — perguntei, antes de parar na frente de Poppy, puxando os cabelos para trás com exagero até que ela risse. — Irresistível, hein? Pra você também?

Poppy riu e tirou a minha mão do meu cabelo para envolver a sua nela. Enquanto seguíamos pelo caminho para o campo – um pedaço do parque onde os garotos da escola ficavam à noite –, Poppy disse:

— Realmente não me incomodo que as outras garotas olhem para você, Rune. Eu sei o que sente por mim, porque é exatamente a mesma coisa que sinto por você.

Poppy mordeu o lábio inferior. Eu sabia que isso significava que ela estava nervosa, mas não sabia por quê, até que ela disse:

— A única garota que me incomoda é a Avery. Porque ela gosta de você há muito tempo e porque tenho certeza de que ela faria qualquer coisa para conseguir você.

Balancei a cabeça. Eu nem gostava de Avery, mas ela fazia parte de nosso grupo de amigos e estava sempre por perto. Todos os meus amigos gostavam dela; todos a achavam a menina mais bonita de todas. Mas eu nunca tinha achado isso e odiava a maneira como ela se comportava comigo. Eu odiava que ela fizesse Poppy se sentir daquela maneira.

— Ela é nada, *Poppymin* — eu a tranquilizei. — *Nada*.

Poppy se aninhou contra o meu peito e viramos para a direita, na direção de nossos amigos. Quanto mais nos aproximávamos, mais eu apertava Poppy. Avery se endireitou quando nos aproximamos.

Eu me voltei para Poppy e repeti:

— *Nada*.

Poppy apertou minha camiseta, querendo me dizer que ela tinha escutado. Sua melhor amiga, Jorie, ficou de pé.

— Poppy! — Jorie gritou, empolgada, vindo abraçá-la.

Eu gostava de Jorie. Ela era avoada e não pensava muito antes de falar, mas ela amava Poppy e Poppy a amava. Era uma das únicas pessoas nesta cidadezinha que achava a excentricidade de Poppy cativante, e não apenas esquisita.

— Como vocês estão, meus queridos? — Jorie perguntou e deu um passo para trás. Ela olhou para o vestido preto de Poppy. — Você está linda! Tão fofa!

Poppy curvou a cabeça em agradecimento. Segurei-lhe a mão de novo e a guiei em torno da pequena fogueira. Eu me sentei, com as costas apoiadas em um banco de madeira, e puxei Poppy, para que ela se acomodasse entre minhas pernas. Poppy me deu um sorriso e se sentou comigo, colocando as costas contra o meu peito e encaixando a cabeça em meu pescoço.

— Então, Pops, como foi? — Judson, meu amigo mais próximo, perguntou do outro lado da fogueira. Deacon, que também era meu amigo, estava sentado ao lado dele. Ele levantou o queixo em um cumprimento, e sua namorada, Ruby, deu um pequeno aceno para nós.

Poppy encolheu os ombros.

— Bom, acho.

Enquanto envolvia o peito dela com os braços, apertando-a forte, olhei para meu amigo moreno e completei:

— Foi a estrela da apresentação. Como sempre.

— É só violoncelo, Rune. Nada especial — Poppy argumentou delicadamente.

Balancei a cabeça em protesto e disse:

— A plateia veio abaixo.

Flagrei Jorie sorrindo para mim. Também flagrei Avery revirando os olhos com desdém. Poppy ignorou Avery e começou a falar com Jorie sobre as aulas.

— Pops, juro que o sr. Miller é um alienígena do mal. Ou um demônio. Droga, ele é de algum lugar fora do que conhecemos. Foi trazido pelo diretor para nos torturar, jovens terráqueos fracos, com aulas de álgebra difíceis demais. É assim que ele consegue sua força vital. Tenho certeza. E acho que ele está de olho em mim... Porque *sei* que ele é um extraterrestre! Aquele cara fica me olhando feio!

— Jorie! — Poppy riu, e riu tanto que chacoalhou o corpo todo. Sorri pela alegria dela e então parei de prestar atenção. Eu traçava preguiçosamente desenhos no braço de Poppy, querendo apenas ir embora. Eu não tinha nada contra ficar com nossos amigos, mas preferia ficar sozinho com ela. Era a companhia dela que eu desejava; onde quer que estivéssemos juntos, era sempre o melhor lugar.

Poppy riu de outra coisa que Jorie havia dito. Seu riso foi tão intenso que ela derrubou para o lado a câmera que estava no meu pescoço. Poppy me deu um sorriso de desculpas. Eu me curvei para a frente, puxei seu queixo com o dedo e a beijei nos lábios. Era para ser algo rápido e suave, mas, quando a mão de Poppy se enroscou nos meus cabelos, me puxando para bem perto, tornou-se algo mais. Enquanto Poppy abria os lábios, empurrei minha língua de encontro à dela, perdendo o fôlego.

Os dedos de Poppy envolveram meus cabelos. Coloquei as mãos em seu rosto para prolongar o beijo o máximo possível. Se eu não precisasse respirar, imaginei, jamais precisaria parar de beijá-la.

Perdidos no beijo, só nos largamos quando alguém limpou a garganta do outro lado da fogueira. Levantei a cabeça e vi Judson dando um risinho. Quando olhei para Poppy, seu rosto estava em chamas. Nossos amigos esconderam o riso, e apertei Poppy mais forte. Eu não ficava envergonhado por beijar minha garota.

A conversa recomeçou, e examinei a câmera para ver se estava tudo bem. Minha *mamma* e meu *pappa* a tinham comprado no meu aniversário de treze anos, quando perceberam que a fotografia estava se tornando uma paixão. Era uma Canon dos anos 1960. Eu a levava comigo para todos os lugares e tirava milhares de fotos. Não sei bem por quê, mas capturar momentos me fascinava. Talvez porque às vezes tudo que temos são momentos. Porque não há repetições; o que acontece em um momento define a vida – talvez *seja* a vida. Capturar um momento em filme o mantém vivo para sempre. Para mim, fotografia era algo mágico.

Rolei mentalmente o filme da câmera. Fotos da natureza e closes de flores de cerejeira do bosque ocupavam a maior parte do filme. Aí viriam as fotos de Poppy naquela noite. Seu rosto lindo no momento em que a música tomava o controle. Eu tinha visto aquele olhar no rosto dela apenas uma outra vez

– quando ela olhava para mim. Para Poppy, eu era tão especial quanto a música.

Nos dois casos havia uma ligação que ninguém poderia quebrar.

Levantei o celular com as lentes da câmera viradas em nossa direção. Poppy não estava mais participando da conversa. Ela silenciosamente corria a ponta dos dedos ao longo do meu braço. Pegando-a desprevenida, tirei a foto, assim que ela olhou para mim. Soltei apenas uma risada quando ela apertou os olhos, irritada. Eu sabia que não estava brava, apesar de seus esforços para passar essa impressão. Poppy amava qualquer foto que eu tirasse da gente, mesmo quando ela menos esperava.

Quando me concentrei no celular, meu coração começou a bater forte. Na foto, ao olhar para mim, Poppy estava linda. Mas era a expressão no rosto dela que tinha me surpreendido. O olhar em seus olhos verdes.

Naquele momento, naquele simples momento capturado, havia *aquela* expressão. A que ela me dava tão prontamente quanto dava à sua música. A que me dizia que eu era dela da mesma maneira que ela era minha. A que tinha garantido que passássemos todos aqueles anos juntos. A que dizia que, mesmo sendo jovens, tínhamos encontrado um no outro nossa alma gêmea.

— Posso ver?

A voz baixa de Poppy tirou minha atenção da tela. Ela sorriu para mim e baixei o celular para mostrar a ela.

Observei Poppy, não a foto, enquanto seu olhar se voltou para a tela. Observei seus olhos se abrandarem e o sopro de um sorriso se esboçar em seus lábios.

— Rune — ela sussurrou, enquanto buscava minha mão livre. Eu apertei sua mão, e ela disse: — Eu quero uma cópia desta. É perfeita. — Assenti e beijei a sua cabeça.

É por isso que eu amo fotografia, pensei. Pode despertar emoções, emoções brutas, de uma fração de segundo no tempo.

Ao desligar a câmera do celular, vi o horário na tela.

— *Poppymin?* — eu disse baixinho. — Temos de ir para casa. Está ficando tarde.

Poppy assentiu com a cabeça. Fiquei de pé e a puxei para cima.

— Vocês estão indo? — perguntou Judson.

Assenti.

— Estamos. Vejo vocês na segunda.

Acenei para todos e peguei a mão de Poppy. Não falamos muito no caminho para casa. Quando paramos na porta da casa dela, eu a peguei nos braços e a puxei para o meu peito. Coloquei minha mão no lado de seu pescoço. Poppy olhou para cima.

— Tenho tanto orgulho de você, *Poppymin*. Tenho certeza de que vai entrar na Julliard. Seu sonho de tocar no Carnegie Hall vai se tornar realidade.

Poppy deu um sorriso vivo e puxou a alça da câmera em torno do meu pescoço.

— E você vai para a Escola de Artes Tisch, na Universidade de Nova York. Estaremos juntos em Nova York, como sempre foi para ser. Como sempre planejamos.

Concordei com a cabeça e rocei meus lábios em sua bochecha.

— E então não haverá mais hora de voltar para casa — sussurrei de modo provocante. Poppy riu. Movi os lábios em direção à sua boca, beijei-a suavemente e me afastei.

No momento em que eu soltava as mãos dela, o sr. Litchfield abriu a porta. Ele viu eu me afastar de sua filha e balançou a cabeça, rindo. Ele sabia exatamente o que estávamos fazendo.

— Boa noite, Rune — ele disse, secamente.

— Boa noite, sr. Litchfield — respondi, vendo Poppy corar enquanto seu pai fazia um gesto para que ela entrasse.

Cruzei o gramado até minha casa. Abri a porta, entrei na sala e vi meus pais sentados no sofá. Ambos estavam com o corpo inclinado para a frente e pareciam tensos.

— *Hei* — eu disse, e minha mãe levantou a cabeça.

— *Hei*, querido — ela respondeu.

Franzi a testa.

— O que há de errado?

Minha *mamma* lançou um olhar para meu *pappa* e balançou a cabeça.

— Nada, querido. A Poppy tocou bem? Sinto muito por termos perdido.

Encarei meus pais. Eles estavam escondendo algo, eu sabia. Quando eles não continuaram a conversa, assenti devagar com a cabeça, respondendo à pergunta deles:

— Ela foi perfeita, como sempre.

Pensei ter visto lágrimas nos olhos de minha mãe, mas ela piscou rapidamente, livrando-se delas. Precisando escapar do embaraço, mostrei minha câmera.

— Vou revelar essas fotos e depois vou para a cama.

Enquanto eu me virava para sair, meu pai disse:

— Vamos sair em um passeio em família amanhã, Rune.

Parei de repente.

— Não posso ir. Combinei de passar o dia com a Poppy.

Meu pai balançou a cabeça.

— Amanhã não, Rune.

— Mas... — tentei argumentar, porém meu pai me cortou, com a voz dura.

— Eu disse não. Você vem com a gente, ponto-final. Poppy pode ver você quando voltarmos. Não vamos ficar fora o dia todo.

— O que está acontecendo?

Meu pai caminhou até parar na minha frente. Ele botou a mão no meu ombro.

— Nada, Rune. Apenas que eu nunca vejo você por causa do trabalho. Quero mudar isso, então vamos passar o dia na praia.

— A Poppy pode ir com a gente? Ela adora a praia. É o segundo lugar favorito dela.

— Amanhã não, filho.

Fiquei em silêncio. Eu estava ficando nervoso, mas sabia que ele não ia ceder. Papai suspirou.

— Vá revelar suas fotos, Rune, e pare de se preocupar.

Fazendo o que ele sugeriu, desci para o porão e entrei no quartinho que papai tinha transformado em uma câmara escura para mim. Eu ainda revelava o filme da maneira antiga. O resultado era melhor do que com uma câmera digital.

Depois de vinte minutos, dei um passo para trás, afastando-me do meu varal de novas fotos. Também tinha feito uma cópia da foto do meu celular, minha e de Poppy no campo. Eu a peguei e a levei para o meu quarto. Enfiei a cabeça no quarto de Alton ao passar, para ver se meu irmão de dois anos estava dormindo. Ele estava, abraçando forte seu ursinho de pelúcia marrom, o cabelo loiro bagunçado espalhado sobre o travesseiro.

Empurrei minha porta e acendi a luminária. Olhei para o relógio; era quase meia-noite. Correndo a mão pelo cabelo, fui para a janela e sorri quando vi a casa dos Litchfield no escuro, a não ser pelo brilho esmaecido da luz noturna de Poppy – o sinal de que o terreno estava livre para que eu entrasse sorrateiramente.

Tranquei a porta do meu quarto e desliguei a luminária. O quarto foi engolido pela escuridão. Vesti minha calça e minha camiseta de dormir. Procurando não fazer barulho, levantei a janela e pulei. Corri pela grama entre nossas casas e me arrastei para dentro do quarto de Poppy, fechando a janela o mais silenciosamente que podia.

Poppy estava na cama, enfiada embaixo das cobertas. Seus olhos estavam fechados, e sua respiração era suave e constante. Sorrindo ao ver como ela ficava bonitinha com o rosto repousando na mão, andei cuidadosamente até ela, coloquei seu presente na mesinha de cabeceira e subi na cama.

Eu me deitei ao lado dela, baixando a cabeça para dividir seu travesseiro.

Fazíamos isso havia anos. Na primeira vez em que eu tinha passado a noite, tinha sido um engano; tínhamos doze anos e entrei em seu quarto para conversar, mas peguei no sono. Por sorte, na manhã seguinte acordei cedo o suficiente para me esgueirar de volta ao meu quarto sem ser notado. Mas então, na noite seguinte, eu fiquei de propósito, e na noite depois daquela, e quase todas as noites desde então. Felizmente nunca fomos pegos. Eu não tinha certeza de que o sr. Litchfield ia gostar de mim do mesmo jeito se soubesse que eu dormia na cama da filha dele.

Mas ficar ao lado de Poppy na cama se tornava cada vez mais difícil. Agora eu tinha quinze anos e me sentia diferente ao lado dela. Eu a via de um outro jeito. E sabia que ela também me via assim. Nós nos beijávamos cada vez mais. Os beijos estavam ficando mais profundos, nossas mãos começando a explorar lugares que não deviam. Estava ficando cada vez mais difícil parar. Eu queria mais. Queria minha garota de todas as maneiras possíveis.

Mas éramos jovens. Eu sabia disso.

Isso, no entanto, não deixava as coisas menos difíceis.

Poppy se agitou ao meu lado.

— Estava me perguntando se você viria esta noite. Eu te esperei, mas você não estava em seu quarto — ela disse, sonolenta, enquanto tirava meu cabelo do meu rosto.

Peguei sua mão e a beijei na palma.

— Eu tive que revelar meu filme, e meus pais estavam esquisitos.

— Esquisitos? Como? — perguntou ela, chegando mais perto e beijando meu rosto.

Balancei a cabeça.

— Só... esquisitos. Acho que está acontecendo alguma coisa, mas eles me disseram para eu não me preocupar.

Mesmo na luz fraca eu podia ver que as sobrancelhas de Poppy estavam franzidas de preocupação. Eu apertei sua mão, para reconfortá-la.

Quando me lembrei do presente que eu havia trazido para ela, me estiquei para pegar a foto da mesa de cabeceira. Eu a tinha colocado em uma moldura prateada simples. Apertei o ícone da lanterna no meu celular e o segurei para que Poppy pudesse ver melhor.

Ela deu um pequeno suspiro, e observei um sorriso iluminar seu rosto todo. Ela pegou a moldura e passou o dedo pelo vidro.

— Eu amo esta foto, Rune — ela sussurrou, colocando-a na mesa de cabeceira. Ela olhou para a foto por uns momentos, então se virou para mim.

Poppy levantou as cobertas e as segurou para cima, para que eu pudesse me enfiar debaixo delas. Coloquei o braço sobre a cintura de Poppy e cheguei mais perto de seu rosto, sapecando beijos suaves em seu pescoço e em suas bochechas.

Quando beijei o lugar bem abaixo de sua orelha, Poppy começou a rir e puxou o pescoço.

— Rune! — ela sussurrou. — Isso faz cócegas! — Eu me afastei e enlacei minha mão na dela. — E o que vamos fazer amanhã? — perguntou, levantando a outra mão para brincar com uma mecha comprida do meu cabelo.

Virando os olhos, respondi:

— Não vamos... Meu *pappa* quer fazer um passeio em família durante o dia. Para a praia.

Poppy sentou-se na cama, empolgada.

— Sério? Eu adoro praia!

Senti um peso no estômago.

— Ele falou que temos de ir sozinhos, *Poppymin*. Só a família.

— Ah — disse Poppy, parecendo desapontada. Ela se deitou de novo. — Fiz algo de errado? Seu *pappa* sempre me convida para ir com vocês.

— Não — garanti. — É disso que eu estava falando antes. Eles estão esquisitos. Ele disse que quer passar o dia em família, mas acho que tem algo mais.

— Certo — disse Poppy, mas eu podia ouvir tristeza em sua voz.

Segurei sua cabeça em minhas mãos e prometi:

— Vou estar de volta na hora do jantar. Passamos a noite juntos.

Ela pegou meu pulso.

— Ótimo.

Poppy me encarou, e seus olhos verdes estavam bem abertos na luz fraca. Passei a mão em seu cabelo.

— Você é tão linda, *Poppymin*.

Eu não precisava de luz para ver seu rosto ficando vermelho. Reduzi o pequeno espaço entre nós e apertei meus lábios nos dela. Poppy suspirou enquanto eu colocava a língua dentro de sua boca, e suas mãos se moveram para agarrar meu cabelo.

Era bom demais: a boca de Poppy ficava mais quente à medida que nos beijávamos, e minhas mãos caíam para correr por seus braços nus, até sua cintura.

Poppy se deitou enquanto minha mão desceu para tocar sua perna. Fui para cima dela, e Poppy tirou sua boca da minha, arquejando. Mas não parei de beijá-la. Arrastei os lábios sobre sua mandíbula para beijá-la ao longo do pescoço, enquanto minha mão se movia sob sua camisola para tocar a pele macia de sua cintura.

Os dedos de Poppy puxaram meus cabelos, e sua perna se levantou para se encaixar na parte de trás da minha coxa. Gemi contra seu pescoço, subindo minha boca novamente para beijá-la. Enquanto minha língua deslizava contra a dela, subi os dedos por seu corpo. Poppy interrompeu o beijo.

— Rune...

Soltei a cabeça na curva entre o pescoço e o rosto de Poppy, respirando profundamente. Eu a desejava tanto que quase não conseguia aguentar.

Eu respirava fundo enquanto ela acariciava minhas costas. Concentrei-me no ritmo de seus dedos, forçando-me a ficar calmo.

Minutos e minutos se passaram, mas não me mexi. Eu estava feliz deitado sobre Poppy, respirando seu perfume delicado, minha mão sobre seu abdômen macio.

— Rune? — Poppy sussurrou. Eu levantei a cabeça, e a mão de Poppy tocou meu rosto. — Querido? — ela murmurou, e percebi a preocupação em sua voz.

— Estou bem — sussurrei de volta, com a voz mais baixa possível, para não acordar os pais dela. Olhei profundamente em seus olhos e disse: — Eu apenas te desejo tanto. — Então colei a testa na dela e concluí: — Quando ficamos assim, quando chegamos assim tão longe, eu meio que perco a cabeça.

Os dedos de Poppy se trançaram em meu cabelo e fechei os olhos, amando o toque dela.

— Desculpe, eu...

— Não — eu disse enfaticamente, talvez um pouco mais alto do que desejava. Os olhos de Poppy estavam imensos. — Nunca. Nunca se desculpe por isso, por me parar. Não é algo para você se desculpar.

Poppy abriu os lábios inchados pelos beijos e soltou um longo suspiro.

— Obrigada — ela sussurrou.

Entrelacei os dedos nos dela. Indo para o lado, abri o braço e mexi a cabeça indicando para ela vir para perto mim. Ela deitou a cabeça em meu peito, fechei os olhos e me preocupei só em respirar.

Por fim, o sono começou a tomar conta de mim. Os dedos de Poppy percorriam meu abdômen de alto a baixo. Eu tinha quase adormecido quando Poppy sussurrou:

— Você é tudo para mim, Rune Kristiansen, espero que saiba disso.

Meus olhos se abriram com suas palavras, senti o peito cheio. Colocando um dedo sob o queixo de Poppy, levantei sua cabeça. Sua boca esperava pelo meu beijo.

Eu a beijei delicadamente, suavemente, e me afastei devagar. Os olhos de Poppy permaneceram fechados enquanto ela sorria. Sentindo que meu peito ia explodir com a expressão de contentamento em seu rosto, sussurrei:

— Até o infinito.

Poppy se aconchegou de volta em meu peito e sussurrou de volta:

— Para sempre e sempre.

E ambos caímos no sono.

3

Dunas de areia e lágrimas salgadas

Rune

— Rune, precisamos falar com você — meu *pappa* disse, enquanto almoçávamos no restaurante em frente à praia.

— Vocês vão se divorciar?

O rosto de *pappa* empalideceu.

— Deus, não, Rune — ele logo assegurou, pegando a mão de minha *mamma* para enfatizar. Minha *mamma* sorriu para mim, mas eu podia ver lágrimas começando a brotar em seus olhos.

— Então o quê? — perguntei.

Meu *pappa* lentamente se encostou em sua cadeira.

— Sua *mamma* andava chateada com meu emprego, Rune, não comigo.

Eu estava bem confuso, até que ele disse:

— Estão me transferindo para Oslo, Rune. A companhia teve um problema lá e estou sendo mandado de volta para dar um jeito nele.

— Por quanto tempo? — perguntei. — Quando você volta?

Meu *pappa* passou a mão pelo cabelo loiro grosso, do mesmo jeito que eu fazia, e respondeu:

— Aí é que está, Rune — ele disse, cautelosamente. — Pode levar anos. Pode levar meses. — Ele suspirou e continuou: — Realisticamente, qualquer coisa entre um e três anos.

Meus olhos se arregalaram.

— Você vai deixar a gente aqui na Geórgia por todo esse tempo?

Minha *mamma* estendeu a mão e cobriu a minha com a dela. Eu a observei sem pensar direito. Então as verdadeiras consequências do que *pappa* estava dizendo começaram a entrar em meu cérebro.

— Não — eu disse, sussurrando, sabendo que ele não faria isso comigo. Ele *não podia* fazer isso comigo.

Olhei para cima. Vi a culpa tomando seu rosto.

Eu sabia que era verdade.

Agora eu entendia por que tínhamos vindo para a praia. Por que ele queria que estivéssemos sozinhos. Por que ele havia recusado a companhia de Poppy.

Meu coração disparou enquanto minha mente dava voltas... Eles não iriam... Ele não iria... *Eu não iria!*

— Não — respondi, agora mais alto, atraindo olhares das mesas próximas. — Eu não vou. Eu não vou deixá-la.

Eu me virei para minha *mamma* buscando ajuda, mas ela baixou a cabeça. Arranquei minha mão da dela.

— *Mamma?* — supliquei, mas ela balançou a cabeça devagar.

— Somos uma família, Rune. Não vamos ficar separados todo esse tempo. Temos que ir. Somos uma *família*.

— Não! — dessa vez gritei, empurrando a cadeira para longe da mesa. Fiquei em pé, com os punhos fechados do lado do corpo. — Eu não vou deixá-la! Você não pode me obrigar! Aqui é nossa casa. *Aqui!* Não quero voltar para Oslo!

— Rune — disse meu pai, de modo pacificador, levantando da mesa e estendendo as mãos.

Mas eu não conseguia ficar naquele espaço fechado com ele. Eu me virei e corri para fora do restaurante o mais rápido que pude, rumo à praia. O sol havia desaparecido atrás de nuvens espessas, fazendo um vento frio chicotear a areia. Continuei correndo em direção às dunas, e os grãos grossos atingiam meu rosto.

Enquanto corria, tentava lutar contra a raiva que me rasgava por dentro. *Como eles podiam fazer isso comigo? Eles sabiam o quanto eu precisava de Poppy.*

Eu tremia ao subir a duna mais alta e me jogar sentado no topo. Então deitei, observando o céu que se acinzentava, e imaginei a vida de volta à Noruega sem ela. Senti o estômago virar... só de pensar em não tê-la ao meu lado, segurando minha mão, beijando meus lábios...

Eu mal conseguia respirar.

Minha mente disparou, buscando ideias de como eu poderia ficar. Pensei em cada possibilidade, mas conhecia meu *pappa*. Quando decidia algo, nada o fazia mudar de opinião. Eu iria embora; o olhar no rosto dele me disse claramente que não havia como escapar. Eles iam me tirar da minha garota, da minha alma. E eu não poderia fazer nada a respeito.

Ouvi alguém subindo a duna atrás de mim e sabia que era meu *pappa*. Ele se sentou ao meu lado. Olhei para a outra direção, para o mar. Eu queria ignorar a presença dele.

Ficamos em silêncio até que por fim eu cedi e perguntei:

— Quando vamos embora? — Senti meu *pappa* endurecer do meu lado, fazendo-me olhar para sua direção. Ele observava meu rosto com expressão de pena. Meu estômago revirou ainda mais. — Quando? — insisti.

Pappa baixou a cabeça e respondeu:

— Amanhã.

Tudo parou.

— O quê? — sussurrei, em choque. — Como isso é possível?

— Sua mãe e eu soubemos há um mês. Decidimos não contar a você até o último minuto porque sabíamos como você se sentiria. Eles precisam de mim no escritório na segunda-feira, Rune. Organizamos tudo com a sua escola, fizemos a transferência de seus históricos. Seu tio está preparando nossa casa em Oslo para nossa volta. Minha empresa contratou uma equipe de mudança para esvaziar nossa casa em Blossom Grove e enviar nossas coisas de navio para a Noruega. Eles chegam amanhã um pouco depois que a gente for embora.

Encarei meu *pappa*. Pela primeira vez na vida, eu o odiava. Cerrei os dentes e olhei para longe. Eu me sentia nauseado com o tanto de raiva que corria em minhas veias.

— Rune — meu *pappa* disse suavemente, colocando a mão no meu ombro.

Eu me livrei de sua mão.

— Não — sibilei. — Jamais me toque ou fale comigo de novo. — Virei a cabeça e disse: — Eu *nunca* vou te perdoar. Eu nunca vou te perdoar por tirá-la de mim.

— Rune, eu entendo... — ele tentou dizer, mas eu o cortei.

— Você não entende. Você *não* tem ideia de como eu me sinto, do que a Poppy significa para mim. Não tem ideia. Porque, se tivesse, não ia me levar para longe dela. Você diria para sua empresa que *não* ia se mudar. Que precisávamos ficar.

Pappa suspirou.

— Eu sou o diretor técnico, Rune. Tenho que ir para onde precisam de mim, e agora é Oslo.

Eu não disse nada. Eu não ligava que ele era o maldito diretor técnico de uma empresa com problemas. Eu estava furioso porque ele só tinha me contado agora. Eu estava furioso porque íamos embora, ponto-final.

Quando fiquei quieto, meu *pappa* disse:

— Estou juntando nossas coisas, filho. Esteja no carro em cinco minutos. Quero que você fique esta noite com Poppy. Quero dar pelo menos isso a você.

Lágrimas quentes se formaram nos meus olhos. Virei o rosto, assim ele não poderia me ver. Eu estava com raiva, com tanta raiva que não conseguia impedir as malditas lágrimas. Eu nunca chorava quando estava triste, só quando sentia raiva. E naquele momento eu estava tão furioso que mal podia respirar.

— Não será para sempre, Rune. Uns poucos anos no máximo e estaremos de volta. Eu prometo. Meu emprego, nossa vida, é aqui na Geórgia. Mas tenho de ir para onde a companhia precisa de mim. Oslo não será tão ruim; é de onde somos. Você sabe que sua *mamma* vai ficar feliz por estar perto da família de novo. Achei que você também poderia ficar.

Não respondi. Porque uns poucos anos sem Poppy eram uma vida toda. Eu não ligava para minha família.

Eu estava perdido, observando o movimento das ondas, e esperei o máximo que pude antes de me levantar. Eu queria encontrar Poppy, mas ao mesmo tempo não sabia como dizer a ela que estava indo embora. Eu não suportava a ideia de partir seu coração.

A buzina tocou e corri para o carro, onde minha família esperava. Minha *mamma* tentou sorrir para mim, mas eu a ignorei e deslizei para o banco traseiro. Enquanto saíamos da costa, fiquei olhando pela janela.

Senti um toque de mão no meu braço e me virei. Era Alton apertando a manga da minha camisa. Sua cabeça estava pendida para o lado.

Desalinhei seu cabelo loiro bagunçado. Alton riu, mas o sorriso logo se apagou, e ele ficou olhando para meu lado durante toda a viagem até nossa casa. Achei irônico que meu irmãozinho pudesse entender quanta dor eu sentia, mais do que meus pais.

A viagem para casa pareceu durar uma eternidade. Quando paramos na nossa entrada, praticamente mergulhei do carro e corri para a casa dos Litchfield.

Bati na porta da frente. A sra. Litchfield atendeu em apenas uns segundos. No momento em que ela me viu, seus olhos se encheram de pena. Ela deu uma olhada pelo jardim para minha mãe e meu pai tirando as coisas do carro. E fez um pequeno aceno para eles.

Ela também sabia.

— A Poppy está? — dei um jeito de perguntar, empurrando as palavras pela minha garganta apertada.

A sra. Litchfield me puxou em um abraço.

— Ela está no bosque florido, querido. Ficou lá a tarde toda lendo. — A sra. Litchfield beijou minha cabeça. — Eu sinto muito, Rune. Minha filha vai ficar de coração partido quando você for embora. Você é a vida dela.

Ela também é minha vida, eu queria dizer, mas não consegui falar uma só palavra.

A sra. Litchfield me soltou e me afastei, pulando da varanda e correndo até o bosque.

Cheguei lá em minutos e logo avistei Poppy sob a nossa cerejeira favorita. Parei, ficando bem fora de vista, enquanto a observava lendo seu livro, com fones de ouvido roxos sobre a cabeça. Galhos repletos de pétalas cor-de-rosa de cerejeira pendiam ao redor dela como um escudo protetor, abrigando-a do sol forte. Ela usava um vestido branco curto sem mangas e um grande laço branco preso na lateral do cabelo castanho. Parecia que tinha entrado em um sonho.

Senti um aperto no coração. Eu via Poppy todos os dias desde os meus cinco anos. Eu dormia ao seu lado quase todas as noites desde os doze anos. Eu a beijava todos os dias desde os oito e a amava com todas as forças por tantos dias que parei de contar.

Eu não tinha ideia de como viver um dia sem ela perto de mim. De como respirar sem tê-la ao meu lado.

Como se tivesse sentido que eu estava lá, ela desviou o olhar da página do livro. Quando apareci no gramado, ela me deu o maior sorriso. Era o sorriso que ela tinha só para mim.

Tentei sorrir de volta, mas não consegui.

Caminhei com dificuldade pelas flores de cerejeira, o caminho tão repleto de pétalas caídas que parecia um riacho rosa e branco sob meus pés. Observei o sorriso de Poppy sumir à medida que eu chegava mais perto. Eu não conseguia esconder nada dela. Ela me conhecia tão bem quanto eu mesmo. Ela percebeu que eu estava aborrecido.

Eu disse a ela antes, não havia segredos comigo. Não com ela. Ela era a única pessoa que me conhecia completamente.

Poppy ficou parada, movendo-se apenas para tirar os fones de ouvido da cabeça. Ela colocou o livro ao lado dela no chão, passou os braços em torno das pernas dobradas e apenas esperou.

Engolindo em seco, fiquei de joelhos na frente dela, e minha cabeça pendeu para a frente, em derrota. Lutei contra o aperto em meu peito. Por fim, levantei a cabeça. A apreensão estava clara nos olhos de Poppy, como se ela soubesse que o que saísse de minha boca ia mudar tudo.

Mudar a gente.

Mudar a nossa vida inteira.

Acabar com nosso mundo.

— Nós vamos embora — finalmente consegui desengasgar.

Observei seu rosto empalidecer.

Olhando para o outro lado, consegui um fôlego curto e completei:

— Amanhã, *Poppymin*. De volta para Oslo. *Pappa* está me tirando de você. Ele nem está tentando ficar.

— Não — ela sussurrou em resposta e então se curvou para a frente. — Podemos fazer alguma coisa? — A respiração de Poppy acelerou. — Talvez você pudesse ficar com a gente? Morar com a gente? Nós podemos dar um jeito. Podemos...

— Não — interrompi. — Você sabe que meu *pappa* não permitiria. Eles sabem há semanas; já me transferiram de escola. Só não me contaram porque sabiam como eu reagiria. Preciso ir, *Poppymin*. Não tenho outra escolha. Preciso ir.

Observei uma pétala de cerejeira soltar-se de um galho que pendia baixo. Ela flutuou como uma pena até o chão. Eu sabia que, a partir daquele momento, a cada vez que visse uma flor de cerejeira, eu pensaria em Poppy. Ela passava todo o tempo ali naquele bosque, comigo ao seu lado. Era o lugar que ela mais amava.

Fechei os olhos enquanto a imaginava no bosque, sozinha depois de amanhã – ninguém para acompanhá-la em suas aventuras, ninguém para ouvir seu riso... Ninguém para lhe dar beijos de garoto de explodir o peito.

Sentindo uma dor cortante atingir meu peito, eu me virei para Poppy, e meu coração se partiu em dois. Ela ainda estava parada em seu lugar contra a árvore, mas seu lindo rosto estava inundado de fios e fios de lágrimas silenciosas, e suas mãos pequenas estavam fechadas em punhos que tremiam sobre os joelhos.

— *Poppymin* — eu disse com voz áspera, finalmente libertando minha dor.

Eu me aproximei dela e a aninhei em meus braços. Poppy desabou sobre mim, chorando contra meu peito. Fechei os olhos, sentindo cada pedaço da sua dor.

Aquela dor também era minha.

Ficamos daquele jeito por um tempo, até que Poppy finalmente levantou a cabeça e colocou a palma da mão trêmula em meu rosto.

— Rune... — ela disse, com a voz falhando — ... o que eu vou... o que eu vou fazer sem você?

Balancei a cabeça, dizendo silenciosamente a ela que eu não sabia. Eu não conseguia falar; minhas palavras estavam presas no fundo da garganta. Poppy se encostou de novo em meu peito, e seus braços apertaram com força a minha cintura.

Não falamos enquanto as horas se passaram. O sol deixou para trás um céu laranja-queimado. Logo as estrelas apareceram, e a lua também, brilhante e cheia.

Uma brisa fria açoitou o bosque, forçando as pétalas a dançar ao nosso redor. Quando senti Poppy começar a tremer em meus braços, soube que era hora de ir.

Passei os dedos no cabelo grosso de Poppy e sussurrei:

— *Poppymin*, temos que ir.

Ela apenas me apertou mais forte em resposta.

— Poppy? — tentei novamente.

— Não quero ir — ela disse de modo quase inaudível, sua voz doce agora áspera.

Olhei para baixo no momento em que seus olhos verdes se fixaram nos meus.

— Se deixarmos o bosque, vai significar que está quase na hora de você *me* deixar também.

Passei as costas da mão por suas bochechas vermelhas. Elas estavam geladas ao toque.

— Sem despedidas, lembra? Você sempre diz que despedidas não existem. Porque sempre vamos nos ver em nossos sonhos. Como com a sua avó.

As lágrimas caíam dos olhos de Poppy; enxuguei as gotas com o polegar.

— E você está gelada — eu disse, suavemente. — Está realmente tarde, e preciso levar você pra casa, assim você não terá problemas por perder o horário de voltar.

Poppy forçou um sorriso fraco em seus lábios.

— Pensei que os vikings da vida real não seguissem regras.

Soltei uma única risada e encostei a testa na dela. Depositei dois beijos suaves em cada canto de sua boca e respondi:

— Eu vou te levar até a porta, e na hora em que seus pais estiverem dormindo vou entrar em seu quarto pela última noite. Que tal isso para quebrar as regras? Viking o suficiente?

Poppy riu.

— Sim — ela respondeu, afastando meu cabelo longo da frente dos meus olhos. — Você é o viking de que eu preciso na vida.

Tomando as mãos dela, beijei a ponta de cada dedo e me obriguei a ficar de pé. Ajudei-a a se levantar e puxei-a para meu peito. Eu a envolvi em meus braços, mantendo-a perto. Seu perfume doce entrou pelo meu nariz. Jurei que me lembraria exatamente de como ela se sentia naquele momento.

O vento ficou mais forte. Soltei nosso abraço e peguei a mão de Poppy. Em silêncio, começamos a andar pelo caminho forrado de pétalas. Poppy encostou a cabeça em meu braço, inclinando-a para trás para receber o céu noturno. Beijei o topo de sua cabeça e a ouvi suspirar profundamente.

— Você já notou como o céu é escuro em cima do bosque? É mais escuro que em qualquer outro lugar da cidade. Parece bem preto, a não ser pela lua e pelas estrelas cintilantes. Contra o rosa das cerejeiras, parece algo saído de um sonho.

Inclinei a cabeça para trás para ver o céu, e um sorrisinho brotou no canto da minha boca. Ela estava certa. Parecia quase surreal.

— Só você para notar uma coisa dessas — eu disse, baixando de novo a cabeça. — Você sempre vê o mundo de um jeito diferente de todos. É uma das coisas que amo em você. É a aventureira que conheci quando tinha cinco anos.

Poppy apertou minha mão mais forte.

— Minha vovó sempre dizia que o céu é do jeito que você quiser que seja.

A tristeza em sua voz fez meu ar parar na garganta.

Ela suspirou.

— O lugar predileto da vovó era debaixo da nossa cerejeira. Quando me sento ali e olho para essas fileiras e fileiras de árvores, e então para o céu tão preto, às vezes me pergunto se ela estará sentada naquela mesma árvore lá no céu, olhando para as cerejeiras floridas exatamente como nós, observando o céu negro tal como eu agora.

— Tenho certeza de que ela está, *Poppymin*. E está sorrindo de lá para você, como ela prometeu que faria.

Poppy se esticou e pegou uma flor de cerejeira de um tom vivo de rosa. Ela a segurou em frente ao corpo, olhando para as pétalas nas palmas de suas mãos.

— Vovó também disse que as melhores coisas da vida morrem rápido, como a flor da cerejeira. Porque algo tão belo não pode durar para sempre, *não deveria* durar para sempre. Ela permanece por um breve momento no tempo para nos lembrar de como a vida é preciosa, antes de desaparecer tão rápido quanto chegou. Vovó disse que ela nos ensina mais em sua vida curta do que qualquer coisa que fique sempre ao nosso lado.

Minha garganta começou a se fechar quando ouvi a dor na voz dela. Ela me olhou.

— Porque nada tão perfeito pode durar uma eternidade. Como as estrelas cadentes. Vemos as estrelas comuns toda noite. A maioria das pessoas não dá valor, até esquece que estão ali. Mas, se uma pessoa vê uma estrela cadente, ela se lembra daquele momento para sempre, até faz um desejo na presença dela. — Ela respirou fundo. — Ela passa tão rápido que as pessoas saboreiam o tempo curto que têm com ela.

Senti uma lágrima cair em nossas mãos unidas. Eu estava confuso, sem ter certeza do motivo por que ela estava falando de coisas tão tristes.

— Porque algo tão perfeito e especial é destinado a desaparecer. Por fim, tem de ser levado pelo vento. — Poppy levantou a flor de cerejeira que ainda estava em sua mão. — Como esta flor.

Ela a jogou pelo ar, bem quando passou uma rajada de vento. O sopro forte levou as pétalas pelo céu, por cima das árvores.

Sumiu de vista.

— Poppy... — comecei a falar, mas ela me cortou.

—Talvez sejamos como a flor da cerejeira, Rune. Como estrelas cadentes. Talvez tenhamos amado muito e muito jovens, e a chama foi tão brilhante que tivemos que esmaecer. — Então ela apontou para trás de nós, para o bosque florido. — Beleza extrema, morte rápida. Tivemos esse amor o tempo suficiente para nos ensinar uma lição. Para nos mostrar o quanto somos verdadeiramente capazes de amar.

Meu coração afundou. Virei Poppy de frente para mim. O olhar devastado em seu belo rosto me cortou o coração ali onde estava.

— Escute — eu disse, sentindo pânico. Com as mãos no rosto de Poppy, prometi: — Eu vou voltar para você. Essa mudança para Oslo não vai ser para sempre. Vamos conversar todos os dias, vamos escrever um para o outro. Ainda seremos Poppy e Rune. Nada pode quebrar isso, *Poppymin*. Você sempre será minha, será sempre metade da minha alma. Isso não é o fim.

Poppy fungou e piscou para se livrar das lágrimas. Meu pulso disparou de medo ao pensar nela desistindo de nós. Porque aquilo jamais havia passado na minha cabeça. Não estávamos terminando nada.

Cheguei mais perto.

— Não acaba aqui — eu disse energicamente. — Até o infinito, *Poppymin*. Para sempre e sempre. Jamais acaba. Você não pode pensar assim. Não com a gente.

Poppy se levantou na ponta dos pés, espelhando minha postura, colocando as mãos em meu rosto.

— Você me promete, Rune? Porque ainda tenho centenas de beijos de garoto para receber de você.

Sua voz estava tímida e envergonhada... estava atormentada de medo.

Eu ri, sentindo o pavor se esvaindo de meus ossos, o alívio tomando lugar.

— Sempre. E vou te dar mais que mil. Darei dois, três, quatro mil.

O sorriso alegre de Poppy me confortou. Eu a beijei lenta e suavemente, abraçando-a o mais apertado possível. Quando nos soltamos, os olhos de Poppy se abriram e ela anunciou:

— Beijo número trezentos e cinquenta e quatro. Com meu Rune, no bosque florido... e meu coração quase explodiu. — Então ela prometeu: — Meus beijos são todos seus, Rune. Ninguém jamais beijará meus lábios além de você.

Rocei os lábios nos dela uma vez mais e ecoei suas palavras.

— Meus beijos são todos seus. Ninguém jamais beijará meus lábios além de você.

Peguei a mão dela e seguimos para casa. Todas as luzes da minha casa ainda estavam acesas. Quando chegamos à porta da frente de Poppy, eu me curvei e beijei-lhe a ponta do nariz. Levei minha boca ao seu ouvido e sussurrei:

— Me dê uma hora e voltarei para você.

— Certo — Poppy sussurrou de volta.

Então pulei quando a palma de sua mão pousou gentilmente em meu peito. Poppy chegou mais perto de mim. A expressão séria em seu rosto me deixou nervoso. Ela olhou para a própria mão, então correu os dedos lentamente sobre meu peito e meu estômago.

— *Poppymin?* — perguntei, sem saber o que estava acontecendo.

Sem dizer uma palavra, ela puxou a mão e foi em direção à sua porta. Esperei ela se virar e explicar, mas ela não se virou. Entrou pela porta aberta, deixando-me plantado na entrada de sua casa. Eu ainda podia sentir o calor de sua mão em meu peito.

Quando as luzes da cozinha dos Litchfield se acenderam, eu me obriguei a voltar para casa. Assim que entrei pela porta, vi uma montanha de caixas no corredor da sala.

Elas devem ter sido guardadas para ficarem fora da minha vista.

Depois de passar por elas, vi minha *mamma* e meu *pappa* na sala. Meu *pappa* chamou meu nome, mas não parei. Entrei em meu quarto no momento em que ele veio atrás de mim.

Parei na frente da minha mesa de cabeceira e comecei a juntar tudo o que eu queria levar comigo, especialmente a foto com Poppy que eu havia tirado na noite anterior. Enquanto meus olhos analisavam a fotografia, meu estômago doía. Eu já sentia falta dela. Sentia falta da minha casa.

Sentia falta da minha garota.

Notando a presença de meu *pappa* ainda atrás de mim, eu disse baixinho:

— Eu te odeio por fazer isso comigo.

Flagrei sua respiração rápida. Eu me virei e vi minha *mamma* ao lado dele. O rosto dela estava tão chocado quanto o do meu *pappa*. Eu nunca os havia tratado mal assim. Eu gostava dos meus pais. Eu nunca tinha entendido como os outros adolescentes não gostavam dos deles.

Mas agora eu entendia.

Eu os *odiava*.

Nunca tinha sentido tanto ódio por alguém antes.

— Rune... — minha mãe começou, mas eu a interrompi.

— Eu nunca vou perdoar vocês, *nenhum* de vocês, por fazerem isso comigo. Eu odeio tanto vocês dois neste minuto que não consigo ficar perto de vocês.

Fiquei surpreso com a dureza na minha voz. Era grossa e cheia de toda a raiva que estava crescendo dentro de mim. Uma raiva que eu não sabia que era possível sentir. Para a maioria das pessoas eu parecia genioso, emburrado, mas na verdade eu raramente sentia raiva. Agora eu era feito dela. Apenas ódio corria em minhas veias.

Ira.

Os olhos de minha *mamma* se encheram de lágrimas, mas pela primeira vez não me importei. Queria que eles se sentissem tão mal quanto eu me sentia naquele minuto.

— Rune... — meu *pappa* disse, e virei-lhe as costas.

— A que horas vamos embora? — rosnei, interrompendo qualquer coisa que ele estivesse tentando falar.

— Saímos às sete da manhã — ele me informou baixinho.

Fechei os olhos; agora eu tinha apenas *horas* com Poppy. Em oito horas, eu a deixaria para trás. Deixaria tudo para trás, menos essa raiva. Eu ia garantir que ela viajasse comigo.

— Não será para sempre, Rune. Depois de um tempo vai ficar mais fácil. Você por fim vai conhecer outra pessoa. Você vai seguir em frente...

— *Não!* — eu gritei e me virei bruscamente, jogando a luminária da mesa de cabeceira para o outro lado do quarto. A lâmpada se despedaçou com o impacto. Eu respirava intensamente, com o coração disparado no peito, enquanto encarava meu *pappa*. — Jamais diga uma coisa dessas de novo! Eu não vou deixar Poppy para ficar com outra. Eu a amo! Você não entende? Ela é *tudo* pra mim, e *você* está nos arrancando um do outro.

Observei o rosto de meu pai empalidecer. Dei um passo para a frente.

Minhas mãos tremiam.

— Não tenho escolha a não ser ir com vocês, eu sei disso. Eu só tenho quinze anos. Não sou estúpido a ponto de

acreditar que poderia ficar aqui sozinho. — Fechei os punhos.
— Mas eu *vou* odiar vocês. Vou odiar vocês *dois* a cada dia até a nossa volta. Você pode achar que só porque tenho quinze anos eu vou me esquecer da Poppy assim que uma vagabunda de Oslo me der bola. Mas isso não vai acontecer nunca. E vou odiar vocês cada segundo, até estar com ela novamente.

Pausei para respirar e completei:

— E, quando eu a reencontrar, ainda vou odiar vocês por terem me tirado dela. Por causa de vocês, vou perder anos ao lado da minha garota. Não pensem que por eu ser jovem não reconheço o que tenho com Poppy. Eu a amo. Eu a amo mais do que vocês podem imaginar. E vocês estão me levando embora sem dar a mínima para os meus sentimentos.

Eu me virei, fui até o armário e comecei a puxar minhas roupas.

— Então, de agora em diante, eu não ligo para os sentimentos de vocês a respeito de qualquer coisa. Eu *nunca* vou perdoar vocês. Os dois. *Especialmente* você, *pappa*.

Comecei a arrumar a mala que minha *mamma* havia colocado sobre minha cama. Meu *pappa* ficou onde estava, olhando para o chão em silêncio. Por fim ele disse:

— Durma um pouco, Rune. Vamos acordar cedo.

Cada fio de cabelo no meu pescoço se eriçou com a irritação por ele desconsiderar o que eu tinha a dizer, até que ele continuou, em voz baixa:

— Sinto muito, filho. Eu *sei* quanto a Poppy significa para você. Demorei para contar a você para poupar semanas de dor, porém isso não ajudou. Mas assim é a vida real, e estamos falando do meu emprego. Você vai entender um dia.

A porta se fechou atrás de mim, e me joguei na cama. Arrastei a mão até o rosto, e meus ombros caíram quando olhei para o armário vazio. Mas a raiva ainda estava lá, queimando no estômago. Se bobear, queimando mais que antes.

Eu tinha certeza de que ela estava ali para ficar.

Joguei a última das minhas camisas na mala, sem ligar para o quanto ficariam amarrotadas. Fui para a janela e vi que a casa de Poppy estava na escuridão, com exceção da luz noturna dizendo que a barra estava limpa.

Depois de trancar a porta do meu quarto, eu me esgueirei pela janela e corri através da grama. A janela estava levemente aberta, esperando por mim. Deslizei por ela e fechei bem.

Poppy estava sentada no centro da cama, com o cabelo solto e o rosto recém-lavado. Engoli em seco ao ver como ela estava linda de camisola branca, com os braços e as pernas nus, e a pele tão suave e macia.

Cheguei mais perto e vi o porta-retratos em sua mão. Quando ela olhou para cima, percebi que tinha chorado.

— *Poppymin* — eu disse suavemente, e minha voz falhou ao vê-la tão chateada.

Poppy colocou o porta-retratos na cama e deitou a cabeça no travesseiro, dando tapinhas no colchão ao lado dela. Eu me deitei junto a ela o mais rápido que pude, ajeitando-me até que houvesse apenas centímetros entre nós.

Assim que vi os olhos vermelhos de Poppy, a raiva dentro de mim pareceu se inflamar.

— Querida — eu disse, cobrindo minha mão com a dela —, por favor, não chore. Não suporto ver você chorar.

Poppy engoliu em seco.

— Minha mãe me disse que vocês vão embora de manhã bem cedo.

Baixei os olhos e assenti.

Os dedos de Poppy correram por minha testa.

— Então só temos esta noite — ela disse.

Eu senti um punhal atravessar meu coração.

— *Ja* — respondi, piscando para ela.

Ela estava me olhando de um jeito estranho.

— O que foi? — perguntei.

Poppy trouxe seu corpo para mais perto. Tão perto que nossos peitos se tocaram e seus lábios quase encostaram na minha boca. Eu podia sentir o cheiro de pasta de dente mentolada em seu hálito.

Molhei os lábios e meu coração começou a bater forte. Os dedos de Poppy deslizaram por meu rosto, meu pescoço e meu peito, até que alcançaram a barra da minha camisa. Eu me mexi na cama, precisando de espaço, mas, antes que eu pudesse de fato me mover, Poppy se aproximou e pressionou a boca sobre a minha. Assim que senti o gosto de seus lábios, me curvei para mais perto, e sua língua avançou para encontrar a minha.

Ela me beijou devagar, mais profundamente que antes. Quando sua mão levantou minha camisa e pousou em meu estômago nu, joguei a cabeça para trás e engoli em seco. Eu podia sentir a mão de Poppy tremendo contra a minha pele. Olhei em seus olhos, e meu coração pulou uma batida.

— *Poppymin* — sussurrei, correndo minha mão sobre seu braço nu. — O que você está fazendo?

Poppy moveu a mão para cima até atingir meu peito, e minha voz foi estancada pelo nó em minha garganta.

— Rune? — Poppy sussurrou, enquanto descia a cabeça para depositar um só beijo na base do meu pescoço. Meus olhos fecharam quando sua boca morna tocou minha pele. Poppy falou com a boca ainda encostada na minha pele: — Eu... eu quero você...

O tempo parou. Meus olhos se abriram rápido. Poppy foi aos poucos para trás e inclinou a cabeça até que seus olhos verdes encontraram os meus.

— Poppy, não — protestei, balançando a cabeça, mas ela colocou os dedos sobre meus lábios.

— Eu não... — Ela se perdeu por um momento, e então se aprumou e continuou: — ... eu não posso deixá-lo ir sem saber como é estar com você. — Ela fez uma pausa. — Eu te amo, Rune. Tanto. Espero que saiba disso.

Meu coração disparou em um novo tipo de batida, uma que sabia que tinha o amor de sua outra metade. Era mais forte e mais rápida. Era infinitamente mais rápida que a anterior.

— Poppy — sussurrei, chocado com aquelas palavras. Eu sabia que ela me amava, porque eu a amava. Mas era a primeira vez que eu a escutava dizer isso em voz alta.

Ela me ama...

Poppy esperou silenciosamente. Sem saber como responder de outro jeito, deslizei a ponta do nariz por sua bochecha, puxando a cabeça para trás em uma fração de segundo para olhar em seus olhos.

— *Jeg elsker deg.*

Poppy engoliu em seco e então sorriu.

Eu sorri de volta.

— Eu te amo — traduzi, só para ter certeza de que ela tinha entendido completamente.

O rosto de Poppy ficou novamente sério, e ela se moveu para sentar no meio da cama. Buscando minha mão, ela me puxou para eu sentar de frente para ela. Suas mãos desceram para a barra da minha camisa.

Tomando um fôlego entrecortado, ela tirou a camisa por cima de minha cabeça. Fechei os olhos ao sentir um beijo morno no peito. Abri os olhos novamente para ver Poppy me dar um sorriso tímido. Derreti ao ver o olhar nervoso em seu rosto.

Ela jamais tinha estado tão linda.

Brigando com os nervos, coloquei a mão em seu rosto.

— Nós não temos que fazer isso, Poppy. Só porque vou embora... você não precisa fazer isso por mim. Eu vou voltar; eu garanto. Quero esperar até que você esteja pronta.

— Eu estou pronta, Rune — ela disse, com a voz clara e firme.

— Você acha que somos muito jovens...

— Logo faremos dezesseis.

Sorri ao ouvir o fogo em sua voz.

— A maioria das pessoas ainda acha que isso é ser jovem demais.

— Romeu e Julieta tinham mais ou menos a nossa idade — ela argumentou.

Não consegui evitar o riso. Parei de rir quando ela veio para mais perto e passou a mão em meu peito.

— Rune — ela sussurrou —, estou pronta há algum tempo, mas não me importava em esperar porque tínhamos todo o tempo do mundo. Não havia pressa. Agora não podemos nos dar a esse luxo. Nosso tempo, *este* tempo, é limitado. Temos apenas horas. Eu te amo. Eu te amo mais do que qualquer um acreditaria. E... acho que você sente o mesmo por mim.

— *Ja* — respondi no mesmo instante. — Eu te amo.

— Para sempre e sempre — Poppy disse com um suspiro, e então se afastou de mim. Sem tirar os olhos dos meus, ela levou a mão à alça da camisola e a puxou para baixo. Ela fez o mesmo com a outra alça, e a camisola desceu até seus quadris.

Eu congelei. Não conseguia me mover enquanto Poppy ficava daquele jeito, na minha frente, nua para mim.

— *Poppymin* — respirei fundo, convencido de que não merecia aquela garota... aquele momento.

Cheguei mais perto e parei em frente a ela. Busquei seus olhos e perguntei:

— Você tem certeza, *Poppymin*?

Poppy enlaçou a mão na minha, então levou nossas mãos até sua pele nua.

— Sim, Rune. Eu tenho certeza. Eu quero isso.

Eu não conseguia mais me segurar, então me soltei e beijei seus lábios. Tínhamos apenas horas. Eu as passaria ao lado da minha garota, de todas as maneiras possíveis.

Poppy tirou a mão da minha e explorou meu peito com os dedos, sem parar de me beijar. Eu corri os dedos por suas costas, puxando-a para mais perto. Ela tremeu ao meu toque. Desci a mão para a barra de sua camisola, na altura de sua coxa. Minhas mãos subiram, até eu me preocupar em estar indo longe demais.

Poppy se soltou e colocou a testa em meu ombro.

— Continue — ela me instruiu, sem fôlego.

Eu fiz como ela pediu, engolindo o nó em minha garganta.

— Rune — ela murmurou.

Fechei os olhos ao ouvir o som de sua voz doce. Eu a amava tanto. Por causa disso, não queria machucá-la. Não queria ser o responsável por pressioná-la a ir longe demais. Eu queria que ela se sentisse especial. Eu queria que ela entendesse que era meu mundo.

Ficamos assim por um minuto, presos no momento, respirando, esperando pelo que vinha a seguir.

Então as mãos de Poppy deslizaram até o botão do meu jeans, e abri meus olhos. Ela estava me olhando atentamente.

— Isso está... está bem? — ela perguntou, cautelosamente.

Eu assenti, sem falar. Com a mão livre, ela me guiou para despi-la, até que nossas roupas estivessem no chão.

Poppy sentou-se em minha frente silenciosamente, com as mãos inquietas no colo. Seu longo cabelo castanho caía por um de seus ombros, e suas bochechas estavam coradas.

Eu nunca a tinha visto tão nervosa.

Eu nunca tinha ficado tão nervoso.

Esticando a mão, corri meu dedo por seu rosto quente. Ao meu toque, os olhos de Poppy se abriram, e um sorriso tímido repuxou seus lábios.

— Eu te amo, *Poppymin* — sussurrei.

Um suspiro suave escapou de sua boca.

— Eu também te amo, Rune.

Os dedos de Poppy envolveram meu punho enquanto ela se deitava cuidadosamente na cama, guiando-me para a frente, até que eu estivesse ao seu lado, movendo o torso para cobrir o dela.

Curvando-me para a frente, sapequei beijos suaves em suas bochechas vermelhas e em sua testa, terminando com um longo beijo em sua boca morna. A mão trêmula de Poppy se enfiou em meu cabelo e me puxou para mais perto.

Senti que apenas segundos haviam passado quando Poppy se mexeu sob meu corpo, desvencilhando-se do beijo. Ela colocou a palma da mão em meu rosto e disse:

— Estou pronta.

Acariciando a mão dela com meu rosto, beijei os dedos pousados em minha face e absorvi suas palavras. Poppy se esticou para o lado e pegou algo da gaveta da sua mesa de cabeceira. Quando ela me deu o pequeno pacote, lutei contra uma súbita torrente de nervosismo.

Encarei Poppy, e suas bochechas coraram de vergonha.

— Eu sabia que este dia chegaria em breve, Rune. Eu quis ter certeza de que estaríamos preparados.

Beijei minha garota até tomar coragem. Não levei muito tempo, com o toque de Poppy acalmando a tempestade interna, até que eu soubesse que estava pronto.

Poppy abriu os braços, guiando-me sobre ela. Minha boca se fundiu com a dela, e pelo tempo mais longo eu apenas a beijei. Provei o gosto do protetor labial de cereja em seus lábios, amando sentir o toque de sua pele nua e morna de encontro à minha.

Recuei, buscando ar. Olhei Poppy nos olhos e ela assentiu com a cabeça. Eu percebia em seu rosto o quanto ela me desejava, tanto quanto eu a desejava. Mantive os olhos presos nos dela e não desviei o olhar nem uma vez.

Nem por um segundo...

Depois de tudo, eu a segurei em meus braços. Ficamos de frente um para o outro, deitados debaixo das cobertas. A pele de Poppy estava morna ao toque, e sua respiração desacelerava de volta ao ritmo normal. Nossos dedos estavam enlaçados sobre o travesseiro que agora dividíamos, em um aperto forte, e nossas mãos tremiam levemente.

Nenhum dos dois havia falado ainda. Enquanto eu olhava Poppy, prestando atenção em cada movimento meu, rezei para que ela não se arrependesse do que havíamos feito.

Eu a vi engolir em seco e então respirar fundo. Quando ela expirou o ar, baixou os olhos para nossas mãos unidas. Tão lentamente quanto possível, ela correu os lábios sobre nossos dedos entrelaçados.

Fiquei paralisado.

— *Poppymin* — eu disse, e seus olhos se levantaram.

Uma longa mecha de seu cabelo havia caído sobre seu rosto, e eu gentilmente a puxei para trás, colocando-a atrás de sua orelha. Ela ainda não havia dito nada. Precisando que ela soubesse o quanto aquilo que dividimos significava para mim, sussurrei:

— Eu te amo tanto. O que nós fizemos agora... estar com você dessa maneira...

Eu perdi as palavras, sem ter certeza de como expressar o que eu queria dizer.

Ela não respondeu, e meu estômago revirou com o medo de que eu tivesse feito algo errado. Ao fechar os olhos, frustrado, senti a testa de Poppy contra a minha e seus lábios soprando beijos sobre minha boca. Eu me mexi até que ficássemos o mais perto possível.

— Eu vou me lembrar desta noite para o resto da minha vida — ela confidenciou, e o medo que senti foi expulso da minha mente.

Abri os olhos e apertei o abraço em torno de sua cintura.

— Foi... foi especial para você, *Poppymin*? Assim como foi especial para mim?

Poppy deu um sorriso tão largo que a simples visão dele me tirou o fôlego.

— Tão especial quanto é possível ser especial — ela respondeu suavemente, ecoando as palavras que havia me dito quando tínhamos oito anos e a beijei pela primeira vez. Incapaz de fazer qualquer outra coisa, eu a beijei com tudo, derramando todo o meu amor naquele momento.

Quando nos soltamos, Poppy apertou minha mão, e lágrimas se formaram em seus olhos.

— Beijo trezentos e cinquenta e cinco, com meu Rune, no meu quarto... depois que fizemos amor pela primeira vez.

Tomando minha mão, ela a colocou em seu peito, diretamente sobre o coração. Eu podia sentir as batidas fortes sob a palma da minha mão. Sorri. Eu sabia que suas lágrimas eram de felicidade, não de tristeza.

— Foi tão especial que meu coração quase explodiu — ela completou, com um sorriso.

— Poppy — sussurrei, sentindo meu peito apertar.

O sorriso de Poppy se foi, e observei quando suas lágrimas começaram a cair sobre o travesseiro.

— Eu não quero que você me deixe — ela disse com a voz entrecortada.

Eu não podia suportar a dor em sua voz. Ou o fato de que as lágrimas agora eram de tristeza.

— Eu não quero ir — respondi, com honestidade.

Não dissemos mais nada. Porque não havia mais nada a dizer. Penteei os cabelos de Poppy com os dedos, enquanto ela corria a ponta dos dedos pelo meu peito. Não demorou muito até que a respiração de Poppy se regularizasse e sua mão ficasse imóvel sobre a minha pele.

O ritmo regular de sua respiração acalentou meus olhos até que eles se fechassem. Tentei ficar acordado o máximo possível, para saborear o tempo que me restava. Mas não demorou muito até que eu caísse no sono, uma mistura agridoce de felicidade e tristeza correndo em minhas veias.

Parecia que eu tinha acabado de fechar os olhos quando senti o calor do sol que se levantava beijando meu rosto. Pisquei até abrir os olhos, vendo um novo dia entrando pela janela de Poppy.

O dia em que eu iria embora.

Senti um aperto na barriga quando vi o horário. Eu partiria em uma hora.

Quando olhei para Poppy, dormindo sobre meu peito, achei que ela nunca tinha estado mais bonita. Sua pele estava corada com o calor de nossos corpos, e sorri ao ver nossas mãos ainda juntas sobre meu estômago.

O nervosismo então correu por mim quando pensei na noite anterior.

Ela parecia tão contente enquanto dormia. Meu maior medo era que ela acordasse e se arrependesse do que tínhamos feito. Eu queria tanto que ela amasse o que tínhamos feito do mesmo jeito que eu tinha amado. Queria que a imagem de nós dois juntos ficasse arraigada em sua mente como ficaria na minha.

Como se sentisse meu olhar pesado, Poppy lentamente abriu os olhos. Percebi as lembranças da noite anterior reluzirem em seu rosto. Seus olhos se arregalaram enquanto ela mirava nossos corpos, nossas mãos. Meu coração parou por um instante em trepidação, mas então um belo sorriso se espalhou por seu rosto. Ao ver isso, cheguei mais perto. Poppy enterrou a cabeça em meu pescoço enquanto eu a envolvia nos braços. Eu a abracei forte o tempo máximo que pude.

Quando finalmente levantei a cabeça e olhei para o relógio, a raiva do dia anterior voltou com tudo.

— *Poppymin* — sussurrei, ouvindo a raiva tensa em minha voz britada. — Eu... eu tenho que ir.

Poppy endureceu em meus braços. Quando ela se virou, suas bochechas estavam molhadas.

— Eu sei.

Senti lágrimas atingindo as minhas bochechas também. Poppy as enxugou delicadamente. Peguei sua mão e deitei um único beijo no centro da palma. Fiquei por mais uns minutos, absorvendo cada centímetro do rosto de Poppy, antes de me forçar a sair da cama e me vestir. Sem olhar para trás, deslizei pela janela e corri através do gramado, sentindo meu coração despedaçar a cada passo.

Entrei pela janela. A porta do meu quarto havia sido destrancada por fora. Meu *pappa* estava ao lado da cama. Por um breve instante, meu estômago revirou com o fato de que eu havia sido flagrado. Mas então a fúria se acendeu em mim e levantei o queixo, desafiando-o a dizer alguma coisa, *qualquer coisa*.

Eu receberia com prazer uma briga.

Eu não deixaria que ele me envergonhasse por ter passado a noite com a garota que eu amava. Aquela da qual ele estava me arrancando.

Ele se virou e foi embora sem dizer uma única palavra.

Trinta minutos se passaram em um momento. Olhei para o meu quarto pela última vez. Joguei minha mochila sobre o ombro e saí, com a câmera pendendo no pescoço.

O sr. e a sra. Litchfield já estavam na entrada de nossa casa, ao lado de Ida e Savannah, abraçando meus pais com suas despedidas. Ao me verem sair pela porta, eles me encontraram no fim da escada e também me abraçaram em despedida.

Ida e Savannah correram para mim e se agarraram na minha cintura. Eu bagunçei o cabelo delas. Quando se afastaram, ouvi a porta se abrindo, levantei os olhos e vi Poppy. Ela tinha o cabelo molhado, claramente havia acabado de sair do banho, e estava mais linda que nunca quando correu para onde nós todos estávamos, olhando apenas para mim.

Quando ela chegou até nossa entrada, parou para abraçar meus pais e se despedir de Alton com um beijo. Ela então virou o rosto para mim. Meus pais entraram no carro e os pais e as irmãs de Poppy voltaram para a casa deles, nos dando um pouco de espaço. Não perdi tempo para segurá-la em meus braços, e Poppy se jogou em meu peito. Eu a apertei forte, aspirando o doce perfume de seu cabelo.

Botei meu dedo sob seu queixo e levantei sua cabeça, e então a beijei pela última vez. Eu a beijei com todo o amor que pude encontrar em meu coração.

Quando nos largamos, Poppy falou entre fios de lágrimas:

— Beijo número trezentos e cinquenta e seis. Com meu Rune na entrada de sua casa... quando ele me deixou.

Fechei os olhos. Eu não podia suportar a dor que ela sentia – que *eu* sentia também.

— Filho? — meu *pappa* chamou, e olhei para ele por cima dos ombros de Poppy. — Temos que ir — ele disse em tom de desculpa.

As mãos de Poppy apertaram minha camisa. Seus grandes olhos verdes estavam brilhando de lágrimas, e parecia que ela tentava memorizar cada parte de meu rosto. Por fim a soltei, levantei a câmera e pressionei o botão.

Capturei este raro momento: o instante exato em que o coração de alguém se parte.

Caminhei até o carro, sentindo meus pés pesando toneladas. Ao subir no banco de trás, nem tentei parar minhas lágrimas. Observei Poppy ao lado do nosso carro, seu cabelo molhado voando com a brisa, olhando-me partir, dando adeus.

Meu *pappa* ligou o motor. Abri minha janela. Estendi a mão para fora e Poppy a pegou. Enquanto olhava para seu rosto uma última vez, ela disse:

— Verei você em meus sonhos.

— Verei você em meus sonhos — respondi em um sussurro e relutantemente larguei a mão dela, enquanto meu *pappa* saía com o carro. Olhei para Poppy pela janela traseira, observando-a acenar, até que ela estivesse fora de vista.

Eu retive na memória aquele aceno de adeus.

Jurei guardar aquela lembrança até que aquele aceno me desse as boas-vindas novamente.

Até que ele mais uma vez significasse "olá".

4
Silêncio

Rune
Oslo
Noruega

Um dia depois eu estava de volta a Oslo, separado de Poppy por um oceano.

Por dois meses, nós nos falamos todos os dias. Tentei ficar feliz porque ao menos tínhamos aquilo. Mas, como cada dia terminava sem ela ao meu lado, a raiva dentro de mim cresceu. Meu ódio pelo meu *pappa* aumentou, até quebrar algo por dentro, e tudo o que eu conseguia sentir era vazio. Resisti a fazer amigos na escola, resisti a tudo o que pudesse tornar aquele lugar novamente o meu lar.

Meu lar era na Geórgia.

Com Poppy.

Poppy não disse nada sobre minha mudança de humor, se é que notou. Eu esperava ter escondido bem. Eu não queria que ela se preocupasse comigo.

Então um dia Poppy não respondeu a meus telefonemas, e-mails ou mensagens de texto.

Nem no outro dia, nem no outro.

Ela sumiu da minha vida.

Poppy simplesmente desapareceu. Nem uma palavra, nem um traço.

Ela foi embora da escola. Ela foi embora da cidade.

Sua família toda foi embora sem aviso.

Por dois anos, ela me deixou completamente sozinho do outro lado do Atlântico, imaginando onde ela estaria. Imaginando o que havia acontecido. Imaginando se eu tinha feito algo errado. Fazendo-me pensar que talvez eu a tivesse pressionado demais na noite anterior à minha partida.

Foi o segundo momento que definiu a minha vida.

Uma vida sem Poppy.

Sem infinito.

Sem para sempre e sempre.

Apenas... nada.

5
Amantes velhos e estranhos novos

Poppy
Blossom Grove, Geórgia
Dias de hoje
Aos dezessete anos de idade

— Ele está voltando.

Três palavras. Três palavras que fizeram minha vida entrar em parafuso. Três palavras que me apavoraram.

Ele está voltando.

Olhei para Jorie, minha amiga mais próxima, apertando os livros contra o peito. Meu coração disparou feito um canhão, e o nervosismo tomou conta de mim.

— O que você disse? — sussurrei, ignorando os estudantes em torno de nós no corredor, todos apressados para a aula seguinte.

Jorie colocou a mão em meu braço.

— Poppy, você está bem?

— Sim — respondi fracamente.

— Tem certeza? Você ficou pálida. Não parece bem.

Fiz que sim com a cabeça, tentando ser convincente, e perguntei:

— Quem... quem te disse que ele estava voltando?

— Judson e Deacon — ela respondeu. — Eu estava agora na aula e eles diziam que o sr. Kristiansen será enviado de volta para cá pela empresa em que trabalha. — Ela encolheu os ombros. — Dessa vez para sempre.

Engoli em seco.

— Para a mesma casa?

Jorie se retraiu, mas assentiu com a cabeça.

— Sinto muito, Pops.

Fechei os olhos e inspirei para me acalmar. Ele estaria novamente na casa ao lado... o quarto dele novamente de frente para o meu.

— Poppy? — perguntou Jorie, e abri meus olhos. O olhar dela estava repleto de compaixão. — Você tem certeza de que está bem? Você mesma voltou há apenas duas semanas. E sei o que ver o Rune vai causar...

Forcei um sorriso.

— Eu vou ficar bem, Jor. Eu já não o conheço mais. Dois anos é um longo tempo, e nesse período eu não falei mais com ele uma única vez.

Jorie franziu o cenho.

— Pop...

— Eu vou ficar bem — insisti, levantando a mão. — Preciso ir para a aula.

Eu estava me afastando de Jorie quando uma questão estalou em minha cabeça. Olhei por cima do ombro para minha amiga, a única amiga com quem eu tinha mantido contato nos últimos dois anos. Enquanto todos pensavam que minha família tinha saído da cidade para cuidar da tia doente de minha mãe... Só Jorie sabia a verdade.

— Quando? — reuni coragem para perguntar.

O rosto de Jorie suavizou-se quando ela percebeu o que eu queria dizer.

— Hoje à noite, Pops. Ele chega hoje à noite. Judson e Deacon estão avisando todos para ir ao campo à noite para dar as boas-vindas a ele. Todo mundo vai.

Senti suas palavras como um punhal atravessando meu coração. Eu não tinha sido convidada. Mas, também, eu não seria. Eu tinha ido embora de Blossom Grove sem uma palavra. Quando voltei para a escola, sem estar no braço de Rune, eu me tornei a garota que sempre deveria ter sido: invisível para a galera popular. A menina esquisita que usava laços no cabelo e tocava violoncelo.

Ninguém – exceto Jorie e Ruby – se importou por eu ter ido embora.

— Poppy? — Jorie chamou novamente.

Pisquei até voltar à realidade e percebi que os corredores estavam quase vazios.

— É melhor você ir para a aula, Jor.

Ela deu um passo em minha direção.

— Você vai ficar bem, Pops? Estou preocupada com você.

Dei um riso sem humor.

— Já passei por coisas piores.

Baixei a cabeça e me apressei para a aula antes que eu pudesse ver a compaixão e a pena no rosto de Jorie. Entrei na aula de matemática e deslizei em minha cadeira assim que o professor começou a lição.

Se alguém depois me perguntasse sobre o que a aula havia sido, eu não seria capaz de dizer. Por cinquenta minutos, eu só conseguia pensar na última vez em que havia visto Rune. A última vez em que ele tinha me tomado nos braços. A última vez em que encostara os lábios nos meus. Como fizemos amor, e o olhar em seu lindo rosto quando ele foi levado de minha vida.

Inutilmente, eu me perguntava como ele estaria agora. Ele sempre tinha sido alto, com ombros largos, corpo bem-talhado. Mas, no que dizia respeito a outros aspectos, dois anos era um longo tempo para uma pessoa mudar na nossa idade. Eu sabia disso melhor que ninguém.

Eu me perguntava se os olhos de Rune ainda eram tão azuis que pareciam de cristal sob o sol forte. Eu me perguntava se ele ainda usava cabelo comprido e se ainda o puxava para trás a cada poucos minutos – aquele movimento irresistível que deixava as garotas enlouquecidas.

E, por um instante, eu me permiti imaginar se ele ainda pensava em mim, a garota da casa ao lado. Se algum dia se perguntou o que eu estava fazendo em um momento particular no tempo. Se algum dia pensou naquela noite. Na nossa noite. A noite mais maravilhosa da minha vida.

Então pensamentos sombrios me atingiram forte e rápido. A questão que me deixou fisicamente doente... ele teria beijado outra pessoa nos últimos dois anos? Ele teria dado a alguém os seus lábios, quando ele os prometera para mim para sempre?

Ou pior: ele teria feito amor com outra garota?

O sinal estridente da escola me arrancou dos meus pensamentos. Eu me levantei da minha mesa e fui para o corredor. Estava grata por ser o fim do dia escolar.

Eu estava cansada e sentia dores. Porém, mais que isso, meu coração doía. Porque eu sabia que Rune estaria de volta à casa ao lado a partir daquela noite, à escola no dia seguinte, e eu não poderia falar com ele. Eu não poderia tocá-lo nem lhe sorrir, como eu sonhava em fazer desde o dia em que não liguei de volta para ele.

E eu não poderia beijá-lo docemente.

Eu precisava ficar longe.

Meu estômago revirou quando percebi que ele provavelmente não ia mais se importar comigo. Não depois de eu o ter ignorado – sem explicação, nada.

Ao sair para o ar fresco e frio, respirei profundamente. Isso fez eu me sentir melhor imediatamente, e coloquei o cabelo atrás das orelhas. Agora que ele estava cortado em um chanel curto, o que era sempre estranho. Eu sentia falta do meu cabelo comprido.

Enquanto caminhava para casa, sorri ao ver o céu azul e os pássaros precipitando-se ao redor do topo das árvores. A natureza me acalmava; sempre havia me acalmado.

Eu tinha andado apenas umas centenas de metros quando vi o carro de Judson cercado dos velhos amigos de Rune. Avery era a única garota na multidão de meninos. Baixei a cabeça e tentei passar rápido, mas ela chamou meu nome. Parei e me obriguei a virar em sua direção. Avery saiu de onde estava encostada no carro e veio para a frente. Deacon tentou puxá-la de volta, mas ela desviou do braço dele. Eu vi por sua expressão presunçosa que não seria bondosa.

— Você soube? — ela perguntou com um sorriso nos lábios cor-de-rosa. Avery era linda. Quando voltei para a cidade, não podia acreditar em como ela tinha se tornado linda. Sua maquiagem estava sempre perfeita, e seu longo cabelo loiro estava sempre cuidadosamente arrumado. Ela era tudo o que um garoto poderia querer em uma garota, e tudo o que a maioria das garotas queria ser.

Empurrei o cabelo para trás da orelha, um hábito que demonstrava nervosismo.

— Soube do quê? — perguntei, sabendo exatamente o que ela queria dizer.

— De Rune. Ele está voltando para Blossom Grove.

Eu via o brilho de felicidade nos olhos azuis dela. Olhei para o lado, determinada a manter a compostura, e balancei a cabeça.

— Não, Avery. Eu não sabia. Eu mesma voltei há pouco tempo.

Vi Ruby, que ainda namorava Deacon, andando em direção ao carro, Jorie ao seu lado. Quando elas viram Avery falando comigo, apressaram-se a juntar-se a nós. Eu amava as duas por isso. Só Jorie sabia onde eu havia estado nos últimos dois anos, *por que* eu tinha ido embora. Mas, desde o minuto em que eu tinha voltado, Ruby agira como se eu jamais tivesse ido embora. Elas eram amigas de verdade, percebi.

— E o que está rolando aqui? — Ruby perguntou casualmente, mas percebi o tom protetor em sua voz.

— Eu estava perguntando a Poppy se ela sabia que Rune vai chegar hoje à noite a Blossom Grove — Avery respondeu, sarcástica.

Ruby me olhou com curiosidade.

— Eu não sabia — eu disse a ela. E Ruby me deu um sorriso triste.

Deacon alcançou sua namorada e colocou um braço em torno dos ombros dela. Ele fez um meneio com o queixo me cumprimentando.

— Ei, Pops.

— Ei — respondi.

Deacon se virou para Avery.

— Ave, Rune não fala com a Poppy há anos, eu te contei isso. Ela nem o conhece mais. Claro que ela não saberia que ele estava voltando, por que ele diria a ela?

Ao ouvir Deacon, soube que ele não estava sendo cruel comigo. Mas isso não queria dizer que suas palavras não tivessem atravessado meu coração feito uma lança. E agora eu sabia; eu sabia que Rune jamais falava de mim. Era óbvio que ele e Deacon tinham permanecido próximos. Era óbvio que eu não significava nada para ele agora. Que eu jamais era mencionada.

Avery encolheu os ombros.

— Eu só me perguntei, só isso. Ela e Rune eram inseparáveis até ele ir embora.

Tomando aquilo como minha deixa para ir embora, acenei.

— Tenho que ir.

Eu me virei rapidamente e tomei o caminho de casa. Tinha decidido pegar um atalho pelo parque que me levaria ao bosque florido. Ao caminhar pelo bosque vazio, vendo as cerejeiras sem suas folhas preciosas, uma tristeza tomou conta de mim.

Os galhos nus estavam tão vazios quanto eu me sentia... Ansiando por aquilo que os completaria, mas sabendo que, não importava o quanto o desejassem, não poderiam tê-lo de volta até a primavera.

O mundo simplesmente não funcionava daquela maneira.

Quando cheguei em casa, minha mãe estava na cozinha. Ida e Savannah estavam sentadas à mesa fazendo seus deveres de casa.

— Oi, querida — disse minha mãe. Fui até ela e a abracei, apertando sua cintura só um pouco mais que o normal.

Ela levantou a cabeça, e havia preocupação em seus olhos cansados.

— Algum problema?

— Só estou cansada, mamãe. Vou me deitar.

Minha mãe não me soltou.

— Tem certeza? — ela perguntou, pousando a palma da mão em minha testa para medir a temperatura.

— Tenho — prometi, tirando sua mão e beijando seu rosto.

Fui para o meu quarto. Da janela olhei para a casa dos Kristiansen. Permanecia inalterada. Não estava diferente do dia em que eles tinham ido embora para Oslo.

Eles não haviam vendido a casa. A sra. Kristiansen tinha dito à minha mãe que eles sabiam que iam voltar em algum momento, então preferiram mantê-la. Eles amavam a vizinhança e a casa. Uma faxineira tinha limpado e feito a manutenção a cada quinze dias durante dois anos para assegurar que estaria pronta para a volta deles.

Todas as cortinas estavam puxadas para trás e as janelas estavam abertas para permitir a entrada de ar fresco. A faxineira estava preparando a casa para a chegada iminente deles. O regresso que eu temia.

Depois de fechar as cortinas que meu pai havia instalado para mim quando retornamos, umas semanas antes, eu me deitei na cama e fechei os olhos. Eu odiava me sentir fatigada o tempo todo. Por natureza, eu era uma pessoa ativa, via o sono como uma perda de tempo quando era possível gastá-lo pelo mundo, explorando e criando memórias.

Mas agora eu não tinha escolha.

Vislumbrei Rune na minha mente, e seu rosto ficou comigo enquanto começava a sonhar. Era o sonho que eu sonhava na maioria das noites – Rune me segurando nos braços, beijando meus lábios e dizendo que me amava.

Não sei por quanto tempo dormi, mas quando acordei foi por causa do barulho de caminhões chegando. Batidas altas e vozes familiares vieram do outro lado do jardim.

Eu me sentei na cama e limpei os olhos. Então me dei conta.

Ele estava aqui.

Meu coração disparou. Batia tão rápido que me segurei de medo de que fosse pular do meu peito.

Ele estava aqui.

Ele estava *aqui*.

Saí da cama e me posicionei de frente para as cortinas fechadas. Eu me aproximei, assim podia escutar o que estava acontecendo. Distingui as vozes da minha mãe e do meu pai e os sons familiares do sr. e da sra. Kristiansen.

Sorrindo, eu me curvei para afastar uma das cortinas. Parei. Eu não queria que eles me vissem. Corri para o andar de cima, para o escritório do meu pai. Era a única outra janela que dava para a casa deles, de onde eu podia me esconder em plena vista graças à coloração suave que a protegia do sol forte.

Eu me posicionei do lado esquerdo da janela, só para o caso de alguém olhar para cima. Sorri novamente quando meus olhos encontraram os pais de Rune. Eles não pareciam muito diferentes. A sra. Kristiansen ainda estava linda como sempre. O cabelo estava mais curto, mas, fora isso, estava exatamente igual. O sr. Kristiansen tinha ganhado uns cabelos brancos e parecia ter perdido peso, mas a diferença era pouca.

Um menininho correu para fora da casa. Pus a mão na boca quando vi que era o pequeno Alton. Ele devia ter quatro anos agora. Tinha crescido tanto. E seu cabelo estava igual ao do irmão, longo e liso. Meu coração se apertou. Ele parecia um jovem Rune.

Observei os carregadores recolocarem os móveis na casa com uma velocidade incrível. Mas não havia sinal de Rune.

Meus pais por fim entraram em casa, mas mantive a vigília pela janela, esperando pacientemente pelo garoto que tinha sido meu mundo por tanto tempo que eu não sabia onde ele começava e eu terminava.

Mais de uma hora se passou. A noite caiu e eu já perdia as esperanças de vê-lo. Quando eu estava para sair do escritório, percebi um movimento atrás da casa dos Kristiansen.

Cada um dos meus músculos se retesou quando percebi uma pequena chama brilhando na escuridão. Uma nuvem branca de fumaça explodiu pelo ar sobre o trecho de grama entre as nossas casas. No começo eu não sabia o que estava vendo, até que uma figura alta, toda de preto, emergiu das sombras.

Meus pulmões pararam de funcionar quando a figura apareceu sob o brilho da lâmpada de rua e ficou imóvel. Jaqueta de motociclista de couro, camisa preta, jeans justo preto, botas de camurça pretas... e cabelo longo, bem loiro.

Eu olhei bem, com um nó bloqueando minha garganta, quando o garoto com ombros largos e uma altura impressionante levantou a mão e passou os dedos nos longos cabelos.

Meu coração parou por um segundo. Porque eu conhecia aquele movimento. Conhecia aquele queixo forte. Eu o conhecia. Eu o conhecia tão bem quanto conhecia a mim mesma.

Rune.

Era o *meu* Rune.

Uma nuvem de fumaça saiu de sua boca novamente, e levei alguns momentos para perceber o que realmente via.

Fumando.

Rune estava fumando. Rune não fumava; ele jamais teria tocado em cigarros. Minha avó tinha fumado a vida toda e morreu jovem demais de câncer no pulmão. Nós sempre prometemos um ao outro que nunca iríamos nem experimentar.

Estava claro que Rune tinha quebrado aquela promessa.

Enquanto eu o observava dar outra tragada e puxar o cabelo para trás pela terceira vez em poucos minutos, meu estômago ficou pesado. O rosto de Rune se virou para a luz do poste enquanto ele exalava um fio de fumaça na brisa fria da noite.

Então ali estava ele. O Rune Kristiansen de dezessete anos, e ele era mais bonito do que eu jamais poderia ter imaginado. Seus olhos azuis eram tão brilhantes quanto sempre tinham sido. Seu rosto, antes de menino, estava agora forte e de tirar o fôlego. Eu costumava brincar que ele era bonito como um deus nórdico. Enquanto estudava cada parte de seu rosto, eu tinha certeza de que a beleza dele superaria mesmo a dos deuses.

Eu não conseguia desviar os olhos dele.

Rune então terminou o cigarro e o jogou no chão, a luz da bituca gradualmente se apagando na grama aparada. Esperei, com a respiração suspensa, para ver o que ele ia fazer. Então seu *pappa* apareceu na beira da varanda e lhe disse algo.

Observei Rune retesar os ombros e virar a cabeça para a direção de seu *pappa*. Eu não conseguia entender o que estavam dizendo, mas as vozes estavam altas, Rune respondia agressivamente em seu norueguês nativo. Seu *pappa* baixou a cabeça, derrotado, e caminhou de volta para casa, claramente ferido por algo que Rune dissera. Enquanto o sr. Kristiansen ia embora, Rune mostrou o dedo do meio para suas costas em retirada, baixando apenas quando a porta da casa se fechou.

Eu observava, rígida de choque. Eu observava aquele garoto – um garoto que um dia eu havia conhecido totalmente – transformar-se em um estranho diante de meus olhos. Tristeza e desapontamento me cobriram quando Rune começou a andar pelo jardim entre as nossas casas. Seus ombros estavam duros. Eu quase podia sentir a raiva irradiando dele.

Meu pior medo tinha se realizado: o garoto que eu conhecia havia sumido.

Então congelei, paralisada, quando Rune parou de andar e olhou para a janela do meu quarto, diretamente abaixo de onde eu estava. Uma rajada de vento soprou pelo jardim, tirando o longo cabelo loiro de seu rosto. Naquele segundo, pude ver em seus olhos uma dor incrível, um anseio severo. A imagem de seu rosto tenso, enquanto ele olhava minha janela, me atingiu mais forte que um trem. Naquela expressão perdida estava o *meu* Rune.

Esse garoto eu reconhecia.

Rune deu um passo em direção à minha janela, e por um momento pensei que ele fosse subir até ela, como tinha feito por todos aqueles anos. Mas ele parou abruptamente, os braços balançando ao lado do corpo. Seus olhos se fecharam e seus dentes se apertaram – de onde eu estava eu podia ver a tensão em sua mandíbula.

Então, claramente mudando de ideia, Rune se virou de costas e foi na direção de sua casa. Permaneci na janela do escritório, na sombra. Eu não conseguia me mover, em choque com aquilo que eu acabara de testemunhar.

A luz do quarto de Rune se acendeu, e eu o vi andar no cômodo. Depois abriu a janela e se sentou no peitoril largo. Acendeu outro cigarro e soprou a fumaça para fora.

Balancei a cabeça em descrença. Então alguém entrou no escritório, e minha mãe veio para o meu lado. Quando ela olhou pela janela, percebeu o que eu andara fazendo.

Senti meu rosto queimando por ter sido flagrada. Finalmente, minha mãe falou:

— Adelis disse que ele não é mais o garoto que conhecemos. Ele só tem dado problemas desde que foram para Oslo. Erik está perdido e não tem ideia do que fazer. Eles estão muito felizes por Erik ter sido mandado de volta para cá. Queriam Rune longe das más companhias que ele arrumou em Oslo.

Meu olhar pousou novamente em Rune. Ele jogou o cigarro pela janela e inclinou a cabeça para encostá-la no vidro. Seus olhos estavam focados em apenas uma coisa – a janela do meu quarto.

Antes de sair do escritório, minha mãe colocou a mão no meu ombro:

— Talvez tenha sido uma boa coisa você ter cortado contato com ele, querida. Pelo que a mãe dele diz, não tenho muita certeza se ele conseguiria lidar com tudo que você passou.

Lágrimas encheram meus olhos enquanto me perguntava o que o tinha deixado assim. Esse garoto que eu não conhecia. Eu tinha me afastado deliberadamente do mundo nos últimos dois anos para poupá-lo da dor. Para que ele pudesse ter uma boa vida. Porque saber que na Noruega vivia um garoto cujo coração ainda estava cheio de luz tornava mais suportável o que eu estava passando.

Mas tal fantasia foi estraçalhada quando deparei com essa nova versão do Rune.

A luz desse Rune era fraca, nada nele brilhava forte. Era obscurecida por sombra e imersa em escuridão. Era como se o garoto que amei tivesse sido deixado de lado na Noruega.

O carro de Deacon encostou na entrada da casa de Rune. Vi a luz do celular de Rune em sua mão, e ele saiu do quarto devagar e atravessou a varanda. Ele andava de um jeito despreocupado em direção a Deacon e Judson, que pularam do carro. Ele deu um tapa nas costas de cada um como cumprimento.

Então meu coração se partiu em dois. Avery deslizou do banco traseiro e abraçou Rune com força. Ela usava uma saia e uma blusinha curtas, exibindo o corpo perfeito. Rune não a abraçou de volta – não que aquilo melhorasse minha dor. Porque Avery e Rune, lado a lado, pareciam tão perfeitos. Ambos altos e loiros. Ambos lindos.

Eles se amontoaram todos no carro. Rune entrou por último, no banco da frente, e eles deixaram nossa rua e saíram de vista.

Suspirei ao ver as lanternas traseiras sumindo na noite. Quando olhei de volta para a casa dos Kristiansen, vi o *pappa* de Rune parado na beira da varanda, segurando o corrimão e olhando para a direção que o filho tinha tomado. Então levantou o rosto para a janela do escritório, e um sorriso triste se espalhou por seus lábios.

Ele tinha me visto.

O sr. Kristiansen levantou a mão e me cumprimentou. Acenei de volta e vi um olhar de total tristeza gravado em seu rosto.

Ele parecia cansado.

Ele parecia estar com o coração partido.

Ele parecia sentir saudades do filho.

Voltei para o meu quarto, deitei na cama e peguei meu porta-retratos favorito nas mãos. Enquanto olhava o lindo garoto e a menina olhando encantada de volta para ele, os dois tão apaixonados, me perguntei o que havia acontecido nos dois anos anteriores para deixar Rune tão perturbado e rebelde como parecia estar.

Então chorei.

Chorei pelo garoto que era meu sol.

Lamentei pelo garoto que um dia eu amara com tudo o que eu tinha.

Lamentei por Poppy e Rune – um casal de uma beleza extrema e de uma morte ainda mais rápida.

6
Corredores lotados e corações trespassados

Poppy

— Você tem certeza de que está bem? — minha mãe perguntou, enquanto acariciava meu braço. O carro parou.

Sorri e fiz que sim com a cabeça.

— Sim, mamãe, estou bem.

Seus olhos estavam rodeados por círculos vermelhos, e lágrimas brotavam neles.

— Poppy, querida, você não precisa ir à escola hoje se não quiser.

— Mamãe, eu gosto da escola. Eu quero estar aqui. — Encolhi os ombros. — Além disso, tenho aula de história no quinto tempo, e você sabe o quanto adoro. É minha aula predileta.

Um sorriso relutante apareceu em sua boca e ela riu, enxugando os olhos.

— Você é igualzinha à sua avó. Teimosa feito uma mula e sempre vendo os raios de sol atrás de cada nuvem. Vejo a personalidade dela brilhar em seus olhos todo dia.

O afeto encheu o meu peito.

— Isso me deixa realmente feliz, mamãe. Mas estou falando sério, estou bem de verdade — eu disse, com sinceridade.

Quando os olhos dela se encheram de lágrimas novamente, ela me pôs para fora do carro, enfiando o atestado médico em minha mão.

— Aqui, não deixe de entregar isto.

Peguei o papel, mas, antes de fechar uma porta, me abaixei para dizer:

— Eu te amo, mamãe. Com todo o meu coração.

Minha mãe fez uma pausa, e vi uma felicidade agridoce se espalhar por seu rosto.

— Eu também te amo, Pops. Com todo o meu coração.

Fechei a porta e me virei para entrar na escola. Sempre achava estranho chegar atrasada à escola. O lugar estava tão quieto e calmo, meio apocalíptico até, o oposto da arruaça do período do almoço ou da correria louca dos alunos entre as aulas.

Tomei o caminho da direção para entregar o atestado médico para a sra. Greenway, a secretária. Enquanto me dava meu passe de entrada, ela perguntou:

— Como vai, querida? Mantendo essa cabecinha linda levantada?

Sorrindo para seu rosto bondoso, respondi:

— Sim, senhora.

Ela me deu uma piscadela, fazendo-me rir.

— Essa é minha garota.

Olhei o relógio e vi que minha aula havia começado fazia apenas quinze minutos. Indo o mais rápido que podia para não perder mais nada, atravessei as duas portas até chegar ao meu armário. Eu o abri com um puxão e tirei a pilha de livros sobre literatura inglesa de que precisava para a aula.

Ouvi a porta no final do corredor curto se abrindo, mas não prestei atenção. Assim que peguei tudo de que precisava, fechei a porta do meu armário e me virei para ir à aula, tentando lidar com todos aqueles livros. Quando olhei para cima, congelei.

Tenho certeza de que meu coração e meu pulmão pararam. De pé, uns dois metros e meio à minha frente, aparentemente tão grudado no chão quanto eu, estava Rune. Um Rune altíssimo, completamente crescido.

E ele olhava para mim. Os olhos azuis como cristal me pegaram em sua armadilha. Eu não conseguiria ter me virado nem se quisesse.

Por fim, consegui respirar e enchi os pulmões de ar. Como um cabo de bateria, isso fez meu coração bater, bater furiosamente sob o olhar fixo daquele cara. Aquele que, se eu fosse honesta comigo mesma, eu ainda amava mais que qualquer coisa no mundo.

Rune estava vestido como sempre – camiseta preta, jeans justo preto e botas pretas de camurça. Mas agora seus braços estavam mais grossos; sua cintura, mais magra e torneada, afunilando seu quadril. Meus olhos foram para o rosto dele, e meu estômago virou. Pensei que tivesse visto toda a beleza dele na noite anterior, quando ele estava sob o poste de luz, mas eu não tinha.

Mais velho e mais maduro, ele era possivelmente a criatura mais bonita que eu já tinha visto. Sua mandíbula era forte, definindo perfeitamente seu rosto escandinavo. As maçãs do rosto eram proeminentes, mas de jeito nenhum femininas, e uma leve sombra de barba loira enfeitava-lhe o queixo e as bochechas. O que não tinha mudado, constatei, eram aquelas sobrancelhas de um loiro-escuro sulcadas sobre seus olhos azul-claros amendoados.

Aqueles olhos que nem mesmo uma distância de mais de seis mil quilômetros e uma escala de tempo de dois anos poderiam apagar da minha memória.

Mas aquele olhar, aquele olhar que naquele momento perfurava o meu, não pertencia ao Rune que eu conhecia. Porque estava cheio de acusações e ódio. Aqueles olhos estavam me encarando com um visível desprezo.

Engoli a dor que arranhava minha garganta, a dor de ser a destinatária de um olhar tão duro. Ser amada por Rune trazia uma sensação de calor inebriante. Ser odiada por Rune era como estar em uma plataforma no gelo ártico.

Passaram-se minutos, e nenhum de nós se moveu um centímetro. O ar parecia estalar ao nosso redor. Observei quando a mão de Rune se fechou. Ele parecia lutar consigo mesmo. Eu me perguntava contra o que ele estava lutando dentro dele. O olhar em seu rosto ficou ainda mais sombrio. Então, atrás dele, a porta se abriu, e William, o monitor do corredor, surgiu.

Ele olhou para mim e Rune, sendo a desculpa de que eu precisava para me libertar da intensidade daquele momento. Eu precisava assentar minhas ideias.

William limpou a garganta.

— Posso ver os passes de vocês?

Assenti com a cabeça e, apoiando meus livros num dos joelhos, fui mostrar o meu, mas Rune enfiou o dele na frente.

Não reagi a essa evidente falta de educação.

William olhou o passe dele primeiro. Rune tinha ido pegar os horários de suas aulas e por isso estava atrasado. William devolveu o passe a Rune, mas ele ainda assim não se moveu. William pegou o meu. Ele olhou para mim e disse:

— Espero que melhore logo, Poppy.

Meu rosto empalideceu, imaginando como ele sabia, mas então percebi que o passe dizia que eu havia ido ao médico. Ele estava apenas sendo gentil. Ele não sabia de nada.

— Obrigada — eu disse nervosamente e arrisquei um olhar para cima. Rune estava me observando, mas dessa vez sua testa parecia vincada. Reconheci sua expressão de preocupação. Assim que Rune me viu olhando para ele, *lendo-o* corretamente, a preocupação foi logo substituída pela carranca de antes.

Rune Kristiansen era lindo demais para fazer caretas. Um rosto lindo como aquele deveria sempre trazer um sorriso.

— Vamos, vocês dois, vão para a aula.

A voz dura de William tirou minha atenção de Rune. Deixei os dois para trás e me apressei pelas portas do fundo. Assim que entrei no corredor seguinte, olhei para trás, apenas para ver Rune me observando pelos grandes painéis de vidro.

Minhas mãos começaram a tremer com a intensidade de seu olhar, mas de repente ele foi embora, como se estivesse se forçando a me deixar em paz.

Levei vários minutos para me recompor, então me apressei para minha aula.

Uma hora depois, eu ainda estava tremendo.

Uma semana se passou. Uma semana evitando Rune a todo custo. Eu ficava no meu quarto até saber que ele não estava em casa. Mantinha minhas cortinas fechadas e minha janela trancada – não que Rune fosse tentar entrar. Nas poucas vezes que o vi na escola, ele havia me ignorado ou me olhado como se eu fosse sua maior inimiga.

As duas coisas doíam na mesma medida.

Nos horários de almoço, eu ficava longe da cafeteria. Fazia as refeições na sala de música e passava o resto do tempo praticando violoncelo. A música ainda era meu porto seguro, o único refúgio no qual eu poderia escapar do mundo.

Quando meu arco tocava a corda, eu era transportada por um mar de notas e tons. A dor e a tristeza dos últimos dois anos desapareciam. A solidão, as lágrimas e a raiva, tudo evaporava, deixando uma paz que eu não encontrava em nenhum outro lugar.

Na semana anterior, depois de meu encontro pavoroso com Rune no corredor, precisei escapar daquilo tudo. Precisei esquecer aquele olhar com tanto ódio. A música era normalmente meu remédio, então me joguei na prática intensa. O único problema? A cada vez que eu terminava uma música, assim que a última nota se dissipava e eu baixava meu arco, aquela devastação, agora dez vezes maior, voltava a me tomar. E permanecia. Hoje, depois que terminei de tocar na hora do almoço, a angústia me assombrou pelo resto da tarde. Ela pesava em minha mente conforme eu saía do prédio da escola.

O pátio estava movimentado, com os estudantes indo para casa. Mantive a cabeça abaixada e fui me esgueirando pela multidão, apenas para virar a esquina e ver Rune e seus amigos sentados no campo do parque. Jorie e Ruby estavam lá também. Assim como Avery.

Tentei não olhar quando Avery se sentou ao lado de Rune, que estava acendendo um cigarro. Tentei não olhar quando Rune começou a fumar, com o cotovelo casualmente apoiado sobre o joelho enquanto ele se encostava em uma árvore. E tentei ignorar meu estômago revirando enquanto eu passava rapidamente, e os olhos apertados de Rune brevemente encontravam os meus.

Rapidamente desviei os olhos. Jorie ficou de pé e veio correndo atrás de mim. Consegui ir longe o suficiente para Rune e seus amigos não ouvirem o que ela tinha para me dizer.

— Poppy — ela chamou, parando atrás de mim. Eu me virei para ela e senti o olhar atento de Rune em mim. Ignorei.

— Tudo bem? — ela perguntou.

— Bem — respondi. Até eu ouvi o leve tremor em minha voz. Jorie suspirou.

— Você já falou com ele? Faz mais de uma semana que ele voltou.

Minhas bochechas se inflamaram. Balancei a cabeça.

— *Não. Não* sei se é uma boa ideia... — Então tomei fôlego e confidenciei: — Não tenho ideia do que dizer, de qualquer modo. Ele não parece ser o rapaz que conheci e amei por todos aqueles anos. Ele parece diferente. Parece ter mudado.

Os olhos de Jorie brilharam.

— Eu sei. Mas acho que você é a única menina que vê isso como algo ruim, Pops.

— Como assim?

O ciúme faiscou em meu peito.

Jorie apontou para as garotas reunidas perto de onde ele estava sentado, tentando parecer casuais, mas falhando espetacularmente na tentativa.

— Todo mundo só fala dele, e tenho certeza de que qualquer garota nessa escola, exceto você, eu e Ruby, venderia a alma ao diabo para que ele a notasse. Ele sempre foi desejado, Pops, mas, bem, ele tinha você, e todo mundo sabia que ele não a deixaria por nada nem ninguém. Mas agora...

Ela perdeu o fio da meada, e eu podia sentir meu coração murchar.

— Mas agora ele não me tem — completei para ela. — Agora ele está livre para ficar com quem quiser.

Os olhos de Jorie se arregalaram quando ela percebeu que mais uma vez tinha falado demais. Ela apertou meu braço em apoio, franzindo a testa como que pedindo desculpas. Eu não conseguia ficar brava com ela, afinal ela sempre falava antes de pensar. Além disso, tudo o que ela tinha dito era verdade.

Um momento de silêncio embaraçoso se passou, até que ela perguntou:

— O que você vai fazer amanhã à noite?

— Nada — respondi. Eu estava louca para ir embora.

O rosto de Jorie se iluminou.

— Ótimo! Você pode ir para a festa na casa do Deacon. Eu não vou deixar você sozinha outro sábado à noite.

Eu ri.

Jorie franziu o rosto.

— Jorie, eu não vou a festas. Ninguém me convidaria, de qualquer modo.

— Eu estou convidando você. Você vai como minha acompanhante.

Meu humor piorou.

— *Não* posso, Jor. — Fiz uma pausa. — *Não posso estar no mesmo lugar que Rune.* Não depois de tudo.

Jorie chegou mais perto.

— Ele não vai estar lá — ela disse, baixinho. — Ele falou para o Deacon que não vai, que vai para outro lugar.

— Que lugar? — perguntei, sem conseguir disfarçar a curiosidade.

Ela deu de ombros.

— Só Deus sabe. Rune não fala muito. Acho que isso ajuda a atrair tietes como se não houvesse amanhã.

Jorie fez um beicinho e bateu em meu braço.

— Por favor, Pops. Você ficou longe por tanto tempo, e senti saudades suas. Quero que a gente passe o maior tempo possível junto, mas você fica se escondendo. Temos que tirar o atraso de anos. Ruby vai estar lá também. Você sabe que eu jamais deixaria você sozinha.

Meus olhos inspecionaram o chão, tentando pensar em uma desculpa. Olhei para Jorie e vi que minha recusa a estava magoando.

Dissipando as pontadas de dúvida em meu peito, cedi.

— Certo, eu vou com você.

O rosto de Jorie se abriu em um grande sorriso.

— Perfeito! — ela disse. Eu ri quando ela me deu um abraço rápido. — Preciso ir para casa — falei depois que me soltou. — Tenho um recital hoje à noite.

— Certo, passo para pegar você amanhã às sete da noite. Tudo bem?

Fiz um gesto de concordância e comecei a caminhar para casa. Eu tinha andado apenas poucas centenas de metros quando senti alguém caminhando atrás de mim pelo bosque florido. Quando olhei sobre o ombro, lá estava Rune.

Meu coração entrou no modo de corrida quando meu olhar encontrou o dele. Ele não desviou os olhos, mas eu sim. Eu estava apavorada com a possibilidade de ele falar comigo. E se ele quisesse que eu explicasse tudo? Ou pior, e se quisesse me dizer que o que acontecera entre nós não significou nada para ele?

Aquilo acabaria comigo.

Acelerando o passo, mantive a cabeça baixa e me apressei por todo o trajeto até minha casa. Senti que ele me seguia o caminho inteiro, mas não tentou me ultrapassar.

Enquanto subia correndo os degraus da varanda, olhei para o lado e o vi encostado no lado de sua casa, perto da janela. Meu coração pulou quando ele ajeitou o cabelo para trás. Eu tinha de manter os pés plantados na varanda para não jogar a mochila e correr até ele, para explicar por que eu o havia deixado, por que eu o havia cortado de uma maneira tão horrível, por que eu daria qualquer coisa para que ele me beijasse mais uma vez apenas. Mas, em vez disso, eu me forcei a entrar.

As palavras da minha mãe se repetiram intensamente em minha mente assim que entrei no meu quarto e me deitei... *Talvez tenha sido uma boa coisa você ter cortado contato com ele, querida. Pelo que a mãe dele diz, não tenho muita certeza se ele conseguiria lidar com tudo que você passou.*

Fechando os olhos, jurei deixá-lo em paz. Eu não seria um fardo para ele. Eu o protegeria da dor.

Porque eu ainda o amava tanto quanto sempre amei.

Mesmo que o rapaz que eu amava não me amasse mais.

7

Lábios traídos e verdades dolorosas

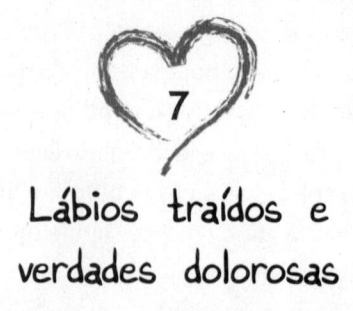

Poppy

Flexionei uma das mãos, equilibrando meu violoncelo, e peguei o arco com a outra. De vez em quando meus dedos ficavam dormentes e eu precisava esperar antes de conseguir tocar de novo. Mas, enquanto Michael Brown terminava seu solo de violino, eu sabia que nada me impediria de me sentar no centro do palco naquela noite. Eu tocaria minha música. E saborearia cada segundo criando a música que eu amava tanto.

Michael afastou seu arco, e o público irrompeu em aplausos arrebatadores. Ele fez uma pequena reverência e saiu pelo outro lado do palco.

O mestre de cerimônias pegou o microfone e anunciou meu nome. Quando o público ouviu que eu fazia meu muito esperado retorno, as palmas ficaram mais altas, acolhendo-me de volta à congregação musical.

Meu coração disparou de empolgação com os assovios e o apoio dos outros pais e amigos no auditório. Enquanto muitos dos meus colegas de orquestra vieram aos bastidores para me dar tapinhas nas costas e palavras de encorajamento, eu tive de lutar contra um aperto na garganta.

Endireitando os ombros, fiz o imenso ataque de emoção recuar. Cumprimentei o público com a cabeça enquanto andava para tomar meu assento. A lâmpada acima derramava uma luz brilhante sobre mim.

Eu me posicionei perfeitamente, esperando até que as palmas terminassem. Como sempre, olhei e vi minha família sentada orgulhosamente na terceira fileira. Minha mãe e meu pai estavam sorrindo largamente. Minhas duas irmãs me deram pequenos acenos.

Sorrindo de volta para mostrar que eu os havia visto, lutei contra a leve dor que vibrou em meu peito quando vi o sr. e a sra. Kristiansen sentados ao lado deles, Alton também acenando para mim.

A única pessoa que faltava era Rune.

Eu não me apresentava há dois anos. E, antes disso, ele nunca perdia nenhum de meus recitais. Mesmo se tivesse que viajar, ele estava em cada um deles, com a câmera na mão, sorrindo seu meio sorriso torto quando nossos olhos se conectavam no escuro.

Limpando a garganta, fechei os olhos ao colocar os dedos no braço do violoncelo e levei o arco às cordas. Contei até quatro em minha mente e comecei o desafiador "Prelúdio" das Suítes para Violoncelo, de Bach. Era uma das minhas músicas prediletas para tocar – nela havia a complexidade da melodia, o passo acelerado do uso do arco e o som tenor perfeito que ecoava pelo auditório.

A cada vez que me sentava ali, eu deixava a música fluir pelas minhas veias. Eu deixava a melodia fluir do meu coração, e me imaginava sentada no centro do palco do Carnegie Hall – meu maior sonho. Eu imaginava a plateia sentada diante de mim: pessoas que, como eu, viviam pelo som de uma única nota perfeita, que se emocionavam ao serem levadas em uma jornada de sons. Elas sentiam a música em seu coração e a mágica dela em sua alma.

Meu corpo balançava de acordo com o ritmo, com a mudança no tempo e o crescendo final... mas, melhor que tudo, esqueci a dormência na ponta dos meus dedos. Por um breve momento, eu me esqueci de tudo isso.

Quando a última nota soou, levantei o arco da corda vibrando e, inclinando a cabeça para trás, abri os olhos lentamente. Pisquei contra a luz forte e um sorriso se espalhou em meus lábios no consolo daquele momento silencioso, quando a nota se esvaía até o nada, antes que o aplauso da plateia começasse. Aquele doce, doce momento, quando a adrenalina da música faz você se sentir tão vivo que poderia conquistar o mundo, alcançando a serenidade em sua forma mais pura.

E então os aplausos começaram, quebrando o feitiço. Baixei a cabeça e sorri ao me levantar do assento, curvando a cabeça em agradecimento.

Ao pegar o braço do meu violoncelo, meus olhos automaticamente buscaram minha família. Então meus olhos passaram pelos espectadores aplaudindo e foram até a parede do fundo. No início, não percebi o que via. Mas, enquanto meu coração batia contra o peito, meus olhos foram atraídos para a ponta esquerda da parede mais distante. Avistei um cabelo longo e loiro desaparecendo pela porta de saída... um rapaz alto, forte, vestido todo de preto, sumindo de vista. Mas não antes que ele olhasse por cima do ombro uma última vez e eu vislumbrasse seus olhos de um azul muito claro, quase translúcido...

Meus lábios se abriram em choque, mas, sem que eu pudesse ter certeza do que tinha visto, o rapaz havia sumido, deixando atrás de si uma porta que se fechava lentamente.

Era...? Teria...?

Não, tentei me convencer com firmeza. Não poderia ser Rune. Ele não teria vindo aqui de jeito nenhum.

Ele me odiava.

A memória de seu frio olhar azul no corredor da escola confirmou meus pensamentos – eu estava apenas desejando coisas que não poderiam ser reais.

Após uma reverência final, saí do palco. Ouvi os últimos três músicos se apresentando e saí pela porta dos bastidores, encontrando minha família e a de Rune esperando por mim.

Minha irmã de treze anos, Savannah, foi a primeira a me ver.

— Pops! — ela gritou e correu para mim, envolvendo os braços na minha cintura.

— Oi, todo mundo — respondi e a apertei de volta. No segundo seguinte, Ida, agora com onze anos, estava me abraçando também. Eu as apertei tão forte quanto podia. Quando elas foram para trás, seus olhos brilhavam. Inclinei a cabeça, brincando.

— Ei, sem choro, lembram?

Savannah riu e Ida concordou com a cabeça. Elas me largaram. Minha mãe e meu pai se revezaram para me dizer como estavam orgulhosos.

Por fim, eu me virei para o sr. e a sra. Kristiansen. Uma onda súbita de nervosismo me invadiu. Seria a primeira vez que eu falaria com eles desde que tinham voltado de Oslo.

— Poppy — a sra. Kristiansen disse suavemente, abrindo os braços. Andei até a mulher que havia sido uma segunda mãe para mim e a abracei. Ela me apertou e beijou minha cabeça.

— Senti saudades suas, querida — ela disse, o sotaque parecendo mais forte do que eu me lembrava.

Minha mente vagou para Rune. Eu me perguntei se o sotaque dele também estava mais forte.

Conforme a sra. Kristiansen me soltava, me livrei daquele pensamento vão. O sr. Kristiansen me abraçou em seguida. Quando me desvencilhei dele, vi o pequeno Alton firmemente agarrado nas pernas do pai. Eu me curvei. Alton baixou a cabeça timidamente, olhando para mim através das mechas grossas de seu cabelo comprido.

— Ei, querido — eu disse, fazendo cócegas nele. — Você se lembra de mim?

Alton me encarou por um longo tempo, antes de balançar a cabeça, em negativa.

Eu ri.

— Você morava na casa ao lado da minha. Às vezes você ia para o parque comigo e com o Rune, ou, se o dia estivesse bonito, para o bosque florido!

Falei o nome de Rune sem pensar, mas isso fez com que eu e todos à minha volta se lembrassem de que Rune e eu um dia fomos inseparáveis. Um silêncio atingiu o grupo.

Com uma dor no peito, do tipo que eu sentia quando tinha muitas saudades de minha vovó, me levantei e desviei os olhos dos olhares solidários. Eu ia mudar de assunto quando senti puxarem a barra do meu vestido.

Quando olhei para baixo, os grandes olhos azuis de Alton estavam fixos em meu rosto. Corri a mão pelo seu cabelo macio.

— Ei, Alton, você está bem?

O rosto de Alton corou, mas ele perguntou em sua voz doce:

— Você é amiga do Rune?

A mesma dor de um momento antes ardeu, e lancei um olhar de pânico para nossas famílias. A mãe de Rune se retraiu. Eu não sabia o que dizer. Alton puxou meu vestido de novo, esperando por uma resposta.

Suspirando, eu me ajoelhei e disse com tristeza:

— Ele era o meu melhor amigo em todo o mundo. — Coloquei a mão sobre o peito. — E eu o amava com todo o meu coração, cada centímetro dele. — Chegando mais perto, sussurrei com a garganta apertada: — E sempre o amarei.

Meu estômago se revirou. Aquelas palavras eram a verdade de minha alma, e não importava como eu e Rune estávamos agora, eu o levaria para sempre em meu coração.

— Rune... — Alton disse de repente. — Rune... *falava* com você?

Eu ri.

— Claro, meu amor. Ele falava comigo o tempo todo, me contava todos os segredos. Nós falávamos sobre tudo.

Alton olhou de volta para o pai, e suas pequenas sobrancelhas se juntaram, traçando uma careta em seu rostinho bonito.

— Ele falava com a Poppy, *pappa*?

O *pappa* de Rune fez que sim com a cabeça.

— Falava, Alton. Poppy era a melhor amiga dele. Ele a amava totalmente.

Os olhos de Alton ficaram impossivelmente arregalados e ele virou as costas para mim. Seu lábio inferior tremia.

— O que foi, querido? — perguntei, roçando seu braço.

Alton fungou.

— Rune não fala comigo.

Meu coração partiu. Porque Rune adorava Alton; ele sempre cuidava dele, brincava com ele. Alton adorava Rune. Ele admirava muito o irmão mais velho.

— Ele finge que eu não existo — disse Alton, e sua voz triste partiu meu coração.

Alton me observava. Ele me observava com uma intensidade que eu havia experimentado de apenas outra pessoa – o irmão mais velho que o ignorava.

Ele colocou a mão no meu braço e perguntou:

— Você pode falar com ele? Pedir a ele para falar comigo? Se você é a melhor amiga dele, ele vai te escutar.

Meu coração se partiu em pedaços. Por cima da cabeça de Alton, olhei para seus pais e então para os meus. Todos pareciam magoados com a dura dura revelação do menino.

Quando me virei novamente para Alton, ele ainda me observava, esperando minha ajuda.

— Eu falaria, querido — eu disse suavemente —, mas ele também não fala mais comigo agora.

Eu podia ver a esperança de Alton murchando como uma bexiga. Beijei sua cabeça, e então ele correu para a mãe. Vendo claramente que eu estava magoada, meu pai logo mudou de assunto. Ele se virou para o sr. Kristiansen e convidou a família para ir à nossa casa no dia seguinte à noite. Eu me afastei de todos e respirei fundo enquanto olhava inexpressivamente para o estacionamento.

O som do motor de um carro acelerando me tirou do transe. Virei para aquela direção. Perdi todo o ar dos pulmões quando, de longe, vi um rapaz de cabelos loiros compridos entrar no banco da frente de um Camaro preto.

Um Camaro preto que pertencia a Deacon Jacobs, o melhor amigo de Rune.

Olhei para o espelho e gostei do que vi. Meu vestidinho azul-celeste ia até a metade das coxas, meu cabelo castanho chanel estava puxado para o lado com um laço branco, e eu usava sapatilhas pretas.

Na minha caixa de joias, peguei meus brincos de prata favoritos e os coloquei. Eram símbolos do infinito. Rune me dera os brincos de presente no meu aniversário de catorze anos.

Eu os usava em todas as oportunidades.

Peguei minha jaqueta jeans e me apressei em sair do quarto. A noite estava fresca, e Jorie tinha me enviado uma mensagem dizendo que estava lá fora. Depois de entrar na caminhonete da mãe de Jorie, virei o rosto para minha melhor amiga. Ela sorriu para mim.

— Poppy, você está muito fofa — ela comentou.

Corri as mãos pelo vestido, alisando a saia.

— Está bom? — perguntei, preocupada. — Eu não sabia o que vestir.

Jorie abanou a mão na frente do rosto enquanto saía da entrada de casa.

— Está ótimo.

Jorie usava um vestido preto sem mangas e botas de motociclista. Ela era definitivamente mais ousada que eu, mas eu estava contente por nossas roupas não estarem tão diferentes.

— Então — ela começou, enquanto saíamos de nossa rua —, como foi o recital?

— Bom — eu disse, de modo evasivo.

Jorie me olhou cautelosamente.

— E como está se sentindo?

Virei os olhos e disse:

— Estou bem. Por favor, apenas me deixe. Você está parecendo minha mãe.

Jorie, parecendo estar sem palavras pela primeira vez, mostrou a língua. E assim me fez rir de novo.

Pelo resto do caminho, ela contou as fofocas que tinham circulado pela escola sobre por que eu havia ido embora. Sorri em todas as partes certas e concordei com a cabeça nas partes em que ela esperava que eu fizesse isso, mas não estava interessada de verdade. Nunca tinha ligado muito para o drama que acontecia na escola.

Ouvi a festa antes de vê-la. Gritos e música alta saíam da casa de Deacon e seguiam rua abaixo. Os pais dele tinham saído em umas férias curtas, e na pequena cidade de Blossom Grove aquilo significava uma coisa: festa.

Enquanto estacionávamos perto da casa, pude ver jovens espalhados pelo jardim. Engoli o nervosismo. Fiquei bem atrás de Jorie ao atravessar a rua.

Agarrei seu braço e perguntei:

— As festas em casa são sempre assim loucas?

Jorie riu.

— São.

Ela enlaçou o braço no meu e me puxou para a frente.

Quando entramos na casa, eu me encolhi com a altura da música. Enquanto abríamos caminho pelos cômodos até a cozinha, estudantes bêbados cambaleavam em torno, forçando-me a agarrar Jorie, até me convencer de que eu estava causando dor física nela.

Jorie olhou de volta para mim e riu. Quando por fim chegamos à cozinha, relaxei ao ver Ruby de pé com Deacon. A cozinha estava muito mais calma do que os cômodos que atravessamos com dificuldade.

— Poppy! — Ruby disse, cruzando a cozinha para me abraçar. — Você quer uma bebida?

— Só um refrigerante — respondi.

Ruby franziu a testa.

— Poppy! — ela censurou. — Você precisa de uma bebida de *verdade*.

Ri de sua expressão horrorizada.

— Obrigada, Ruby, mas vou ficar com o refrigerante.

— Bu! — gritou Ruby, mas então ela passou o braço em torno do meu pescoço e me levou até as bebidas.

— Pops — cumprimentou Deacon, enquanto uma mensagem chegava em seu celular.

— Ei, Deek — respondi e peguei o refrigerante diet que Ruby me serviu. Ruby e Jorie me levaram ao jardim, à fogueira que ardia no centro da grama. Surpreendentemente não havia muitas pessoas lá fora, o que para mim era ótimo.

Não demorou muito até que Deacon puxasse Ruby para a festa lá dentro, deixando-me sozinha com Jorie. Eu olhava as chamas quando Jorie disse:

— Sinto muito por ter falado demais ontem sobre Rune. Isso magoou você, eu vi. Ai, *meu Deus*! Eu nem sempre penso antes de abrir minha boca grande. Meu pai está ameaçando fechá-la com arame! — Jorie colocou as mãos sobre a boca. — Eu não consigo, Pops! Esta boca, assim incontrolável, é tudo o que tenho!

Rindo, balancei a cabeça e disse:

— Está tudo bem, Jor. Sei que você não queria dizer aquilo. Você jamais me magoaria.

Jorie baixou as mãos da boca, a cabeça pendida para o lado.

— Mas sério, Pops. O que você acha do Rune? Você sabe, desde que ele voltou...

Jorie me observava com curiosidade. Dei de ombros. Ela revirou os olhos.

— Você está me dizendo que não tem opinião sobre a aparência do grande amor da sua vida, agora que ele está mais velho e, na minha opinião, um gato e tanto?

Meu estômago se agitou, e brinquei com o copo plástico em minhas mãos. Encolhendo os ombros, respondi:

— Ele está tão lindo quanto sempre foi.

Jorie deu um sorriso afetado por trás do copo enquanto bebia, então fez uma careta quando ouvimos a voz de Avery vindo de dentro da casa. Jorie baixou o copo e disse:

— Ugh, parece que a vagabunda chegou.

Sorri com o nível de aversão no rosto de Jorie.

— Ela é mesmo assim ruim? — perguntei. — Ela é mesmo uma vagabunda?

Jorie suspirou.

— Na verdade, não, eu só odeio o fato de ela paquerar todos os caras.

Ah, eu pensei, sabendo exatamente a quem ela se referia.

— Alguém em particular? — provoquei, observando Jorie fazer uma careta em resposta. — Judson, talvez? — acrescentei, fazendo-a jogar o copo em minha direção.

Ri quando o copo passou por mim, na direção completamente errada. Quando meu riso parou, Jorie disse:

— Pelo menos agora que o Rune voltou ela parece ter deixado o Jud em paz.

Meu bom humor evaporou. Quando percebeu o que havia acabado de dizer, Jorie grunhiu de exasperação consigo mesma e veio rápido sentar-se ao meu lado e segurar minha mão.

— Droga, Pops, sinto muito. Eu fiz de novo! Eu não queria...

— Está tudo bem — interrompi.

Mas Jorie segurou minha mão mais forte. Passaram-se momentos de silêncio.

— Você se arrepende, Pops? Você já se arrependeu de ter cortado contato com ele daquele jeito?

Olhei para o fogo, perdida nas chamas crepitantes, e respondi honestamente:

— Todos os dias.

— Poppy — Jorie sussurrou com tristeza.

Dei a ela um sorriso fraco.

— Sinto falta dele, Jor. Você não tem ideia do quanto. Mas eu não podia dizer a ele o que estava acontecendo. Eu não podia fazer isso com ele. É melhor ele acreditar que eu não estava mais interessada nele do que saber a verdade nua e crua.

Jorie deitou a cabeça no meu ombro. Soltei um suspiro e continuei:

— Se ele soubesse, ia tentar de tudo para voltar. Mas isso não teria sido possível. O trabalho do pai dele era lá em Oslo. E eu... — Prendi o fôlego. — E eu queria que ele ficasse feliz. Eu sabia que, com o tempo, ele ia superar a falta de notícias minhas. Mas conheço o Rune, Jor; ele *jamais* superaria a alternativa.

Jorie levantou a cabeça e beijou meu rosto, o que me fez rir. Mas eu ainda podia ver a tristeza em seu rosto quando ela me perguntou:

— E agora? Agora que ele voltou, o que você vai fazer? Uma hora todo mundo vai descobrir.

Respirei profundamente e respondi:

— Espero que ninguém descubra, Jor. Não sou popular na escola, como você, Ruby e Rune. Se eu simplesmente desaparecer de novo, ninguém vai notar. — Balancei a cabeça. — E duvido que o Rune que voltou daria importância a isso. Eu o vi de novo no corredor ontem, e o olhar que ele me deu me mostrou como ele se sente. Não sou nada para ele agora.

Um silêncio constrangedor se seguiu até que minha melhor amiga arriscou:

— Mas você ainda o ama. Não é?

Não respondi. Mas a falta de resposta era tão ruidosa quanto um grito.

Sim. Eu ainda o amava, do mesmo jeito de sempre.

Um estrondo veio do jardim, quebrando a intensidade da nossa conversa. Então me dei conta de que devia fazer duas horas que havíamos chegado. Jorie ficou de pé e fez uma careta.

— Pops, preciso fazer xixi! Vem para dentro?

Ri de Jorie pulando e a segui para dentro. Jorie forçou caminho até o banheiro nos fundos da casa. Esperei por ela no corredor, até que ouvi as vozes de Ruby e Deacon vindo da salinha.

Decidi ir me sentar com eles enquanto esperava por Jorie. Abri a porta e entrei. Mal dei três passos e me arrependi de ter ido à festa. Três sofás dominavam a pequena sala. Ruby e Deacon ocupavam um, Judson e parte do time de futebol se espalhavam sobre outro. Mas era do terceiro sofá que eu não conseguia tirar os olhos. Não importava o quanto eu mandasse meus pés se moverem, eles se recusavam.

Avery estava sentada no sofá com um copo na mão. Um braço estava em torno de seus ombros, e ela traçava desenhos na mão que pendia sobre seu peito.

Eu conhecia a sensação daquela mão.

Eu conhecia a sensação de estar sob o refúgio protetor daquele braço.

E senti meu coração se despedaçar ao mover meus olhos para o rapaz sentado ao seu lado. Como se sentisse o peso do meu olhar, ele olhou para cima. A mão dele parou ao levar o copo à boca.

Meus olhos se encheram de lágrimas.

Entender que Rune tinha me deixado para trás era duro de aguentar, mas vê-lo daquele jeito trouxe outro nível de dor, que eu jamais tinha imaginado ser possível.

— Poppy? Você está bem? — A voz preocupada de Ruby subitamente soou pela sala, forçando-me a deixar de lado o desastre que eu testemunhava.

Forçando um sorriso para Ruby, sussurrei:

— Sim, estou bem.

Com as pernas tremendo por causa da atenção indesejada de todos na sala, consegui me dirigir à porta. Mas, enquanto ia, vi Avery se virar para Rune.

Virar para um beijo.

Enquanto o resto do meu coração se partia, eu me virei e fugi da sala, antes que pudesse ver aquele beijo. Forcei caminho pelo corredor e me dirigi para o cômodo mais próximo que encontrei. Girei a maçaneta e entrei na semiescuridão de uma lavanderia.

Bati a porta e me encostei na lavadora, sem conseguir evitar me curvar para a frente e deixar as lágrimas caírem. Lutei contra a náusea que subia em minha garganta enquanto lutava desesperadamente para tirar aquela imagem horrível da cabeça.

Nos dois anos anteriores, pensei que tivesse suportado todas as faces da dor. Mas eu estava errada. Eu estava tão errada. Porque nada se comparava à dor de ver a pessoa amada nos braços de outra.

Nada se comparava à traição de um beijo de lábios prometidos.

Minhas mãos apertaram meu estômago. Enquanto eu lutava para tomar fôlego, a maçaneta da porta começou a girar.

— Não! Vá embora — comecei a gritar, mas, antes que eu pudesse me virar e fechar a porta à força, alguém a empurrou e entrou, batendo a porta atrás de si.

Meu coração disparou quando percebi que estava encurralada naquele cômodo com outra pessoa. E, quando me virei para ver quem tinha entrado, todo o sangue foi drenado de meu rosto. Cambaleei para trás, até que minhas costas bateram na parede atrás da lavadora.

As chamas da fogueira lá fora iluminaram o cômodo escuro, o suficiente para que eu pudesse ver claramente quem havia invadido meu momento de fraqueza.

O mesmo rapaz que o tinha causado.

Rune estava à minha frente, junto da porta fechada. Esticando-se, ele virou o trinco. Engoli em seco no momento em que ele virou o rosto para me olhar. Sua mandíbula estava tensa e seus olhos azuis estavam fixos em mim. Seu olhar era frio como gelo.

Minha boca ficou seca. Rune deu um passo à frente, seu corpo alto e largo me encurralando. O batimento do meu coração varreu o sangue das minhas veias, e seu som arrebatador rugia em meus ouvidos.

Enquanto ele se aproximava, meus olhos baixaram para assimilar os braços de Rune: seus músculos definidos estavam saltados por causa da tensão dos punhos fechados, a camiseta preta marcava o torso firme, e a pele macia ainda conservava a tonalidade de um bronzeado fraco. No movimento característico que sempre me deixava de joelhos, ele levantou a mão e afastou o cabelo do rosto.

Engolindo em seco, tentei encontrar coragem para forçar meu caminho para além dele e fugir correndo. Mas Rune andou em minha direção até que não houvesse saída para mim – eu estava encurralada.

Meus olhos estavam arregalados enquanto ele se concentrava em mim. Rune veio para a frente até que estivéssemos a centímetros de distância. Assim perto, eu podia sentir o calor que seu corpo irradiava. Assim perto, eu podia sentir seu perfume fresco: aquele que sempre me trouxera conforto, aquele que me levava de volta a dias preguiçosos de verão passados no bosque florido, aquele que trazia de volta, ao vivo e em cores, aquela noite final, quando fizemos amor.

Senti meu rosto se inundando de calor quando ele se inclinou para mais perto. Senti o cheiro de tabaco em suas roupas e um traço de hortelã em sua respiração quente. Meus dedos se contorciam enquanto eu mirava a barba por fazer em seu queixo e em sua face. Eu queria me aproximar e tocar seu rosto. Eu verdadeiramente ansiava por levantar a mão e passar um dedo por sua testa, descendo pelas bochechas, até seus lábios perfeitos.

Mas assim que pensei naqueles lábios a dor cortou novamente meu coração. Eu virei a cabeça, fechando os olhos. Ele havia tocado Avery com aqueles lábios.

Ele havia me *destruído* ao oferecer a ela aqueles lábios – aqueles lábios que deveriam ser meus para sempre.

Eu o senti se aproximar até nossos peitos quase se tocarem. Senti seus braços se levantarem sobre minha cabeça, pousando na parede acima de mim, ocupando cada centímetro do meu espaço pessoal. E senti mechas de seu cabelo longo tocando meu rosto.

Rune respirava com dificuldade, e seu fôlego mentolado passava como um fantasma pelo meu rosto. Apertei meus olhos ainda mais forte. Eu o senti tão impossivelmente perto. Mas não adiantava; meus olhos, por vontade própria e comandados por meu coração, abriram-se lentamente e virei a cabeça; nossos olhares se encontraram.

O ar ficou preso na minha garganta enquanto a sombra do fogo no lado de fora tremulava sobre seu rosto. Então minha respiração pareceu parar totalmente quando uma de suas mãos se moveu de cima da minha cabeça, deslocando-se hesitantemente para baixo, para acariciar meus cabelos. Assim que ele pegou uma mecha entre os dedos, meu corpo todo tremeu, e senti um frio na barriga.

Senti que ele não estava se saindo muito melhor; a respiração profunda e a tensão em sua mandíbula eram pistas claras. Observei seu rosto lindo enquanto ele estudava o meu, ambos assimilando os efeitos dos últimos dois anos: as mudanças e, melhor ainda, os aspectos totalmente familiares.

Então, quando eu não sabia se meu coração confuso podia aguentar mais, seu toque delicado deixou a segurança de meu cabelo para vagar por minha face, seus dedos passaram com a leveza de uma pena sobre as maçãs de meu rosto. Seus dedos pararam quando ele sussurrou uma palavra, uma palavra repleta de emoção, na voz mais dolorosamente desesperada, áspera...

— *Poppymin*.

Uma lágrima escapou de meu olho e caiu sobre sua mão.

Poppymin.

O nome perfeito de Rune para mim.

Minha Poppy.

A garota *dele*.

Até o infinito.

Para sempre e sempre.

Um nó subiu cravando as garras na minha garganta enquanto aquela palavra doce navegava pelos meus ouvidos, perfurando minha alma. Tentei sinceramente me livrar dele para que ele se juntasse ao resto da dor dos últimos dois anos, mas, dominada e totalmente derrotada, eu não conseguia, e um soluço havia muito enjaulado escapou.

Com Rune tão perto, eu não tinha chance.

Enquanto o choro alto escapava de meus lábios, os olhos de Rune perderam a frieza e se suavizaram para brilhar com lágrimas não derramadas. Sua cabeça se inclinou para a frente, e ele encostou a testa na minha, descendo os dedos para então colocá-los sobre meus lábios.

Eu respirei.

Ele respirou.

E, sabendo que não deveria, eu me permiti fingir que os últimos dois anos jamais haviam acontecido. Eu me permiti fingir que ele não tinha se mudado. Que eu não tive de me mudar também. Que toda a dor e todo o sofrimento jamais haviam sido sentidos. E que o vazio negro sem fundo que substituiu meu coração estava cheio de luz – a luz mais brilhante possível.

O amor de Rune. Seu toque e seus beijos.

Mas isso não era nossa realidade. Alguém bateu à porta da lavanderia, e a realidade voltou com tudo, como uma onda açoitada pela tempestade caindo em uma praia castigada pela chuva.

— Rune? Você está aí? — uma voz chamou, uma voz que reconheci como a de Avery.

Os olhos de Rune se abriram à medida que as batidas de Avery ficaram mais fortes. Ele imediatamente foi para trás, sem parar de me olhar. Levantei a mão, enxuguei minhas lágrimas.

— Por favor... apenas me deixe ir.

Tentei soar confiante. E quis dizer mais. Mas eu não tinha mais nada dentro de mim. Nenhuma força para continuar com esse fingimento.

Eu estava ferida.

Estava estampado em meu rosto para todos verem.

Pus a mão no peito duro de Rune e o empurrei, precisando sair. Ele me deixou tirá-lo de meu caminho, apenas para prender minha mão na dele pouco antes de eu alcançar a porta. Fechei os olhos, tentando reunir coragem para me virar para ele novamente. Quando o fiz, mais lágrimas caíram.

Rune estava olhando nossas mãos juntas, seus cílios loiro-escuros quase negros com as lágrimas contidas.

— Rune — sussurrei. Seus olhos estalaram ao som de minha voz. — Por favor — implorei, enquanto Avery batia de novo.

Ele segurou mais forte.

— Rune? — Avery chamou mais alto. — Eu sei que você está aí dentro.

Dei um passo em direção a Rune. Ele observava cada movimento meu com profunda intensidade. Ao alcançar seu peito, olhei para cima, deixando que sua mão seguisse segurando a minha. Eu o olhei nos olhos, reconhecendo a confusão em seu rosto, e fiquei na ponta dos pés.

Levei minha mão livre à sua boca e passei os dedos sobre seu grosso lábio inferior. Sorri com tristeza, lembrando-me da sensação de seus lábios contra os meus. Toquei o arco do cupido tão bem definido de sua boca, deixando as lágrimas caírem enquanto dizia:

— Quando me afastei de você, isso me matou, Rune. Não saber o que você estava fazendo do outro lado do Atlântico me matou. — Respirei tremulamente e continuei: — Mas nada me machucou tanto quanto como ver você beijar aquela garota.

Rune empalideceu, e suas bochechas perderam a cor. Balancei a cabeça.

— Eu não tenho o direito de sentir ciúme. É tudo minha culpa. *Tudo*, eu sei disso. Ainda assim, estou com tanto ciúme, tão *machucada*, que sinto que podia morrer por causa dessa dor.

Tirei a mão de sua boca. Olhando para ele, implorando com os olhos, completei:

— Então, por favor... *por favor*, me deixe ir. Não posso estar aqui, não agora.

Rune não se mexeu. Eu podia ver o choque em seu rosto. Usando isso a meu favor, puxei minha mão da dele e imediatamente destranquei a porta. Sem olhar para trás nem fazer uma pausa, disparei, empurrando Avery, que aguardava furiosamente no corredor.

E corri. Corri passando por Ruby e Jorie, por Deacon e Judson, que haviam se juntado no corredor para assistir ao drama que se desenrolava. Corri no meio dos vários estudantes bêbados. Corri porta afora até me deparar com o ar frio da noite. E então corri novamente. Corri o mais rápido que pude, para tão longe de Rune quanto conseguisse.

— Rune!

Ouvi uma voz aguda gritar a distância, seguida por uma voz masculina, que completou:

— Aonde você está indo, cara? *Rune!*

Mas não deixei que isso me detivesse. Virando à direita, vi a entrada do parque. Estava escuro, e ele não era bem iluminado, mas era o atalho para casa.

Naquele momento, eu daria qualquer coisa para estar em casa.

O portão estava aberto. Deixei que meus pés me levassem até o caminho escuro cercado de árvores, carregando-me mais para dentro até o centro do parque.

Minha respiração estava entrecortada. Meus pés doíam conforme as solas batiam no asfalto duro através das sapatilhas. Virei à esquerda, indo para o bosque florido, quando ouvi passos atrás de mim.

Senti um medo súbito e virei a cabeça. Rune estava correndo atrás de mim. Meu coração bateu mais forte, mas dessa vez não tinha nada a ver com esforço, apenas com o olhar de determinação no rosto dele. Ele rapidamente me alcançava.

Corri por mais alguns metros, então percebi que não adiantava. Ao entrar no bosque florido, um lugar que eu conhecia tão bem – um lugar que *ele* conhecia tão bem –, fui desacelerando em um caminhar, até parar completamente.

Um momento depois, ouvi Rune entrar no bosque de árvores desfolhadas. Ouvi sua respiração pesada martelando o ar frio.

Eu senti que ele se movia atrás de mim.

Lentamente me virei e encarei Rune. Ele estava com as mãos no cabelo, prendendo os fios. Seus olhos azuis estavam assombrados, torturados. O ar em torno de nós crepitava devido à tensão do momento em que olhávamos um para o outro, em silêncio, o peito dos dois se agitando, as faces vermelhas.

Então o olhar de Rune desceu para os meus lábios, e ele se aproximou. Deu dois passos e soltou uma única e dura pergunta:

— Por quê?

Ele rangia os dentes enquanto esperava por minha resposta. Baixei o olhar, e lágrimas inundavam meus olhos. Balancei a cabeça e implorei:

— Por favor... não...

Rune passou a mão pelo rosto. Aquela expressão teimosa que eu conhecia tão bem se espalhou por seus traços.

— *Não!* Meu Deus, Poppy! Por quê? *Por que* você fez isso?

Eu me distraí momentaneamente com o peso de seu sotaque, uma rouquidão mais áspera em sua voz já grave. Quando criança, seu sotaque havia diminuído ao longo dos anos. Mas agora seu inglês estava coberto por um pesado tom norueguês. Isso me lembrou do dia em que nos conhecemos do lado de fora de sua casa, quando tínhamos cinco anos.

Mas agora, ao ver seu rosto se avermelhar de raiva, fui rapidamente lembrada de que aquilo não importava. Não tínhamos mais cinco anos. Nada era inocente. Muita coisa havia acontecido.

E eu ainda não podia contar para ele.

— Poppy — ele insistiu, aumentando o volume da voz, enquanto chegava ainda mais perto. — Por que você fez isso? Por que você nunca mais me ligou de volta? Por que vocês se mudaram? Onde diabos estiveram? Que diabos aconteceu?

Rune começou a andar, e seus músculos ressaltavam sob a camiseta. Um vento frio soprou pelo bosque, e ele puxou o cabelo para trás. Parando totalmente, ele me encarou e soltou tudo o que tinha para dizer:

— Você prometeu. Você prometeu que ia esperar até eu voltar. Tudo estava bem até o dia em que liguei e você não atendeu. Liguei várias vezes, mas você nunca retornou meus telefonemas. Nem uma mensagem, nada!

Ele se moveu até que seus pés estivessem contra os meus, postando-se diante de mim, bem mais alto que eu.

— Diga! Diga agora mesmo!

Seu rosto estava vermelho de raiva.

— Eu mereço saber!

Eu me encolhi com a agressão em sua voz. Eu me encolhi com o veneno em suas palavras. Eu me encolhi diante do estranho em pé diante de mim.

O velho Rune jamais teria falado comigo daquele jeito. Mas então me lembrei de que aquele não era o Rune de antes.

— E-eu não posso — gaguejei, pouco mais alto que um sussurro. Levantando os olhos, vi a expressão incrédula em seu rosto. — Por favor, Rune — implorei. — Não force. Deixe como está. — Engoli em seco e então me forcei a dizer: — Deixe a gente... deixe a gente no passado. Devemos seguir em frente.

A cabeça de Rune foi para trás, como se eu o tivesse socado.

Então ele riu. Ele riu, mas o som não tinha nenhum humor. Estava envenenado de fúria, coberto de raiva.

Rune deu um passo para trás. Suas mãos tremeram ao lado do corpo e ele riu uma vez mais. Friamente, exigiu:

— Fale.

Balancei a cabeça, tentando protestar. Ele levantou a mão até o cabelo, frustrado.

— *Fale* — repetiu. Sua voz baixou uma oitava e irradiou ameaça.

Dessa vez eu não balancei a cabeça. A tristeza havia me deixado imóvel. Tristeza em ver Rune daquela maneira. Ele sempre fora quieto e retraído. Sua mãe me disse em mais de uma ocasião que Rune sempre havia sido uma criança emburrada. Ela sempre tivera medo de que ele pudesse dar problemas. Ela me disse que a predisposição inata dele era responder mal às pessoas e falar pouco. Mesmo quando criança, ela notou um ar de mau humor nele, uma inclinação para ser negativo em vez de positivo.

Mas então ele encontrou você, ela disse. *Ele encontrou você. Você ensinou a ele, com palavras e ações, que a vida não precisava ser sempre tão séria. Que a vida era para ser vivida. Que a vida era uma grande aventura, para ser vivida bem e ao máximo.*

Sua mãe estava certa desde o começo.

Percebi, enquanto observava a escuridão transpirar do garoto dela, que esse era o Rune que a sra. Kristiansen esperava – esperava não, temia – que ele fosse se tornar. Esse era o mau humor inato que ela sabia que se escondia sob a superfície de seu filho.

Uma predileção pela escuridão, não pela luz.

Permanecendo quieta, decidi ir embora. Deixar Rune sozinho com sua raiva.

Corações de luar e sorrisos de raios de sol. Eu rodava o mantra de minha avó na cabeça. Fechei os olhos e me forcei a repelir a dor que tentava me inundar. Tentei evitar essa dor no meu peito, a dor que me dizia aquilo em que eu não queria acreditar.

Que *eu* tinha feito isso com Rune.

Esbocei um movimento para a frente, para ir embora, a autopreservação assumindo o controle. Ao fazer isso, senti dedos desesperados envolvendo meu pulso e me girando de volta.

As pupilas de Rune tinham quase consumido suas íris azul-claras.

— Não! Fique bem aqui. Fique bem aqui e me diga.

Ele respirou profundamente e, perdendo o controle, gritou:

— *Me diga por que diabos você me deixou sozinho!*

Dessa vez, sua raiva não tinha restrições. Dessa vez, suas palavras duras tinham a força de um tapa na cara. O bosque florido diante de mim se encobriu; levei um minuto para perceber que eram minhas lágrimas enevoando minha visão.

Uma lágrima rolou em minha face. O olhar sombrio de Rune não vacilou.

— Quem é você? — sussurrei. Balancei a cabeça enquanto Rune continuava a me encarar; um leve tremor no canto de seus olhos foi a única evidência de que minhas palavras haviam surtido algum efeito nele. — Quem é você neste momento? — Olhei para os dedos dele, ainda em torno do meu pulso. Sentindo minha garganta se fechar, eu disse: — Onde está o garoto que eu amo? — E, arriscando mais um olhar para o rosto dele, sussurrei: — Onde está meu Rune?

Subitamente, Rune soltou meu braço, como se minha pele estivesse escaldante. Um riso desagradável saiu de seus lábios enquanto ele me olhava de cima. Sua mão se levantou para alisar delicadamente meu cabelo – uma suavidade contraditória se comparada ao veneno com o qual ele se expressava.

— Quer saber aonde aquele garoto foi?

Engoli em seco enquanto ele buscava cada parte de meu rosto – cada traço, a não ser meus olhos.

— Quer saber aonde *seu* Rune foi?

Seus lábios se torceram em repulsa. Como se o *meu* Rune fosse alguém indigno. Como se o *meu* Rune não merecesse todo o amor que eu tinha por ele.

Inclinando-se, ele encontrou meus olhos; seu olhar era tão severo que tremores percorreram minha espinha. Duramente, ele sussurrou:

— Aquele Rune morreu quando você o deixou.

Eu tentei me afastar, mas Rune me impediu, fazendo com que fosse impossível escapar de sua crueldade. Respirei fundo, de um jeito doído, mas Rune não acabara. Eu podia ver em seus olhos que ele estava muito *longe* de acabar.

— Eu esperei por você — ele disse. — Eu esperei você ligar, explicar o que tinha acontecido. Liguei para todo mundo que eu conhecia aqui, tentando te encontrar. Mas vocês haviam desaparecido. Tinham ido cuidar de uma tia doente que eu *sei* que não existe. Seu pai não quis falar comigo quando tentei. Vocês todos me bloquearam.

Ele apertou os lábios ao reviver a dor. Eu vi. Eu vi em cada movimento dele, em cada palavra; ele havia sido transportado de volta para aquele lugar dolorido.

— Eu disse a mim mesmo para ser paciente, que você me explicaria tudo no momento certo. Mas, quando os dias viraram semanas, e as semanas, meses, parei de aguardar com esperança. Em vez disso, deixei a dor entrar. Deixei entrar a escuridão que *você* criou. Após um ano, no qual minhas mensagens seguiam sem resposta, deixei a dor tomar conta de mim, até que não sobrou nada do antigo Rune. Porque eu não podia olhar no espelho mais um dia, não podia viver a vida *daquele* Rune mais um maldito dia. Porque aquele era o Rune que tinha você. Aquele Rune era o Rune que tinha *Poppymin*. Aquele Rune era o que tinha o coração completo. Sua metade e a minha. Mas a sua metade me abandonou. Ela foi embora e permitiu que o que eu tenho agora criasse raízes. Escuridão. Dor. Uma raiva extrema.

Rune se curvou para a frente, até que sua respiração envolvesse meu rosto.

— *Você* me deixou assim, Poppy. O Rune que você conhecia morreu quando você virou uma vaca e quebrou cada promessa que fez.

Cambaleei para trás, perdendo o equilíbrio com essas palavras. As palavras de Rune que eram como balas disparadas contra o meu coração. Rune me observava sem demonstrar culpa. Não havia compaixão em seu olhar. Apenas a verdade nua e crua.

Ele realmente *quis* dizer cada palavra.

Então, tirando o comando de sua mão, deixei a raiva tomar conta. Dei as rédeas a toda a raiva que eu senti. Fui para a frente e empurrei o peito duro de Rune. Sem esperar que ele se movesse, eu me surpreendi quando ele deu um passo para trás, até retomar seu terreno.

Mas eu não parei.

Eu voei sobre ele de novo, enquanto lágrimas quentes rolavam pelo meu rosto. Eu empurrei repetidamente seu peito. Firme no chão, Rune não se mexeu. Então ataquei. Um soluço escapou da minha boca quando bati em seu torso, e os músculos se amontoavam sob sua camiseta enquanto eu soltava tudo que havia se acumulado dentro de mim.

— Eu te odeio! — gritei a plenos pulmões. — Eu te odeio por isso! Eu odeio essa pessoa que você é agora! Eu odeio *ele*, eu odeio *você*!

Eu me engasguei com meus gritos e cambaleei para trás, exausta.

Vendo o olhar dele ainda firme em mim, usei a última gota de minha energia para gritar:

— Eu estava poupando você! — Respirei fundo por alguns momentos, então completei, em voz baixa: — Eu estava poupando você, Rune! Estava poupando você da dor. Estava poupando você de se sentir impotente, como o resto das pessoas que eu amava.

As sobrancelhas loiro-escuras de Rune se tornaram uma só linha dura sobre seus olhos. A confusão distorceu seu belo rosto.

Dei um passo para trás mais uma vez.

— Porque eu não podia vê-lo, não podia suportar a ideia de você vendo o que ia acontecer comigo. Eu não podia suportar fazer isso com você, estando tão longe.

Soluços saíram de minha garganta. Tantos soluços que meu peito começou a chiar de exaustão.

Tossi, limpando a garganta, e fui para onde Rune estava parado como uma estátua. Colocando a mão sobre meu coração, eu disse com a voz rouca:

— Eu tinha que lutar. Eu tinha que dar tudo de mim. Eu tinha que tentar. E eu queria você comigo mais do que você pode imaginar.

Meus cílios molhados começaram a secar na brisa fria.

— Você deixaria tudo para tentar vir até mim. Você já odiava seus pais, odiava sua vida em Oslo; eu percebia isso a cada vez que conversávamos. Você tinha ficado tão amargurado. Como você poderia lidar com isso?

Meu coração palpitava, uma dor de cabeça marteladora tomava conta de mim.

Eu precisava ir embora. Precisava deixar aquilo tudo. Retrocedi. Rune permaneceu quieto, como se estivesse morto. Eu não tinha certeza nem se ele tinha piscado.

— Preciso ir, Rune. — Apertei o peito, sabendo que o último pedaço de mim se partiria com o que eu diria a seguir. — Vamos deixar isso aqui, no bosque florido que amávamos tanto. Vamos acabar o que quer que seja que tivemos... que fomos. — Minha voz quase desapareceu, mas com um impulso final sussurrei: — Vou ficar longe de você. Você vai ficar longe de mim. Nós vamos finalmente nos deixar em paz. Porque tem que ser assim. — Baixei os olhos, sem querer ver a dor nos olhos de Rune. — Eu não consigo aguentar a dor.

Ri fracamente.

— Preciso de corações de luar e sorrisos de raios de sol. — Sorri para mim mesma. — Foi isso que me fez seguir em frente. Não vou parar de acreditar em um mundo lindo. Não vou deixar isso me quebrar. — Então me forcei a olhar para Rune. — E eu não vou ser a causa de mais nenhuma dor para você.

Ao virar a cabeça, vi uma fissura de agonia fraturar a expressão de Rune. Mas não fiquei parada. Corri. Corri rápido, conseguindo passar minha árvore favorita, quando Rune agarrou meu braço e me girou de volta novamente.

— O quê? — ele exigiu. — De que diabos você está falando? — Ele respirava com dificuldade. — Você não explicou nada! Você discursou sobre me poupar e me proteger. Mas do quê? Com o que você achou que eu não poderia lidar?

— Rune, por favor — implorei e o empurrei. Ele estava ao meu lado num instante, as mãos nos meus ombros, ancorando-me no lugar.

— Me responda! — ele gritou.

Eu me soltei dele de novo.

— Me deixe!

Meu coração disparou. Minha pele se arrepiou. Eu me virei para ir de novo, mas as mãos dele me seguraram. Eu me debati, tentando fugir da árvore cujo abrigo sempre me trouxe consolo.

— Me deixe ir! — gritei de novo.

Rune se curvou.

— Não! Me diga! Explique! — ele gritou de volta.

— Rune...

— Explique! — ele gritou, cortando-me.

Balancei a cabeça mais rápido, tentando, em vão, escapar.

— Por favor! Por favor! — implorei.

— Poppy!

— NÃO!

— EXPLIQUE!

— EU ESTOU MORRENDO — gritei em meio ao silêncio do bosque, sem conseguir mais aguentar. — Estou morrendo — completei, sem fôlego. — Morrendo...

Enquanto apertei o peito, tentando recuperar o fôlego, a enormidade do que eu havia feito entrou lentamente em meu cérebro. Meu coração batia. Batia por causa do pânico. Batia e acelerava com o conhecimento terrível do que eu acabara de admitir... do que eu acabara de confessar.

Continuei a olhar para o chão. Em algum lugar no meu cérebro, registrei que as mãos de Rune congelaram em meus ombros. Enquanto eu sentia o calor de suas palmas, também percebia que elas tremiam. Ouvi sua respiração, arrastada e difícil.

Eu me forcei a levantar o olhar e fixá-lo no de Rune. Seus olhos estavam arregalados e torturados pela dor.

Naquele momento eu me odiei. Porque aquela expressão em seus olhos, aquele olhar assustado e destrutivo, era a razão de eu ter quebrado a minha promessa a ele de dois anos atrás.

Foi por isso que tive de libertá-lo.

Da maneira como acabou, no lugar disso eu apenas o aprisionei em grades de ódio.

— Poppy... — ele sussurrou, com sotaque forte, enquanto seu rosto empalideceu até o branco mais branco.

— Tenho linfoma de Hodgkin. Está avançado. E é terminal. — Minha voz tremeu quando completei: — Me restam apenas meses de vida, Rune. Não há nada que ninguém possa fazer.

Esperei. Esperei para ver o que Rune tinha a dizer, mas ele não disse nada. Em vez disso, ele se afastou. Seus olhos vasculharam meu rosto, procurando por algum sinal de mentira. Quando não encontrou nenhum, ele balançou a cabeça. Um "não" mudo saiu de sua boca. Então ele correu. Ele virou as costas para mim e correu.

Passaram-se muitos minutos até eu encontrar forças para me mover.

Passaram-se dez minutos, depois disso, até eu entrar pela porta de casa, onde minha mãe e meu pai estavam sentados com os Kristiansen.

Mas se passaram apenas segundos até que minha mãe, depois de me ver, corresse para onde eu estava e eu caísse em seus braços.

Onde parti meu coração por causa do coração que havia acabado de partir.

Aquele que eu sempre me esforcei para proteger.

8
Respirações esparsas e almas assombradas

Rune

EU ESTOU MORRENDO... Estou morrendo... Morrendo... Tenho linfoma de Hodgkin. Está avançado. E é terminal... Me restam apenas meses de vida, Rune. Não há nada que ninguém possa fazer.

Corri pela escuridão do parque enquanto as palavras de Poppy giravam em minha mente. *EU ESTOU MORRENDO... Estou morrendo... Morrendo... Me restam apenas meses de vida, Rune. Não há nada que ninguém possa fazer.*

Dor, de um tipo que eu nunca soube que era possível sentir, trespassava meu coração. Ela me cortou, me apunhalou e pulsou em mim até que meus pés derraparam em algo e caí de joelhos. Tentei respirar, mas a dor mal tinha começado, movendo-se para rasgar meus pulmões até que não sobrasse nada. Ela passava pelo meu corpo com a velocidade da luz, levando tudo, até que só sobrou dor.

Eu estava errado. Eu estava tão errado.

Eu tinha pensado que Poppy se afastando de mim por dois anos era a maior dor que eu jamais teria de suportar. Ela me mudou, essencialmente me mudou. Ficar destruído, simplesmente ser excluído, machucou... mas isso... isso...

Caindo para a frente, aleijado pela dor no estômago, urrei na escuridão do parque vazio. Minhas mãos arranharam a terra sob minhas palmas, gravetos cortando meus dedos, arrebentando minhas unhas.

Mas acolhi isso. Com essa dor eu conseguia lidar, mas com a dor interior...

O rosto de Poppy lampejava em minha mente. Seu rosto perfeito no momento em que entrara na sala hoje à noite. Seu rosto sorridente ao ver Ruby e Deacon, e aquele sorriso sumindo de seus lábios quando seus olhos encontraram os meus. Eu vi a devastação relampejando em seu rosto quando ela viu Avery sentada ao meu lado e meu braço nos ombros dela.

O que ela não tinha visto era eu a observando da janela da cozinha enquanto ela estava sentada lá fora com Jorie. Ela não havia me visto chegar; na verdade, eu não tinha planejado ir até lá. Mas, quando Judson me enviou uma mensagem dizendo que Poppy tinha chegado, nada pôde me segurar.

Ela tinha me ignorado. Do momento em que a vi no corredor, na semana passada, ela não havia me dito uma palavra.

E aquilo me matava.

Pensei que, quando voltasse a Blossom Grove, haveria respostas. Pensei que descobriria por que ela havia se distanciado.

Engasguei com um soluço sufocado. Nunca, em meus sonhos mais loucos, eu pensei que poderia ser algo assim. Porque é Poppy. *Poppymin*. Minha Poppy.

Ela não podia morrer.

Ela não podia me deixar.

Ela não podia deixar nenhum de nós.

Nada fazia sentido se ela não estivesse aqui. Ela tinha mais vida para viver. Ela era destinada a estar comigo pela eternidade.

Poppy e Rune até o infinito.

Para sempre e sempre.

Meses? Eu não poderia... ela não poderia...

Meu corpo tremeu enquanto outro grito bruto rasgava minha garganta, sentindo uma dor que não era menor do que se eu estivesse sendo enforcado, arrastado e esquartejado.

As lágrimas rolavam livremente pelo meu rosto, caindo na terra seca sob minhas mãos. Meu corpo estava preso no lugar, minhas pernas se recusavam a se mover.

Eu não sabia o que fazer. Que diabos havia para fazer? Como se supera o fato de não poder ajudar?

Inclinando a cabeça para trás, para o céu cheio de estrelas, fechei os olhos.

— Poppy — sussurrei, enquanto o sal das lágrimas forçava caminho para dentro da boca. — *Poppymin* — murmurei novamente, meu afeto desaparecendo na brisa.

Em minha mente eu via os olhos verdes de Poppy, tão reais como se ela estivesse sentada na minha frente... *Me restam apenas meses de vida, Rune. Não há nada que ninguém possa fazer...*

Dessa vez os gritos não bloquearam minha garganta. Eles foram libertados, e eram muitos. Meu corpo estremeceu com a força deles no instante em que pensei no que ela deveria ter passado. Sem mim. Sem que eu estivesse ao seu lado, segurando sua mão. Sem que eu beijasse sua cabeça. Sem que eu a segurasse nos braços quando ela estava doente, quando o tratamento a deixou fraca. Pensei nela enfrentando toda aquela dor com apenas metade de um coração. Metade de sua alma lutando para lidar com aquilo sem sua contrapartida.

A minha.

Não tinha certeza de quanto tempo havia ficado sentado no parque. Pareceu uma eternidade até que eu conseguisse me levantar. E, enquanto eu andava, me senti como um impostor em meu próprio corpo. Como se eu estivesse preso em um pesadelo, e, quando eu acordasse, eu teria quinze anos de novo. Nada disso estaria acontecendo. Eu acordaria no bosque florido debaixo de nossa árvore favorita, com *Poppymin* em meus braços. Ela riria para mim quando eu acordasse, apertando meu braço em torno de sua cintura. Ela inclinaria a cabeça, e eu baixaria a minha para um beijo.

E nos beijaríamos.

Nós nos beijaríamos muitas vezes. Quando eu fosse para trás, com a luz do sol em seu rosto, ela sorriria para mim com os olhos ainda fechados e sussurraria: *"Beijo duzentos e cinquenta e três. No bosque florido, sob nossa árvore favorita. Com meu Rune... e meu coração quase explodiu".* Eu pegaria minha câmera e esperaria, meu olho pronto na lente para o momento em que ela abriria os olhos. *Aquele* momento. Aquele momento mágico capturado, no qual eu veria em seus olhos o quanto ela me amava. E eu diria a ela que a amava também, passando as costas da mão gentilmente pelo rosto dela. Mais tarde, eu penduraria aquela foto em minha parede, assim eu poderia vê-la todos os dias...

O som de uma coruja piando me tirou do meu atordoamento. Quando pisquei, afastando a fantasia, ela me atingiu como um caminhão – era exatamente o que era: uma fantasia. Então a dor ressurgiu e me apunhalou com a verdade. Eu não conseguia acreditar que ela estava morrendo.

Minha visão se embaçou com as lágrimas frescas, e levei um momento para perceber que eu estava na árvore que tinha imaginado em meus sonhos. Aquela debaixo da qual sempre nos sentávamos. Mas, quando olhei para cima na escuridão, com o vento frio açoitando os galhos, meu estômago revirou. Os galhos sem folhas, seus braços delgados girando e se retorcendo, tudo refletia esse momento no tempo.

O momento em que eu soube que *minha* garota estava indo embora.

Eu me forcei a caminhar; de alguma maneira, meus pés me levaram para casa. Mas, enquanto eu andava, minha mente era um emaranhado de incertezas – dispersa, recusando-se a definir qualquer coisa. Eu não sabia o que fazer, para onde ir. Lágrimas se derramavam incessantemente de meus olhos; a dor dentro de meu corpo se instalava em um novo lar. Nenhuma parte do meu corpo foi poupada.

Eu fiz isso para poupar você...

Nada podia me poupar disso. Pensar nela tão doente, lutando para impedir que a luz que ela emanava tão forte se dissipasse, me destruiu.

Chegando em casa, mirei a janela que havia me cativado por doze anos. Eu sabia que ela estava do lado oposto. A casa estava na escuridão. Mas, enquanto eu movia meus pés para a frente, lentamente parei.

Eu não conseguia... eu não conseguia encará-la... eu não conseguia...

Subi correndo os degraus de casa e entrei pela porta. Lágrimas de raiva e de tristeza me rasgavam, ambas lutando pelo domínio. Eu estava sendo despedaçado por dentro.

Passei pela sala.

— Rune! — minha *mamma* chamou.

Imediatamente ouvi algo a mais em sua voz.

Meus pés pararam. Quando encarei minha mãe, que estava se levantando do sofá, vi lágrimas trilhando seu rosto.

Aquilo me atingiu como uma martelada.

Ela *sabia*.

Minha *mamma* deu um passo para a frente, com a mão estendida. Olhei para sua mão, mas não conseguia pegá-la. Eu não conseguia...

Corri para o meu quarto. Passei pela porta e então fiquei apenas ali parado. Estava em ponto morto, olhando ao redor, buscando uma ideia do que fazer a seguir.

Mas eu não sabia. Minhas mãos se levantaram até meus cabelos e agarraram os fios. Sufoquei com os sons que deixavam minha boca. Eu me afoguei nas malditas lágrimas que corriam pelas minhas bochechas porque não sabia o que diabos fazer.

Dei um passo para a frente e parei. Eu me movi em direção à minha cama e estaquei. Meu coração pulsava em uma batida lenta, oscilante. Eu lutava para aspirar o ar para meus pulmões obstruídos. Eu lutava para não cair no chão.

E então desmoronei.

Libertei a raiva à espera. Deixei que ela se instilasse em mim e me levasse para a frente. Alcançando minha cama, eu me curvei para agarrar a armação e, com um rugido alto, levantei-a com todas as minhas forças, virando o colchão e o resistente estrado de madeira. Fui até minha escrivaninha e, com um golpe, limpei o topo. Pegando meu laptop antes que ele atingisse o chão, girei onde estava e o atirei na parede. Eu o ouvi se estilhaçar, mas isso não ajudou. Nada ajudava. A dor ainda estava ali. A verdade desesperadora.

As malditas lágrimas.

Fechando os punhos, joguei a cabeça para trás e gritei. Gritei até que minha voz ficasse áspera e minha garganta, em carne viva. Caindo de joelhos, eu me deixei afogar nesse sofrimento.

Então ouvi minha porta se abrindo e olhei para cima. Minha *mamma* entrou. Balancei a cabeça, levantando a mão para afastá-la. Mas ela continuou vindo.

— Não — disse com a voz áspera, tentando tirá-la do caminho.

Mas ela não escutou; em vez disso, se ajoelhou ao meu lado.

— Não! — gritei mais forte, mas ela esticou os braços e os enlaçou no meu pescoço.

— Não! — eu lutei, mas ela me puxou para perto, e perdi aquela batalha. Desmoronei em seus braços e chorei. Gritei e chorei nos braços da mulher com quem eu mal tinha falado por dois anos. Mas, naquele momento, eu precisava dela. Eu precisava de alguém que entendesse.

Entendesse como seria perder Poppy.

Então deixei tudo sair. Eu a apertei com tanta força que pensei que deixaria um hematoma. Mas minha *mamma* não se moveu; ela chorou comigo. Ela se sentou em silêncio, embalando minha cabeça enquanto eu perdia todas as forças.

Então ouvi movimentos no corredor.

Meu *pappa* estava nos observando com lágrimas nos olhos, tristeza no rosto. E aquilo reacendeu a chama em meu estômago. Vendo o homem que me levou embora, e que me forçou para longe de Poppy quando ela mais precisaria de mim, algo estalou por dentro.

Empurrei minha *mamma* e sibilei para ele:

— Saia daqui.

Minha *mamma* enrijeceu, e eu a afastei ainda mais, olhando para meu pai. Ele levantou as mãos, agora com choque em seu rosto.

— Rune... — ele disse, em uma voz calma.

Isso apenas alimentou as chamas.

— Eu disse para sair daqui. — Fiquei de pé, cambaleando.

Meu *pappa* olhou para minha *mamma*. Quando ele olhou novamente para mim, minhas mãos estavam cerradas. Eu acolhi a raiva que queimava dentro de mim.

— Rune, filho. Você está em choque, você está sofrendo...

— Sofrendo? *Sofrendo?* Você não tem ideia! — urrei, indo um centímetro mais perto de onde ele estava.

Minha *mamma* ficou de pé. Eu a ignorei enquanto ela tentava entrar em meu caminho. Meu *pappa* se esticou para a frente e a empurrou para trás dele, no corredor.

Meu *pappa* encostou a porta, deixando-a do lado de fora.

— Saia daqui — eu disse uma última vez, sentindo todo o ódio que eu tinha por aquele homem fervendo até a superfície.

— Eu sinto muito, filho — ele sussurrou, deixando uma lágrima escorrer. Ele tinha a audácia de ficar na minha frente e derramar uma lágrima.

Ele não tinha nenhum direito!

— Não — avisei com a voz entrecortada e áspera. — Não se atreva a ficar aqui e chorar. Não se atreva a ficar aqui e me dizer que sente muito. Você não tem esse direito, pois foi quem me levou embora. Você me tirou dela quando eu não queria ir. Você me tirou dela enquanto ela estava doente. E agora... agora... ela está morren... — Eu não conseguia terminar a frase. Eu não conseguia pronunciar aquela palavra. Em vez disso, corri. Corri até meu *pappa* e bati em seu peito largo.

Ele cambaleou para trás e atingiu a parede.

— Rune! — ouvi minha *mamma* gritar do corredor.

Ignorando seu pedido, peguei meu *pappa* pelo colarinho e coloquei meu rosto bem em frente ao dele.

— Você me levou embora por dois anos. E porque eu tinha ido embora ela me afastou, para me *poupar*. Poupar a *mim*. Poupar da dor de estar tão longe e não poder confortá-la ou abraçá-la quando ela sentia dor. Você fez com que eu não pudesse estar com ela enquanto ela lutava. — Engoli em seco, mas consegui completar: — E agora é tarde demais. Ela tem meses... — minha voz falhou. — *Meses...*

Baixei as mãos e dei um passo para trás, enquanto mais lágrimas e dor tomavam conta de mim.

De costas para ele, eu disse:

— Isso não tem volta. Nunca vou te perdoar por ter me levado para longe dela. Nunca. Acabamos aqui.

— Rune...

— Saia daqui — rosnei. — Saia do meu quarto e saia da minha vida. Acabou aqui com você. Acabou de vez.

Segundos depois, ouvi a porta se fechar, e a casa mergulhou no silêncio. Mas, para mim, a casa parecia gritar.

Tirando o cabelo do rosto, eu me joguei no colchão virado e encostei na parede. Por minutos, ou poderiam ser horas, olhei para o nada. Meu quarto estava escuro, a não ser pela pequena luminária no canto que de alguma forma havia sobrevivido à minha raiva.

Levantei os olhos, e eles se fixaram em uma foto pendurada na parede. Franzi a testa, sabendo que não a tinha colocado ali. Minha *mamma* devia tê-la pendurado naquele dia, quando ela desempacotou as coisas em meu quarto.

E olhei fixamente para a foto.

Olhei para Poppy, dias antes de irmos embora, dançando no bosque florido, as flores de cerejeira que ela amava tanto em plena floração em torno dela. Seus braços estavam estendidos para o céu enquanto ela girava, a cabeça inclinada para trás enquanto sorria.

Meu coração se apertou ao vê-la daquele jeito. Porque *aquela* era *Poppymin*. A garota que me fazia sorrir. A garota que corria para o bosque florido, rindo e dançando por todo o caminho.

A garota que me disse para ficar longe dela. *Vou ficar longe de você. Você vai ficar longe de mim. Nós vamos finalmente nos deixar em paz...*

Mas eu não podia fazer aquilo. Eu não podia deixá-la. Ela não podia me deixar. Ela precisava de mim e eu precisava dela. Eu não ligava para o que ela havia dito; de jeito nenhum eu a deixaria enfrentar isso sozinha. Eu não poderia nem se tentasse.

E, antes que eu pudesse refletir sobre isso, fiquei de pé e corri para a janela. Dei uma olhada para a janela em frente à minha e deixei o instinto tomar conta. Tão silenciosamente quanto possível, abri minha janela e pulei por ela. Meu coração acompanhava meus pés enquanto eu corria através da grama. Parei totalmente. Então, respirando fundo, coloquei a mão debaixo da janela e a empurrei para cima. Ela se moveu.

Estava destrancada.

Era como se o tempo não tivesse passado. Pulei para dentro e fechei a janela delicadamente. Havia uma cortina no caminho, algo que não estava ali antes. Puxando-a silenciosamente para o lado, dei um passo para a frente, parando ao absorver o ambiente familiar.

O perfume doce de Poppy, que ela sempre usava, alcançou meu nariz primeiro. Fechei os olhos, tentando me livrar do peso em meu peito. Quando abri os olhos, eles pousaram em Poppy em sua cama. Ela respirava suavemente enquanto dormia, e seu corpo estava iluminado apenas pelo brilho fraco de sua luz noturna.

Então meu estômago afundou. Como diabos ela achou que eu ficaria longe? Mesmo se ela não tivesse me dito por que havia me afastado, eu teria achado meu caminho de volta para ela. Mesmo com toda a mágoa, dor e raiva, eu seria atraído de volta, como uma mariposa para uma lâmpada.

Eu jamais poderia ficar longe.

Mas, enquanto eu a olhava, seus lábios rosados franzidos no sono, o rosto avermelhado com o calor, senti como se uma lança atravessasse meu peito. Eu ia perdê-la.

Eu ia perder minha única razão de viver.

Balancei sobre meus pés. Lutei para superar aquele sentimento. Lágrimas rolaram em meu rosto, justo quando uma velha tábua do assoalho rangeu sob meus pés. Fechei os olhos bem apertados. Quando meus olhos se abriram, vi Poppy me olhando de sua cama com os olhos pesados de sono. Então, vendo claramente meu rosto – as lágrimas no meu rosto, o sofrimento em meus olhos –, sua expressão se transformou em uma máscara de dor, e ela abriu lentamente os braços.

Era instintivo. Um poder primitivo que apenas Poppy tinha sobre mim. Meus pés me arrastaram para a frente com a visão daqueles braços; minhas pernas finalmente falharam, os joelhos atingindo o chão, a cabeça caindo no colo de Poppy. E, como uma represa, arrebentei. As lágrimas vieram rápidas e grossas, enquanto Poppy enlaçava os braços em torno da minha cabeça.

Levantando os braços, eu os enlacei – firme como ferro – em torno de sua cintura. Os dedos de Poppy acariciavam meu cabelo enquanto, tremendo, eu desmoronei em seu colo e lágrimas ensopavam a camisola que cobria suas coxas.

— Shh — Poppy sussurrou, balançando-me para a frente e para trás. O doce som era o céu para meus ouvidos. — Está tudo bem — ela completou.

O fato de ela estar me confortando me atingiu com força. Mas eu não conseguia parar a dor. Eu não conseguia parar o sofrimento.

E a abracei. Eu a abracei tão forte que pensei que ela me pediria para soltá-la. Mas ela não pediu, e eu também não a soltaria. Eu não me atreveria a soltá-la, para o caso de ela não estar lá quando eu levantasse a cabeça.

Eu precisava dela lá.

Eu precisava que ela ficasse.

— Está tudo bem — Poppy me confortou de novo.

Dessa vez, levantei a cabeça até que nossos olhos se encontraram.

— Não está — eu disse roucamente. — Nada sobre isso está bem.

Os olhos de Poppy brilhavam, mas nenhuma lágrima caiu. Em vez disso, ela inclinou meu rosto para cima, com um dedo sob meu queixo, e acariciou minha bochecha molhada com outro. Observei, sem respirar, enquanto um pequeno sorriso começava a aparecer em seus lábios.

Meu estômago revirou, a primeira sensação em meu corpo desde que o entorpecimento que veio após a revelação dela havia tomado conta de mim.

— Aí está você — ela disse, tão baixo que quase perdi. — Meu Rune.

Meu coração parou de bater.

Seu rosto se derreteu em pura felicidade enquanto ela afastava o cabelo de minha testa e corria a ponta do dedo pelo meu nariz e ao longo da borda do meu queixo. Fiquei completamente quieto, tentando guardar aquele momento na memória – uma foto em minha mente. Suas mãos no meu rosto. Aquele olhar de felicidade, aquela luz vindo de dentro.

— Eu me perguntava como você pareceria mais velho. Eu me perguntava se você tinha cortado o cabelo. Eu me perguntava se você havia ficado mais alto, mudado de tamanho. Eu me perguntava se os seus olhos haviam permanecido os mesmos. — Os cantos de seus lábios se contraíram. — Eu me perguntava se você tinha ficado mais bonito, o que me parecia impossível. — Seu sorriso sumiu e ela disse: — E vejo que ficou. Quando vi você no corredor na semana passada, eu não podia acreditar que você estava ali, na minha frente, mais lindo do que eu poderia ter imaginado. — Ela puxou brincando meu cabelo. — Com seu cabelo loiro brilhante ainda mais longo. Seus olhos de um azul mais luminoso do que jamais foram. E tão alto e forte. — Os olhos de Poppy encontraram os meus, e ela disse suavemente: — Meu viking.

Meus olhos se fecharam enquanto eu tentava me livrar do nó na garganta. Quando os abri, Poppy estava me observando como ela sempre fez – em completa adoração.

Levantando-me mais alto sobre os joelhos, eu me inclinei para mais perto, vendo seus olhos se abrandarem enquanto eu colocava minha testa na dela, tão cuidadosamente como se ela fosse uma boneca de porcelana. Assim que nossas peles se tocaram, respirei profundamente e sussurrei:

— *Poppymin*.

Dessa vez foram as lágrimas de Poppy que caíram em seu colo. Enfiei a mão em seu cabelo e a segurei mais perto.

— Não chore, *Poppymin*. Eu não suporto ver suas lágrimas.

— Você está enganado sobre o motivo delas — ela sussurrou de volta.

Movi levemente a cabeça para trás, buscando seus olhos. O olhar de Poppy encontrou o meu, e ela sorriu. Eu podia ver o contentamento em seu rosto lindo enquanto ela explicava:

— Pensei que jamais ouviria você me dizer essa palavra de novo. — Ela engoliu em seco. — Pensei que jamais sentiria você perto de mim de novo. Eu jamais sonhei que me sentiria *assim* de novo.

— Sentir o quê? — perguntei.

— Assim — ela disse, levando minha mão ao peito. Bem em cima de seu coração. Ele estava disparado.

Fiquei imóvel, sentindo algo dentro do meu próprio peito se agitando de volta à vida, e ela disse:

— Eu nunca pensei que me sentiria completa de novo. — Uma lágrima caiu de seu rosto sobre minha mão, respingando em minha pele. — Nunca pensei que recuperaria metade do meu coração antes que eu... — Ela parou, mas nós dois sabíamos o que ela queria dizer. Seu sorriso se desfez e seu olhar penetrou no meu. — Poppy e Rune. Duas metades do mesmo todo. Reunidos por fim. Quando mais importa.

— *Poppy...* — eu disse, mas não podia repelir o açoite da dor estalando bem no fundo. Poppy piscou, e piscou novamente, até que todas as suas lágrimas tivessem desaparecido. Ela me fitou, a cabeça pendendo para um lado, como se estivesse tentando resolver um enigma difícil. — Poppy — eu disse com a voz rouca e áspera. — Deixe-me ficar um pouco. Eu não posso... eu não posso... eu não sei o que fazer.

A palma da mão morna de Poppy pousou gentilmente na minha bochecha.

— Não há nada a fazer, Rune. Nada a fazer além de resistir à tempestade.

Minhas palavras ficaram presas na garganta e fechei os olhos. Quando os abri, ela estava me observando.

— Eu não estou assustada — ela me assegurou, confiante, e eu podia ver que ela falava sério. Cem por cento sério. Minha Poppy. Pequena em tamanho, mas cheia de coragem e luz.

Eu nunca havia tido tanto orgulho de amá-la quanto naquele momento.

Minha atenção se prendeu em sua cama – uma cama que era maior do que a que ela tinha dois anos antes. Ela parecia tão pequena para o colchão grande. Sentada no centro, ela parecia uma menininha.

Vendo-me claramente olhar para a cama, ela se mexeu para trás. Eu podia detectar uma ponta de cautela em sua expressão e não podia culpá-la. Eu sabia que não era mais o garoto para quem ela dera um aceno de adeus havia dois anos. Eu tinha mudado.

Eu não tinha certeza se poderia ser o Rune *dela* novamente.

Poppy engoliu em seco e, depois de um momento de hesitação, bateu no colchão ao seu lado. Meu coração disparou. Ela estava me deixando ficar. Depois de tudo. Depois de tudo o que eu havia feito desde que voltei, ela estava me deixando ficar.

Tentando me levantar, senti as pernas instáveis. As lágrimas haviam manchado meu rosto, ralado minha garganta até doer, e o sofrimento e a revelação surreal sobre a dor da doença de Poppy tinham deixado um entorpecimento residual em meu corpo. Cada centímetro de mim quebrado, remendado com band-aids – band-aids sobre feridas abertas.

Temporários.

Fúteis.

Inúteis.

Tirei as botas e deitei na cama. Poppy se moveu para ir para o seu lado da cama e eu, desajeitadamente, fui para o meu. Em um movimento tão familiar para os dois, viramo-nos de lado e ficamos de frente um para o outro.

Mas não era tão familiar como um dia fora. Poppy havia mudado. Eu havia mudado. Tudo havia mudado.

E eu não sabia como me ajustar.

Minutos e minutos de silêncio se passaram. Poppy parecia contente em me observar. Mas eu tinha uma pergunta. A única pergunta que eu quis fazer quando o contato foi cortado. Aquele pensamento que tinha se enterrado em mim, tornando-se escuro pelo desejo de uma resposta. Aquele que fazia com que eu me sentisse mal. Aquela pergunta que ainda tinha o potencial de me estraçalhar. Mesmo agora, quando meu mundo não podia mais se estilhaçar.

— Pergunte — Poppy disse subitamente, mantendo a voz baixa para não acordar os pais.

A surpresa deve ter aparecido em meu rosto, porque ela encolheu os ombros, ficando muito linda.

— Posso não conhecer o garoto que você é agora, mas reconheço aquela expressão. Aquela na qual você está formulando uma pergunta.

Passei o dedo pelo lençol entre nós, com a atenção no movimento que fazia.

— Você me conhece — sussurrei em resposta, querendo acreditar nisso mais do que em qualquer outra coisa.

Porque Poppy era a única que algum dia conheceu meu eu real. Mesmo agora, enterrado sob toda essa raiva e fúria, depois da distância de dois anos silenciosos, ela ainda conhecia o coração lá embaixo.

Os dedos de Poppy se moveram para mais perto dos meus no território neutro entre nós. A terra de ninguém que separava nossos corpos. Enquanto eu observava nossas duas mãos, esticando-se uma para a outra, mas sem realmente alcançar, fui tomado pela necessidade de pegar minha câmera, uma necessidade que eu não sentia havia muito tempo.

Eu queria esse momento capturado.

Eu queria essa fotografia. Eu queria esse momento no tempo, para mantê-lo para sempre.

— Sei algumas de suas perguntas, eu acho — disse Poppy, tirando-me dos meus pensamentos. As bochechas dela coraram, um rosa profundo se espalhando sobre a pele clara. — Vou ser honesta. Desde que voltou, não te reconheço muito. Mas há momentos em que vejo vislumbres do garoto que eu amo. O suficiente para inspirar a esperança de que ele ainda está sob a superfície. — O rosto dela estava determinado. — Acho, acima de tudo, que eu quero vê-lo lutar com o que o esconde. Acho que vê-lo novamente é meu maior desejo antes de ir.

Virei a cabeça, sem querer ouvi-la falar sobre ir embora, sobre a decepção que eu era, sobre o fato de que o tempo dela estava acabando. Então, como o ato de coragem de um soldado, a mão dela rompeu a distância entre nós, e a ponta do dedo dela roçou a minha. Meus dedos se abriram a esse toque. Poppy passou a ponta do dedo sobre minha palma, traçando as linhas.

O esboço de um sorriso surgiu em seus lábios. Meu estômago pesou, imaginando quantas vezes mais eu veria aquele sorriso. Imaginando como ela encontrava forças para sorrir.

Então, lentamente voltando para onde tinha estado antes, a mão de Poppy ficou imóvel. Ela olhou para mim, pacientemente, esperando pela pergunta que eu ainda não tinha feito.

Sentindo meu coração disparar, abri a boca e perguntei:

— O silêncio era... era apenas sobre... sua doença, ou era... porque...

Imagens de nossa noite final passaram em minha mente. Eu deitado sobre o corpo de Poppy, nossas bocas juntas em beijos suaves e lentos. Ela me dizendo que estava pronta. Nós dois tirando a roupa, eu observando seu rosto enquanto avançava, e depois, quando ela deitou em meus braços. Pegar no sono ao seu lado, nada sem ser dito entre nós.

— O quê? — Poppy perguntou, de olhos arregalados.

Respirando rápido, deixei escapar:

— Foi porque eu fiz você ir longe demais? Eu te forcei? Pressionei? — Indo direto ao ponto, perguntei: — Você se arrependeu?

Poppy se retesou, e seus olhos brilharam. Eu me perguntei por um minuto se ela estava para chorar, confessar que o que eu temera nos últimos dois anos era verdade. Que eu a havia magoado. Ela tinha confiado em mim, e eu a magoei.

Em vez disso, Poppy pulou da cama e se ajoelhou. Eu a ouvi puxando algo de baixo. Quando ela se levantou, em suas mãos estava um familiar pote de vidro. Um pote repleto de centenas de corações de papel cor-de-rosa.

Mil beijos de garoto.

Poppy se ajoelhou cuidadosamente na cama e, inclinando o pote na direção da luz noturna, abriu a tampa e começou a procurar. Enquanto a mão dela revirava os corações de papel, eu rastreava os que saíram do vidro para o meu lado. A maioria estava em branco. O pote estava coberto de poeira – sinal de que não era aberto havia muito tempo.

Uma mistura de tristeza e esperança se agitou dentro de mim.

Esperança de que nenhum outro garoto tivesse tocado os lábios de Poppy.

Tristeza porque a grande aventura de sua vida havia sido suspensa. Sem mais beijos.

Então aquela tristeza abriu um buraco em mim.

Meses. Ela tinha apenas meses, não uma vida, para encher o pote. Ela jamais escreveria a mensagem em um coração no dia de seu casamento, como ela queria. Ela nunca seria uma avó lendo esses beijos para os netos. Ela não viveria nem até o fim da adolescência.

— Rune? — Poppy perguntou, quando novas lágrimas escorreram pelo meu rosto.

Usei as costas da mão para limpá-las. Hesitei em encarar Poppy. Eu não queria deixá-la triste. Em vez disso, quando olhei para cima, tudo o que vi no rosto dela foi compreensão, uma compreensão que logo mudou para timidez.

Nervosismo.

Em sua mão estendida estava um coração cor-de-rosa. Mas esse coração não estava em branco. Estava preenchido dos dois lados. A tinta da caneta também era rosa, praticamente disfarçando a mensagem.

Poppy estendeu mais a mão.

— Pegue — ela insistiu.

Fiz como ela pedia.

Eu me sentei sob a luz. Tive que me concentrar bastante na tinta clara até que pude compreender as palavras. *Beijo trezentos e cinquenta e cinco. No meu quarto. Depois de fazer amor com meu Rune. Meu coração quase explodiu.* Eu virei o coração e li do outro lado.

Minha respiração parou.

Foi a melhor noite da minha vida... Tão especial quanto é possível ser especial.

Fechei os olhos, mais outra onda de emoção fluindo por mim. Se eu estivesse de pé, com certeza teria caído de joelhos.

Porque ela havia amado.

Aquela noite, o que fizemos, foi tudo desejado. Eu não a havia magoado.

Engasguei com um ruído que escapava de minha garganta. A mão de Poppy estava sobre meu braço.

— Pensei que havia destruído a gente — sussurrei, olhando em seus olhos. — Pensei que você tinha se arrependido de nós.

— Não — ela sussurrou em resposta.

Com a mão trêmula, um gesto enferrujado por termos passado muito tempo separados, ela puxou para trás os fios de cabelo caídos sobre meu rosto. Fechei os olhos ao toque dela, então os abri quando ela disse:

— Quando tudo aconteceu — ela explicou —, quando eu estava buscando tratamento... — Lágrimas, dessa vez, correram por seu rosto. — Quando o tratamento parou de funcionar... pensei naquela noite com frequência. — Poppy fechou os olhos, e seus longos cílios escuros beijavam sua face. Então ela sorriu. A mão dela ficou imóvel em meu cabelo. — Pensei em como você havia sido delicado comigo. Na sensação... de estar com você, tão perto. Como se fôssemos as duas metades do coração que sempre chamamos de nós. — Ela suspirou e disse: — Era como estar em casa. Você e eu, juntos, éramos infinitos, estávamos unidos. Aquele momento, aquele momento em que nossas respirações estavam agitadas e você me abraçou tão forte... foi o melhor momento da minha vida. — Os olhos dela se abriram de novo. — Esse era o momento que eu repassava quando doía. O momento em que eu penso quando tropeço, quando começo a me sentir assustada. O momento que me lembra de que eu tenho sorte. Porque naquele momento eu experimentei o amor que minha vovó me enviou nessa aventura de mil beijos para encontrar. O momento em que você sabe que é tão amada, que é o centro do mundo de alguém tão maravilhosamente, que você *viveu*... mesmo que tenha sido apenas por pouco tempo.

Com o coração de papel em uma das mãos, estiquei a outra e trouxe o punho de Poppy aos meus lábios. Depositei um pequeno beijo sobre seu pulso, sentindo-o tremular sob minha boca. Ela respirou acentuadamente.

— Ninguém mais beijou seus lábios além de mim, beijou? — perguntei.

— Não — ela disse. — Prometi que não. Mesmo que não estivéssemos nos falando. Mesmo tendo pensado que nunca mais veria você novamente, eu jamais quebraria minha promessa. Estes lábios são seus. Eles sempre foram apenas seus.

Meu coração oscilou e, soltando o pulso de Poppy, levantei os dedos para colocá-los sobre seus lábios – os lábios que ela havia me dado de presente.

A respiração de Poppy se abrandou enquanto toquei sua boca. Seus cílios bateram, e o calor subiu em suas bochechas. Minha respiração acelerou. Acelerou porque eu era o dono daqueles lábios. Eles ainda eram meus.

Para sempre e sempre.

— Poppy — sussurrei e me inclinei em sua direção.

Poppy congelou, mas não a beijei. Eu não faria isso. Eu podia ver que ela não podia me compreender. Ela não me conhecia.

Eu mal me conhecia nesses dias.

Em vez disso, pousei os lábios nos meus próprios dedos – ainda sobre os lábios dela, formando uma barreira entre nossas bocas – e apenas inspirei. Inalei seu perfume – açúcar e baunilha. Meu corpo se sentia energizado apenas por estar perto dela.

Então meu coração se partiu no meio enquanto eu me movia para trás e ela perguntou, de modo entrecortado:

— Quantas?

Franzi a testa. Procurei em seu rosto uma pista sobre o que ela estava perguntando. Poppy engoliu em seco e, dessa vez, colocou os dedos sobre meus lábios.

— Quantas? — ela repetiu.

Eu então soube exatamente o que ela perguntava. Porque ela observava meus lábios como se fossem traidores. Ela os fitava como algo que ela um dia amara, perdera e jamais poderia conseguir de volta.

Um frio de gelo correu por mim enquanto Poppy puxava sua mão trêmula. Sua expressão era cautelosa, e sua respiração estava presa no peito como se ela estivesse se protegendo do que eu ia dizer. Mas eu não disse nada. Eu não consegui, aquele olhar em seu rosto me matou.

Poppy soltou a respiração e disse:

— Eu sei da Avery, claro, mas houve outras em Oslo? Quero dizer, eu sei que deve ter havido, mas foram muitas?

— Isso importa? — perguntei, com a voz baixa. O coração de papel de Poppy ainda estava em minha mão, seu significado quase escaldando minha pele.

A promessa de nossos lábios.

A promessa de nossos corações pela metade.

Para sempre e sempre.

Poppy começou lentamente a balançar a cabeça, mas então, baixando os ombros, ela assentiu uma vez.

— Sim — ela sussurrou —, importa. Não deveria. Eu o deixei livre. — Ela pendeu a cabeça. — Mas importa. Importa mais do que você conseguiria entender.

Ela estava errada. Eu entendia por que importava tanto. Importava para mim também.

— Fiquei longe por um longo tempo — eu disse.

Naquele momento, eu sabia que a raiva que me mantinha refém tinha tomado de volta o controle. Alguma parte doente de mim queria machucá-la, como ela havia me machucado.

— Eu sei — Poppy concordou, com a cabeça ainda baixa.

— Eu tenho dezessete anos — continuei.

Os olhos de Poppy saltaram para os meus.

Seu rosto empalideceu.

— Ah — ela disse, e eu podia ouvir cada sinal de dor naquela palavrinha. — Então o que eu temia é verdade. Você esteve com outras, intimamente... como esteve comigo. Eu... eu só...

Poppy se moveu para a beira da cama, mas me estiquei e peguei seu punho que recuava.

— Por que isso importa? — exigi, vendo seus olhos brilharem com lágrimas.

A raiva dentro de mim se obscureceu levemente, mas voltou enquanto eu pensava naqueles anos perdidos. Anos que gastei bebendo e festejando para afastar minha dor, enquanto Poppy estava doente. Isso quase me fez tremer de raiva.

— Eu não sei — Poppy disse e então balançou a cabeça. — Isso foi uma mentira. Porque eu sei. É porque você é meu. E, apesar de tudo, de todas as coisas que aconteceram entre nós, eu mantive uma vã esperança de que você manteria sua promessa. De que era importante assim para você também. Apesar de tudo.

Deixei minha mão cair de seu pulso, e Poppy se levantou. Ela foi em direção à porta. Assim que esticou a mão para pegar a maçaneta, eu disse baixo:

— Era.

Poppy congelou, e seus costas se contraíram.

— O quê?

Ela não se virou. Em vez disso, eu me levantei e andei até ela. Eu me curvei, certificando-me de que ela ouviria minha confissão. Minha respiração soprou seu cabelo para longe da orelha no momento em que eu disse, tão baixo que mal podia me escutar:

— A promessa era assim tão importante para mim. Você era assim tão importante para mim... ainda é. Em algum lugar, sob toda essa raiva... existe você e só você. Sempre será assim para mim. — Poppy ainda não tinha se movido. Cheguei mais perto. — Para sempre e sempre.

Ela se virou, até que nossos peitos se tocaram e seus olhos verdes fitaram os meus.

— Você... você não entende — ela disse.

Levantei lentamente a mão e a corri por seus cabelos. Os olhos de Poppy se fecharam quando fiz isso, mas se abriram de novo para me fitar.

— Eu mantive minha promessa — admiti e observei o choque correr por seu rosto.

Ela balançou a cabeça.

— Mas eu vi... você beijou...

— *Eu mantive minha promessa* — interrompi. — Desde o dia em que deixei você, nunca beijei outra pessoa. Meus lábios ainda são seus. Nunca existiu outra pessoa. Nunca vai existir.

A boca de Poppy se abriu e então se fechou. Quando se abriu novamente, ela disse:

— Mas você e Avery...

Cerrei a mandíbula e disse:

— Eu sabia que você estava perto. Eu estava bravo. Eu queria machucá-la como você havia me machucado. — Poppy balançou a cabeça, incrédula. Cheguei ainda mais perto. — Eu sabia que me ver com Avery faria aquilo com você. Então me sentei do lado dela e esperei até você aparecer. Eu queria que você acreditasse que eu estava a ponto de beijá-la... até que vi seu rosto. Até que vi você correr do quarto. Até que não suportei ver a dor que eu havia causado.

Lágrimas escorreram pelo rosto de Poppy.

— Por que você faria isso? Rune, você não faria...

— Faria e fiz — eu disse secamente.

— Por quê? — ela sussurrou.

Eu sorri, sem humor.

— Porque você está certa. Não sou mais o garoto que você conheceu. Eu estava cheio de tanta raiva quando fui tirado de você que, depois de um tempo, essa era a única coisa que eu sentia. Eu tentava esconder de você quando conversávamos, lutei contra isso, sabendo que eu ainda tinha você comigo, mesmo estando a milhares de quilômetros de distância. Mas quando você se afastou, eu não ligava mais. Deixei que ela me consumisse. E ela me consumiu tanto desde então que se *transformou* em mim. — Busquei a mão de Poppy e a coloquei sobre o meu peito. — Eu sou metade de um coração. Este, quem eu sou agora, se deve a uma vida destituída de você. Essa escuridão, essa raiva, nasceu de você não estar ao meu lado. *Poppymin*. Minha aventureira. Minha garota. — E então a dor voltou; por aqueles breves momentos, eu tinha me esquecido da nossa nova realidade. — E agora — eu disse entre dentes —, agora você me diz que vai me deixar para sempre. Eu...

Engasguei com as palavras.

— Rune — Poppy murmurou e se jogou em meus braços, envolvendo os dela firmemente em torno de minha cintura.

Imediatamente meus braços a envolveram com força. Enquanto seu corpo derretia no meu, respirei. Foi a primeira respiração limpa em um longo tempo. Então ela se tornou restrita, sufocada, quando eu disse:

— Eu não posso perder você, *Poppymin*. Não posso. Não posso deixar você ir. Não consigo viver sem você. Você é minha para sempre e sempre. Você está destinada a andar ao meu lado por esta vida. Você precisa de mim e eu preciso de você. Isso é tudo sobre esse assunto. — Eu a senti tremendo em meus braços. Continuei: — Eu não vou conseguir deixar você ir. Porque, aonde você for, eu tenho que ir também. Eu tentei viver sem você, não dá certo.

Lentamente, e tão cuidadosamente quanto podia, Poppy levantou a cabeça, separando nossos corpos apenas o suficiente para olhar para mim e sussurrar de modo abatido:

— Eu não posso levar você para onde estou indo.

Enquanto eu absorvia suas palavras, cambaleei para trás, soltando os braços de sua cintura. Não parei até sentar na beirada da cama. Eu não conseguia lidar com aquilo. *Como diabos eu vou encarar tudo isso?*

Eu não conseguia entender como Poppy podia ser tão forte.

Como ela encarou essa sentença de morte com tal dignidade? Tudo o que eu queria fazer era xingar o mundo, destruir tudo em meu caminho.

Minha cabeça pendeu para a frente. E chorei. Chorei lágrimas que não havia percebido que ainda tinha. Eram minha reserva, a última onda da devastação que eu sentia. As lágrimas que reconheciam a verdade que eu não queria aceitar.

Que *Poppymin* estava morrendo.

Ela estava verdadeiramente, realmente morrendo.

Senti a cama baixar ao meu lado. Senti seu aroma doce. Eu a segui enquanto ela me guiava de volta para a cama. Segui suas instruções silenciosas para cair em seus braços. Soltei tudo o que estava reprimido por dentro enquanto ela passava as mãos no meu cabelo. Envolvi os braços em torno de sua cintura e segurei, tentando ao máximo memorizar aquela sensação. A sensação dela em meus braços. Seu coração batendo forte e seu corpo morno.

Eu não tinha certeza de quanto tempo havia passado, mas, por fim, as lágrimas secaram. Eu não me movi dos braços de Poppy. Ela não parou de acariciar minhas costas com os dedos.

Consegui umedecer a garganta o suficiente para perguntar:

— Como isso tudo aconteceu, *Poppymin*? Como você descobriu?

Poppy ficou quieta por uns segundos, antes de suspirar e em seguida dizer:

— Não importa, Rune.

Eu me sentei e olhei em seus olhos.

— Eu quero saber.

Poppy passou as costas da mão em meu rosto e assentiu.

— Eu sei que você quer. E vai saber. Mas não esta noite. Isto... nós, assim... é tudo o que importa esta noite. Nada mais.

Não parei de olhar nos olhos dela, nem ela nos meus. Um tipo de paz entorpecida havia se estabelecido entre nós. O ar estava espesso e me inclinei, querendo nada mais do que colocar minha boca na dela. Sentir os lábios dela contra os meus.

Adicionar outro beijo ao pote.

Quando minha boca estava a um fio da de Poppy, eu me movi para beijá-la na bochecha. Foi suave e delicado.

Mas não era suficiente.

Movendo-me para cima, dei outro beijo, e outro, em cada centímetro de sua bochecha, em sua testa e em seu nariz. Poppy se mexeu debaixo de mim. Ao me afastar um pouco, adivinhei pela compreensão estampada em seu rosto que Poppy sabia que eu não estava forçando os limites.

Porque, por mais que eu não quisesse aceitar, éramos pessoas diferentes agora. A menina e o menino que se beijavam tão facilmente quanto respiravam tinham mudado.

Um beijo verdadeiro viria quando tivéssemos voltado a ser nós.

Plantei mais um beijo na ponta do nariz de Poppy, fazendo com que um risinho leve saísse de seus lábios. Parecia que a raiva havia diminuído o suficiente para permitir que eu sentisse a alegria daquele riso se enraizar em meu coração.

Enquanto colocava minha testa contra a de Poppy, assegurei a ela:

— Meus lábios são seus. Não são de mais ninguém.

Em resposta, Poppy beijou delicadamente o meu rosto. Senti o efeito daquele beijo passar por todo o meu corpo. Aconcheguei minha cabeça na curva de seu pescoço e me permiti um pequeno sorriso quando ela sussurrou em meu ouvido:

— Meus lábios também são seus.

Rolei para puxar Poppy para os meus braços, e nossos olhos por fim se fecharam. Peguei no sono mais rápido do que pensei. Cansado, de coração partido e emocionalmente ferido, o sono chegou logo. Mas isso sempre acontecia quando Poppy estava ao meu lado.

Foi o terceiro momento que definiu minha vida. A noite em que descobri que perderia a garota que amava. Sabendo que nossos momentos juntos estavam contados, eu a segurei mais forte, recusando-me a soltar.

Ela caiu no sono fazendo exatamente a mesma coisa...

... um eco poderoso de quem costumávamos ser.

O som de um farfalhar me acordou.

Esfreguei os olhos. A silhueta quieta de Poppy perambulava em direção à janela.

— *Poppymin?*

Ela parou, então finalmente olhou para mim. Eu engoli em seco, tentando aliviar a dor na garganta, quando Poppy se postou ao meu lado. Ela usava uma parca grossa, calças de moletom e um suéter. Uma mochila estava aos seus pés.

Franzi a testa. Ainda estava escuro.

— O que está fazendo?

Poppy voltou para a janela, olhando para trás para perguntar em tom brincalhão:

— Você vem?

Ela sorriu para mim, e meu coração se partiu. Ele se fragmentou por ela ser tão linda. Meus lábios se curvaram para cima com a felicidade contagiosa dela, e perguntei de novo:

— Para onde diabos você vai?

Poppy afastou a cortina e apontou para o céu.

— Assistir ao nascer do sol. — Ela inclinou a cabeça para o lado enquanto me olhava. — Eu sei que faz tempo, mas você esqueceu que eu fazia isso?

Uma onda quente se espalhou por mim. Eu não tinha me esquecido.

Eu me levantei e me permiti um pequeno riso. Parei imediatamente. Poppy percebeu e, suspirando com tristeza, andou de volta até mim. Olhei para ela, sem querer nada além de colocar minha mão na base de sua nuca e beijá-la.

Poppy estudou meu rosto, então tomou minha mão. Surpreendido, olhei para seus dedos em torno dos meus. Eles pareciam tão pequenos apertando delicadamente a minha mão.

— Tudo bem... — ela disse.

— Como? — perguntei, chegando mais perto dela.

Poppy continuou apertando minha mão, enquanto a outra se levantou em direção ao meu rosto. Ela ficou na ponta dos pés e botou os dedos sobre meus lábios.

Meu coração bateu um pouco mais rápido.

— Tudo bem rir — ela disse, e sua voz suave soava como uma pena. — Tudo bem sorrir. Tudo bem se sentir feliz. Do contrário, qual seria o propósito da vida?

O que ela dizia me atingiu forte. Eu não queria fazer ou sentir aquelas coisas. Eu me senti culpado apenas por pensar em ser feliz.

— Rune — Poppy disse. Sua mão desceu e pousou no lado do meu pescoço. — Sei como você deve estar se sentindo. Venho lidando com isso há um tempo. Mas também sei como me sinto ao ver minhas pessoas prediletas neste mundo, as que eu amo com todo o meu coração, feridas e magoadas.

Os olhos de Poppy brilhavam. Isso fez com que eu me sentisse pior.

— Poppy... — comecei a dizer, cobrindo-lhe a mão com a minha.

— É pior que qualquer dor. É pior que enfrentar a morte. Ver minha doença sugar a felicidade daqueles que eu amo é o pior de tudo. — Ela engoliu em seco, inspirou suavemente e sussurrou: — Meu tempo é limitado. Todos nós sabemos disso. Então quero que esse tempo seja especial... — Poppy sorriu. E era um de seus sorrisos largos, resplandecentes. Do tipo que podia fazer até um cara raivoso como eu ver um fio de luz. — Tão especial quanto é possível ser especial.

E então sorri.

Deixei que ela visse a felicidade que ela fazia aflorar em mim. Deixei que ela visse que aquelas palavras – as palavras de nossa infância – haviam rompido a escuridão.

Ao menos por aquele momento.

— Estátua — Poppy disse de repente.

Fiquei imóvel. Um risinho ligeiro escapou de sua garganta.

— O quê? — perguntei, ainda segurando sua mão.

— Seu sorriso — ela respondeu, e de brincadeira abriu a boca como se estivesse em choque. — Ainda está aqui! — ela sussurrou dramaticamente. — Pensei que ele fosse uma lenda mítica, como o Pé-grande ou o Monstro do Lago Ness. Mas está aqui! Testemunhei com meus próprios olhos!

Poppy emoldurou o rosto com as mãos e bateu os cílios com exagero.

Balancei a cabeça, lutando contra um riso de verdade dessa vez. Quando uma risada se acalmou, Poppy ainda sorria para mim.

— Só você — eu disse. — Seu sorriso se suavizou. Abaixei e puxei o colarinho de seu casaco para mais perto de seu pescoço. — Só você consegue me fazer sorrir.

Poppy fechou os olhos por apenas um momento.

— Então é o que vou fazer, o máximo que conseguir. — Ela me olhou nos olhos. — Eu vou fazer você sorrir. — Ela ficou na ponta dos pés, até que nossos rostos quase se tocaram, e afirmou: — E eu serei determinada.

Um passarinho piou do lado de fora, e o olhar de Poppy se desviou para a janela.

— Precisamos ir se quisermos pegá-lo — ela incitou, quebrando nosso momento.

— Então vamos — respondi e, calçando as botas, a segui.

Peguei a mochila de Poppy e a joguei sobre o meu ombro. Ela sorriu para si mesma quando fiz isso.

Abri a janela. Poppy correu para a cama e, quando voltou, trazia um cobertor nas mãos. Ela olhou para mim.

— É frio assim cedo.

— Esse casaco não é quente o suficiente? — perguntei.

Poppy segurou o cobertor contra o peito.

— Isto é para você. — Ela apontou para minha camiseta. — Você vai ficar com frio no bosque.

— Você sabia que eu sou norueguês? — perguntei, ríspido.

Poppy assentiu.

— Você é um viking da vida real. — Ela se inclinou para mim. — E, cá entre nós, você é muito bom em aventuras, conforme eu previ. — Balancei a cabeça, achando graça. Então ela descansou a mão em meu braço. — Mas, Rune...

— Sim?

— Até os vikings sentem frio.

Apontei a cabeça para a janela aberta.

— Vamos logo ou perderemos o sol.

Poppy deslizou pela janela, ainda sorrindo, e eu a segui. A manhã estava fria, e o vento soprava mais forte do que na noite anterior.

O cabelo de Poppy açoitava-lhe o rosto. Preocupado com a possibilidade de ela estar com frio, e que isso pudesse deixá-la doente, busquei seu braço e puxei-a de frente para mim. Poppy pareceu surpresa, até que levantei seu capuz pesado e cobri sua cabeça com ele.

Amarrei os cordões para mantê-lo na posição. Poppy me observou o tempo todo. Minhas ações foram retardadas por sua atenção enlevada. Quando o laço estava amarrado, minhas mãos ficaram imóveis, e olhei profundamente em seus olhos.

— Rune — ela disse depois de vários minutos tensos de silêncio. Levantei o queixo, esperando que ela continuasse. — Eu ainda posso ver sua luz. Debaixo da raiva, você ainda está aí.

Essas palavras me fizeram recuar, surpreso. Olhei para o céu. Estava começando a clarear. Andei para a frente.

— Você vem?

Poppy suspirou e se apressou para me alcançar. Deslizei as mãos para dentro dos bolsos enquanto caminhávamos, em silêncio, para o bosque. Poppy ia olhando tudo ao redor dela pelo caminho. Tentei seguir o que ela via, mas pareciam ser apenas pássaros ou árvores ou a grama balançando com o vento. Franzi a testa, perguntando-me o que a deixava tão fascinada. Mas essa era Poppy, ela sempre dançou de acordo com a própria música. Ela sempre havia visto mais coisas acontecendo no mundo do que qualquer outra pessoa que eu conhecia.

Ela via a luz perfurando a escuridão. Ela via o bem através do mal.

Era a única explicação que eu tinha para o fato de ela não ter me pedido para deixá-la em paz. Eu sabia que ela me via como alguém diferente, mudado. Mesmo que ela não tivesse me dito, eu teria percebido isso pela maneira como me observava. Seu olhar às vezes era cauteloso.

Ela jamais teria me olhado daquela maneira antes.

Quando entramos no bosque, eu sabia onde nos sentaríamos. Andamos até a árvore grande – a nossa árvore – e Poppy abriu a mochila. Ela tirou um cobertor para sentarmos em cima.

Depois que ela estendeu o cobertor, fez um gesto para que eu me sentasse. Eu me sentei, apoiando as costas no tronco largo da árvore. Poppy sentou-se no meio do cobertor e se apoiou nas mãos.

O vento parecia ter amainado. Desfazendo o laço dos cordões, ela deixou o capuz cair para trás, mostrando o rosto. A atenção de Poppy se voltou para o horizonte clareando, o céu agora cinza, com tons de vermelho e laranja surgindo.

Alcancei meu bolso, tirei o maço de cigarro e coloquei um na boca. Acionei o isqueiro, acendi o cigarro e dei uma tragada, sentindo o instante em que atingiu meus pulmões.

A fumaça ondeava em torno de mim enquanto eu exalava lentamente. Peguei Poppy me observando atentamente. Descansando um braço em meu joelho levantado, olhei de volta para ela.

— Você fuma.

— *Ja.*

— Você não quer parar? — ela perguntou.

Eu podia ouvir em sua voz que era um pedido. E eu podia ver, pela centelha de um sorriso em seus lábios, que ela sabia que eu havia percebido.

Balancei a cabeça. Fumar me acalmava. Eu não pararia tão cedo.

Sentamos em silêncio, até que Poppy olhou para a aurora que apontava e perguntou:

— Você alguma vez viu o sol nascer em Oslo?

Segui seu olhar para o horizonte agora rosado. As estrelas estavam começando a desaparecer em um leque de luz.

— Não.

— Por que não? — Poppy perguntou, movendo o corpo para ficar de frente para mim.

Dei outra tragada no cigarro e inclinei a cabeça para trás para soltar a fumaça. Baixei a cabeça e encolhi os ombros.

— Nunca me ocorreu.

Poppy suspirou e se virou novamente.

— Que oportunidade perdida — ela disse, balançando o braço em direção ao céu. — Nunca saí dos Estados Unidos, nunca vi o nascer do sol em nenhum outro lugar, e você estava lá, na Noruega, e nunca levantou cedo para ver o novo dia começando.

— Uma vez que você viu um nascer do sol, viu todos — respondi.

Poppy balançou a cabeça com tristeza. Quando ela olhou para mim, foi com pena. Aquilo fez meu estômago revirar.

— Não é verdade — ela argumentou. — Cada dia é diferente. As cores, os tons, o impacto em sua alma. — Ela suspirou. — Cada dia é um presente, Rune. Se aprendi alguma coisa nos últimos dois anos, foi isso.

Fiquei em silêncio.

Poppy inclinou a cabeça para trás e fechou os olhos.

— Como esse vento. É frio porque é começo de inverno, e as pessoas fogem dele. Ficam dentro de casa para se manter aquecidas. Mas eu o abraço. Adoro a sensação do vento no meu rosto e o calor do sol nas minhas bochechas no verão. Quero dançar na chuva. Sonho em deitar na neve, sentindo o frio nos ossos.

Ela abriu os olhos. O sol despontou no céu.

— Durante o tratamento, confinada à minha cama de hospital, eu fazia as enfermeiras a virarem para a janela. O nascer do sol a cada dia me acalmava. Restaurava minhas forças. Me enchia de esperança.

Um rastro de cinzas caiu no chão ao meu lado. Percebi que não havia me movido desde que começamos a conversar. Ela me encarou e disse:

— Quando eu olhava por aquela janela, quando eu sentia tanta saudade sua que doía mais que a quimioterapia, eu observava o nascer do sol e pensava em você. Pensava em você vendo o sol nascer na Noruega, e isso me trazia paz.

Eu não disse nada.

— Você se sentiu feliz ao menos uma vez? Houve algum momento nos últimos dois anos em que você não estivesse triste ou com raiva?

O fogo da raiva que ficava em meu estômago voltou à vida. Balancei a cabeça.

— Não — respondi, enquanto jogava a bituca apagada no chão.

— Rune — Poppy sussurrou.

Eu vi a culpa em seus olhos.

— Achei que você superaria, um dia. — Ela baixou os olhos, mas, quando olhou para cima de novo, partiu meu coração completamente. — Fiz aquilo porque nunca pensei que fosse durar tanto. — Um sorriso fraco, porém estranhamente poderoso, enfeitou-lhe o rosto. — Eu fui presenteada com mais tempo. Eu fui presenteada com a vida. — Ela inspirou profundamente. — E, agora, para se somar aos milagres que seguem vindo em meu caminho, você voltou.

Virei a cabeça, sem poder manter a calma, sem conseguir lidar com Poppy falando de sua morte tão casualmente e da minha volta com tanta felicidade. Então a senti se movendo para sentar-se ao meu lado. Seu perfume doce me envolveu, e fechei os olhos, respirando intensamente quando senti seu braço contra o meu.

O silêncio caiu novamente entre nós, adensando o ar. Então Poppy colocou a mão sobre a minha. Abri os olhos no momento em que ela apontou para o sol, agora se movendo rápido, conduzindo o novo dia. Encostei a cabeça no tronco áspero, observando uma névoa rosada inundar o bosque árido. Minha pele tremia de frio. Poppy levantou o cobertor perto dela para nos proteger.

Assim que o cobertor grosso de lã nos envolveu em seu calor, os dedos de Poppy se entrelaçaram nos meus, unindo nossas mãos. Nós observamos o sol até que a luz do dia chegou totalmente.

Senti a necessidade de ser honesto. Deixando o orgulho de lado, confessei:

— Você me magoou.

Minha voz estava áspera e baixa.

Poppy se retesou.

Não olhei para seus olhos, eu não conseguia. Então completei:

— Você partiu meu coração totalmente.

Enquanto as nuvens espessas desapareciam, o céu rosado se tornava azul. Com a chegada da manhã, senti Poppy se mexer – ela estava enxugando uma lágrima.

Eu me retraí, odiando o fato de tê-la aborrecido. Mas ela queria saber por que eu estava bravo o tempo todo. Ela queria saber por que eu nunca tinha visto uma droga de um nascer do sol. Ela queria saber por que eu tinha mudado. Essa era a verdade. E eu estava aprendendo rápido que às vezes a verdade é um saco.

Poppy engoliu um soluço, e eu levantei o braço e o passei em torno de seus ombros. Achei que ela fosse resistir, mas, em vez disso, tombou delicadamente contra meu lado. Ela me deixou segurá-la perto de mim.

Mantive a atenção no céu, cerrando a mandíbula enquanto meus olhos se embaçavam com lágrimas. Eu as segurei.

— Rune — Poppy disse.

Eu balancei a cabeça.

— Não importa.

Poppy levantou a cabeça e virou meu rosto para o dela, com a mão apoiada na minha bochecha.

— Claro que importa, Rune. Eu magoei você. — Ela engoliu as lágrimas. — Essa nunca foi minha intenção. Eu queria desesperadamente te poupar.

Busquei os olhos de Poppy e vi. Por mais que tenha me machucado, por mais que seu silêncio abrupto tenha me destruído, me jogado em espiral em um lugar do qual não conseguia me libertar, eu podia ver que era porque ela me amava. Queria que eu seguisse em frente.

— Eu sei — confessei, segurando-a mais perto.

— Não deu certo.

— Não — eu disse e então depositei um beijo em sua cabeça. Quando ela me olhou, limpei as lágrimas de seu rosto.

— E agora? — ela perguntou.

— O que você quer que aconteça agora?

Poppy suspirou e me olhou com olhos determinados.

— Eu quero o velho Rune de volta.

Meu estômago pesou e me afastei. Poppy me parou.

— Rune...

— Eu não sou o velho Rune. Nem tenho certeza de que um dia serei novamente. — Baixei a cabeça, mas então me forcei a encará-la. — Eu ainda quero você do mesmo jeito, *Poppymin*, ainda que você não me queira.

— Rune — ela sussurrou —, acabei de ganhá-lo de volta. Eu não conheço esse novo você. Minha mente está confusa. Nunca esperei ter você comigo nisso. Eu... eu estou confusa. — Ela apertou minha mão. — Mas, ao mesmo tempo, me sinto cheia de vida nova. Da promessa de nós dois de novo. Sabendo que, ao menos pelo tempo que me resta, eu tenho você. — Suas palavras dançaram no ar, até que perguntou nervosamente: — Não tenho?

Corri o dedo por seu rosto.

— *Poppymin*, você me tem. Você sempre me teve. — Limpei o nó na garganta e completei: — Posso estar diferente do garoto que você conhecia, mas ainda sou seu. — Dei um leve sorriso sem humor e completei: — Para sempre e sempre.

Os olhos de Poppy se abrandaram. Ela cutucou meu ombro, então deitou a cabeça nele.

— Eu sinto muito — ela sussurrou.

Eu a abracei, tão apertado quanto podia.

— Minha nossa, *eu* sinto muito, Poppy. Não... — Eu não conseguia terminar minhas frases. Mas Poppy esperou pacientemente, até que baixei a cabeça e continuei: — Não sei como você não está destruída com tudo isso. Não sei como você não... — Suspirei. — Simplesmente não sei como você encontra forças para continuar.

— Porque eu amo a vida. — Ela encolheu os ombros. — Sempre amei.

Senti que estava vendo uma nova faceta de Poppy. Ou talvez eu estivesse sendo lembrado da garota que eu sempre soube que ela se tornaria.

Poppy fez um gesto para o céu.

— Eu sou a garota que acorda cedo para ver o nascer do sol. Eu sou a garota que quer ver o que há de bom em todos, a que é arrebatada por uma música, inspirada por arte. — Virando-se para mim, ela sorriu e disse: — Eu sou essa garota, Rune. A que espera a tempestade passar simplesmente para vislumbrar um arco-íris. Por que ser infeliz quando você pode ser feliz? É uma escolha óbvia para mim.

Trouxe sua mão até minha boca e a beijei. Sua respiração mudou, o ritmo dobrando de velocidade. Então Poppy puxou nossas mãos unidas para sua boca, torcendo-as para poder beijar a minha. Ela as baixou em seu colo, traçando pequenos desenhos em minha pele com o dedo indicador da mão livre. Meu coração derreteu quando percebi o que ela estava desenhando – sinais de infinito. Oitos perfeitos.

— Sei o que me espera, Rune. Eu não sou ingênua. Mas também tenho muita fé em que há mais na vida do que o que temos aqui, agora, nesta Terra. Acredito que o céu me espera.

Acredito que, quando eu der meu último suspiro e fechar meus olhos nesta vida, vou acordar na próxima, saudável e em paz. Acredito nisso com todo o meu coração.

— Poppy — eu disse asperamente, destroçando-me por dentro com o pensamento de perdê-la, mas tão orgulhoso de sua força. Ela me surpreendia.

O dedo de Poppy desceu de nossas mãos, e ela sorriu para mim, sem um sinal de medo em seu rosto lindo.

— Vai ficar tudo bem, Rune. Eu prometo.

— Não tenho certeza se vou ficar bem sem você.

Eu não queria fazer com que ela se sentisse mal, mas essa era minha verdade.

— Você vai, sim — ela afirmou, confiante. — Porque eu tenho fé em você.

Eu não disse nada em resposta. O que eu poderia dizer?

Poppy olhou para as árvores nuas ao nosso redor.

— Mal posso esperar que elas fiquem floridas de novo. Sinto falta da visão das belas pétalas cor-de-rosa. Sinto falta de caminhar por este bosque e ter a impressão de que estou entrando em um sonho.

Ela levantou a mão e a moveu ao longo de um galho baixo. Então me deu um sorriso empolgado, e ficou de pé, com o cabelo voando livremente ao vento. Ela pisou na grama e esticou as mãos no ar. Sua cabeça foi para trás e ela riu. Um riso que irrompeu de sua garganta com puro abandono.

Eu não me mexi. Não conseguia. Eu estava fascinado. Meus olhos se recusavam a deixar de observar Poppy enquanto ela começou a virar, girando enquanto o vento soprava pelo bosque, o riso levado pelo vento.

Um sonho, pensei. Ela estava certa. Poppy, embrulhada em seu casaco, girando no bosque de manhãzinha, era exatamente como um sonho.

Ela era como um passarinho: mais bela quando voava livre.

— Você pode sentir, Rune? — ela perguntou, com os olhos ainda fechados enquanto absorvia o sol se aquecendo.

— O quê? — perguntei, recuperando a voz.

— A vida! — ela gritou, rindo mais forte enquanto o vento mudava de direção. — Vida — ela disse baixo, enquanto se aquietava, enraizando os pés na grama seca. A pele dela estava vermelha, e as bochechas, queimadas pelo vento. Ainda assim, ela nunca tinha estado mais linda.

Meus dedos se retorceram. Quando olhei para baixo, imediatamente percebi o motivo. A necessidade de capturar Poppy em filme me roía por dentro. Uma necessidade natural. Poppy um dia me disse que eu tinha nascido com isso.

— Eu queria, Rune... — Poppy disse, fazendo-me olhar para cima. — Eu queria que as pessoas tivessem essa sensação todos os dias. Por que é necessário o fim de uma vida para se aprender a apreciar cada dia? Por que precisamos esperar até ficar sem tempo para começar a conquistar tudo o que sonhamos, quando um dia tínhamos todo o tempo do mundo? Por que não olhamos para a pessoa que mais amamos como se fosse a última vez que a vemos? Porque, se olhássemos, a vida seria tão vibrante. A vida seria tão verdadeira e completamente *vivida*.

A cabeça de Poppy foi lentamente para a frente. Ela olhou para mim sobre o ombro e me recompensou com o sorriso mais devastador. Olhei para a garota que mais amava como se fosse a última vez, e isso fez com que eu me sentisse vivo.

Fez com que eu me sentisse a pessoa mais abençoada do planeta, porque eu a tinha. Mesmo que nesse momento as coisas ainda fossem desconfortáveis e recentes, eu sabia que a tinha.

E ela definitivamente me tinha.

Minhas pernas se levantaram por vontade própria, descartando o cobertor no chão gramado do bosque. Lentamente, andei até Poppy, absorvendo cada parte dela.

Poppy me observou chegando. Assim que parei à sua frente, ela baixou a cabeça, e um rubor de vergonha percorreu-lhe o pescoço até as maçãs do rosto.

Conforme o vento nos envolvia, ela perguntou:

— Você sente, Rune? De verdade?

Eu sabia que ela estava se referindo ao vento no meu rosto e aos raios de sol brilhando.

Vivos.

Vibrantes.

Assenti, respondendo a uma pergunta completamente diferente.

— Eu sinto, *Poppymin*. De verdade.

E foi naquele momento que algo dentro de mim mudou. Eu não podia pensar no fato de que ela tinha apenas meses de vida.

Eu tinha que me concentrar no momento.

Eu tinha que ajudá-la a sentir-se a mais viva possível, enquanto eu a tinha de volta ao meu lado.

Eu tinha que reconquistar sua confiança. Sua alma. Seu amor.

Poppy chegou mais perto de mim, passando a mão pelo meu braço nu.

— Você está frio — ela disse.

Eu não ligava se estava sofrendo de hipotermia. Coloquei a mão na base de sua nuca e me inclinei, observando seu rosto em busca de sinais que indicassem que esse movimento não era desejado. Seus olhos verdes arderam, mas não em resistência.

Estimulado a agir, vendo seus lábios se abrindo e os olhos se fechando, inclinei a cabeça para o lado, contornando sua boca, para passar a ponta do nariz pela bochecha. Poppy arquejou, mas continuei. Continuei até atingir a pulsação em seu pescoço; estava disparada.

Sua pele estava quente de dançar no vento, porém tremendo ao mesmo tempo. Eu sabia que era por minha causa.

Aproximando-me até o fim, pressionei os lábios sobre sua pulsação galopante, provando sua doçura, sentindo o meu coração bater conjuntamente.

Vivos.

A vida sendo tão verdadeira e completamente vivida.

Um leve gemido escapou dos lábios de Poppy, e afastei a cabeça, gradualmente encontrando seu olhar. Suas íris verdes estavam brilhantes, seus lábios, rosados e cheios. Deixando minha mão cair, dei um passo para trás e disse:

— Vamos embora. Você precisa dormir.

Poppy parecia adoravelmente desnorteada. Eu a deixei naquele lugar enquanto recolhia nossas coisas. Quando terminei, eu a encontrei exatamente onde a havia deixado.

Indiquei com a cabeça a direção de nossas casas. Poppy andou ao meu lado. A cada passo, eu refletia sobre as últimas doze horas. Sobre a montanha-russa de emoções, sobre o fato de que tinha conseguido de volta metade do meu coração, apenas para descobrir que era temporário. Pensei sobre ter beijado o rosto de Poppy, sobre ter deitado ao seu lado na cama.

Então pensei no pote. O pote meio vazio de mil beijos de garoto. Por alguma razão, aquela visão dos corações de papel vazios foi o que mais me incomodou. Poppy amava aquele pote. Era um desafio feito por sua vovó. Um desafio embotado pela minha ausência de dois anos.

Dei um rápido olhar para Poppy, que estava mirando um passarinho na árvore, sorrindo enquanto ele cantava no galho mais alto. Sentindo meu olhar, ela se virou, e eu perguntei:

— Você ainda gosta de aventuras?

O sorriso de orelha a orelha de Poppy respondeu imediatamente à pergunta.

— Sim. Ultimamente, cada dia é uma aventura. — Ela baixou os olhos. — Sei que os próximos meses serão um desafio interessante, mas estou pronta para abraçá-lo. Estou tentando viver cada dia ao máximo.

Ignorando a dor que essa observação provocou em mim, um plano se formou em minha mente. Poppy parou; tínhamos chegado ao trecho de grama entre nossas casas.

Poppy se virou para mim enquanto estávamos de pé na frente de sua janela. E ela esperou, aguardando para ver o que eu faria. Indo para mais perto de onde ela estava, deixei a mochila e o cobertor no chão e me endireitei, com as mãos ao lado do corpo.

— Então? — Poppy perguntou, com uma pincelada de humor na voz.

— Então — eu disse.

Eu não podia evitar sorrir com o cintilar de seus olhos.

— Olha, Poppy — comecei e me balancei sobre meus pés —, você acredita que não conhece o cara que eu sou agora. — Encolhi os ombros. — Então, me dê uma chance. Deixe-me mostrar a você. Vamos começar uma nova aventura.

Senti minhas bochechas queimarem de vergonha após dizer isso, mas Poppy pegou minha mão direita e colocou entre as dela. Confuso, mirei nossas mãos, então Poppy as balançou para cima e para baixo duas vezes. Com o maior sorriso no rosto e suas covinhas profundas e imponentes, ela declarou:

— Eu sou Poppy Litchfield e você é Rune Kristiansen. Isto é um aperto de mãos. Minha vovó me disse que é o que a gente faz no momento em que conhece alguém. Agora somos amigos. *Melhores* amigos.

Poppy olhou para mim por entre os cílios e riu. Eu ri enquanto lembrava do dia em que a conheci. Quando tínhamos cinco anos, e eu a vi pular a janela, com um vestido azul coberto de lama e um grande laço branco no cabelo.

Poppy se moveu para tirar as mãos, mas eu as segurei forte.

— Saia comigo hoje à noite. — Poppy ficou imóvel. — Em um encontro — continuei, desajeitadamente. — Um encontro de verdade.

Poppy balançou a cabeça, incrédula.

— Nós nunca tivemos um encontro antes, Rune. Nós apenas... éramos.

— Então vamos começar agora. Pego você às seis. Esteja pronta.

Eu me virei e fui em direção à minha janela, supondo que a resposta de Poppy fosse sim. Na verdade, de jeito nenhum eu daria a ela a chance de dizer não. Eu faria isso por ela.

Eu daria o meu melhor para fazê-la feliz.

Eu a ganharia de volta.

Eu a ganharia de volta como o Rune que eu agora era.

Não havia escolha.

Éramos nós.

Era a nossa nova aventura.

A aventura que faria com que ela se sentisse viva.

9

Primeiros encontros e sorrisos com covinhas

Poppy

— Você vai a um encontro? — perguntou Savannah, enquanto ela e Ida deitavam em minha cama.

Elas observaram meu reflexo no espelho. Observaram enquanto eu colocava meus brincos de infinito nas orelhas. Observaram enquanto eu passava uma última camada de rímel.

— Sim, vou a um encontro — respondi.

Ida e Savannah olharam uma para a outra com olhos arregalados. Ida se virou para olhar para mim.

— Com *Rune*? Rune Kristiansen?

Dessa vez, eu me virei para elas. O choque em seus rostos era inquietante.

— Sim, com Rune. Por que estão tão surpresas?

Savannah sentou-se com os braços apoiados no colchão.

— Porque o Rune Kristiansen de quem todo mundo fala não iria a *encontros*. O Rune que fuma e bebe no campo. O que não fala, o que faz cara feia em vez de sorrir. O bad boy que voltou uma pessoa diferente da Noruega. *Aquele* Rune.

Olhei para Savannah e percebi a preocupação em seu rosto. Meu estômago revirou depois de ouvir o que as pessoas vinham dizendo sobre Rune.

— É, mas todas as garotas gostam dele — Ida se intrometeu, dando-me um sorriso. — As pessoas tinham inveja de você quando vocês estavam juntos, antes de ele ir embora. Elas vão simplesmente morrer agora!

Enquanto aquelas palavras escapavam de seus lábios, vi Ida lentamente perder o sorriso. Ela olhou para baixo, então para cima de novo.

— Ele sabe?

Savannah agora tinha o mesmo olhar triste. Tão triste que eu tive que me virar para o outro lado. Eu não conseguia suportar aquela expressão no rosto delas.

— Poppy? — insistiu Savannah.

— Ele sabe.

— Como ele reagiu? — Ida perguntou cautelosamente.

Sorri em meio ao lampejo de dor no meu coração. Encarei minhas irmãs, as duas me olhando como se eu pudesse desaparecer da frente de seus olhos a qualquer segundo. Dei de ombros.

— Não muito bem.

Os olhos de Savannah começaram a brilhar.

— Sinto muito, Pops.

— Eu não devia tê-lo afastado — eu disse. — É por isso que ele é tão bravo o tempo todo. É por isso que ele sempre fica tanto na defensiva. Eu o magoei profundamente. Quando contei para ele, a notícia pareceu destruí-lo, mas então ele me chamou para um encontro. *Meu* Rune finalmente me levando a um encontro, depois de todos estes anos.

Ida enxugou rapidamente o rosto.

— A mamãe e o papai sabem?

Eu fiz uma careta, então balancei a cabeça. Savannah e Ida olharam uma para a outra, depois para mim, e em um segundo estávamos todas rindo.

Ida revirou os olhos, segurando a barriga.

— Ah, meu Deus, Pops! O papai vai pirar! Tudo o que ele fala desde que os Kristiansen voltaram é como o Rune mudou para pior, como ele é desrespeitoso porque fuma e grita com o pai dele. — Ela se sentou. — Ele não vai deixar você ir.

Meu riso parou. Eu sabia que mamãe e papai estavam preocupados com a atitude de Rune, mas não sabia que eles o julgavam tão mal.

— Ele virá até nossa porta? — Savannah perguntou.

Eu balancei a cabeça, embora não tivesse certeza do que ele faria.

Então a campainha tocou.

Nós todas nos olhamos, de olhos arregalados. Franzi o cenho.

— Não pode ser o Rune — comentei, surpresa. Ele sempre vinha para minha janela. Ele nunca era formal; isso simplesmente não era a gente. Certamente não era ele.

Savannah olhou para o relógio na minha mesinha de cabeceira.

— São seis horas. Não é o horário que ele disse que viria?

Com um olhar final para o espelho, peguei minha jaqueta e me apressei pela porta do quarto, e minhas irmãs vieram bem atrás de mim. Enquanto circulei pelo corredor, vi meu pai abrir a porta e seu rosto cair quando ele viu quem estava lá.

Eu derrapei até parar.

Savannah e Ida pararam ao meu lado. Ida agarrou minha mão quando ouvimos uma voz familiar dizer:

— Sr. Litchfield.

Ao som da voz de Rune, meu coração saltou no meio de uma batida. Vi meu pai colocar a cabeça para trás, confuso.

— Rune? — ele perguntou. — O que está fazendo aqui?

Meu pai estava sendo educado como sempre, mas eu podia ouvir a desconfiança em seu tom. Eu podia ouvir um leve receio, talvez até uma preocupação mais profunda, em sua voz.

— Eu vim buscar Poppy — Rune disse a meu pai. A mão de meu pai apertou a maçaneta da porta.

— Buscar Poppy? — ele estranhou.

Espiei ao redor da parede, esperando entrever Rune. Ida apertou meu braço.

Olhei para minha irmã.

— Ah, meu Deus — ela articulou dramaticamente com os lábios.

Balancei a cabeça enquanto ria em silêncio para ela. Ela voltou a concentrar a atenção em meu pai, mas observei seu rosto empolgado por uma fração a mais. Eram momentos como esse, momentos despreocupados em que éramos apenas três irmãs fofocando sobre encontros, que me atingiam mais forte. Sentindo um par de olhos me observando, virei a cabeça para Savannah.

Sem palavras, ela demonstrou que entendia.

A mão de Savannah pressionou meu ombro, enquanto ouvia Rune explicar:

— Eu vou levá-la para sair, senhor. — Ele fez uma pausa. — Em um encontro.

O rosto de meu pai empalideceu. Enquanto eu me movia em direção à porta para resgatar Rune, Ida sussurrou no meu ouvido:

— Poppy, você é minha nova heroína. Olha a cara do papai!

Virei os olhos e ri. Savannah agarrou Ida e a puxou para trás, fora de vista. Mas elas ainda assistiam à cena. Elas não a perderiam por nada no mundo.

Senti uma descarga de nervosismo ao me aproximar da porta. Vi meu pai começar a balançar a cabeça. Então seu olhar se fixou em mim.

Seus olhos confusos inspecionaram meu vestido, o laço no meu cabelo e a maquiagem em meu rosto. Ele ficou um tom mais branco.

— Poppy? — meu pai perguntou.

Levantei a cabeça alto.

— Oi, papai — respondi.

A porta ainda bloqueava Rune, mas eu podia ver sua figura escura borrada pelo vitral. Eu podia sentir seu perfume fresco vindo com a brisa fria que entrava pela casa.

Meu coração disparou em antecipação.

Papai apontou para Rune.

— O Rune aqui parece pensar que vai levar você para sair.

Ele falou como se não pudesse ser verdade, mas ouvi dúvida em sua voz.

— Sim — confirmei.

Ouvi os cochichos abafados de minhas irmãs vindo de trás de nós. Vi minha mãe observando da sombra da sala de estar.

— Poppy — meu pai começou a falar, mas dei um passo à frente, cortando-o.

— Está tudo certo — assegurei. — Vou ficar bem.

Parecia que meu pai não conseguia se mexer. Usei esse momento desconfortável para contornar a porta e cumprimentar Rune.

Senti meus pulmões e meu coração pararem.

Rune estava vestido todo de preto: camiseta, jeans, botas de camurça e jaqueta de couro de motoqueiro. Seu cabelo comprido estava solto. Saboreei o momento em que ele levantou a mão e passou pelo cabelo. Ele estava encostado no batente da porta, e um ar de arrogância radiava de sua postura casual.

Quando seus olhos, brilhando sob as sobrancelhas loiro-escuras, caíram em mim, vi luz chamejando em seu olhar. Seus olhos lentamente rastrearam todo o meu corpo: desde o meu vestido amarelo de mangas longas, descendo pelas minhas pernas e de volta para o laço branco que prendia um lado de meu cabelo. Suas narinas e suas pupilas se alargando eram a única evidência de que gostava do que via.

Corando sob seu olhar intenso, respirei fundo. O ar estava denso e saturado. A tensão entre nós era palpável. Percebi, naquele momento, que era possível sentir falta de alguém ferozmente mesmo depois de poucas horas terem se passado.

Meu pai limpando a garganta me jogou de volta à realidade. Olhei para trás. Coloquei a mão de maneira reconfortante em seu braço e disse:

— Volto mais tarde, tudo bem, papai?

Sem esperar por uma resposta, passei por baixo do braço dele que estava apoiado na porta e saí para a varanda. Rune afastou lentamente o corpo do batente da porta e se virou para me seguir. Quando chegamos ao fim da entrada de carros, eu me virei para ele.

Seu olhar intenso já estava em mim, sua mandíbula se apertando enquanto eu esperava que ele falasse. Olhando sobre seu ombro, vi meu pai nos observando ir embora, aquela expressão preocupada desfigurando seu rosto.

Rune olhou para trás, mas não reagiu. Ele não disse uma só palavra. Botando a mão no bolso, ele puxou um molho de chaves. Apontou com o queixo para o Range Rover da mãe.

— Peguei o carro — foi tudo o que ele disse ao caminhar.

Eu o segui, e meu coração batia acelerado enquanto eu ia até o carro. Eu me concentrei no chão para acalmar os nervos. Quando olhei para cima, Rune havia aberto a porta do passageiro para mim. Então, todo o meu nervosismo passou.

Ali estava ele, como um anjo sombrio, observando-me, esperando que eu entrasse. Sorrindo para ele, entrei no carro. Corei de felicidade enquanto ele fechava gentilmente a porta e entrava no lado do motorista.

Rune deu partida no motor sem uma palavra, sua atenção fixa na minha casa através do para-brisa. Lá estava meu pai, imóvel como uma rocha, observando-nos ir embora.

Rune apertou a mandíbula mais uma vez.

— Ele só está sendo protetor, é tudo — expliquei, minha voz quebrando o silêncio.

Rune me deu um olhar de soslaio. Com uma mirada sombria para meu pai, Rune saiu da rua, um silêncio denso intensificando-se gradualmente conforme nos afastávamos.

As mãos de Rune apertavam a direção com força, deixando suas juntas brancas. Eu podia sentir a raiva saindo dele em ondas. Isso fez com que eu me sentisse triste. Eu nunca tinha visto antes alguém abrigar tanta raiva assim.

Eu não podia imaginar viver dessa maneira todos os dias. Não podia imaginar sentir esse rolo de arame farpado para sempre em meu estômago, essa dor no coração.

Respirei fundo e então me virei para Rune e perguntei cautelosamente:

— Você está bem?

Rune expirou com força pelo nariz. Ele assentiu com a cabeça uma vez, então empurrou o banco para trás. Meus olhos pousaram na jaqueta de motociclista dele e sorri.

Rune arqueou a sobrancelha direita.

— O quê? — ele perguntou, o som de sua voz profunda ribombando através de meu peito.

— Apenas você — respondi, de modo evasivo.

Rune lançou seu olhar para a rua, depois de novo para mim. Quando ele repetiu isso várias vezes, eu podia ver que ele estava desesperado para saber o que eu estava pensando.

Estiquei a mão e a deixei correr pelo couro gasto do braço de sua jaqueta. Os músculos de Rune se retesaram sob minha palma.

— Entendo por que todas as garotas da cidade são a fim de você — eu disse. — Ida estava me contando sobre isso agora há pouco. Sobre como todas vão ficar com inveja de mim porque estou indo a um encontro com você.

As sobrancelhas de Rune foram para baixo. Eu ri, ri de verdade, das linhas em sua testa. Ele esfregou os lábios um no outro enquanto eu ria mais alto, mas eu podia ver o brilho em seus olhos. Eu podia vê-lo disfarçar sua diversão.

Suspirando levemente, enxuguei os olhos. Notei que as mãos de Rune haviam afrouxado um pouco na direção. Sua mandíbula não estava tão tensa, e seus olhos não mais tão apertados.

Aproveitando a oportunidade enquanto podia, expliquei:

— Desde que fiquei doente, o papai ficou mais protetor. Ele não te odeia, Rune. Ele apenas não conhece esse novo você. Ele nem sabia que estávamos nos falando de novo.

Rune permaneceu imóvel, em silêncio.

Dessa vez não tentei falar. Estava claro que Rune tinha ficado de mau humor. Mas hoje eu não tinha certeza de como tirá-lo dele. Mesmo se eu pudesse. Eu me virei para observar o mundo lá fora. Eu não tinha ideia para onde estávamos indo, e a empolgação tornava impossível me sentar quieta.

Odiando o silêncio no carro, eu me inclinei para o rádio e o liguei. Apertei o dial até minha estação favorita; as harmonias da minha banda de garotas predileta encheram o carro.

— Amo essa música — eu disse, feliz, acomodando-me no assento enquanto a melodia lenta de piano começou a encher cada canto do carro. Ouvi os compassos de abertura, cantando baixo junto com a versão despojada, acústica, da música. Minha versão favorita.

Fechei os olhos, deixando a letra de cortar o coração correr pela minha mente e sair pelos meus lábios. Sorri quando a sessão de cordas começou no fundo, aprofundando a emoção com seus sons melodiosos.

Era por isso que eu amava música.

Somente a música tinha a capacidade de roubar meu fôlego e dar vida à história da canção tão perfeitamente. Tão profundamente. Abri os olhos e percebi que o rosto de Rune tinha perdido toda a raiva. Seus olhos azuis estavam me observando, tanto quanto podiam. Suas mãos estavam mais apertadas na direção, mas havia algo mais em sua expressão.

Minha boca ficou seca quando ele me olhou de novo, seu rosto impossível de ler.

— É sobre uma garota que ama um rapaz desesperadamente, com todo o seu coração. Eles mantêm o amor em segredo, mas ela não quer que seja assim. Ela quer que o mundo saiba que ele é dela e que ela é dele.

Então, para minha imensa surpresa, Rune disse com voz áspera:

— Continue cantando.

Eu vi isso no rosto dele; eu vi a necessidade de me escutar. Então cantei.

Eu não era uma cantora vigorosa. Então cantei suavemente, verdadeiramente. Cantei a letra abraçando cada palavra. Essa música sobre amor correspondido, cantei com todo o coração. Essa letra, essas súplicas apaixonadas, eu as tinha vivido.

Ainda vivia.

Havia Rune e eu. Nossa separação. Meu plano tolo: mantê-lo fora de minha vida, poupá-lo da dor, inesperadamente ferindo os dois no processo. Amando-o aqui nos Estados Unidos, ele me amando de Oslo, de volta, em segredo.

Quando a última parte da letra foi sumindo, abri meus olhos, meu peito doendo pela crueza das emoções. Outra música começou a tocar, uma que eu não conhecia. Eu podia sentir o olhar de Rune me atravessando; apesar disso, eu não podia levantar a cabeça.

Algo estava tornando isso impossível.

Deixei minha cabeça rolar no apoio e olhei através da janela.

— Eu amo música — eu disse, quase para mim mesma.

— Eu sei que você ama — respondeu Rune. Sua voz estava firme, forte e clara. Mas percebi nela um tom de ternura. De algo delicado. Afetuoso. Virei o rosto para ele. Eu não disse nada enquanto nossos olhos se encontravam.

Eu simplesmente sorri. Era um sorriso pequeno e tímido, e Rune soltou um suspiro lento enquanto eu sorria.

Viramos para a esquerda e de novo para a esquerda, entrando em uma estrada rural escura. Meus olhos não desgrudavam de Rune. Pensei em como ele era verdadeiramente bonito. Eu me deixei imaginar qual seria a aparência dele dali a dez anos. Ele ficaria com os ombros mais largos, eu tinha certeza. Eu me perguntei se os cabelos dele ainda seriam compridos. Eu me perguntei o que ele estaria fazendo da vida.

Rezei para que fosse algo relacionado com fotografia.

A fotografia trazia a ele a mesma paz que elevava a alma que meu violoncelo me trazia. Desde que ele havia voltado, no entanto, eu não tinha visto sua câmera uma só vez. Ele mesmo disse que não tirava mais fotos.

Aquilo me entristeceu mais do que qualquer coisa.

Então fiz a única coisa que tinha me prometido havia tempos que não faria – imaginei como *nós* estaríamos em dez anos. Casados, morando em um apartamento no SoHo, em Nova York. Eu estaria preparando algum prato em nossa cozinha apertada. Eu estaria dançando com a música do rádio tocando no fundo. E Rune estaria sentado no balcão me observando, tirando fotos para documentar nossa vida. E ele se esticaria para além da lente para passar o dedo pela minha bochecha. Eu afastaria a mão dele com um golpe de brincadeira e soltaria uma risada. Esse seria o momento em que ele apertaria o botão da câmera. Aquela seria a foto esperando por mim sobre o meu travesseiro mais tarde naquela noite.

Seu momento perfeitamente capturado no tempo.

Seu segundo perfeito. Amor em natureza-morta.

Uma lágrima caiu de meus olhos enquanto eu retinha aquela imagem. A imagem que jamais poderia ocorrer. Eu me permiti um momento sentindo a dor, antes de escondê-la profundamente. Então me permiti ficar feliz porque ele teria a oportunidade de realizar sua paixão e se tornar fotógrafo. Eu estaria observando de meu novo lar no céu, sorrindo com ele.

Enquanto Rune se concentrava na estrada, eu me deixei sussurrar:

— Eu senti saudade sua... senti tanta, tanta saudade sua.

Rune congelou, cada parte de seu corpo ficando imóvel. Então ele ligou a seta e parou na beira da estrada. Eu me ajeitei no assento, perguntando-me o que estava acontecendo. O motor roncava debaixo de nós, mas as mãos de Rune tinham escorregado da direção.

Seus olhos estavam abatidos, as mãos pousadas no colo. Ele momentaneamente apertou seu jeans, então virou o rosto para mim. Sua expressão estava assombrada.

Despedaçada.

Mas ela se suavizou quando ele fixou seu olhar em mim e disse em um sussurro áspero:

— Eu também senti saudade sua. Tanta, *Poppymin*.

Meu coração deu uma guinada para a frente, levando meu batimento junto. Os dois dispararam, os dois deixaram minha cabeça zonza enquanto eu absorvia a honestidade em sua voz rouca. O belo olhar em seu rosto.

Sem saber o que mais dizer, pousei minha mão no consolo central do carro. A palma estava para cima, os dedos abertos. Depois de vários minutos em silêncio, Rune lentamente colocou a mão na minha e entrelaçamos os dedos juntos apertadamente. Tremores correram pelo meu corpo com a sensação de sua mão grande segurando a minha.

O dia anterior havia deixado ambos confusos, nenhum dos dois sabendo o que fazer, aonde ir, como encontrar o caminho de volta para nós. Esse encontro era nosso começo. Essas mãos unidas, um lembrete. Um lembrete de que éramos

Poppy e Rune. Em algum lugar debaixo de toda a dor e toda a mágoa, debaixo de todas as novas camadas que adquirimos, ainda estávamos lá.

Apaixonados.

Duas metades de um só coração.

E eu não dava a mínima para o que qualquer um dissesse sobre isso. Meu tempo era precioso, mas, percebi, não tão precioso para mim quanto Rune. Sem soltar minha mão, Rune saiu com o carro e voltou para a estrada. Depois de um momento, eu podia ver aonde estávamos indo.

O riacho.

Sorri largamente enquanto parávamos no velho restaurante, seu deque adornado com fios de luz azuis, grandes aquecedores esquentando as mesas externas. O carro parou, e me virei para Rune.

— Você me trouxe ao riacho para nosso encontro? Para a Cabana do Tony?

Minha avó nos trazia aqui quando éramos crianças. Num domingo à noite. Exatamente como hoje. Ela amava o lagostim deles. Ela percorria feliz esse caminho para comê-lo.

Rune assentiu. Tentei puxar minha mão, e ele fechou o cenho.

— Rune — provoquei. — Temos de sair do carro em algum momento. E, para fazer isso, temos de soltar as mãos.

Rune soltou minha mão relutantemente, e suas sobrancelhas baixaram enquanto o fazia. Peguei meu casaco e saí do carro. Assim que fechei a porta, Rune estava ao meu lado. Sem pedir permissão, ele pegou minha mão de novo.

Pela firmeza, eu me convenci de que ele jamais a soltaria.

Uma rajada de vento soprou da água enquanto caminhávamos em direção à entrada. Rune parou. Silenciosamente, ele pegou o casaco da minha mão e soltou nossos dedos entrelaçados. Balançando o casaco, ele o estendeu para que eu o vestisse.

Eu ia protestar, mas um olhar sombrio passou pelo rosto de Rune e suspirei. Virando-me, estendi os braços para dentro da parca, virando de volta quando o braço de Rune me guiou em frente dele. Concentrando-se intensamente na tarefa, ele fechou o zíper de meu casaco até que o ar noturno fosse mantido a distância.

Esperei que as mãos de Rune saíssem da minha gola, mas, em vez disso, elas ficaram. Seu hálito mentolado pairou em minhas bochechas. Ele me olhou momentaneamente, flagrando meus olhos. Minha pele se arrepiou com o lampejo de timidez naqueles olhos. Então, engatando o olhar no meu, ele chegou mais perto e disse baixinho:

— Eu te disse como você está bonita esta noite?

Meus dedos se torceram dentro das botas com o peso de seu sotaque. Rune poderia parecer calmo e distante, mas eu o conhecia. Quando seu sotaque estava mais forte, seu nervosismo também estava.

Balancei a cabeça.

— Não — sussurrei. Rune olhou para o outro lado.

Quando ele olhou de volta, suas mãos apertaram a minha gola, puxando-me para mais perto. Colocando o rosto a um centímetro do meu, ele disse:

— Bem, você está. Realmente muito bonita.

Meu coração saltou, voou. Em resposta, eu apenas sorri. Mas aquilo pareceu o suficiente para Rune. Na verdade, pareceu derrubá-lo.

Chegando apenas um pouquinho mais perto, os lábios de Rune roçaram minha orelha.

— Fique quentinha, *Poppymin*. Eu não suportaria se você ficasse mais doente.

O ato de ele colocar meu casaco fez sentido. Ele estava me protegendo. Mantendo-me segura.

— Certo — sussurrei de volta. — Para você.

Ele respirou rápido, e seus olhos se fecharam apenas uma fração de tempo a mais que uma piscada.

Ele deu um passo para trás e pegou minha mão. Sem falar nada, ele me levou para dentro da Cabana do Tony e pediu uma mesa para dois. A *hostess* nos levou ao pátio de frente para o riacho. Eu não ia ali há anos, mas estava tudo igual. A água estava calma e parada, e havia um pedaço de céu escondido entre as árvores.

A *hostess* parou em frente à mesa no fundo do pátio cheio. Sorri, pronta para sentar, quando Rune disse:

— Não.

Meus olhos voaram para Rune, assim como os da *hostess*. Ele apontou para a mesa mais afastada do deque, uma bem ao lado da água.

— Aquela — ele exigiu bruscamente.

A jovem *hostess* fez que sim com a cabeça.

— Certamente — ela disse, levemente perturbada. Ela nos guiou através do pátio para a mesa.

Rune foi na frente, sua mão ainda apertando a minha. Enquanto nos movíamos pelas mesas, notei as garotas olhando para ele. Em vez de ficar chateada pela atenção delas, segui seus olhares, tentando vê-lo com novos olhos. Achei isso difícil. Ele estava tão gravado em cada memória minha, tão esculpido no tecido de quem eu era, que isso tornava a tarefa quase impossível. Mas tentei, até que vi o que elas devem ter visto.

Misterioso e taciturno.

Meu bad boy.

A hostess deixou os cardápios na mesa de madeira e se virou para Rune:

— Aqui está bem, senhor?

Rune assentiu, com uma carranca ainda gravada no rosto.

Corando, a hostess disse que nosso garçom logo estaria ali e apressadamente nos deixou a sós. Olhei para Rune, mas seus olhos estavam mirando o riacho. Soltei a mão da dele, para poder me sentar, e, assim que o fiz, sua cabeça se moveu bruscamente para os lados e ele franziu o cenho.

Eu sorri com a irritação dele. Rune se jogou na cadeira de frente para a água, e eu me sentei na cadeira oposta. Mas, assim que me sentei, Rune se esticou e agarrou o braço da minha cadeira. Dei um gritinho quando ele a puxou, arrastando-a em sua direção. Eu sacudia na cadeira, me agarrando aos braços, enquanto ela se movia, até que ele a reposicionou.

Reposicionou-a ao seu lado.

Bem ao seu lado, assim minha cadeira também ficou de frente para o riacho.

Rune não reagiu ao leve rubor em minhas bochechas, enquanto meu interior se aquecia com esse gesto simples. Na verdade, ele nem pareceu notar. Estava muito ocupado retomando a posse de minha mão. Muito ocupado entrelaçando nossos dedos. Muito ocupado em não me deixar ir embora.

Esticando-se para a frente, Rune ajustou o aquecedor sobre nós para o máximo, apenas relaxando de volta em sua cadeira quando as chamas rugiram mais altas por trás do anteparo de ferro. Meu coração derreteu quando ele levou nossas mãos unidas à boca, as costas da minha mão roçando seus lábios para a frente e para trás, em um movimento hipnótico.

Os olhos de Rune estavam fixos na água. E, embora eu adorasse as árvores abraçando a água em um casulo protetor, amasse observar os patos emergindo e mergulhando, as garças arremetendo e planando sobre a superfície, eu só conseguia olhar para Rune.

Algo havia mudado nele desde a noite passada. Eu não sabia o quê. Ele ainda estava carrancudo e brusco. Havia escuridão em sua personalidade; sua aura advertia quase todos para ficar bem longe.

Mas agora havia um novo componente de possessão em relação a mim. Eu podia ver a ferocidade daquela possessão em seu olhar. Eu podia senti-la no aperto em minha mão.

E eu gostava.

Por mais que sentisse saudade do Rune que eu conhecia, eu observava esse Rune com uma renovada fascinação. Nesse momento, sentada ao seu lado em um lugar que significava tanto para ambos, eu estava perfeitamente contente em estar na companhia *desse* Rune.

Mais que contente.

Fazia com que eu me sentisse viva.

O garçom chegou – um rapaz com cerca de vinte anos. O aperto de Rune em minha mão ficou mais forte. Meu coração inchou.

Ele estava com ciúme.

— Ei, vocês. Que tal começarem com umas bebidas? — o garçom perguntou.

— Pode me trazer um chá gelado, por favor? — respondi, sentindo Rune se retesar ao meu lado.

— Uma *root beer* — Rune vociferou. O garçom recuou rapidamente. Quando ele não podia mais nos escutar, Rune falou rispidamente:

— Ele não tirava os olhos de você.

Balancei a cabeça e ri.

— Você está louco.

A testa de Rune se enrugou de frustração. Era a sua vez de balançar a cabeça.

— Você não tem ideia.

— Do quê? — perguntei, movendo minha mão livre para traçar um par de novas cicatrizes sobre os nós dos dedos de Rune. Eu me perguntava de onde elas vinham. Ouvi a respiração dele se prender.

— De como você é linda — ele respondeu.

Ele estava observando meu dedo enquanto disse isso. Quando meu dedo parou, ele olhou para cima.

Eu o encarei, sem palavras.

Por fim, o lábio de Rune se torceu em um meio sorriso. Ele veio para mais perto de mim.

— Ainda tomando chá gelado, pelo visto.

Ele se lembrava.

Cutucando-o delicadamente, eu disse:

— Ainda na *root beer*, pelo visto.

Rune deu de ombros.

— Você não encontra em Oslo. Agora que voltei não enjoo de beber. — Sorri e voltei a traçar sua mão. — Parece que não consigo enjoar de algumas coisas que eu não tinha em Oslo.

Meu dedo parou de se mover. Eu sabia exatamente do que ele estava falando: de mim.

— Rune — eu disse, a culpa se acumulando dentro de mim.

Olhei para cima, para tentar pedir desculpas de novo, mas o garçom chegou, colocando as bebidas sobre a mesa.

— Vocês querem pedir?

Sem desviar de meus olhos, Rune disse:

— Dois cozidos de lagostim.

Senti o garçom por ali, mas, depois de uns segundos tensos, ele disse:

— Vou pedir à cozinha, então. — E se afastou.

Os olhos de Rune foram do meu rosto para minhas orelhas, e aquele lampejo de sorrisinho ressurgiu. Eu me perguntava o que havia causado aquele momento de alegria. Rune se inclinou para a frente e, com as costas dos dedos, tirou o cabelo do meu rosto, colocando-o atrás da orelha.

Ele seguiu com a ponta do dedo o contorno do meu brinco e então soltou um suspiro confortante.

— Você ainda os usa.

Os brincos.

Meus brincos de infinito.

— Sempre — confirmei.

Rune olhou para mim com olhos pesados.

— Para sempre e sempre.

Ele baixou a mão, mas pegou a ponta dos meus cabelos com o indicador e o polegar.

— Você cortou o cabelo.

Soava como uma declaração, mas eu sabia que se tratava de uma pergunta.

— Meu cabelo cresceu de novo — eu disse.

Eu o vi se retesar. Sem querer quebrar a mágica da noite com conversas sobre a doença ou o tratamento, coisas nas quais eu não pensava, me inclinei e coloquei minha testa contra a dele.

— Eu perdi o cabelo. Felizmente, cabelo cresce. — Agitei meu cabelo chanel. — Além disso, eu meio que gosto. Acho que combina comigo. Deus sabe que é mais fácil de lidar com ele do que com aquela montanha de frizz contra a qual eu lutei todos aqueles anos. — Soube que a brincadeira havia funcionado quando Rune soltou um único riso baixo. Então completei: — Além disso, só homens vikings deveriam usar cabelo comprido. Vikings e motoqueiros. — Torci o nariz enquanto fingia estudar Rune e disse: — Infelizmente você não tem uma moto...

Eu parei de falar, rindo do olhar severo no rosto de Rune.

Eu ainda estava rindo quando ele me puxou e, com a boca na minha orelha, disse:

— Posso arranjar uma moto, se é isso que você quer. Se é isso o que seria preciso para reconquistar seu amor.

Ele tinha falado aquilo de brincadeira.

Eu sabia que sim.

Mas aquilo me deixou sem ação. Tanto que fiquei imóvel enquanto meu senso de humor se esvaía de mim. Rune notou essa mudança. Seu pomo de adão oscilou e ele engoliu o que ia dizer.

Deixando meu coração governar minhas ações, levantei a mão e coloquei a palma sobre seu rosto. Assegurando-me de que tinha sua total atenção, sussurrei:

— Você não precisa de uma moto para isso, Rune.

— Não? — ele questionou com a voz rouca. — Balancei a cabeça, e ele perguntou nervosamente: — Por quê?

Um rubor floresceu em suas bochechas. Percebi que aquela pergunta havia custado a ele seu orgulho fortemente encastelado. Percebi que Rune não perguntava mais nada.

Fechando o vão entre nós, eu disse em uma voz abafada:

— Porque tenho certeza de que você nunca o perdeu.

Esperei. Esperei com a respiração suspensa para ver o que ele faria em seguida.

Eu não estava esperando ternura e suavidade. Eu não estava esperando meu coração suspirar e minha alma derreter.

Rune, com o movimento mais cuidadoso, veio para a frente e me beijou na bochecha, indo lentamente para trás apenas para arrastar seus lábios para os meus. Segurei a respiração antecipando um beijo nos lábios. Um beijo de verdade. Um beijo pelo qual eu ansiava. Mas, em vez disso, ele contornou minha boca até minha outra bochecha, dando nela o beijo que meus lábios desejavam ganhar.

Quando Rune foi para trás, meu coração batia como um tambor. Um som grave alto em meu peito. Rune sentou-se novamente, mas sua mão havia apertado a minha uma fração a mais.

Um sorriso secreto se refugiou atrás dos meus lábios.

Um som vindo do riacho chamou a minha atenção – um pato levantando voo no céu escuro. Quando olhei para Rune, vi que ele também estava observando aquilo. Quando ele olhou para o meu lado, provoquei:

— Você já é um viking. Você não precisa de uma moto.

Dessa vez Rune sorriu. Um mero indício de dentes se mostrou. Sorri de orgulho.

O garçom se aproximou, trazendo nossos lagostins, e colocou as tigelas sobre a mesa coberta com papel. Rune largou minha mão com relutância, e começamos a atacar a montanha de frutos do mar. Fechei os olhos quando provei a carne suculenta, uma explosão de limão atingindo minha garganta.

Gemi de tão bom que estava.

Rune balançou a cabeça, rindo de mim. Joguei um pedaço quebrado de casca em seu colo, e ele fez uma careta. Limpando a mão no guardanapo, inclinei a cabeça para trás em direção ao céu noturno. As estrelas estavam brilhantes em seu manto negro sem nuvens.

— Você já viu algo tão bonito quanto esse riachinho? — perguntei.

Rune olhou para cima, então para o riacho quieto, o reflexo das luzes em fios azuis cintilando de volta para nós.

— Eu diria que sim — ele respondeu, em um tom prático, e então apontou para mim. — Mas entendo o que você diz. Mesmo quando eu estava em Oslo, às vezes eu imaginava esse lugar, perguntando-me se você havia vindo aqui novamente.

— Não, é a primeira vez. Mamãe e papai não são muito fãs de lagostim. Era sempre a vovó.

Sorri, imaginando-a sentada ao nosso lado na mesa, depois de sair escondida conosco.

— Você lembra... — eu ri — ... que ela trazia um cantil de bolso cheio de bourbon para colocar no chá gelado dela? — Eu ri mais forte e completei: — Você se lembra dela colocando o dedo sobre os lábios e dizendo: *Agora, não vão falar isso para os seus pais. Fiz a cortesia de trazê-los aqui, resgatá-los da igreja. Então nada de boca solta!*

Rune estava sorrindo também, mas seus olhos me observavam rindo.

— Você sente saudade dela.

Assenti com a cabeça.

— Todos os dias. Eu me pergunto quais teriam sido nossas aventuras juntas. Sempre me pergunto se teríamos ido à Itália para conhecer Assis, como falávamos. Imagino se teríamos ido à Espanha, para correr com os touros. — Eu ri de novo com aquele pensamento. Uma paz caiu sobre mim, e completei: — Mas a melhor parte é que vou vê-la de novo logo. — Olhei para os olhos de Rune e disse: — Quando eu voltar para casa.

Como minha vovó havia me ensinado, eu jamais pensava no que aconteceria comigo ao morrer. O fim. Era o começo de algo ótimo. Minha alma voltaria ao lar a que pertencia.

Eu não percebi que havia chateado Rune até que ele se levantou da cadeira para andar pelo pequeno píer ao lado de nossa mesa, que levava até o meio do riacho.

O garçom veio. Vi Rune acender um cigarro enquanto desaparecia no escuro, apenas uma nuvem de fumaça mostrando onde ele estava.

— Devo tirar os pratos, senhora? — o garçom indagou.

Sorri e assenti.

— Sim, por favor.

Eu me levantei, e ele pareceu confuso, vendo Rune no deque.

— Pode trazer a conta também, por favor?

— Sim, senhora — ele respondeu.

Andei até o deque para encontrar Rune, seguindo o pequeno ponto de seu cigarro aceso. Quando cheguei ao seu lado, ele estava debruçado sobre a grade, olhando desatentamente para o nada.

Um suave vinco marcava sua testa. Suas costas estavam tensas; retesaram-se ainda mais quando parei ao lado dele. Ele deu uma longa tragada no cigarro e soltou a fumaça na brisa suave.

— Não posso negar o que está acontecendo comigo, Rune — eu disse cautelosamente. Ele permaneceu em silêncio. — Não posso viver em uma fantasia. Eu sei o que vem. Sei como isso vai seguir.

A respiração de Rune estava irregular, e a cabeça dele pendeu. Quando levantou os olhos, ele disse, abatido:

— Não é justo.

Meu coração chorou pela dor dele. Eu podia vê-la torturando o rosto dele, vê-la se amontoando em seus músculos. Inclinei-me na grade e inalei o ar frio. Quando a respiração de Rune se normalizou, eu disse:

— Seria realmente injusto se não tivéssemos sido presenteados com os próximos preciosos meses.

A testa de Rune desceu lentamente para descansar sobre suas mãos. Continuei:

— Você não percebe uma perspectiva geral para nós dois aqui, Rune? Você voltou a Blossom Grove apenas semanas depois de eu ter sido mandada de volta para casa para viver o resto da minha vida. Aproveitar os poucos meses concedidos pela medicação. — Olhei para as estrelas de novo, sentindo a presença de algo maior sorrindo para nós. — Para você é injusto. Eu acredito que é o oposto. Nós voltamos juntos por uma razão. Talvez seja a lição que devemos aprender com dificuldade até ser aprendida.

Eu me virei e tirei o longo cabelo que lhe cobria o rosto. Na luz da lua, sob as estrelas cintilantes, eu vi uma lágrima correr por seu rosto.

Eu a limpei com um beijo.

Rune se virou para mim, encaixando a cabeça na curva do meu pescoço. Envolvi sua cabeça com as mãos, segurando-a bem apertado.

As costas de Rune se levantaram com uma respiração profunda.

— Trouxe você aqui hoje para lembrá-la de quando éramos felizes. De quando éramos inseparáveis, melhores amigos e mais. Mas...

Ele interrompeu suas palavras. Gentilmente puxei sua cabeça para trás para olhar seu rosto.

— O quê? — perguntei. — Por favor, me diga. Prometo que estou bem.

Ele buscou meus olhos, então mirou a água parada. Quando seu olhar voltou para mim, ele perguntou:

— Mas e se esta for a última vez que fazemos isso?

Esgueirando-me entre ele e a grade, tirei o cigarro de sua mão e o joguei no riacho. Na ponta dos pés, segurei seu rosto e afirmei:

— Então nós tivemos hoje. — A expressão de Rune estremeceu com as minhas palavras. — Tivemos essa lembrança. Tivemos esse momento precioso. — Minha cabeça pendeu para o lado, e um sorriso nostálgico surgiu em meus lábios. — Eu conhecia um menino, um menino que eu amava com todo o meu coração, que viveu por um simples momento. Que me disse que um simples momento poderia mudar o mundo. Poderia mudar a vida de alguém. Que um momento poderia fazer a vida de alguém, naquele breve segundo, infinitamente melhor ou infinitamente pior.

Ele fechou os olhos, mas continuei falando.

— Isto, esta noite, estar neste riacho de novo com você — eu disse, sentindo uma sensação de paz encher minha alma —, lembrando de minha vovó e de por que eu a amava tanto... fez minha vida infinitamente melhor. *Deste* momento, dado a mim por *você*, eu sempre vou me lembrar. Eu vou levar comigo para... onde quer que eu vá.

Os olhos de Rune se abriram. Eu o puxei mais para baixo.

— Você me deu esta noite. Você voltou. Nós não podemos mudar os fatos, não podemos mudar nossos destinos, mas ainda podemos *viver*. Podemos viver intensamente enquanto temos esses dias diante de nós. Podemos ser nós de novo: Poppy e Rune.

Não pensei que ele diria nada em resposta, então fiquei surpresa e cheia de uma esperança incrível quando ele disse:

— Nossa aventura final.

A maneira perfeita de dizer isso, pensei.

— Nossa aventura final — sussurrei na noite, e uma felicidade sem precedentes se espalhou pelo meu corpo.

Os braços de Rune envolveram minha cintura.

— Com uma correção — eu disse.

Rune franziu a testa. Alisando o vinco em seu rosto, completei:

— A aventura final *desta* vida. Porque eu sei, com uma fé inabalável, que estaremos juntos novamente. Mesmo quando esta aventura acabar, uma maior nos espera do outro lado. E, Rune, não existiria céu se você não estivesse de volta aos meus braços um dia.

Todo o um metro e noventa e cinco de Rune Kristiansen se escorou em mim. E eu o segurei. Eu o segurei até que ele se acalmasse. Quando ele foi para trás, perguntei:

— Então, Rune Kristiansen, viking da Noruega, você está comigo?

Apesar de tudo, Rune riu. Riu quando estendi a mão para que ele a apertasse. Rune, meu bad boy escandinavo com um rosto esculpido pelos anjos, escorregou a mão na minha e as apertamos, selando nossa promessa. Duas vezes. Como minha vovó me ensinou.

— Estou com você — ele disse.

Senti sua promessa até os dedos dos pés.

— Senhora, senhor? — Olhei sobre os ombros de Rune e vi o garçom segurando nossa conta. — Estamos fechando — ele explicou.

— Você está bem? — perguntei a Rune, sinalizando para o garçom que estávamos indo.

Rune assentiu, e suas sobrancelhas pesadas trouxeram-lhe de volta ao rosto a carranca familiar. Imitei sua aparência retorcendo o rosto. Rune, sem poder resistir, me deu seu sorrisinho bem-humorado.

— Só você — ele disse, mais para si mesmo do que para mim —, *Poppymin*.

Colocando a mão na minha, ele lentamente me guiou para a frente da cabana.

Quando estávamos de volta ao carro, Rune ligou o motor e disse:

— Temos mais um lugar para ir.

— Outro momento memorável?

Enquanto entrávamos na estrada, Rune pegou minha mão por cima do painel e respondeu:

— Espero que sim, *Poppymin*. Espero que sim.

Levamos um tempo para dirigir de volta à cidade. Não falamos muito no caminho. Eu havia entendido que Rune era mais quieto do que costumava ser. Não que ele fosse exatamente extrovertido antes. Ele sempre tinha sido introvertido e quieto. Ele se encaixava bem na imagem do artista pensativo, a cabeça conciliando os lugares e as paisagens que ele queria capturar em filme.

Momentos.

Tínhamos andado apenas um quilômetro e meio pela estrada quando Rune ligou o rádio. Ele me disse para escolher qualquer estação que quisesse. E, quando cantei baixo, seus dedos apertaram os meus um pouco mais.

Um bocejo escapou da minha boca quando nos aproximamos dos limites da cidade, mas lutei para manter meus olhos abertos. Eu queria saber para onde ele me levava.

Quando paramos na frente do Teatro Dixon, meus batimentos aceleraram. Era o teatro no qual eu sempre tinha sonhado em me apresentar. Era o teatro ao qual sempre quis voltar quando fosse mais velha, como parte de uma orquestra profissional. Para minha cidade natal.

Rune desligou o motor, e observei o imponente teatro de pedra.

— Rune, o que estamos fazendo aqui?

Rune soltou minha mão e abriu a porta.

— Venha comigo.

Franzindo a testa, mas com meu coração batendo impossivelmente forte, abri a minha porta para segui-lo. Rune pegou minha mão e me levou para a entrada principal.

Era tarde da noite de um domingo, mas ele nos levou diretamente através da entrada. Assim que entramos no salão escuro, ouvi os sons tênues de Puccini sendo tocados no fundo.

Minha mão apertou a de Rune. Ele olhou para mim com um sorrisinho nos lábios.

— Rune? — sussurrei, enquanto ele me levava para cima das escadas luxuriantes. — Para onde estamos indo?

Rune colocou o dedo sobre meus lábios, fazendo sinal para que eu ficasse quieta. Eu me perguntava por quê, mas ele então me levou para uma porta... uma porta que dava para o balcão nobre do teatro.

Rune abriu a porta, e a música veio sobre mim como uma onda. Arquejando com o imenso volume do som, segui Rune até a primeira fileira de assentos. Lá embaixo estava uma orquestra, conduzida por um maestro. Eu os reconheci instantaneamente: a Orquestra de Câmara Savannah.

Eu estava extasiada, olhando os músicos se concentrando tão atentamente em seus instrumentos, balançando-os no tempo da batida. Aproximando minha cabeça de Rune, perguntei:

— Como você fez isso?

Rune deu de ombros.

— Eu queria levar você para vê-los em uma apresentação de verdade, mas eles vão viajar amanhã para o exterior. Quando expliquei ao maestro como você gostava deles, ele disse que poderíamos aparecer no ensaio.

Nenhuma palavra passou por meus lábios.

Eu estava sem palavras. Totalmente sem palavras.

Sem poder expressar adequadamente meus sentimentos, minha gratidão pura por aquela surpresa, encostei a cabeça em seu ombro e me aninhei em seu braço. O cheiro de couro entrou em minhas narinas enquanto me concentrava na orquestra abaixo.

Assisti a tudo fascinada. Assisti enquanto o maestro habilmente guiava os músicos em seus ensaios: os solos, as passagens ornamentais, as harmonias intrincadas.

Rune me abraçava, enquanto eu, sentada, estava deslumbrada. Ocasionalmente eu sentia seus olhos em mim: ele me observando, eu os observando.

Mas eu não podia desviar os olhos. Especialmente da parte de violoncelo. Quando os tons graves soaram claros e verdadeiros, deixei que meus olhos se fechassem.

Era lindo.

Eu podia me imaginar, tão claramente, sentada entre os colegas músicos, meus amigos, olhando para o teatro, cheio de gente que eu conhecia e amava. Rune sentado, assistindo com a câmera em torno do pescoço.

Era o sonho mais perfeito.

Tinha sido meu maior sonho desde que eu conseguia me lembrar.

O maestro pediu para que os músicos fizessem silêncio. Observei o palco. Observei quando todos, menos a violoncelista principal, baixaram seus instrumentos. A mulher, que parecia ter cerca de trinta anos, puxou a cadeira para o meio do palco. Nenhuma plateia além de nós.

Ela se posicionou, seu arco a postos na corda, para começar. Ela se concentrou no maestro. Quando ele levantou sua batuta, instruindo-a a começar, ouvi a primeira nota tocar. Fiquei completamente imóvel. Eu não me atrevia a respirar. Eu não queria ouvir nada além da mais perfeita melodia que existia.

O som de "O cisne", de "O carnaval dos animais", flutuou até nossos assentos. Assisti à violoncelista se entregar à música, suas expressões faciais revelando suas emoções a cada nova nota.

Eu queria ser ela.

Naquele momento, queria ser a violoncelista tocando tão perfeitamente aquela peça. Eu queria ser agraciada com aquela confiança, a confiança de fazer essa apresentação.

Tudo desapareceu enquanto eu a observava. Então fechei os olhos. Fechei os olhos e deixei a música tomar conta de meus sentidos. Deixei que ela me levasse em sua jornada. Enquanto o andamento aumentava, o vibrato ecoava lindamente nas paredes do teatro, e abri meus olhos.

E as lágrimas vieram.

As lágrimas vieram, como a música pedia.

A mão de Rune apertou a minha e senti seu olhar sobre mim. Eu podia sentir que ele se preocupava se eu estava chateada. Mas eu não estava chateada. Eu estava flutuando. Meu coração flutuava na melodia extasiante.

Meu rosto foi ficando molhado, mas deixei as lágrimas correrem. Era por isso que a música era minha paixão. De madeira, corda e arco, essa melodia mágica podia ser criada, suscitando vida em uma alma.

E fiquei daquela maneira. Fiquei daquela maneira até que a última nota vagou até o teto. A violoncelista levantou o arco. Só então abriu os olhos, guiando seu espírito para um local de descanso dentro dela. Porque era isso o que ela sentia, eu sabia. A música a havia transportado para um lugar distante, que só ela conhecia. A música a tinha comovido.

Por um tempo, a música a havia agraciado com o seu poder.

O maestro assentiu, e a orquestra foi para os bastidores, deixando o silêncio ocupar o palco agora vazio.

Mas não virei a cabeça. Não até que Rune se inclinou para a frente, com a mão gentilmente pousada nas minhas costas.

— *Poppymin?* — ele sussurrou, com a voz cautelosa e insegura. — Eu sinto muito — ele disse baixinho —, pensei que isso a deixaria fe...

Fiquei diante ele, apertando suas mãos nas minhas.

— Não — eu disse, interrompendo suas desculpas. — Não — reafirmei. — São lágrimas de felicidade, Rune. Absoluta felicidade.

Ele expirou, soltando uma das mãos para enxugar meu rosto. Eu ri, minha voz ecoando em torno de nós. Limpei a garganta, dando fim ao excesso de emoção, e expliquei:

— Essa é a minha favorita, Rune. "O cisne", de "O carnaval dos animais". A violoncelista principal, ela acabou de tocar minha peça favorita. Foi lindo. Perfeita.

Respirei profundamente.

— É a peça que eu planejava tocar na audição para a Julliard. É a peça que sempre me imaginei tocando no Carnegie Hall. Eu a conheço de trás para a frente. Sei cada nota, cada mudança de andamento, cada crescendo... tudo. — Funguei e limpei os olhos. — Ouvi-la hoje — eu disse, apertando a mão de Rune —, sentada ao seu lado... foi um sonho se realizando.

Rune, sem palavras, colocou seu braço em torno dos meus ombros e me puxou para perto. Senti um beijo em minha cabeça.

— Me prometa, Rune — eu disse. — Me prometa que quando você estiver em Nova York, estudando na Tisch, você vai ver a Filarmônica de Nova York tocar. Me prometa que vai ver a violoncelista principal tocar essa peça. E me prometa que, quando você for, vai pensar em mim. Me imaginar tocando naquele palco, realizando meu sonho. — Respirei fundo, contente com aquela imagem. — Porque isso seria suficiente para mim agora — expliquei. — Simplesmente saber que pelo menos eu viverei esse sonho, mesmo que apenas em sua mente.

— Poppy — Rune disse, dolorosamente. — Por favor, querida...

Meu coração pulou quando ele me chamou de "querida". Soou tão perfeito quanto música aos meus ouvidos.

Levantando a cabeça, puxei seu queixo para cima com o dedo e insisti:

— Me prometa, Rune.

Ele desviou o olhar de mim.

— Poppy, se você não vai estar em Nova York, por que diabos eu iria para lá?

— Por causa de sua fotografia. Porque esse sonho era meu, e o seu era estudar fotografia na Universidade de Nova York. — A preocupação me atravessou quando a mandíbula de Rune se apertou. — Rune? — perguntei.

Depois de um longo momento, ele se virou lentamente de frente para mim. Examinei seu belo rosto. Caí de volta em meu assento quando vi sua expressão.

Recusa.

— Por que você não tira mais fotos, Rune? — perguntei. Rune olhou para outro lado. — Por favor, não me ignore.

Rune suspirou em derrota.

— Porque, sem você, eu não via mais o mundo da mesma maneira. *Nada* era o mesmo. Sei que éramos jovens, mas, sem você, nada fazia sentido. Eu estava furioso. Eu estava me afogando. Então desisti da minha paixão porque a paixão dentro de mim havia morrido.

De tudo que ele podia ter dito ou feito, isso foi o que mais me entristeceu. Porque a paixão dentro dele havia sido muito forte. E suas fotos, mesmo aos quinze anos, não eram como nada que eu tivesse visto antes.

Encarei os traços duros de Rune, cujos olhos se perdiam em um transe enquanto ele mirava inexpressivamente o palco vazio. Seu muro estava de volta, assim como a tensão em sua mandíbula. A expressão soturna havia retornado.

Precisando deixá-lo em paz, sem pressioná-lo demais, apoiei a cabeça em seu ombro e sorri. Eu sorri, ainda ouvindo aquela peça em meus ouvidos.

— Obrigada — sussurrei, enquanto as luzes do palco se apagavam. Levantei a cabeça e esperei que Rune olhasse para mim. Por fim, ele olhou, e eu disse: — Só você poderia saber que isso... — Fiz um gesto para o auditório. — ... significaria tanto para mim. Só meu Rune.

Rune pousou um beijo suave em minha bochecha. Então perguntei:

— *Era* você no meu recital na outra noite, não era?

Rune suspirou e por fim assentiu com a cabeça.

— Eu jamais perderia você tocando, *Poppymin*. Jamais.

Ele ficou de pé. Ele estava em silêncio enquanto estendeu a mão. Estava em silêncio quando dei minha mão a ele e ele nos levou até o carro. Estava em silêncio enquanto íamos para casa. Achei que devia tê-lo machucado de alguma forma. A possibilidade de ter feito algo errado me preocupava.

Quando chegamos em casa, Rune saiu do carro e contornou o capô para abrir a minha porta. Peguei a mão que ele ofereceu enquanto descia. Segurei firme enquanto Rune caminhava comigo até minha casa. Esperei ir até a porta. Em vez disso, ele me levou para minha janela. Franzi a testa quando vi o olhar frustrado em seu rosto.

Precisando saber o que estava errado, passei minha mão por seu rosto. Mas, quando meus dedos chegaram às suas bochechas, algo nele pareceu estalar. Ele me encostou na parede de casa. Seu corpo apertou o meu, e ele tomou meu rosto nas mãos.

Eu estava sem fôlego – sem fôlego com a sua proximidade. Sem fôlego com a intensidade de sua expressão sombria. Seus olhos azuis examinavam cada parte do meu rosto.

— Eu queria fazer isso certo — ele disse. — Eu queria ir devagar. Esse encontro. Nós. Esta noite. — Ele balançou a cabeça, e sua testa formou um vinco enquanto ele lutava contra o que quer que fosse dentro dele. — Mas não consigo. Não vou.

Abri a boca para responder, mas seu polegar vagou para roçar meu lábio inferior, a atenção dele na minha boca.

— Você é a minha Poppy. *Poppymin*. Só *você* me conhece. — Pegando minha mão, ele a colocou sobre seu coração. — Você me conhece, mesmo debaixo desta raiva, você me conhece. — Ele suspirou, chegando tão perto que dividíamos o mesmo ar. — E eu conheço você. — Rune empalideceu. — E, se temos apenas um tempo limitado, não vou desperdiçá-lo. Você é minha. Eu sou seu. Para o inferno com o resto.

Meu coração vibrou como um *arpeggione* em meu peito.

— Rune — foi tudo o que consegui dizer. Eu queria gritar que sim, que eu era dele. Que ele era meu. Nada mais importava. Mas minha voz me deixou na mão. Eu estava muito dominada pela emoção.

— Diga, *Poppymin* — ele pediu. — Apenas diga *sim*.

Rune deu um passo final, prendendo-me, seu corpo alinhado com o meu, seu coração batendo em conjunto com o meu. Eu puxei o fôlego. Os lábios de Rune roçaram os meus, pairando, esperando, preparados para possuí-los completamente.

Enquanto olhava nos olhos de Rune, suas pupilas negras quase eliminando o azul, eu me permiti e sussurrei:

— Sim.

Seus lábios quentes subitamente encostaram nos meus, a boca familiar de Rune os levando com determinação firme. Seu gosto morno e mentolado suprimia meus sentidos. Seu peito duro me manteve presa na parede, encurralada, enquanto ele me possuía com seu beijo. Rune estava me mostrando a quem eu pertencia. Ele não me dava outra escolha a não ser me submeter a ele, dar-me de volta a ele depois de eu me afastar por anos demais.

As mãos de Rune se entrelaçaram no meu cabelo, mantendo-me no lugar. Gemi quando sua língua pressionou para encontrar a minha – macia, quente e desesperada. Levantando as mãos por suas costas largas, elas pousaram em seus cabelos. Rune rosnou em minha boca, beijando-me mais profundamente, levando-me mais e mais além de qualquer medo ou apreensão que eu mantivesse secretamente com seu retorno. Ele me beijou até que não houvesse parte de mim que não soubesse a quem pertencia. Ele me beijou até que meu coração novamente se fundiu ao dele – duas metades de um todo.

Meu corpo começou a enfraquecer sob seu toque. Sentindo que eu me rendia totalmente a ele, o beijo de Rune foi se abrandando em uma carícia suave, delicada. Os lábios inchados de Rune beijaram minhas bochechas, meu queixo e meu pescoço. Quando ele finalmente recuou, sua respiração rápida soprou em meu rosto. Suas mãos afrouxaram seu aperto em mim.

E ele esperou.

Ele esperou, observando-me com seu olhar intenso.

Então meus lábios se abriram e sussurrei:

— Beijo trezentos e cinquenta e sete. Encostada na parede de casa... quando Rune tomou posse do meu coração. — Rune ficou imóvel, suas mãos se retesaram, e terminei com: — E meu coração quase explodiu.

Aí ele chegou. O sorriso puro de Rune. Era radiante, largo e verdadeiro.

Meu coração disparou com essa visão.

— *Poppymin* — ele sussurrou.

Agarrando sua camisa, sussurrei de volta:

— *Meu Rune.*

Os olhos de Rune se fecharam enquanto eu dizia aquelas palavras, e um suspiro suave saía de sua boca. Suas mãos afrouxaram gradualmente o aperto em meus cabelos, e ele deu um passo relutante para trás.

— É melhor eu entrar — sussurrei.

— *Ja* — ele respondeu.

Mas ele não olhou para o lado. Em vez disso, me apertou de novo, tomando minha boca rápido e suavemente, antes de ir para trás. Então ele deu vários passos para trás, colocando uma boa distância entre nós.

Levei os dedos aos lábios e disse:

— Se continuar me beijando desse jeito, vou encher meu pote num instante.

Rune virou-se para caminhar para sua casa, mas parou para olhar sobre o ombro.

— Essa é a ideia, querida. Mil beijos *meus*.

Rune se apressou para casa, deixando que eu o observasse ir, deixando-me com uma leveza atordoada fluindo por mim como uma corredeira. Quando meus pés finalmente se moveram, entrei em casa e fui direto para o quarto.

Puxei o pote de baixo da cama e limpei a poeira. Abri a tampa, peguei a caneta da mesinha de cabeceira e escrevi o beijo da noite.

Uma hora depois, quando já estava deitada na cama, ouvi a janela abrir. Sentei-me e vi minha cortina ser puxada para o lado. Meu coração foi parar na boca quando Rune entrou.

Sorri quando ele começou a andar, tirou a camisa e a jogou no chão. Meus olhos se arregalaram no momento em que assimilei a visão de seu peito nu. E meu coração quase explodiu quando ele passou a mão pelos cabelos, tirando-os do rosto.

Rune foi lentamente até minha cama, parando ao lado para esperar. Levantei a coberta e ele subiu, imediatamente envolvendo minha cintura.

Enquanto minhas costas se aninhavam perfeitamente em seu corpo, suspirei de contentamento. Fechei os olhos. Rune me beijou bem abaixo da orelha e sussurrou:

— Durma, querida. Eu tenho você ao meu lado.

E ele tinha.

Ele me tinha.

Assim como eu o tinha.

10
Mãos dadas e sonhos acordados

Rune

Acordei com Poppy me observando.

— Oi — ela disse.

Ela sorriu e se aninhou mais no meu peito. Deixei minhas mãos vagarem por seu cabelo, antes de colocá-las sob seus braços, puxando-a até que ela estivesse sobre mim e sua boca na frente da minha.

— Bom dia — respondi e pousei os lábios sobre os dela.

Poppy suspirou em minha boca enquanto seus lábios se abriam e se moviam contra os meus. Quando me afastei, ela olhou pela janela e disse:

— Perdemos o nascer do sol.

Assenti. Mas, quando ela olhou de volta para mim, sua expressão não demonstrava nenhum tipo de tristeza. Em vez disso, ela beijou meu rosto e admitiu:

— Acho que eu trocaria cada nascer do sol se isso significasse que acordaria assim, com você.

Meu peito se estufou com aquelas palavras. Pegando-a de surpresa, eu a virei de costas, ficando sobre onde ela estava deitada. Poppy ria enquanto eu prendia suas mãos no travesseiro sob sua cabeça.

Fiz cara feia. Poppy tentou – sem sucesso – parar de rir.

Suas bochechas estavam rosadas com a excitação. Necessitando beijá-la mais do que respirar, eu a beijei.

Soltei as mãos de Poppy e ela agarrou meu cabelo. Seu riso começou a diminuir à medida que o beijo foi ficando mais profundo, e então alguém bateu forte à porta. Nós congelamos, os lábios ainda unidos e os olhos bem abertos.

— Poppy! Hora de levantar, amorzinho! — A voz do pai de Poppy entrou no quarto. Eu podia sentir o coração de Poppy disparando, ecoando pelo meu peito, rente ao dela.

Poppy virou a cabeça para o lado, saindo do beijo.

— Estou acordada! — ela gritou de volta. Não nos atrevemos a nos mexer até que ouvimos o pai dela se afastando da porta.

Os olhos de Poppy estavam enormes quando ela me encarou de novo.

— Ah, meu Deus! — ela sussurrou, explodindo em uma nova série de risos.

Balançando a cabeça, rolei para a beira da cama, pegando minha camisa no chão. Quando passei a gola pela cabeça, as mãos de Poppy pousaram em meus ombros, vindas de trás. Ela suspirou.

— Dormimos até muito tarde esta manhã. Quase nos pegaram!

— Não vai acontecer de novo — eu disse, sem querer que ela arranjasse uma desculpa para pôr um fim nisso. Eu tinha que ficar com ela à noite. Eu tinha. Nada havia acontecido; nós nos beijamos, nós dormimos.

Era o suficiente para mim.

Poppy balançou a cabeça, concordando, mas, quando seu queixo descansou em meu ombro e seus braços envolveram minha cintura, ela disse:

— Eu gostei.

Ela riu novamente, e virei de leve a cabeça, flagrando o olhar vivo em seu rosto. Ela assentiu de modo brincalhão. Poppy sentou-se de novo, pegou minha mão e a colocou sobre seu coração. Estava batendo rápido.

— Fez com que eu me sentisse viva.

Rindo dela, balancei a cabeça.

— Você é louca.

Em pé, calcei minhas botas.

— Você sabe, eu nunca fiz nada malcomportado ou ruim antes, Rune. Sou uma boa menina, creio.

Franzi o cenho diante da ideia de corrompê-la. Mas Poppy se inclinou para a frente e continuou:

— Foi divertido.

Afastei o cabelo do rosto, me debrucei sobre a cama e dei um último beijo nela, suave e doce.

— Rune Kristiansen, talvez eu até vá gostar desse seu lado bad boy no final das contas. Você com certeza vai tornar os próximos meses divertidos. — Ela suspirou dramaticamente. — Beijos doces e travessuras encrenqueiras... Estou dentro!

Enquanto eu ia para a janela, ouvi Poppy se mexer atrás de mim. Quando eu ia sair pela janela, olhei para trás. Poppy estava preenchendo dois corações em branco de seu pote. Eu me permiti observá-la. Observá-la enquanto ela sorria para o que estava escrevendo.

Ela era tão linda.

Ao colocar os corações preenchidos de volta ao pote, ela se virou e parou. Ela me pegou observando. Seu olhar se suavizou. Ela abriu a boca para dizer algo quando a maçaneta da porta começou a girar. Seus olhos se arregalaram e ela abanou as mãos em um movimento de enxotar.

Enquanto pulava da janela e corria, ouvi seu riso me seguindo. Apenas algo assim tão puro poderia espantar a escuridão de meu coração.

Mal pulei minha janela e já entrei no banho, para ir à escola. O vapor subia pelo banheiro enquanto eu estava sob o borrifo quente.

Eu me inclinei para a frente, os jatos poderosos lançando água sobre minha cabeça. Minhas mãos pousaram nos azulejos escorregadios. Todos os dias quando eu acordava a raiva me consumia. Era tão intenso que eu quase podia sentir o gosto da amargura na língua, sentir seu calor fluindo pelas minhas veias.

Mas aquela manhã era diferente.

Era Poppy.

Levantando a cabeça da água, desliguei o chuveiro e peguei a toalha. Entrei no jeans e abri a porta do banheiro. Meu *pappa* estava parado na porta do meu quarto. Quando ele me ouviu atrás dele, virou-se para mim:

— Bom dia, Rune — ele cumprimentou. Passei por ele em direção ao meu closet. Peguei uma camiseta branca e a vesti. Quando fui pegar as botas, notei que meu pai ainda estava na porta.

Parando no meio do movimento, eu o olhei nos olhos e perguntei rispidamente:

— Que foi?

Ele entrou lentamente no quarto, segurando um café.

— Como foi seu encontro com Poppy ontem à noite?

Não respondi. Eu não tinha dito nada a ele sobre isso, o que significava que minha *mamma* tinha contado. Eu não responderia. O babaca não merecia saber.

Ele limpou a garganta.

— Rune, depois que você saiu ontem à noite, o sr. Litchfield veio nos visitar.

E então ela voltou, correndo através de mim como uma torrente. A raiva. Eu me lembrei do rosto do sr. Litchfield quando ele abriu a porta ontem à noite. Quando saíamos de carro. Ele estava bravo. Eu podia ver que ele não queria que Poppy fosse comigo. Diabos, ele parecia estar a um segundo de proibi-la de ir.

Mas, quando Poppy caminhou para fora, percebi que ele nunca diria não a algo que ela quisesse. Como poderia? Ele estava perdendo a filha. Era a única coisa que me impedia de dizer exatamente o que eu achava de sua objeção a ela estar comigo.

Meu *pappa* andou até ficar de pé na minha frente. Mantive os olhos no chão quando ele disse:

— Ele está preocupado, Rune. Teme que você e Poppy juntos novamente não seja algo bom.

Cerrei os dentes.

— Não seja bom para quem? Para ele?

— Poppy, Rune. Você sabe... você sabe que ela não tem muito tempo...

Levantei rapidamente a cabeça; a ira queimava em meu estômago.

— Sim, eu sei. Não é muito difícil de esquecer. Você sabe, o fato de que a garota que eu amo está morrendo.

Meu *pappa* empalideceu.

— James só quer que os últimos dias de Poppy sejam sem problemas. Em paz. Agradáveis. Sem estresse.

— E, deixe-me adivinhar, eu sou o problema, certo? Eu sou o estresse?

Ele suspirou.

— Ele pediu para você ficar longe dela. Apenas deixá-la, sem fazer cena.

— Isso não vai acontecer — vociferei, pegando minha mochila do chão. Coloquei minha jaqueta de couro e andei em torno dele.

— Rune, pense na Poppy — meu *pappa* pediu.

Eu parei e me virei para ele.

— Ela é *tudo* em que estou pensando. Você não tem ideia de como é para nós, então por que não para de se meter na minha vida? James Litchfield também.

— Ela é filha dele! — meu *pappa* argumentou com a sua voz mais dura que antes.

— É — argumentei de volta —, e ela é o amor da minha vida. E não vou deixá-la, nem por um segundo. E não há nada que nenhum de vocês possa fazer a respeito.

Saí furioso pela porta do quarto, enquanto meu *pappa* gritava:

— Você não faz bem para ela, Rune, não assim. Não com todo o cigarro e a bebida. Seu comportamento, essa nuvem negra sobre tudo na sua vida. Aquela garota te idolatra, sempre idolatrou. Mas ela é uma boa menina. Não seja a ruína dela.

Parei, surpreso, olhei para ele sobre o ombro e disse:

— Bem, eu soube de fonte segura que ela quer um pouco mais de bad boy na vida dela.

Com isso, atravessei a cozinha batendo os pés, apenas olhando de relance para minha *mamma* e Alton, que acenou para mim quando passei. Bati a porta da frente e desci os degraus, acendendo um cigarro assim que pisei na grama. Eu me encostei na grade da varanda. Meu corpo parecia um circuito elétrico depois do que meu *pappa* tinha me dito. E do que o sr. Litchfield tinha feito... Mandando-me ficar longe da filha dele. Que diabos ele pensava que eu ia fazer com ela?

Eu sabia o que eles todos pensavam de mim, mas eu jamais machucaria Poppy. Nem em um milhão de anos.

A porta da frente da casa de Poppy se abriu. Savannah e Ida saíram correndo, com Poppy seguindo logo atrás. Estavam todas falando ao mesmo tempo. Então, como se tivesse sentido meu olhar pesado, os olhos de Poppy foram para o lado da minha casa e se fixaram em mim.

Savannah e Ida olharam para ver o que atraía a atenção da irmã. Quando me viram, Ida riu e acenou. Savannah, como seu pai, me encarou com uma preocupação quieta.

Fiz um sinal com o queixo dizendo para Poppy vir até mim. Ela veio devagar, com Ida e Savannah atrás dela. Ela estava linda, como sempre. Sua saia vermelha ia até a metade das coxas, meias pretas cobriam suas pernas, e ela tinha nos pés pequenas botas baixas de bico fino. Seu casaco azul-marinho cobria-lhe o tronco, mas eu podia ver sua camisa branca por baixo e uma gravata preta em torno do colarinho.

Ela era tão bonitinha.

As irmãs de Poppy recuaram quando ela parou na minha frente. Precisando me assegurar de que eu a tinha, de que ela me tinha, eu me empurrei da grade, jogando meu cigarro no chão. Peguei o rosto de Poppy e o aproximei de meus lábios, amassando minha boca na dela. Esse beijo não era delicado. Eu não tinha planejado que fosse. Eu estava deixando minha marca nela, marcando-a como minha.

E a mim como dela.

Esse beijo era um belo dedo do meio para qualquer um que tentasse entrar em nosso caminho. Quando recuei, as bochechas de Poppy estavam coradas e seus lábios, molhados.

— É melhor este beijo ir parar no seu pote — avisei.

Poppy concordou, abismada. Risos vieram de trás de nós. Quando olhei, percebi que eram das irmãs de Poppy. Ao menos Ida estava rindo. Savannah estava boquiaberta.

Buscando a mão de Poppy, eu a apertei na minha.

— Está pronta?

Poppy olhou para nossas mãos.

— Vamos para a escola assim?

Franzi a testa e disse:

— Sim. Por quê?

— Então todos vão ficar sabendo. Vão todos falar e...

Apertei os lábios nos dela novamente e, quando me afastei, disse:

— Então deixe que falem. Você nunca ligou antes. Não comece agora.

— Eles vão pensar que somos namorados de novo.

Fiz cara feia.

— Nós somos — eu disse, claramente.

Poppy piscou e piscou de novo. Então, acabando totalmente com a minha raiva, ela sorriu e se encostou em mim. Sua cabeça pousou em meu bíceps.

Olhando para cima, ela disse:

— Então, sim, estou pronta.

Eu me permiti observar os olhos de Poppy por alguns segundos a mais que o normal. Nosso beijo pode ter sido um dedo do meio para qualquer um que não nos quisesse juntos, mas seu sorriso era um dedo do meio para a escuridão na minha alma.

As irmãs de Poppy correram para o nosso lado e se juntaram a nós quando começamos a andar em direção à escola. Um pouco antes de virarmos para o bosque florido, olhei por cima do ombro. O sr. Litchfield estava nos observando. Eu me retesei quando vi o olhar tempestuoso em seu rosto. Mas cerrei os dentes. Essa luta ele definitivamente perderia.

Ida tagarelou o caminho inteiro até a escola, Poppy rindo afetuosamente de sua irmã mais nova. Eu entendia por quê. Ida era uma Poppy em miniatura. Tinha até as mesmas covinhas nas bochechas.

Savannah tinha uma personalidade totalmente diferente. Era mais introvertida, uma grande pensadora. E claramente protetora da felicidade de Poppy.

Com um adeus rápido, Savannah nos deixou para ir ao ensino fundamental. Enquanto ela se afastava, Poppy disse:

— Ela estava bem quieta.

— O problema sou eu — respondi.

Poppy olhou para mim, chocada.

— Não. Ela te adora.

Minha mandíbula se retesou.

— Ela adorava quem eu era. — Encolhi os ombros. — Mas eu entendo. Ela tem medo de que eu faça você sofrer.

Poppy me fez parar ao lado de uma árvore perto da entrada da escola. Desviei o olhar.

— O que aconteceu? — ela perguntou.

— Nada — respondi.

Ela entrou na minha linha de visão.

— Você não vai me fazer sofrer — ela afirmou, com cem por cento de convicção. — O rapaz que me levou ao riacho e depois para ouvir uma orquestra jamais poderia partir meu coração.

Permaneci em silêncio, e ela continuou:

— Além disso, se meu coração partir, o seu também partirá, lembra?

Bufei com aquele lembrete. Poppy me empurrou até que minhas costas estivessem contra a árvore. Vi estudantes começando a entrar na escola, a maioria deles olhando para nós. Os cochichos já estavam começando.

— Você me faria sofrer, Rune? — Poppy exigiu.

Vencido por sua tenacidade, coloquei a mão na base de sua nuca e assegurei:

— Nunca.

— Então para o inferno com o que todo mundo pensa.

Eu ri com o ardor dela. Ela sorriu e colocou a mão no quadril.

— Que tal essa atitude? Bad girl o suficiente?

Tomando-a de surpresa, eu a girei até que suas costas estivessem contra a árvore. Antes que ela tivesse a chance de discutir, me aproximei e a beijei. Nossos lábios se moviam devagar, o beijo era profundo, os lábios de Poppy se abrindo para deixar minha língua entrar. Provei a doçura de sua boca antes de recuar.

Poppy estava sem fôlego. Penteando os cabelos úmidos com os dedos, ela disse:

— Eu te conheço, Rune. Você não me faria sofrer. — Ela torceu o nariz e brincou: — Aposto minha vida.

Uma dor tentou se formar no meu peito.

— Isso não teve graça.

Ela segurou o polegar e o indicador a uma distância de cerca de um centímetro.

— Teve. Um pouquinho.

Eu balancei a cabeça.

— Você me conhece, *Poppymin*. Só você. *Para* você. *Só para* você.

Poppy me examinou.

— E talvez seja esse o problema — ela concluiu. — Talvez se você se abrisse para outras pessoas... Talvez se você mostrasse para aqueles que te amam que você ainda é *você* debaixo de todas as roupas pretas e desse jeito taciturno, eles não o julgariam de maneira tão dura. Eles te amariam por quem quer que você decida ser, porque veriam sua alma verdadeira. — Fiquei em silêncio, então ela disse: — Como o Alton. Como é seu relacionamento com o Alton?

— Ele é uma criança — respondi, sem entender o que ela queria dizer.

— Ele é um menininho que te idolatra. Um menininho magoado porque você não fala nem faz qualquer coisa com ele.

Senti aquelas palavras abrindo um buraco em meu estômago.

— Como você sabe?

— Porque ele me falou — ela disse. — Ele ficou chateado.

Imaginei Alton chorando, mas logo tirei isso da mente. Eu não queria pensar nisso. Eu podia não ter muito a ver com ele, mas não queria vê-lo chorar.

— Existe um motivo para ele ter cabelo comprido, sabia? Existe um motivo para ele tirar o cabelo do rosto como você faz. É bem fofo.

— Ele tem cabelo comprido porque é norueguês.

Poppy revirou os olhos.

— Nem todo menino norueguês tem cabelo comprido, Rune. Não seja bobo. Ele tem cabelo comprido porque quer ser como você. Ele imita seus hábitos, suas idiossincrasias, porque ele quer ser como *você*. Ele quer que você preste atenção nele. Ele te adora.

Baixei a cabeça. Poppy a trouxe de volta com as mãos. Ela buscou meus olhos.

— E o seu *pappa*? Por que você...

— *Basta* — vociferei, de modo grosseiro, recusando-me a falar sobre ele. Eu jamais o perdoaria por ter me levado embora. Esse assunto estava fora de questão, mesmo para Poppy, que não pareceu magoada ou ofendida pela minha explosão. Em vez disso, tudo o que vi em seu rosto foi compaixão.

Eu também não conseguia suportar isso.

Pegando sua mão, e sem dizer mais nada, eu a puxei em direção à escola. Poppy apertou minha mão mais forte quando outros estudantes pararam de olhar e começaram a encarar.

— Deixe que eles encarem — eu disse a Poppy enquanto entrávamos pelos portões da escola.

— Certo — ela respondeu, chegando mais perto de mim.

Quando entramos no corredor, vi Deacon, Judson, Jorie, Avery e Ruby reunidos perto de seus armários. Eu não havia falado com nenhum deles desde a festa.

Nenhum deles sabia desse avanço.

Foi Jorie quem se virou primeiro, arregalando os olhos quando viu minha mão e a de Poppy unidas. Ela deve ter dito algo baixinho, pois em segundos todos os nossos amigos se viraram para nos olhar. A confusão estava estampada em cada rosto.

Virei-me para Poppy.

— Vamos, é melhor a gente falar com eles.

Eu me movia para a frente quando Poppy me puxou para trás.

— Eles não sabem sobre... — ela sussurrou, para que apenas eu ouvisse. — Ninguém sabe além de nossas famílias e dos professores. E você.

Assenti lentamente, e então ela disse:

— E Jorie... Jorie também sabe.

Aquela informação foi uma pancada no estômago. Poppy deve ter visto a mágoa em meu rosto, porque logo explicou:

— Eu precisava de alguém, Rune. Ela era minha amiga mais próxima além de você. Ela me ajudou com tarefas escolares e coisas assim.

— Mas você contou para ela e não para mim — eu disse, lutando contra o impulso de sair em busca de ar fresco.

Poppy me segurou com força.

— Ela não me ama como você. E eu não a amo como amo você.

Enquanto Poppy dizia aquelas palavras, minha raiva desapareceu... *E eu não a amo como amo você...*

Chegando mais perto de Poppy, passei um braço em torno de seu ombro.

— Eles vão descobrir em algum momento.

— Mas não agora — ela disse com firmeza.

Sorri com a determinação nos olhos de Poppy e repeti:

— Mas não agora.

— Rune? Venha aqui, você nos deve algumas explicações! — A voz alta de Deacon soou sobre o tumulto do corredor.

— Você está pronta? — perguntei a Poppy.

Ela assentiu. Então nos guiei para encontrar nosso grupo de amigos. O braço de Poppy estava preso firmemente na minha cintura.

— Então vocês estão juntos de novo? — Deacon perguntou.

Fiz que sim com a cabeça, e meus lábios se torceram de aversão enquanto o rosto de Avery irradiava ciúme. Claramente percebendo que eu havia notado, ela logo colocou sua costumeira máscara de cinismo. Eu não liguei; ela nunca foi nada para mim.

— Então é Poppy e Rune juntos novamente? — Ruby quis saber.

— Sim — Poppy confirmou, sorrindo para mim. Beijei sua testa, segurando-a perto.

— Bem, parece que o mundo se endireitou de novo — Jorie anunciou, esticando-se para apertar o braço de Poppy. — Não estava certo vocês separados. O universo meio que não... se sentiu bem.

— Obrigada, Jor — Poppy disse, e elas se olharam nos olhos por um segundo a mais, comunicando-se em silêncio.

Notei os olhos de Jorie começando a lacrimejar. Ao se dar conta disso, ela falou:

— Bem, preciso ir para a aula! Vejo vocês depois!

Jorie foi embora. Poppy foi até seu armário. Ignorei todos os olhares. Quando Poppy já estava com seus livros, eu a encostei contra a porta fechada e disse:

— Viu? Não foi tão ruim.

— Não tão ruim — Poppy repetiu, mas eu a vi observando meus lábios.

Inclinando-me para a frente, coloquei o peito contra o dela e encostei minha boca na dela. Poppy gemeu quando pus minha mão em seu cabelo, apertando com força. Quando me afastei, seus olhos estavam brilhantes e suas bochechas, vermelha.

— Beijo trezentos e sessenta. Encostada na porta do meu armário na escola. Mostrando ao mundo que estamos juntos novamente... e meu coração quase explodiu.

Eu saí, deixando Poppy recuperar o fôlego.

— Rune? — ela me chamou, enquanto eu ia para a aula de matemática. Eu me virei e fiz um movimento com o queixo. — Vou precisar de mais momentos como esse para encher meu pote.

Um calor me atravessou com o pensamento de beijá-la a cada oportunidade. Poppy corou com a intensidade em meu rosto. Assim que me virei de novo, ela chamou:

— Rune?

Eu dei um sorrisinho e respondi:

— *Ja?*

— Qual é meu lugar predileto para visitar aqui na Geórgia?

Eu não podia decifrar a expressão em seu rosto, mas algo estava se passando naquela cabeça. Ela estava planejando alguma coisa, eu apenas sabia.

— O bosque florido, quando é primavera — respondi, sentindo meu rosto suavizar apenas com o pensamento.

— E quando não é primavera? — ela sondou.

Dei de ombros.

— A praia, provavelmente. Por quê?

— Por nada — ela berrou e então foi para a direção oposta.

— Te vejo no almoço — gritei.

— Eu preciso praticar meu violoncelo — ela gritou de volta.

Parado, eu disse a ela:

— Então vou assistir.

O rosto de Poppy se iluminou, e ela disse, delicadamente:

— Então você vai assistir.

Ficamos nos lados opostos do corredor, apenas nos olhando. Poppy fez com a boca:

— Até o infinito.

E eu fiz de volta:

— Para sempre e sempre.

A semana passou voando.

Nunca tinha ligado para o tempo antes – tenha ele passado rápido ou devagar. Agora eu ligava. Eu queria que um minuto durasse uma hora, uma hora durasse um dia. Mas, apesar de minhas súplicas silenciosas a quem diabos estivesse lá em cima, o tempo estava correndo muito rápido. Tudo estava se movendo rápido demais.

Na escola, o interesse coletivo em mim e Poppy juntos de novo se acalmou depois de alguns dias. A maioria das pessoas ainda não entendia, mas não dava bola. Em nossa cidadezinha, eu sabia que as pessoas falavam. A maior parte das fofocas era sobre como e por que nós voltamos.

Eu não dava a mínima para aquilo também.

A campainha tocou enquanto eu estava deitado na cama, e me virei para ficar de pé, pegando a jaqueta da cadeira. Poppy ia me levar para sair.

Ela ia *me* levar para sair.

Naquela manhã, quando deixei a cama de Poppy, ela me falou para estar pronto às dez. Ela não quis me dizer por que ou o que iríamos fazer, mas fiz o que ela pediu.

Ela sabia que eu faria.

Enquanto eu passava pelo corredor e chegava à sala da minha casa, ouvi o som da voz de Poppy.

— Ei, homenzinho, como vai você?

— Bem — respondeu Alton, timidamente.

Virando a quina, parei ao ver Poppy se agachar para ficar na altura dos olhos de Alton. O cabelo comprido cobria-lhe o rosto. Observei quando Alton afastou nervosamente o cabelo do rosto com a mão... exatamente como eu fazia. As palavras de Poppy da semana passada invadiram minha mente...

Ele tem cabelo comprido porque quer ser como você. Ele imita seus hábitos, suas idiossincrasias, porque ele quer ser como você. Ele quer que você preste atenção nele. Ele te adora...

Observei meu irmãozinho balançando timidamente sobre os pés. Não pude evitar sorrir. Ele também era quieto, como eu. Não falava se não falassem com ele primeiro.

— O que você vai fazer hoje? — Poppy perguntou a ele.

— Nada — respondeu Alton, amuado.

O sorriso de Poppy desapareceu. Então ele quis saber:

— Você vai sair com o Rune de novo?

— Sim, querido — ela respondeu baixo.

— Ele fala com você agora? — Alton perguntou.

E eu ouvi. Ouvi o tom de tristeza em sua voz baixa, aquele sobre o qual Poppy havia me falado.

— Sim, ele fala — Poppy disse e, como ela fazia comigo, passou o dedo pela bochecha dele. Alton baixou a cabeça com vergonha, mas pelas frestas de seu cabelo comprido vi um pequeno sorriso.

Poppy olhou para cima e me viu encostado na parede, observando atentamente. Ela se endireitou devagar e fui até ela, buscando sua mão e puxando-a para um beijo.

— Você está pronto? — ela perguntou.

Balancei a cabeça, olhando-a desconfiadamente.

— Você ainda não vai contar aonde vamos?

Poppy só franziu os lábios e balançou a cabeça, provocando-me. Ela pegou minha mão e me levou porta afora.

— Tchau, Alton — ela disse sobre o ombro.

— Tchau, *Poppymin* — ouvi-o dizer baixinho, em resposta.

Parei quando ouvi meu apelido para Poppy sair dos lábios dele. Poppy colocou a mão sobre a boca, e eu a vi praticamente derreter no local.

Ela olhou para mim, e naquele olhar eu soube que ela queria que eu dissesse algo para o meu irmão. Eu me virei para Alton e ele disse:

— Tchau, Rune.

A mão de Poppy apertou a minha, incitando-me a responder.

— Tchau, Alt — respondi, desajeitadamente.

A cabeça de Alton se levantou, e um grande sorriso surgiu em seus lábios. Tudo porque eu tinha dito tchau.

Aquele sorriso iluminando o rosto de meu irmão fez algo se apertar em meu peito. Guiei Poppy escada abaixo, em direção ao carro da mãe dela. Enquanto íamos para o carro, Poppy se recusou a soltar minha mão até eu olhar para ela. Quando olhei, ela inclinou a cabeça para o lado e declarou:

— Rune Kristiansen, estou tão orgulhosa de você neste momento.

Desviei o olhar, desconfortável com aquele tipo de elogio. Com um forte suspiro, Poppy finalmente soltou minha mão e entramos no carro.

— Você vai dizer agora para onde estamos indo? — perguntei.

— Não. — Poppy deu ré no carro e saiu da entrada. — Embora você vá adivinhar logo logo.

Liguei o rádio na estação costumeira de Poppy e me encostei no assento. A voz suave de Poppy começou a encher o carro, cantando junto outra música pop que eu não conhecia. Não demorou muito até que eu parasse de olhar a estrada e simplesmente a observasse. Como quando ela tocava o violoncelo, suas covinhas ficavam mais fundas enquanto ela cantava suas músicas favoritas, sorrindo ao longo das letras que ela amava. Sua cabeça balançava e seu corpo se movia de acordo com a batida.

Meu peito se apertou.

Era uma batalha constante. Ver Poppy tão despreocupada e feliz me enchia da luz mais brilhante, mas saber que esses momentos eram limitados, finitos, e *estavam se esgotando*, trazia apenas escuridão.

Manchas cor de breu.

E raiva. A sempre presente raiva que esperava para atacar.

Como se pudesse ver que eu estava sofrendo, Poppy estendeu a mão e a colocou em meu colo. Quando olhei para baixo, sua mão estava com a palma para cima, e seus dedos estavam prontos para se entrelaçar nos meus.

Expirei longamente e escorreguei minha mão na dela. Eu não podia olhar para Poppy. Eu não faria isso com ela.

Eu sabia como Poppy se sentia. Mesmo com o câncer sugando sua vida, era a dor de seus familiares e daqueles que a amavam que acabava com ela. Quando eu ficava quieto, quando eu ficava abalado, eram as únicas vezes em que seus olhos verdes brilhantes se escureciam. Quando eu deixava a raiva me consumir, eu podia ver o cansaço em seu rosto.

Cansada de ser a causa de tanta dor.

Mantendo a mão de Poppy apertada na minha, eu me virei para olhar a janela. Seguíamos pelas curvas fora da cidade. Levei nossas mãos unidas à boca e depositei beijos em sua pele macia. Quando passamos por uma placa para a costa, o peso saiu do meu peito e me virei para Poppy.

Ela já estava sorrindo.

— Você está me levando para a praia — afirmei.

Poppy assentiu com a cabeça, e continuei:

— Sim! Seu segundo lugar predileto.

Pensei nas cerejeiras em flor no bosque. Eu nos imaginei sentados sob a nossa árvore favorita. E, por mais que isso não fosse do meu feitio, fiz uma prece para que ela vivesse para isso. Poppy tinha que ver as árvores em plena florada.

Ela simplesmente tinha que aguentar até lá.

— Eu vou — Poppy subitamente sussurrou.

Olhei em seus olhos, e ela apertou minha mão como se tivesse ouvido minha súplica silenciosa.

— Eu vou vê-las. Estou determinada.

O silêncio se estendeu entre nós. Um nó se abrigou em minha garganta enquanto eu contava silenciosamente os meses até que as árvores estivessem em plena florada. Cerca de quatro meses.

Pouco tempo.

A mão de Poppy ficou rígida. Quando procurei seu rosto, vi a dor novamente. A dor me dizendo silenciosamente que ela estava sofrendo porque eu estava sofrendo.

Forçando o nó para fora da garganta, eu disse:

— Então você vai. Deus sabe ficar fora do seu caminho quando você está determinada.

E, como um interruptor, seu sofrimento desapareceu, e a felicidade pura brilhou.

Eu me acomodei no meu assento, olhando o mundo lá fora passar em um borrão. Estava perdido em meus pensamentos quando ouvi:

— Obrigada.

Era um som pequeno, apenas uma fração de um sussurro. Mas fechei os olhos, sentindo a mão de Poppy relaxar.

Não respondi. Ela não gostaria que eu respondesse.

Outra música começou no rádio, e, como se nada tivesse acontecido, a voz suave de Poppy encheu o carro e não esmoreceu. Pelo resto da viagem, segurei sua mão enquanto ela cantava.

Certificando-me de que eu absorvia cada nota.

Quando chegamos à costa, a primeira coisa que vi foi o farol alto e branco na beira do penhasco. O dia estava quente, a onda de frio parecia ter passado, e o céu estava claro.

Havia apenas uma nuvem no céu enquanto o sol estava a pino, emitindo seus raios sobre a água calma. Poppy parou o carro e desligou o motor.

— Concordo, este é meu segundo lugar favorito — ela disse.

Fiz que sim com a cabeça, observando as várias famílias espalhadas pela areia fofa. Crianças brincavam e gaivotas circulavam, esperando pela comida jogada fora. Alguns adultos estavam deitados nas dunas, lendo. Outros relaxavam, com os olhos fechados, absorvendo o calor.

— Você se lembra de quando viemos aqui no verão? — Poppy perguntou, com uma alegria impregnada na voz.

— *Ja* — eu disse com a voz rouca.

Ela apontou para baixo do píer.

— E, ali, beijo setenta e cinco. — Ela se virou para mim e riu da lembrança. — Nós saímos de fininho de perto de nossas famílias para ficar debaixo do píer, assim você poderia me beijar. — Ela tocou os lábios, os olhos sem foco, perdidos em pensamentos. — Você tinha gosto de água salgada — ela disse. — Você se lembra?

— *Ja* — respondi. — Nós tínhamos nove anos. Você usava um maiô amarelo.

— Sim! — ela disse, em meio a uma risada.

Poppy abriu a porta. Ela olhou para trás; havia empolgação em seu rosto, e perguntou:

— Você está pronto?

Saí do carro. A brisa morna soprou meu cabelo sobre meu rosto. Peguei um elástico do meu punho, prendi meu cabelo em um coque frouxo e andei até o porta-malas para ajudar Poppy com o que ela tivesse trazido.

Quando olhei para dentro do grande porta-malas, vi uma cesta de piquenique e outra mochila. Eu não tinha ideia do que ela tinha trazido dentro delas.

Eu me estiquei para pegar todas as coisas que ela tentava levar sozinha. Ela as soltou para que eu segurasse, então parou, imóvel.

Sua imobilidade me forçou a olhar para ela. Franzi a sobrancelha, vendo-a me observar.

— O que houve? — perguntei.

— Rune — ela sussurrou e tocou meu rosto com a ponta dos dedos.

Ela contornou minhas bochechas e minha testa com os dedos. Por fim, um grande sorriso apareceu em seus lábios e ela disse:

— Eu consigo ver seu rosto.

Poppy se esticou, ficando na ponta dos pés, e deu batidinhas de brincadeira em meu cabelo, preso no coque.

— Gosto disso — ela declarou. Os olhos de Poppy rastrearam meu rosto uma vez mais. Então ela suspirou. — Rune Erik Kristiansen, você percebe o quão absolutamente lindo você é?

Baixei a cabeça. Mãos correram pelo meu peito. Quando olhei para Poppy, ela disse:

— Você percebe como são profundos meus sentimentos por você?

Balancei lentamente a cabeça, precisando que ela me dissesse. Ela colocou minha mão sobre seu coração e sua mão sobre a minha. Senti sua batida constante sob minha palma, a batida constante que ficou mais rápida conforme meus olhos se prendiam nos dela.

— É como música — ela explicou. — Quando olho para você, quando você me toca, quando vejo seu rosto, quando nos beijamos, meu coração toca uma música. Ele canta que precisa de você como eu preciso de ar. Ele canta que eu te adoro. Ele canta que encontrei a parte perfeita dele que estava faltando.

— *Poppymin* — eu disse baixinho, e ela colocou um dedo sobre meus lábios.

— Escute, Rune — ela disse e fechou os olhos. Eu também os fechei. E ouvi. Ouvi tão alto como se estivesse perto do meu ouvido. As batidas constantes, o nosso ritmo.

— Quando você está perto, meu coração não suspira, ele voa — ela sussurrou, como se não quisesse perturbar o som. — Acho que os corações batem num ritmo, como uma música. Acho que, como música, somos atraídos por uma melodia em particular. Ouvi a canção do seu coração, e o seu ouviu a do meu.

Abri os olhos. Poppy estava de pé, suas covinhas profundas, enquanto ela sorria e se balançava com a batida. Quando seus olhos se abriram, uma doce risada escapou-lhe da boca. Aproximei-me e juntei nossos lábios.

As mãos de Poppy foram para minha cintura, segurando forte minha camiseta enquanto eu movia lentamente meus lábios contra os dela, até que ela se recostou no carro, meu peito emparelhado com seu corpo.

Senti o eco das batidas do coração dela em meu peito. Poppy suspirou enquanto deslizei a língua para a dela. As mãos dela apertaram minha cintura. Quando me afastei, ela sussurrou:

— Beijo quatrocentos e trinta e dois. Na praia com meu Rune. Meu coração quase explodiu.

Eu respirava com dificuldade enquanto tentava me recompor. As bochechas de Poppy estavam coradas, e ela também respirava mal. Ficamos daquele jeito, simplesmente respirando, até que Poppy fechou o porta-malas e depositou um beijo no meu rosto.

Virando-se, ela levantou a mochila e a colocou sobre o ombro. Tentei tirá-la dela, mas ela disse:

— Não estou fraca ainda, querido. Posso carregar um pouco de peso.

Suas palavras continham um duplo significado. Eu sabia que ela não estava falando apenas sobre a mochila, mas sobre meu coração.

Sobre a escuridão dentro de mim, contra a qual ela tentava lutar incessantemente.

Poppy se moveu, permitindo-me pegar todo o resto. Eu a segui para um ponto isolado na ponta da praia, perto do píer.

Quando paramos, vi o local onde nos beijamos todos aqueles anos atrás. Um sentimento estranho se espalhou pelo meu peito, e eu sabia que, antes que fôssemos embora para casa, eu a beijaria ali novamente. Como um rapaz de dezessete anos.

Outro beijo para o pote de Poppy.

— Aqui está bom? — ela perguntou.

— *Ja* — respondi, colocando as coisas na areia. Vi o guarda-sol e, temendo que Poppy não devesse tomar muito sol, rapidamente o plantei na areia e o abri para fazer um pouco de sombra para ela.

Assim que o guarda-sol estava aberto, e uma coberta estava sobre a areia, fiz sinal com o queixo para Poppy, indicando para que ela fosse para baixo dele. Ela foi, beijando rapidamente minha mão enquanto passava.

E meu coração não suspirou. Ele voou.

Meus olhos foram atraídos pelo oceano ondulando quieto. Poppy sentou-se. Ela fechou os olhos e inspirou profundamente.

Ver Poppy abraçando a natureza era como ver uma prece atendida. A alegria em sua expressão parecia sem limites, e a paz em seu espírito era como uma lição de humildade.

Eu me abaixei até a areia. Sentei-me com braços em torno de minhas pernas dobradas. Observei o mar. Observei os barcos a distância, perguntando-me para onde iam.

— Em que aventura você acha que eles estão? — Poppy perguntou, lendo minha mente.

— Não sei — respondi, honestamente.

Poppy virou os olhos e disse:

— Acho que eles estão deixando tudo para trás. Acho que acordaram um dia e decidiram que a vida era bem mais que aquilo. E eles, um casal apaixonado, um garoto e uma garota, decidiram que queriam explorar o mundo. Venderam todos os seus pertences e compraram um barco. — Ela sorriu e baixou o queixo, colocando o rosto nas mãos, os cotovelos pousados em seus joelhos dobrados. — Ela ama tocar música, e ele ama capturar momentos em filme.

Eu balancei a cabeça e olhei para ela de canto de olho.

Ela não pareceu ligar e completou:

— E o mundo é bom. Eles vão viajar para lugares distantes, criar música, arte e fotografias. E ao longo do caminho eles vão se beijar. Vão se beijar, se amar e ser felizes.

Ela piscou enquanto a brisa suave sussurrou através de nossa sombra. Quando olhou para mim novamente, ela perguntou:

— Não parece a aventura mais perfeita?

Assenti. Eu não conseguia falar.

Balançando a cabeça, Poppy olhou para os meus pés e se moveu pela coberta até chegar ao fim das minhas pernas. Levantei uma sobrancelha interrogativamente.

— Você está de botas, Rune! Está um maravilhoso dia de sol e você calçando botas. — Poppy então começou a descer o zíper das minhas botas, tirando cada uma delas. Ela enrolou meu jeans até o tornozelo e assentiu com a cabeça. — Pronto — ela disse, com orgulho. — É um pequeno progresso.

Sem conseguir achar graça nela sentada ali tão presunçosamente, eu me estiquei e a puxei sobre mim, deitando para que ela deitasse em cima de mim.

— Pronto — repeti. — É um pequeno progresso.

Poppy riu, gratificando-me com um beijo rápido.

— E agora?

— Um grande progresso — brinquei, secamente. — Um progresso enorme, do tamanho de um asteroide.

Poppy riu mais forte. Eu a rolei para deitá-la ao meu lado. Seu braço ficou sobre minha cintura, e corri os dedos por sua pele macia exposta.

Olhei silenciosamente para o céu. Poppy estava quieta também, até que subitamente disse:

— Não foi muito tempo depois de você ir embora que comecei a me sentir cansada, tão cansada que não conseguia sair da cama.

Fiquei imóvel. Ela finalmente estava me contando. Contando o que aconteceu. Contando *tudo*.

— Minha mãe me levou ao médico e eles fizeram uns exames. — Ela balançou a cabeça. — Para falar a verdade, todo mundo pensou que eu estava agindo diferente porque você tinha ido embora.

Fechei os olhos e inspirei. Então ela completou, segurando-me mais forte:

— Eu mesma pensei isso. Nos primeiros dias, eu podia me permitir fingir que você tinha apenas saído de férias. Mas, depois que as semanas começaram a passar, o vazio que você deixou dentro de mim começou a doer tanto. Meu coração estava completamente partido. Além disso, meus músculos doíam. Eu dormia demais, sem conseguir encontrar energia.

Poppy ficou em silêncio. Então continuou:

— Nós terminamos tendo de ir para Atlanta para mais exames. Ficamos com a tia DeeDee enquanto eles investigavam o que estava errado.

Poppy levantou a cabeça e, com a mão no meu rosto, guiou meu olhar para o dela.

— Eu nunca te contei, Rune. Eu mantive o fingimento de que estava bem. Porque eu não conseguiria suportar magoá-lo mais. Eu podia ver que você não estava muito bem. Sempre que nos falávamos por vídeo, eu podia ver você ficar cada vez mais bravo por estar de volta a Oslo. As coisas que você dizia simplesmente não eram *você*.

— Então a ida à casa de sua tia DeeDee — interrompi — era porque você estava doente. Não era só uma visita, como você me disse?

Poppy assentiu, e vi a culpa em seus olhos verdes.

— Eu te conhecia, Rune. E vi que você estava escorregando. Estava sempre com uma atitude amuada. Você sempre teve uma natureza mais sombria, eu sei. Mas, quando estava comigo, você não tinha. Eu só podia imaginar o que descobrir que eu estava doente ia fazer com você.

A cabeça de Poppy foi gentilmente para trás para descansar em meu peito.

— Não demorou muito até que eu recebesse meu diagnóstico: linfoma de Hodgkin avançado. Abalou minha família. No começo, me abalou. Como não abalaria?

Eu a abracei, mas Poppy se afastou um pouco.

— Rune, sei que nunca vi o mundo como o resto das pessoas. Sempre vivi cada dia ao máximo. Sei que sempre abracei aspectos do mundo que ninguém abraça. Acho que, de alguma forma, é porque eu sabia que não teria o tempo para experimentá-los, como todo mundo. Acho que, bem no fundo, meu espírito sabia. Porque, quando o médico nos disse que eu só teria um par de anos, mesmo com remédios e tratamento, eu fiquei bem.

Os olhos de Poppy começaram a brilhar com lágrimas. Os meus também.

— Nós todos ficamos em Atlanta; moramos com a tia DeeDee. Ida e Savannah começaram a ir a novas escolas. Papai viajava para trabalhar. Eu tinha aulas em casa ou no hospital. Minha mãe e meu pai rezavam por um milagre. Mas eu sabia que não havia um para acontecer. Eu estava bem. Mantive a cabeça erguida. A quimioterapia foi difícil. Perder o cabelo foi duro. — Poppy piscou, clareando a vista, e então confidenciou: — Mas cortar o contato com você quase me matou. Foi minha escolha. A culpa é minha. Eu só queria poupar você, Rune. Poupar você de me ver daquele jeito. Vi o que isso estava fazendo com meus pais e minhas irmãs. Mas você eu podia proteger. Eu podia dar a você o que minha família não tinha: vida. Liberdade. A chance de seguir sem dor.

— Não funcionou — consegui dizer.

Poppy baixou o olhar.

— Sei disso agora. Mas acredite em mim, Rune. Pensei em você todo santo dia. Eu imaginava você, rezava para você. Esperava que a escuridão que vi brotando dentro de você tivesse desaparecido com minha ausência. — Poppy pousou o queixo em meu peito mais uma vez e disse: — Conte para mim, Rune. Conte o que aconteceu com você.

Minha mandíbula se apertou, sem querer me deixar sentir o que eu sentia naquela época. Mas eu jamais poderia dizer não para minha garota. Era impossível.

— Eu estava com raiva — eu disse, afastando o cabelo do lindo rosto de Poppy. — Ninguém podia me dizer para onde você tinha ido. Por que você tinha cortado contato comigo. Meus pais não saíam de cima de mim. Meu *pappa* me irritava o tempo todo. Eu o culpava por tudo. Ainda culpo.

Poppy abriu a boca para falar, mas balancei a cabeça.

— Não — vociferei. — *Não*.

Poppy fechou a boca. Cerrei os olhos e me forcei a continuar:

— Eu ia para a escola, mas não demorou muito para eu encontrar pessoas com raiva do mundo, como eu. Não demorou muito até eu começar a frequentar festas, a beber, a fumar... a fazer o oposto de tudo que meu *pappa* sempre me disse.

— Rune — Poppy disse, com tristeza. E não falou mais nada.

— Aquilo virou minha vida. Joguei minha câmera fora. E guardei tudo que me lembrava você. — Soltei uma risada. — Uma pena não poder tirar meu coração e guardá-lo também. Porque aquele babaca não me deixava esquecer de você, não importava o quanto eu tentasse. E aí voltamos. Voltamos para cá. Vi você no corredor, e toda aquela raiva que eu ainda carregava em minhas veias se transformou em uma onda gigantesca.

Fiquei de lado, abri os olhos e passei a mão pelo rosto de Poppy. Então voltei a falar:

— Porque você estava tão linda. Qualquer imagem que eu tivesse de como você seria aos dezessete foi totalmente destruída. No minuto em que vi esse cabelo castanho, esses grandes olhos verdes fixos em mim, eu sabia que qualquer esforço que eu tivesse feito durante os últimos dois anos para afastar você estava arruinado. Por um olhar. Arruinado. — Engoli em seco e tentei completar: — Então, quando você me contou... — Mas não consegui terminar a frase.

Poppy balançou a cabeça e disse:

— Não. Já deu. Você falou o suficiente.

— E você? — perguntei. — Por que voltou?

— Porque eu já tinha feito o que podia — ela disse, com um suspiro. — Nada estava funcionando. A cada novo tratamento, nada fazia diferença. O oncologista nos disse diretamente que nada mais adiantaria. Aquilo era tudo o que eu precisava para me decidir. Eu queria voltar para casa. Eu queria viver os dias que me restavam em casa, em tratamento paliativo, com aqueles que eu mais amava. — Poppy chegou mais perto, beijando minha bochecha, minha cabeça e, finalmente, minha boca. — E agora eu tenho você. Como agora sei que era para ser. Aqui é onde deveríamos estar neste momento preciso do tempo: em casa.

Senti uma lágrima perdida escapar do meu olho. Poppy rapidamente a enxugou com o polegar. Ela se inclinou sobre mim, através do meu peito, e disse:

— Agora entendo que a morte, para os doentes, não é tão difícil de suportar. Para nós, nossa dor enfim acaba, vamos para um lugar melhor. Mas, para aqueles que deixamos para trás, a dor apenas se amplia. — Poppy pegou minha mão e a segurou contra sua bochecha. — Realmente acredito que as histórias de perdas não precisam ser sempre tristes ou infelizes. Quero que a minha seja lembrada como uma grande aventura que tentei viver tão bem quanto podia. Pois como nos atrevemos a desperdiçar uma simples respiração? Como nos atrevemos a desperdiçar algo tão precioso? Em vez disso, deveríamos lutar para que todas essas respirações preciosas aconteçam em tantos momentos preciosos quanto pudermos espremer em nosso curto tempo na Terra. Essa é a mensagem que eu quero deixar. E que belo legado para deixar para quem eu amo.

Se, como Poppy acreditava, o bater de um coração era uma canção, então, nesse momento, meu coração estaria cantando com orgulho – da completa admiração que eu tinha pela garota que eu amava, pelo jeito de ela ver a vida, pelo jeito de ela tentar me fazer acreditar... me fazer acreditar que haveria vida além dela.

Eu tinha certeza de que não era o caso, mas podia ver que Poppy estava determinada. Aquela determinação nunca falhava.

— Então agora você sabe — Poppy declarou, pousando a cabeça em meu peito. — Agora, não vamos mais falar disso. Temos nosso futuro para explorar. Não seremos escravos do passado.

Eu fechei meus olhos, e ela pediu:

— Me promete, Rune?

Encontrando minha voz, sussurrei:

— Prometo.

Lutei contra as emoções que me cortavam por dentro. Eu não mostraria a ela nenhum sinal de que estava triste. Ela veria apenas felicidade em mim hoje.

A respiração de Poppy se regularizou enquanto eu acariciava seu cabelo. A brisa morna fluía sobre nós, tirando o peso que tinha nos cercado.

Eu me permiti começar a adormecer, pensando que Poppy também tinha adormecido, quando ela murmurou:

— Como você acha que é o céu, Rune?

Eu me retesei, mas as mãos de Poppy começaram a circular sobre meu peito, tirando do meu corpo o peso que a pergunta dela tinha trazido de volta.

— Não sei — eu disse. Poppy também não disse nada; apenas ficou exatamente onde estava. Movendo-me levemente para apertá-la mais em meus braços, eu disse: — Um lugar bonito. Um lugar pacífico. Um lugar onde eu veria você de novo.

Senti o sorriso de Poppy contra minha camisa.

— Eu também — ela concordou baixinho e virou para beijar meu peito.

Dessa vez, eu tinha certeza de que Poppy dormia. Olhei para a areia e observei um velho casal sentar-se perto de nós. As mãos dos dois estavam fortemente enlaçadas. Antes que a mulher pudesse sentar, o homem estendeu uma coberta na areia. Ele beijou o rosto dela antes de ajudá-la a sentar-se.

Uma pontada de inveja correu por mim. Porque nós jamais teríamos aquilo.

Poppy e eu jamais envelheceríamos juntos. Jamais teríamos filhos. Jamais teríamos um casamento. Nada. Mas, quando olhei para o cabelo grosso e castanho de Poppy e suas mãos delicadas esticadas sobre meu peito, eu me permiti ficar grato porque ao menos eu a tinha agora. Eu não sabia o que vinha adiante. Mas eu a tinha *agora*.

Eu a tinha desde os cinco anos.

Agora eu percebia por que eu a tinha amado tanto desde que era tão jovem – para que eu tivesse esse tempo com ela. Poppy acreditava que seu espírito sempre soube que ela morreria jovem. Eu estava começando a pensar que talvez o meu também.

Mais de uma hora se passou. Poppy ainda estava dormindo. Eu a levantei delicadamente de meu peito e me sentei. O sol havia se movido; ondas lambiam a costa.

Sentindo sede, abri a cesta de piquenique e peguei uma garrafa de água. Enquanto bebia, meus olhos pousaram na mochila que Poppy tinha trazido do porta-malas.

Perguntando-me o que havia dentro dela, eu a arrastei e abri delicadamente o zíper. Primeiro, tudo o que vi foi outra bolsa preta. Essa bolsa era acolchoada. Eu a puxei para fora e meu coração disparou quando percebi o que guardava.

Suspirei e fechei os olhos.

Baixei a bolsa até a coberta e esfreguei as mãos no rosto. Quando levantei a cabeça, abri os olhos e mirei inexpressivamente a água. Observei os barcos a distância enquanto as palavras de Poppy se infiltravam em minha mente:

Acho que eles estão deixando tudo para trás. Acho que acordaram um dia e decidiram que a vida era bem mais que aquilo. E eles – um casal apaixonado, um garoto e uma garota – decidiram que queriam explorar o mundo. Venderam todos os seus pertences e compraram um barco... Ela ama tocar música, e ele ama capturar momentos em filme...

Meus olhos desviaram-se da bolsa da câmera que eu conhecia tão bem. Entendi de onde ela havia tirado a teoria sobre os barcos.

Ele ama capturar momentos em filme...

Tentei ficar bravo com ela. Eu havia desistido de tirar fotos dois anos atrás; não era mais quem eu era. Não era mais meu sonho. A Universidade de Nova York não estava em meus planos. Eu não queria pegar a câmera de novo. Mas meus dedos começaram a se retorcer, e, apesar de estar bravo comigo mesmo, levantei a tampa do estojo e olhei para dentro.

A velha Canon vintage preta e cromada que eu tanto estimava olhou para mim. Senti meu rosto empalidecer; o sangue movia-se para chegar ao coração, que batia contra as minhas costelas. Eu tinha jogado essa câmera fora. Eu a tinha descartado junto com tudo o que ela significava.

Eu não tinha ideia de como diabos Poppy a tinha conseguido. Eu me perguntei se ela tinha rastreado uma igual e a comprado. Eu a tirei da bolsa e a virei. Riscado na parte de trás, estava meu nome. Eu o escrevera ali no meu aniversário de treze anos, quando minha mãe e meu pai me deram a câmera.

Era exatamente a mesma.

Poppy tinha encontrado a minha câmera.

Abri a parte de trás e vi um rolo inteiro de filme dentro. Na bolsa estavam lentes. As que eu conhecia tão bem. Apesar dos anos, eu sabia qual funcionaria melhor para cada clique – paisagem, retrato, noite, dia, ambiente natural, estúdio...

Ao ouvir um ruído suave atrás de mim, olhei sobre o ombro. Poppy estava sentada, observando-me. Seus olhos pousaram na câmera. Aproximando-se nervosamente, ela disse:

— Perguntei ao seu *pappa* sobre ela. Onde tinha ido parar. Ele me disse que você a tinha jogado fora. — A cabeça de Poppy se inclinou para o lado, e ela continuou: — Você nunca soube, e ele nunca te disse, mas ele a encontrou. Ele viu que você a tinha jogado fora. Você tinha destruído partes dela. As lentes estavam quebradas, e outras coisas.

Eu estava apertando minhas mandíbulas tão forte que doía.

O dedo de Poppy traçou as costas da minha mão que estava pousada na coberta.

— Ele mandou consertá-la sem que você soubesse. Ele a guardou nos últimos dois anos. Ele manteve as esperanças de que você encontraria seu caminho de volta para a fotografia. Ele sabia o quanto você amava isso. Ele também se culpa pelo fato de você ter desistido.

Meu instinto foi abrir a boca e vociferar que era culpa dele. Tudo era. Mas não o fiz. Por alguma razão, a torção em meu estômago manteve minha boca fechada.

Os olhos de Poppy brilharam.

— Você devia tê-lo visto ontem à noite, quando perguntei a ele sobre a câmera. Ele estava tão emocionado, Rune. Nem sua *mamma* sabe que ele a guardou. Ele tinha até rolos de filmes prontos. Para o caso de você querê-la de volta.

Desviei meu olhar do de Poppy, para focar novamente a câmera. Eu não sabia como me sentir sobre tudo aquilo. Tentei ficar com raiva. Para minha surpresa, a raiva se recusou a surgir. Por alguma razão, eu não podia tirar a imagem da minha cabeça, meu *pappa* limpando a câmera e mandando-a para o conserto, sozinho.

— Ele até deixou a câmara escura pronta em sua casa, esperando por você.

Fechei os olhos quando Poppy acrescentou a última parte. Eu estava em silêncio. Em completo silêncio. Meu coração estava disparado com pensamentos demais, imagens demais. E eu estava em conflito. Eu tinha jurado nunca mais tirar outra foto.

Mas jurar tinha sido uma coisa. Segurar o objeto do meu vício nas mãos comprometia tudo aquilo contra o qual eu jurara lutar. Rebelar-me. Jogar fora, assim como meu *pappa* fizera com meus sentimentos quando escolheu voltar para Oslo. A chama em meu estômago começou a se espalhar. Era a raiva que eu tinha antecipado. Era a explosão que eu estava esperando.

Inspirei profundamente, preparando-me para ser arrebatado pela escuridão, quando, subitamente, Poppy ficou de pé.

— Vou para a água — ela anunciou, e passou por mim sem dizer mais nada. Eu a observei indo. Eu a observei afundar os pés na areia fofa e a brisa revirar seu cabelo curto. Eu me detive, hipnotizado, enquanto ela alcançava a beira d'água, deixando que as ondas lambessem seus pés. Ela segurou o vestido mais acima das pernas para evitar os respingos.

Ela inclinou a cabeça para sentir o sol em seu rosto. Então, ela olhou para trás, para onde eu estava sentado. Ela olhou para trás e riu. Livre, sem abandono, como se não tivesse preocupações no mundo.

Eu estava fascinado, ainda mais quando um raio de sol refletido pelo mar jogou um brilho dourado na lateral de seu rosto, seus olhos verdes agora cor de esmeralda nessa nova luz.

Perdi o fôlego, na verdade lutei por fôlego ao vê-la tão linda. Antes que pudesse me dar conta disso, peguei a câmera. Senti o peso se transferir para minhas mãos e, fechando os olhos, deixei o impulso triunfar.

Abri os olhos e levei a câmera ao rosto. Tirei a tampa da lente e encontrei o ângulo perfeito da minha garota dançando nas ondas.

E cliquei.

Apertei o botão da câmera, e meu coração titubeou a cada estalo do obturador, sabendo que eu capturava Poppy nesse momento... feliz.

Senti a adrenalina no momento em que pensei em como essas fotos seriam reveladas. Era por isso que eu usava a câmera vintage. A antecipação da câmara escura, a gratificação atrasada de ver a maravilha capturada. A habilidade que era necessária para trabalhar a câmera e conseguir a foto perfeita.

Uma fração de segundo de serenidade.

Um momento de mágica.

Poppy, em seu próprio mundo, correu pela beira do mar, as bochechas ficando rosadas com o calor do sol. Levantando as mãos para o ar, ela deixou a barra do vestido cair e molhar com respingos de água.

Então ela virou o rosto para mim. Enquanto virava, ela ficou perfeitamente imóvel, assim como meu coração dentro do peito. Meu dedo esperou, posicionado sobre o botão, pelo clique certo. E então ele veio. Veio quando um olhar de puro êxtase se espalhou por seu rosto. Veio quando ela fechou os olhos e inclinou a cabeça para trás, como se fosse um alívio, como se uma felicidade sem censura a possuísse.

Baixei a câmera. Poppy estendeu a mão. Sentindo-me alterado pela pressa de ter a paixão brotando em mim, eu me levantei e andei pela areia.

Quando peguei a mão de Poppy, ela me puxou para perto e pousou os lábios nos meus. Deixei que ela assumisse o comando. Deixei que ela me mostrasse quanto significava para ela... *esse* momento. E deixei que eu sentisse isso também. Eu me permiti, por esse breve momento, deixar de lado o peso que eu carregava feito um escudo. Eu me permiti me perder no beijo, levantando a câmera para o alto. Mesmo com os olhos fechados e sem direção, eu estava convencido de que havia capturado a melhor foto do dia.

Poppy deu um passo para trás e silenciosamente me levou de volta para a coberta, sentando-nos, descansando a cabeça em meu ombro. Levantei o braço sobre seus ombros quentes, tocados pelo sol, e a puxei para perto de mim. Poppy olhou para cima enquanto eu preguiçosamente dava um beijo em sua cabeça. Quando encontrei seus olhos, suspirei e pousei minha testa na dela.

— De nada — ela sussurrou, enquanto desviava os olhos para o mar.

Eu não me sentia assim havia tanto tempo. Eu não sentia essa paz interior desde antes de nos separarmos. E eu estava agradecido a Poppy.

Mais que agradecido.

Então um suspiro baixo, de surpresa, escapou da boca de Poppy.

— Veja, Rune — ela sussurrou, apontando para longe. Eu me perguntei o que ela queria que eu visse, então ela continuou: — Nossas pegadas na areia. — Ela levantou a cabeça e sorriu um sorriso luminoso. — Dois conjuntos. Quatro pegadas. Como no poema.

Baixei as sobrancelhas em confusão. A mão de Poppy pousava em meu joelho dobrado. Com a cabeça aninhada no abrigo de meu braço, ela explicou:

— É meu poema favorito, Rune. Era o predileto da minha vovó também.

— O que ele diz? — perguntei, sorrindo levemente com o pequeno tamanho da pegada de Poppy perto da minha.

— É lindo. E é espiritual, então não tenho certeza do que vai achar dele — disse Poppy, lançando-me um olhar provocador.

— Me diga de qualquer modo — incentivei, apenas para ouvir a voz dela. Apenas para ouvir aquela reverência em seu tom quando ela compartilhava algo que adorava.

— É mais uma história, na verdade. Sobre alguém que teve um sonho. No sonho, essa pessoa estava em uma praia como esta. Mas ela caminhava ao lado do Senhor.

Apertei os olhos, e Poppy revirou os dela.

— Eu disse que era espiritual! — ela falou, rindo.

— Você disse — respondi e cutuquei-lhe a cabeça com meu queixo. — Continue.

Poppy suspirou e, com o dedo, fez traços preguiçosos na areia. Meu coração meio que se partiu quando vi outro sinal de infinito.

— Enquanto a pessoa andava na areia com o Senhor, no céu escuro a vida dela era mostrada, como num filme. A cada cena, ela notava que dois conjuntos de pegadas haviam sido deixados na areia. E, enquanto continuavam, cada nova cena trazia com ela um novo rastro de pegadas. — Poppy se concentrou em nossas pegadas e continuou: — Quando todas as cenas haviam sido mostradas, a pessoa olhou para o rastro de pegadas e notou algo estranho. Notou que nos momentos mais tristes ou desesperadores de sua vida havia apenas um conjunto de pegadas. Para os tempos mais felizes havia sempre dois conjuntos.

Minhas sobrancelhas baixaram, imaginando para onde a história ia. Poppy levantou o queixo e piscou na luz clara do sol. Com olhos cheios d'água, ela olhou para mim e continuou:

— A pessoa ficou perturbada com isso. O Senhor disse que, quando uma pessoa dedicava a vida a Ele, Ele caminhava com ela, por todos os altos e baixos. Então a pessoa perguntou: "Por que, nos piores momentos da minha vida, o Senhor me abandonou? Por que o Senhor se foi?".

Uma expressão de profundo conforto tomou o rosto de Poppy.

— E? — provoquei. — O que o Senhor respondeu?

Uma única lágrima caiu de seu olho.

— O Senhor disse à pessoa que Ele *tinha* andado com ela por toda a vida. Porém, nas vezes em que havia somente um conjunto de pegadas, Ele não havia caminhado ao lado dela, mas a carregado nos braços. — Poppy fungou e disse: — Não ligo se você não é religioso, Rune. Esse poema não é apenas para os que têm fé. Todos nós temos pessoas que nos carregam durante os piores momentos, os momentos mais tristes, os momentos dos quais parece impossível se livrar. De um jeito ou de outro, seja o Senhor, seja uma pessoa amada, sejam ambos, quando sentimos que não podemos mais caminhar, alguém nos ajuda... alguém nos carrega.

Poppy pousou a cabeça em meu peito, envolvendo-se em meus braços à espera.

Meus olhos se perderam em uma bruma embaçada enquanto eu olhava nossas pegadas marcadas na areia. Naquele momento, eu não tinha certeza de quem estava ajudando quem. Pois, por mais que Poppy insinuasse que era eu quem a ajudava em seus meses finais, eu começava a acreditar que ela estava de algum modo me salvando.

Um único conjunto de pegadas em minha alma.

Poppy se virou de frente para mim, e seu rosto estava molhado de lágrimas. Lágrimas felizes. Lágrimas impressionadas... *lágrimas de Poppy*.

— Não é lindo, Rune? Não é a coisa mais linda que já ouviu?

Apenas assenti. Não era o momento para palavras. Eu não podia competir com o que ela tinha acabado de recitar, então por que tentaria?

Deixei meu foco vagar pela praia. E me perguntei... me perguntei se alguém mais tinha ouvido algo tão emocionante que até abalou seu âmago. Perguntei-me se a pessoa que eles amavam mais do que qualquer outra no planeta tinha se aberto a eles com tanta pureza, com uma emoção tão bruta.

— Rune? — Poppy disse baixo do meu lado.

— Sim, querida? — respondi, suavemente. Ela virou o belo rosto para mim e me deu um sorriso fraco. Então perguntei, passando a mão em seu rosto: — Você está bem?

— Estou ficando cansada — ela admitiu, relutantemente. Meu coração se partiu. Ao longo da última semana, eu tinha começado a ver o cansaço gradualmente deslizando sobre seu rosto quando ela fazia coisas demais.

E, ainda pior, eu podia ver o quanto ela odiava isso. Porque a impedia de aproveitar todas as aventuras da vida.

— Tudo bem ficar cansada, *Poppymin*. Não é uma fraqueza.

Os olhos de Poppy baixaram em derrota.

— Eu apenas odeio isso. Sempre achei que dormir é perda de tempo.

Ri do bico bonitinho que se formou em seus lábios. Poppy me observou, esperando que eu falasse. Ficando sério, eu disse:

— Na minha opinião, se você dormir sempre que precisar, poderemos fazer mais coisas quando você estiver forte. — Rocei a ponta do nariz no dela e completei: — Nossas aventuras serão muito mais especiais. E você sabe que eu gosto de você dormindo em meus braços. Sempre achei que você fica perfeita neles.

Poppy suspirou e, com uma última olhada para o mar, sussurrou:

— Só você, Rune Kristiansen. Só você poderia dar razão ao meu maior ódio de um jeito tão lindo.

Beijei seu rosto quente, fiquei de pé e recolhi nossas coisas. Quando tudo estava empacotado, olhei sobre o ombro para o píer e então de volta para Poppy. Estendendo a mão, eu disse:

— Vamos, dorminhoca. Pelos velhos tempos?

Poppy olhou para o píer, e um riso desenfreado saltou de sua garganta. Eu a puxei até ficar de pé, e andamos lentamente, de mãos dadas, para baixo do píer. O som hipnótico das ondas suaves batendo contra as velhas vigas de madeira encasulava o lugar onde estávamos.

Sem perder tempo, coloquei Poppy contra o mourão de madeira, posicionando as mãos em torno de seu rosto e juntando nossos lábios. Meus olhos se fecharam enquanto a pele quente de suas bochechas esquentava sob a palma das minhas mãos. Meu peito arfava enquanto nossos lábios se beijavam, lenta e profundamente, e a brisa refrescante corria pelos cabelos de Poppy.

Fui para trás e esfreguei os lábios, saboreando o gosto de sol e de cerejas explodindo em minha boca.

Os olhos de Poppy se abriram. Vendo como ela parecia cansada, sussurrei:

— Beijo quatrocentos e trinta e três. Com *Poppymin* debaixo do píer.

Poppy riu timidamente, esperando pelo que eu diria em seguida.

— Meu coração quase explodiu.

A sombra dos dentes aparecendo sob seu sorriso quase o fez explodir, tornando o momento perfeito para completar:

— Porque eu a amo. Eu a amo mais do que poderia explicar. Meu único conjunto de pegadas na areia.

Os belos olhos verdes de Poppy se arregalaram com a minha confissão. Eles brilharam imediatamente, e lágrimas brotaram deles e rolaram por seu rosto. Tentei enxugá-las com os dedos enquanto meu coração disparava no peito. Mas Poppy pegou minha mão, delicadamente aconchegando a bochecha na palma. Mantendo minha mão no lugar, ela me olhou nos olhos e sussurrou de volta:

— Eu também te amo, Rune Kristiansen. Eu nunca, jamais deixei de amar. — Ela se levantou na ponta dos pés e puxou meu rosto para ficar em frente ao dela. — Minha alma gêmea. Meu coração...

Uma serenidade pousou sobre mim. Um sossego, enquanto Poppy caiu em meus braços e sua respiração suave penetrou por minha camisa.

Eu a abracei. Eu a abracei apertado, acolhendo esse novo sentimento, até que Poppy bocejou. Levantei sua cabeça em direção à minha e disse:

— Vamos para casa, linda.

Poppy assentiu e, dobrando-se ao meu lado, me deixou caminhar com ela de volta até nossas coisas e então até o carro.

Buscando no compartimento de sua bolsa, peguei as chaves do carro e abri a porta do lado do passageiro.

Pus as duas mãos em sua cintura e a levantei até o assento, esticando-me para afivelar o cinto de segurança. Depositei um beijo delicado na cabeça de Poppy e ouvi sua respiração se interromper ao meu toque. Quando fui me endireitar, Poppy pegou meu braço e, com lágrimas grossas no rosto, sussurrou:

— Me desculpe, Rune. Me desculpe.

— Por quê, querida? — perguntei, minha voz falhando diante de como ela soava triste.

Tirei o cabelo de seu rosto enquanto ela respondia:

— Por ter te afastado de mim.

Meu estômago ficou oco. Os olhos de Poppy buscaram algo nos meus, antes que seu rosto se torcesse de dor. Grandes lágrimas rolaram por sua face, que empalidecia. Seu peito estremecia enquanto ela lutava para acalmar a respiração subitamente errática.

— Ei — eu disse, colocando as mãos em seu rosto.

Poppy olhou para mim.

— Poderíamos ter ficado assim se eu não tivesse sido boba. Poderíamos ter encontrado um jeito de você voltar. Você poderia ter estado comigo o tempo todo. Comigo. Me abraçando... me amando. Você me amando e eu te amando tão ardentemente. — Ela gaguejou, mas conseguiu terminar: — Sou uma ladra. Roubei nosso tempo precioso... dois anos de você e de mim... para nada.

Senti meu coração fisicamente se rasgar enquanto Poppy chorava, apertando forte meu braço como se temesse que eu fosse me afastar. Como até agora ela não tinha percebido que nada poderia me afastar?

— Shh — eu a acalmei, mexendo minha cabeça para pousá-la na dela. — Respire, querida — eu disse suavemente. Coloquei a mão de Poppy sobre meu coração, enquanto ela olhava nos meus olhos: — Respire. — E ela sorriu enquanto seguia o ritmo do meu coração para se acalmar.

Enxuguei seu rosto molhado com as mãos, comovendo-me quando Poppy fungava e seu peito sacudia a cada soluço que ela soltava. Vendo que tinha a atenção dela, eu disse:

— Não vou aceitar suas desculpas, porque não há nada para desculpar. Você me disse que o passado não importa mais. Que só estes momentos são importantes agora. — Endureci minhas emoções. — Nossa aventura final. Eu te dando beijos de explodir o peito para encher seu pote. E você... Você apenas sendo você. Me amando. E eu amando você. Até o infinito...

— Então parei de falar.

Observei intensa e pacientemente os olhos de Poppy, dando um largo sorriso quando ela completou:

— Para sempre e sempre.

Fechei os olhos, sabendo que havia rompido sua dor. Então, quando meus olhos se abriram, Poppy riu roucamente.

— Aqui está ela — eu disse e dei um beijo em cada uma das maçãs de seu rosto.

— Aqui estou eu — ela repetiu — tão completamente apaixonada por você.

Poppy levantou a cabeça e me beijou. Então se recostou de novo no assento, com os olhos fechados, convocados pelo sono. Eu a observei por mais um segundo, antes de me mover para fechar a porta. Em seguida, flagrei Poppy sussurrando:

— Beijo quatrocentos e trinta e quatro, com meu Rune na praia... quando o amor dele voltou para casa.

Eu podia ver pela janela que Poppy já tinha adormecido. Suas bochechas estavam vermelhas por causa do choro, mas, mesmo dormindo, seus lábios estavam inclinados para cima, dando a impressão de um sorriso.

Eu não tinha certeza de como existia alguém tão perfeito.

Andando ao redor do capô do carro, puxei um cigarro do bolso de trás do jeans e acionei o isqueiro. Dei um trago de que muito precisava. Fechei os olhos enquanto sentia a nicotina me acalmar.

Abri os olhos e observei o pôr do sol. O sol estava desaparecendo no horizonte, lampejos de laranja e rosa em seu rastro. A praia estava quase vazia, exceto pelo casal que eu tinha visto antes.

Só que dessa vez, quando observei os dois, ainda tão apaixonados depois de tantos anos, eu não me permiti sentir tristeza. Olhei para Poppy dormindo no carro e senti... felicidade. Eu. Eu me senti feliz. Eu me permiti sentir felicidade mesmo em meio a toda a dor. Porque... *aqui estou eu... tão completamente apaixonada por você...*

Ela me amava.

Poppymin. Minha garota. Ela me amava.

— Isso é o suficiente — eu disse para o vento. — Isso é o suficiente neste momento.

Joguei a bituca do cigarro no chão, deslizei quietamente para o assento do motorista e virei a chave. O motor voltou à vida, e dirigi para longe da praia, certo de que um dia voltaríamos lá.

E, se não voltássemos, já tínhamos, como Poppy disse, esse momento. Tínhamos essa memória. Ela teve o beijo dela.

E eu tive o seu amor.

Quando estacionei na entrada de sua casa, o anoitecer havia caído e as estrelas começavam a despertar. Poppy tinha dormido durante todo o caminho de volta; sua respiração era suave, rítmica, um som confortante enquanto eu dirigia pelas estradas escuras a caminho de casa.

Parei o carro, saí e andei até o lado do passageiro. Abri a porta tão silenciosamente quanto pude, soltando o cinto de segurança e pegando Poppy nos braços.

Parecia que ela não pesava nada quando instintivamente se curvou contra meu peito e sua respiração quente passou pelo meu pescoço. Andei até a sua porta. Quando cheguei ao degrau de cima, a porta da frente se abriu. O sr. Litchfield estava parado no corredor.

Segui em frente e ele saiu do meu caminho, permitindo que eu carregasse Poppy até o quarto dela. Vi a mãe e as irmãs sentadas na sala, assistindo à TV.

A mãe dela ficou de pé.

— Ela está bem?

Eu assenti.

— Só está cansada.

A sra. Litchfield se inclinou para a frente e beijou a testa da filha.

— Durma bem, querida — sussurrou.

Meu peito se apertou com a visão, então ela fez sinal com a cabeça para que eu levasse Poppy para o quarto.

Fui com ela pelo corredor até o quarto. Tão delicadamente quanto podia, eu a coloquei na cama, sorrindo enquanto o braço de Poppy naturalmente me procurou do lado da cama em que eu dormia.

Quando a respiração de Poppy se regularizou novamente, eu me sentei do lado da cama e passei a mão por seu rosto. Inclinando-me para a frente, beijei sua bochecha macia e sussurrei:

— Eu te amo, *Poppymin*. Para sempre e sempre.

Ao me levantar da cama, congelei ao flagrar o sr. Litchfield na porta do quarto, observando... escutando.

Minha mandíbula se retesou enquanto ele me olhava. Respirei fundo para me acalmar, passei silenciosamente por ele, caminhei pelo corredor e fui de volta ao carro pegar minha câmera.

Voltei à casa para deixar as chaves do carro na mesa do corredor. Ao me ver entrar, o sr. Litchfield veio da sala. Parei, balançando a mão desajeitadamente, até que ele estendeu o braço para pegar a chave.

Eu as deixei cair em sua mão e me virei para ir embora. Antes que eu pudesse sair, ele perguntou:

— Vocês se divertiram?

Meus ombros ficaram tensos. Forçando-me a responder, olhei em seus olhos e assenti com a cabeça. Acenando para a sra. Litchfield, Ida e Savannah, atravessei a porta e desci os degraus. Quando cheguei ao último, ouvi:

— Ela também te ama, você sabe.

A voz do sr. Litchfield me fez parar, e, sem olhar para trás, respondi:

— Eu sei.

Cruzei a grama até minha casa. Fui direto para meu quarto e joguei a câmera na cama. Eu tinha a intenção de esperar umas horas e ir ao quarto de Poppy. Porém, quanto mais olhava para a bolsa da câmera, mais eu queria ver como as fotos haviam ficado.

As fotos de Poppy dançando no mar.

Sem me dar a chance de me afastar, peguei a câmera e me esgueirei até a câmara escura no porão. Assim que alcancei a porta e virei a maçaneta, acendi a luz. Suspirei enquanto um sentimento estranho se formava dentro de mim.

Porque Poppy estava certa. Meu *pappa* havia preparado esse quarto para mim. Meu equipamento estava exatamente onde estivera fora dois anos antes. Os varais e os pregadores estavam prontos me esperando.

O processo de revelar as fotos deu a sensação de que eu nunca estivera fora. Apreciei a familiaridade de cada passo. Nada tinha sido esquecido, como se eu tivesse nascido com a habilidade de fazer isso.

Como se eu tivesse sido presenteado com esse dom. Poppy reconhecera que eu precisava disso na minha vida quando eu estava muito cego pelo passado para ver.

O cheiro dos produtos químicos atingiu meu nariz. Uma hora se passou, e por fim dei um passo para trás enquanto as fotos nos pregadores formavam figuras, segundo a segundo revelando o momento capturado em filme.

A luz vermelha não me impediu de ver as maravilhas que eu havia captado. Enquanto andava ao longo do varal com as imagens penduradas, da vida em sua glória, eu não conseguia evitar a excitação que queimava em meu peito. Eu não conseguia evitar o sorriso – graças a esse trabalho – brincando em meus lábios.

Então parei.

Parei diante da foto que me cativou. Poppy segurando a barra do vestido, dançando na água rasa. Poppy com um sorriso despreocupado e o vento soprando seus cabelos, rindo sinceramente. Seus olhos brilhantes e a pele corada enquanto ela olhava sobre o ombro, bem para mim. O sol iluminando seu rosto em um ângulo tão puro e belo que era como um holofote em sua felicidade, atraído por sua alegria magnética.

Levantei a mão, mantendo-a a um centímetro da foto, e passei o dedo sobre seu rosto sorridente, sobre seus lábios macios e suas bochechas rosadas. E senti. Senti a paixão arrebatadora por essa arte voltar à vida dentro de mim. Essa foto. Essa foto consolidava o que eu secretamente sempre soubera.

Eu era destinado a fazer isso na vida.

Fazia sentido que essa foto trouxesse a mensagem de volta ao lar – era da garota que *era* meu lar. Uma batida soou na porta, e, sem tirar o olhar da foto, respondi:

—*Ja?*

A porta se abriu lentamente. Senti quem era antes de olhar. Meu *pappa* entrou na câmara escura, mas apenas deu alguns passos. Olhei para ele, mas tive de me virar de novo com a expressão em seu rosto, enquanto ele absorvia as fotos penduradas no quarto.

Eu não queria confrontar o significado daquele sentimento em meu estômago. Ainda não.

Minutos se passaram em silêncio antes que meu *pappa* dissesse baixo:

— Ela é absolutamente linda, filho.

Meu peito se apertou quando vi seus olhos na foto diante da qual eu ainda estava.

Não respondi. Meu *pappa* ficou desajeitadamente na porta, sem dizer mais nada. Por fim, ele se mexeu para ir embora. No momento em que ele foi fechar a porta, eu me forcei a dizer, bruscamente:

— Obrigado... pela câmera.

Em minha visão periférica, vi meu *pappa* pausar. Ouvi uma tomada de fôlego lenta e irregular, então ele respondeu:

— Você não tem por que me agradecer, filho. Não mesmo.

Depois disso, ele me deixou em minha câmara escura.

Fiquei mais tempo do que pretendia, repassando a resposta de meu *pappa* na cabeça.

Segurando duas fotos nas mãos, subi os degraus do porão e fui para meu quarto. Enquanto passei pela porta aberta do quarto de Alton, eu o vi sentado na cama, assistindo à TV.

Ele não tinha me visto, ali parado em sua porta, e segui para meu quarto. Mas ao ouvi-lo rindo daquilo a que estava assistindo, eu me senti preso ao chão e me fiz voltar.

Quando entrei em seu quarto, Alton se virou para mim, em um movimento que me fez sentir uma fenda no peito, o maior sorriso em seu rosto bonitinho.

— *Hei*, Rune — ele disse baixo, sentando mais para cima na cama.

— *Hei* — respondi.

Andei até a cama e fiz sinal com a cabeça para a TV.

— O que está assistindo?

Alton olhou para a TV, então novamente para mim.

— *Monstros do pântano*.

Sua cabeça se inclinou para o lado, e ele ajustou o cabelo comprido do rosto. Algo se revirou em meu estômago quando ele fez isso.

— Você quer assistir comigo um pouco? — Alton perguntou nervosamente e então baixou a cabeça.

Eu podia ver que ele estava pensando que eu diria não. Surpreendendo a ele e a mim, respondi:

— Claro.

Os olhos azuis de Alton se arregalaram até o tamanho de um pires. Ele deitou rigidamente na cama. Quando dei um passo para a frente, ele se moveu no colchão estreito.

Eu me deitei ao seu lado, botando os pés para cima. Então Alton se encostou em mim e continuou a assistir ao programa. Eu assisti com ele, desviando os olhos apenas quando o peguei me observando.

Quando olhei em seus olhos, suas bochechas ficaram vermelhas e ele disse:

— Eu gosto de você assistindo isso comigo, Rune.

Respirando em meio ao sentimento estranho que as palavras dele me causaram, passei a mão por seu cabelo comprido e respondi:

— Eu também, Alt. Eu também gosto.

Alton se encostou de novo em mim. Ele ficou ali até pegar no sono e o timer da televisão ser acionado, deixando o quarto na escuridão.

Levantei da cama e passei por minha *mamma*, que estava observando silenciosamente do corredor. Fiz um sinal com a cabeça enquanto entrava no quarto, virando e fechando a porta atrás de mim. Eu virei a tranca, coloquei uma das fotos na mesa, pulei pela janela e corri para a casa de Poppy.

Quando entrei em seu quarto, Poppy ainda dormia. Tirei a camisa e fui até o lado da cama em que eu sempre me deitava.

Coloquei sobre o travesseiro a foto de nós nos beijando na beira do mar, para que ela visse assim que acordasse.

Subi na cama, e Poppy me encontrou automaticamente no escuro, colocando a cabeça no meu peito e passando o braço por minha cintura.

Quatro pegadas na areia.

11
Asas ascendentes e estrelas desvanecendo

Poppy
Três meses depois

— Cadê minha menina Poppy?

Esfreguei os olhos, já me sentando na cama, a empolgação correndo por mim com o som da voz que eu amava.

— Tia DeeDee? — sussurrei para mim mesma.

Tentei ouvir melhor, para me certificar de que realmente tinha ouvido a voz dela. Vozes abafadas vieram do corredor, então a porta se abriu. Eu me levantei apoiada nos braços – os malditos tremiam quando eu forçava demais meus músculos, que enfraqueciam.

Eu me deitei de novo no momento em que a tia DeeDee apareceu na porta. Seu cabelo escuro estava preso em um coque, e ela usava seu uniforme de comissária de bordo. Sua maquiagem estava perfeitamente no lugar, assim como seu sorriso contagiante.

Seus olhos verdes se suavizaram quando pousaram em mim.

— Ali está ela — ela disse gentilmente, andando até minha cama. Ela se sentou na beira do colchão e se inclinou para me abraçar.

— O que está fazendo aqui, DeeDee?

Minha tia alisou meu cabelo desarrumado pelo sono e sussurrou de modo conspiratório:

— Tirando você deste lugar.

Franzi as sobrancelhas em confusão. Tia DeeDee tinha passado o Natal e o Ano-Novo com a gente, e depois uma semana inteira, apenas quinze dias antes. Eu sabia que ela tinha uma agenda apertada no mês seguinte.

Por isso eu estava tão confusa por ela estar de volta agora.

— Não entendo — eu disse, jogando as pernas para fora do colchão. Nos dias anteriores eu tinha estado presa na cama a maior parte do tempo. Depois do meu check-up no hospital no começo da semana, descobrimos que a contagem das células brancas no meu sangue estava muito baixa. Recebi sangue e medicamentos para ajudar. Isso funcionou um pouco, mas me deixou cansada por uns dias. Mantive-me dentro de casa para evitar infecções. Meu médico queria que eu ficasse no hospital, mas me recusei. Eu não perderia nem mais um segundo da minha vida naquele lugar. Não agora, quando eu podia ver que o câncer aumentava o controle sobre mim. Cada segundo se tornava mais e mais precioso.

Minha casa era meu lugar feliz.

Ter Rune ao meu lado, beijando-me docemente, era minha segurança.

Era tudo de que eu precisava.

Olhei para o relógio e vi que eram quase quatro da tarde. Rune logo estaria comigo. Fiz com que ele fosse à escola naqueles dias. Ele não queria ir se eu não fosse. Mas ele estava no último ano. Ele precisava das notas para entrar na faculdade. Mesmo que ele protestasse dizendo que não ligava para isso.

E estava tudo bem. Porque eu me preocuparia pelos dois. Eu não o deixaria suspender sua vida por mim.

Tia DeeDee ficou de pé.

— Certo, menina Poppy, vá para o chuveiro. Temos uma hora antes de zarpar. — Ela olhou para o meu cabelo. — Não se preocupe em lavar o cabelo, tem uma moça que pode cuidar disso quando chegarmos lá.

Balancei a cabeça, pronta para fazer mais perguntas, mas minha tia saiu do quarto. Fiquei de pé, alongando os músculos. Respirei profundamente, fechei os olhos e sorri. Eu me sentia melhor do que nos últimos dias. Eu me sentia um pouco mais forte.

Forte o suficiente para sair de casa.

Peguei minha toalha e tomei um banho bem rápido. Coloquei uma camada leve de maquiagem. Prendi meu cabelo sem lavar em um coque de lado, com meu laço branco firme no lugar. Coloquei um vestido verde-escuro e joguei um suéter branco por cima.

Eu estava colocando meu brinco de infinito na orelha quando a porta do meu quarto se abriu. Ouvi vozes exaltadas, a do meu pai em particular.

Virei a cabeça e sorri quando Rune entrou, seus olhos azuis imediatamente encontrando os meus. Procurando, conferindo, antes de se iluminarem com alívio.

Rune atravessou o quarto silenciosamente, parando apenas quando passou os braços pelos meus ombros e me puxou para seu peito. Deixei que meus braços abraçassem sua cintura e aspirei seu perfume fresco.

— Você parece melhor — Rune disse, acima de mim.

Eu o abracei um pouco mais forte.

— Eu me sinto melhor.

Rune deu um passo para trás e colocou as mãos no meu rosto. Ele procurou meus olhos, antes que seus lábios se curvassem e ele depositasse o mais doce dos beijos em minha boca. Quando nos soltamos, ele suspirou.

— Estou feliz. Eu estava preocupado que não pudéssemos ir.

— Para onde? — perguntei enquanto meu coração disparava em uma batida regular.

Dessa vez, Rune sorriu e, movendo a boca para minha orelha, anunciou:

— Em outra aventura.

Meu coração disparado passou a galopar.

— Outra aventura?

Sem mais explicações, Rune me levou para fora do quarto. Sua mão, apertando fortemente a minha, era a única indicação que ele deu de como estivera preocupado nos últimos dias.

Mas eu sabia. Eu via o medo em seus olhos a cada vez que eu me mexia na cama e ele perguntava se eu estava bem. A cada vez que ele se sentava comigo depois da escola, me observando, me estudando... esperando. Esperando para ver se a hora havia chegado.

Ele estava apavorado.

A progressão do meu câncer não me assustava. A dor e o futuro próximo não me amedrontavam. Mas ver Rune me olhar dessa maneira, tão desolada, tão desesperada, começou a me deixar com medo. Eu o amava tanto e percebia que ele me amava além da medida. Mas esse amor, essa conexão que fazia arder a alma, começara a ancorar o coração que eu tinha libertado para essa vida.

Eu nunca tinha tido medo da morte. Minha fé era forte; eu sabia que havia uma vida depois desta. Mas agora o medo tinha começado a se infiltrar em minha consciência. Medo de deixar Rune. Medo de sua ausência... medo de não sentir seus braços em torno de mim e seus beijos em meus lábios.

Rune olhou para trás, como se sentisse meu coração começando a se rasgar. Assenti com a cabeça. Não tinha certeza se havia sido convincente; ainda detectei preocupação em seu rosto.

— Ela não vai!

A voz enérgica de meu pai passava pelo corredor. Rune me puxou para o seu lado, levantando um braço até que eu estivesse debaixo dele em segurança. Quando chegamos à porta, meu pai, minha mãe e tia DeeDee estavam parados na entrada da sala.

O rosto de meu pai estava vermelho. Minha tia estava com os braços cruzados sobre o peito. Minha mãe corria a mão pelas costas de meu pai, tentando acalmá-lo.

Meu pai levantou a cabeça. Ele forçou um sorriso.

— Poppy — ele disse, chegando mais perto.

Rune não me soltou. Meu pai percebeu e dirigiu a ele um olhar que deveria tê-lo eviscerado bem ali.

Rune nem se moveu.

— Qual o problema? — perguntei, buscando a mão de meu pai. Meu toque pareceu deixá-lo sem palavras. Olhei para minha mãe. — Mamãe?

Ela deu um passo para a frente.

— Foi planejado desde que sua tia veio há algumas semanas.

Olhei para a tia DeeDee, que sorriu malandramente. Mamãe continuou:

— Rune queria levar você para um passeio. Ele pediu ajuda à sua tia para planejar. — Mamãe suspirou. — Nunca pensamos que seus níveis fossem cair tão rápido. — Então ela colocou a mão no braço do meu pai e falou, por fim: — Seu pai acha que você não deveria ir.

— Ir aonde? — perguntei.

— É uma surpresa — Rune anunciou atrás de mim.

Papai recuou um pouco e me olhou nos olhos.

— Poppy, os seus níveis de células brancas no sangue caíram. Isso significa que as chances de infecção são grandes. Com seu sistema imunológico em risco, não acho que você deveria viajar de avião...

— Avião? — interrompi. Olhei para Rune: — Avião?

Ele secamente assentiu com a cabeça uma vez, mas não explicou mais nada.

Mamãe colocou a mão em meu braço.

— Perguntei ao seu especialista e ele disse... — Ela limpou a garganta. — Ele disse que, neste estágio da sua doença, se você quiser ir, deve ir.

Ouvi o que estava subentendido em suas palavras: *Vá antes que seja tarde demais para viajar para qualquer lugar.*

— Quero ir — eu disse com uma certeza inabalável, apertando a cintura de Rune. Eu queria que ele soubesse que eu desejava isso. Olhei para ele; ele me olhou nos olhos. Sorrindo, eu disse: — Estou com você.

Rune, surpreendendo-me, mas ao mesmo tempo não me surpreendendo nem um pouco, me beijou. Beijou-me forte e rapidamente bem na frente da minha família. Rune me soltou e foi para perto da minha tia. Ao lado de DeeDee havia uma mala. Sem dizer nada, ele levou a mala para o carro.

Meu coração batia num ritmo *staccato* de empolgação.

Papai apertou minha mão. Seu toque me trouxe de volta à sua preocupação, seu medo.

— Poppy — ele disse seriamente.

Antes que ele pudesse dizer qualquer outra coisa, eu me inclinei para a frente e beijei seu rosto. Eu o olhei nos olhos.

— Papai, entendo os riscos. Venho enfrentando isso há muito tempo. Sei que você está preocupado. Sei que você não quer que eu me machuque. Mas ficar presa em meu quarto feito um passarinho na gaiola por mais um dia... isso é o que me machucaria. Nunca fui de ficar em casa. Eu quero isso, papai. Eu *preciso* disso. — Balancei a cabeça, sentindo um brilho translúcido de água encher meus olhos. — Não posso passar o tempo que tenho trancada com medo de que isso me deixará pior. Eu preciso viver... eu preciso desta aventura.

Ele respirou de maneira entrecortada. Mas, por fim, assentiu com a cabeça. Uma tontura leve me invadiu. Eu ia!

Pulando no lugar, joguei os braços em torno do pescoço do meu pai. Ele me abraçou de volta.

Beijei minha mãe, então olhei para minha tia. Ela estava com a mão estendida. Eu a segurei, bem quando meu pai disse:

— Eu confio em você para cuidar dela, DeeDee.

Minha tia suspirou e disse:

— Você sabe que essa menina é meu coração, James. Você acha que eu deixaria qualquer coisa acontecer com ela?

— E eles ficam em quartos separados!

Eu simplesmente revirei os olhos com aquilo.

Meu pai começou a falar com a minha tia. Mas eu não ouvia. Eu não ouvia nada enquanto meu olhar seguia pela porta aberta, para o rapaz vestido todo de preto que estava encostado no corrimão da varanda. O rapaz de jaqueta de couro que casualmente levava um cigarro à boca, observando-me todo o tempo. Seus olhos azul-claros e brilhantes sem desviar de mim nem uma vez.

Rune soprou uma nuvem de fumaça. Jogou a bituca no chão, fez um gesto com o queixo e estendeu a mão.

Soltando a mão de tia DeeDee, fechei os olhos por um breve momento, guardando na memória como ele estava, nesse exato momento.

Meu bad boy norueguês.

Meu coração.

Abrindo os olhos, eu me apressei pela porta. Chegando ao degrau superior, me joguei nos braços abertos de Rune. Ele me envolveu em seu abraço. Eu ri, sentindo a brisa em meu rosto. Abraçando-me forte, meus pés ainda fora do chão, Rune perguntou:

— Você está pronta para aquela aventura, *Poppymin*?

— Sim — respondi, sem fôlego.

Rune colocou a testa contra a minha e fechou os olhos.

— Eu te amo — ele sussurrou, depois de uma longa pausa.

— Eu também te amo — eu disse, tão baixo quanto ele.

Fui recompensada com um raro sorriso.

Ele me colocou cuidadosamente no chão, pegou minha mão e perguntou de novo:

— Você está pronta?

Assenti e então me virei para os meus pais, que estavam na varanda. Acenei, despedindo-me.

— Vamos, crianças — disse DeeDee. — Temos que pegar o avião.

Rune me levou até o carro, segurando minha mão como sempre. Enquanto nos acomodávamos no banco de trás, olhei pela janela conforme saíamos. Observei as nuvens, sabendo que logo eu estaria pairando sobre elas.

Em uma aventura.

Em uma aventura com meu Rune.

— Nova York — eu disse, sem fôlego, lendo a tela em nosso portão de embarque.

Rune deu um sorrisinho.

— Nós sempre planejamos ir. Só vai ser mais breve do que sempre pensamos.

Totalmente sem palavras, passei os braços em torno da cintura de Rune e pousei a cabeça em seu peito. Tia DeeDee voltou depois de falar com a mulher no balcão.

— Vamos, vocês dois — ela disse, acenando em direção à entrada do avião. — Vamos colocá-los a bordo.

Seguimos DeeDee. Fiquei de boca aberta quando ela nos mostrou os dois assentos na primeira classe. Olhei para ela e ela encolheu os ombros.

— Qual o propósito de estar encarregada da primeira classe se não posso usar os benefícios para mimar minha sobrinha favorita?

Eu a abracei. Ela me segurou um pouco mais que o normal.

— Agora, vai — ela disse e me acompanhou até meu assento. Tia DeeDee logo desapareceu por trás da cortina da seção dos atendentes. Fiquei de pé, observando-a ir. Rune pegou minha mão.

— Ela vai ficar bem — ele me confortou, então apontou para o assento da janela. — Para você — completou.

Sem conseguir evitar que um riso empolgado saísse de minha garganta, eu me sentei e olhei pela janela para as pessoas que trabalhavam no chão abaixo.

Eu os observei até que todos tinham embarcado no avião e começamos a deslizar. Suspirando feliz, eu me virei para Rune, que estava me observando. Envolvendo os dedos dele nos meus, eu disse:

— Obrigada.

— Eu queria que você visse Nova York. — Ele encolheu os ombros. — Eu queria vê-la com você.

Rune se inclinou para me beijar. Parei seus lábios com os dedos.

— Beije-me a trinta e nove mil pés. Beije-me no céu. Beije-me entre as nuvens.

O hálito mentolado de Rune passou pelo meu rosto. Ele sentou-se de novo em silêncio. Eu ri enquanto o avião de repente ganhava velocidade e nós decolamos.

Quando o avião se estabilizou, vi meus lábios se emparelhando aos de Rune. Suas mãos apertaram minha cabeça enquanto ele me beijava. Precisando de algo para me manter apoiada, eu me agarrei à sua camisa. Suspirei contra sua boca enquanto sua língua delicadamente duelava com a minha.

Quando ele foi para trás, com seu peito ondeante e sua pele quente, sussurrei:

— Beijo oitocentos e oito. A trinta e nove mil pés. Com meu Rune... meu coração quase explodiu.

Até o final do voo eu teria vários novos beijos para colocar no meu pote.

— Isto *é para nós?* — perguntei, incrédula. Olhei para a cobertura do hotel ridiculamente caro em Manhattan para o qual minha tia tinha nos trazido.

Olhei para Rune e podia ver, mesmo através de sua expressão sempre neutra, que ele também estava surpreso.

Tia DeeDee parou ao meu lado.

— Poppy, sua mãe ainda não sabe. Mas, bem, estou saindo com alguém faz um tempo. — Um sorriso amoroso se espalhou por seus lábios e ela continuou: — Vamos apenas dizer que este quarto foi um presente para vocês dois.

Eu a encarei admirada. Mas então um calor me preencheu. Eu sempre me preocupei com tia DeeDee. Ela estava sozinha com frequência. Eu podia ver em seu rosto como esse homem a deixava feliz.

— Ele pagou por isso? Para nós? Para mim? — perguntei.

DeeDee fez uma pausa, então explicou:

— Tecnicamente, ele não precisa pagar por isso de verdade. Ele é dono do lugar.

Minha boca, se possível, abriu ainda mais, até que Rune, brincando, a fechou com o dedo debaixo de meu queixo. Olhei para o meu namorado.

— Você sabia?

Ele encolheu os ombros.

— Ela me ajudou a planejar tudo isso.

— Então você sabia? — repeti.

Rune balançou a cabeça para mim, então carregou nossas malas para o quarto principal, à direita. Ele estava claramente ignorando as instruções de meu pai sobre quartos separados.

Enquanto Rune desapareceu pela porta, minha tia disse:

— Esse rapaz andaria sobre cacos de vidro por você, Pops.

Meu coração se encheu de luz.

— Eu sei — sussurrei.

Mas aquela leve ponta de medo que eu tinha começado a sentir penetrou em mim.

O braço de tia DeeDee deslizou ao meu redor. Enquanto a apertava de volta, eu disse:

— Obrigada.

Ela beijou minha cabeça.

— Eu não fiz nada, Pops. Foi tudo o Rune. — Ela fez uma pausa. — Não acho que, em toda a minha vida, tenha visto duas crianças se amarem tanto tão jovens, e ainda mais enquanto adolescentes. — Tia DeeDee me puxou para trás para me olhar nos olhos. — Aproveite este tempo com ele, Pops. Esse menino, ele te ama. É preciso ser cego para não ver.

— Vou aproveitar — sussurrei.

DeeDee foi para a porta.

— Vamos dormir aqui por duas noites. Vou ficar com Tristan na suíte dele. Me ligue no celular se precisar de alguma coisa. Estarei a poucos minutos daqui.

— Certo — respondi.

Eu me virei e absorvi o esplendor do quarto. O teto era tão alto que eu tinha que colocar a cabeça para trás só para ver o desenho no gesso branco. O quarto era tão grande que deixava pequena a casa da maioria das pessoas. Fui até a janela e contemplei uma vista panorâmica de Nova York.

E respirei.

Respirei enquanto meus olhos pousavam nas vistas familiares que eu tinha contemplado apenas em fotos ou filmes: o

Empire State Building, o Central Park, a Estátua da Liberdade, o Flatiron Building, a Freedom Tower...

Havia tanto para ver que meu coração disparou em antecipação. Aqui era onde eu deveria viver minha vida. Eu estaria em casa aqui. Blossom Grove seria minhas raízes; Nova York, minhas asas.

E Rune Kristiansen seria para sempre meu amor. Ao meu lado durante tudo isso.

Notando uma porta à minha esquerda, fui até lá e movi a maçaneta.

Arfei quando uma brisa fria me atingiu e então me deixei levar pela vista.

Um jardim.

Um terraço externo com flores de inverno, bancos e, melhor ainda, a vista. Fechando meu casaco para me manter aquecida, saí no frio. Lufadas leves de flocos de neve assentaram-se em meu cabelo. Precisando senti-los no rosto, inclinei a cabeça para trás. Flocos gelados pousaram em meus cílios, fazendo cócegas nos meus olhos.

Ri à medida que meu rosto umedecia. Então fui para a frente, passando as mãos pelas sempre-vivas brilhantes, até que estava de pé na parede que oferecia de bandeja um panorama de Manhattan.

Aspirei, deixando o ar frio encher meus ossos. Subitamente, braços quentes estavam em torno de minha cintura, e o queixo de Rune pousou em meu ombro.

— Você gosta, querida? — Rune perguntou suavemente. Sua voz estava pouco acima de um sussurro, como que para não se intrometer em nosso pequeno refúgio de tranquilidade.

Balancei a cabeça e me virei de leve, até encará-lo.

— Não acredito que você fez tudo isso — respondi. — Não acredito que você me deu isto. — Apontei para a cidade que se esparramava abaixo. — Você me deu Nova York.

Rune beijou meu rosto.

— Está tarde e temos um monte de coisas para fazer amanhã. Quero estar certo de que você descansou o suficiente para ver tudo o que planejei.

Um pensamento saltou em minha mente.

— Rune?

— *Ja?*

— Posso te levar a um lugar amanhã?

Ele franziu o cenho, vincando a testa.

— Claro — ele concordou. Eu podia vê-lo buscando meus olhos, tentando descobrir o que eu estava aprontando. Mas ele não me questionou. E fiquei feliz com aquilo. Ele recusaria se soubesse antes.

— Ótimo — eu disse orgulhosamente e sorri para mim mesma.

Sim, ele tinha me dado essa viagem. Sim, ele tinha coisas planejadas. Mas eu queria mostrar algo a ele, para lembrá-lo de seus sonhos. Sonhos que ele ainda poderia alcançar depois que eu tivesse ido.

— Você precisa dormir, *Poppymin* — Rune disse e baixou a boca para beijar meu pescoço.

Enlacei a mão na dele.

— Com você ao meu lado na cama.

Percebi Rune assentindo, encostado em meu pescoço, antes de beijá-lo mais uma vez.

— Enchi a banheira para você e pedi comida. Você toma um banho, então comemos e dormimos.

Eu me virei em seus braços e fiquei na ponta dos pés para colocar as mãos em suas bochechas. Elas estavam frias.

— Eu te amo, Rune — eu disse suavemente. Eu dizia isso com frequência. E sempre sentia isso com todo o meu coração. Eu queria que ele soubesse, o tempo todo, o quanto eu o adorava.

Rune suspirou e me beijou lentamente.

— Eu também te amo, *Poppymin* — ele disse, contra meus lábios, mal afastando os seus.

Então ele me levou para dentro, onde tomei banho. Depois comemos. E então dormimos.

Eu me deitei nos braços de Rune no centro de uma imensa cama com dossel. Sua respiração morna passava pelo meu rosto. Seus olhos azuis brilhantes observavam cada movimento meu.

Adormeci, aninhada em seus braços, com um sorriso tanto no coração quanto nos lábios.

12
Canções do coração e beleza encontrada

Poppy

Eu pensava que tinha sentido uma brisa passando pelo meu cabelo antes. Mas nada se comparava à brisa que açoitou minhas madeixas no topo do Empire State Building.

Eu pensava que tinha sido beijada de todas as maneiras que existem para ser beijada. Mas nada se comparava aos beijos de Rune sob o castelo de contos de fada no Central Park. Aos beijos dele na coroa da Estátua da Liberdade. No centro da Times Square, as luzes brilhantes piscando enquanto as pessoas se apressavam em torno de nós como se não houvesse mais tempo no mundo.

As pessoas estavam sempre apressadas, embora tivessem bastante tempo. Apesar de eu ter bem pouco, me certifiquei de que tudo o que fazia era lento. Medido. Significativo. Eu me certifiquei de saborear qualquer nova experiência. Respirar fundo e absorver cada nova visão, cheiro ou som.

Simplesmente parar. Respirar. Acolher.

Os beijos de Rune variavam. Eram lentos e suaves, delicados e leves como pena. Então eram intensos, rápidos e arrebatadores. Ambos me deixavam sem fôlego. Ambos iam para o pote.

Mais beijos costurados no meu coração.

Depois de um almoço tardio no Stardust Diner, um lugar que decidi ser meu terceiro favorito na Terra, levei Rune para fora, ao redor da esquina.

— É minha vez agora? — perguntei, enquanto Rune pegava minha gola e a puxava para mais perto do meu pescoço. Rune conferiu seu relógio. Eu o observei com curiosidade, perguntando-me por que ele ficava conferindo o horário. Rune me viu olhando para ele com desconfiança.

Envolvendo os braços em torno de mim, ele respondeu:

— Você tem as próximas duas horas, depois voltamos para os meus planos.

Torci meu nariz com sua atitude rígida e mostrei a língua de brincadeira. Um calor ardeu nos olhos de Rune quando fiz isso. Ele mergulhou para a frente e pressionou a boca nos meus lábios, sua língua imediatamente atingindo a minha. Grunhi e me segurei forte enquanto ele me levava para trás, antes de terminar o beijo.

— Não me tente — ele disse, provocativamente. Mas eu ainda via o calor em seus olhos. Meu coração pulou uma batida. Desde que Rune tinha voltado para minha vida, não tínhamos feito nada mais do que nos beijar. Beijar e conversar, e abraçar um ao outro tão impossivelmente apertado. Ele nunca pressionou por mais, mas, conforme as semanas se passavam, comecei a desejar me entregar a ele novamente.

Memórias de nossa noite, dois anos antes, corriam pela minha mente como um portfólio em vídeo. As cenas eram tão vívidas, tão cheias de amor, que meus pulmões paravam. Porque eu ainda me lembrava daquele olhar em seus olhos quando ele se movia sobre mim. Eu ainda me lembrava da maneira como seus olhos observavam os meus. A maneira como o calor me invadiu enquanto eu o sentia, tão quente, em meus braços.

E eu me lembrava de seus toques delicados em meu rosto, meu cabelo e meus lábios. Mas, o melhor de tudo, eu me lembrava de seu rosto depois. A expressão incomparável de adoração. O olhar que me disse que, embora fôssemos jovens, o que tínhamos feito havia nos mudado para sempre.

Unidos em corpo, mente e alma.

E nos fizera verdadeiramente infinitos.

Para sempre e sempre.

— Para onde estamos indo, *Poppymin*? — Rune perguntou, tirando-me de meu devaneio. — Ele colocou as costas da mão em minha bochecha fervendo. — Você está quente — ele disse, com seu sotaque pesado, o som perfeito passando por mim como uma brisa fresca.

— Estou bem — eu disse, timidamente.

Pegando sua mão, tentei levá-lo pela rua. Rune puxou minha mão e me fez encarar sua preocupação de frente.

— Poppy...

— Estou bem — interrompi, franzindo os lábios, assim ele saberia que eu estava falando a verdade.

Gemendo de exasperação, Rune passou o braço pelo meu ombro e me levou para a frente. Procurei pelo nome da rua e o quarteirão, vendo para onde ir a partir dali.

— Você vai me contar para onde estamos indo? — Rune perguntou.

Assegurando-me de que estávamos indo para a direção certa, balancei a cabeça. Rune deu um beijo na lateral da minha cabeça ao acender um cigarro. Enquanto ele fumava, aproveitei a oportunidade para olhar ao meu redor. Eu amava Nova York. Amava tudo a respeito dela. Pessoas ecléticas – artistas, engravatados e sonhadores –, todos ligados na grande manta de patchwork da vida. As ruas cheias, buzinas e gritos, a trilha sonora sinfônica perfeita para a cidade que nunca dorme.

Aspirei o perfume fresco da neve no ar gelado e me aconcheguei melhor no peito de Rune.

— Nós faríamos isso — eu disse e sorri, fechando brevemente os olhos.

— O quê? — Rune perguntou, e o cheiro agora familiar de seu cigarro se espalhava diante de nós.

— Isso — eu disse. — Nós andando pela Broadway. Nós caminharíamos pela cidade para encontrar amigos ou para chegar até nossas respectivas faculdades ou de volta para o nosso apartamento. — Puxei o braço de Rune sobre o meu ombro. — Você me abraçaria exatamente assim e conversaríamos. Você me falaria sobre o seu dia e eu falaria a você sobre o meu. — Sorri com a normalidade da imagem. Porque eu não precisava de grandes gestos ou contos de fada; uma vida normal com o rapaz que eu amava sempre foi o suficiente.

Mesmo esse momento valia tudo.

Rune não disse nada. Eu tinha aprendido que quando eu falava dessa maneira, tão sinceramente sobre coisas que jamais aconteceriam, Rune achava melhor não dizer nada. E estava tudo bem. Eu entendia por que ele precisava proteger seu coração que já estava se partindo.

Se eu pudesse protegê-lo para ele, eu protegeria, mas eu era a causa disso.

Eu apenas rezava, para tudo o que era bom, para que eu também pudesse ser o remédio.

Vendo o cartaz no velho prédio, olhei para Rune e disse:

— Estamos quase lá.

Rune olhou ao redor, confuso, e fiquei contente. Eu não queria que ele visse onde estávamos. Eu não queria que ele ficasse bravo com um gesto feito com bondade. Eu não queria que ele ficasse magoado ao ser forçado a ver o futuro que poderia ser dele.

Conduzi Rune à direita, em direção a um prédio. Rune jogou seu cigarro terminado no chão e pegou minha mão. Fui até o caixa e pedi nossas entradas.

Rune tirou minha mão da bolsa quando eu tentei pagar. Ele pagou, ainda sem saber onde estávamos. Eu me estiquei e beijei seu rosto.

— Um verdadeiro cavalheiro — brinquei e o observei revirar os olhos.

— Não sei bem se o seu pai acha a mesma coisa de mim.

Não pude conter o riso. Enquanto eu ria livremente, Rune parou e me observou, estendendo a mão. Coloquei a minha na dele e deixei que ele me puxasse em sua direção. Sua boca pousou pouco acima da minha orelha e ele disse:

— Por que eu preciso tão desesperadamente tirar uma foto sua quando você ri assim?

Olhei para cima enquanto meu riso desaparecia.

— Porque você captura todos os aspectos da condição humana: o bom, o mau, o verdadeiro. — Encolhi os ombros e completei: — Porque não importa o quanto você proteste e exale uma aura de escuridão, você luta pela felicidade, você deseja ser feliz.

— Poppy.

Rune virou a cabeça. Como sempre, ele não queria abraçar a verdade, mas ela estava lá, presa no fundo de seu coração. Tudo o que ele sempre quis era ser feliz – eu e ele, apenas.

Eu queria que ele aprendesse a ser feliz sozinho. Apesar de que eu andaria com ele todos os dias em seu coração.

— Rune — pedi, suavemente. — Por favor, venha comigo.

Rune olhou para minha mão estendida antes de ceder e enlaçar firmemente nossas mãos. Mesmo assim, olhou para nossas mãos unidas com uma pitada de dor por trás de seu olhar reservado.

Beijei as costas da mão dele e as trouxe para minha bochecha. Rune soltou o ar pelo nariz. Finalmente, ele me puxou para a proteção de seus braços. Abracei sua cintura e o levei pelas portas duplas, revelando a exposição do outro lado.

Adentramos um grande espaço aberto, com fotografias famosas emolduradas expostas nas paredes altas. Rune ficou imóvel, e olhei para cima bem a tempo de ver sua reação de surpresa e ao mesmo tempo apaixonada no momento em que vislumbrou seu sonho diante de si. Uma exibição de fotografias que moldaram nosso tempo.

Fotografias que mudaram o mundo.

Momentos no tempo perfeitamente capturados.

O peito de Rune se expandia enquanto ele inspirava profundamente e depois expirava com lentidão. Ele olhou para mim e abriu os lábios. Nenhum som saiu de sua boca. Nenhuma palavra se formou.

Esfregando a mão no peito dele, debaixo da câmera pendurada em seu pescoço, eu disse:

— Descobri na noite passada que esta exposição estava aberta e queria que você a visse. Vai ficar aqui durante o ano, mas eu queria estar aqui, com você, neste momento. Eu... eu queria compartilhar este momento com você.

Rune piscou, e sua expressão era neutra. A única reação que demonstrou foi cerrar a mandíbula. Eu não tinha certeza se aquilo era uma coisa boa ou má.

Deslizando de baixo de seu braço, segurei frouxamente seus dedos. Consultei o guia e nos levei à primeira foto da exibição. Eu sorri, vendo o marinheiro no centro da Times Square deitando a enfermeira para trás para beijá-la. *Cidade de Nova York. 14 de agosto de 1945*. Dia V-J na Times Square, *por Alfred Eisenstaedt*, eu li. E senti a leveza e a excitação da celebração através da imagem exposta à minha frente. Senti que estava lá, dividindo aquele momento com todos que ali estavam.

Olhei para Rune e o vi estudando a foto. Sua expressão não havia mudado, mas notei sua mandíbula se afrouxar enquanto a cabeça pendia levemente para o lado.

Seus dedos se contorciam nos meus.

Sorri de novo.

Ele não estava imune. E, não importava o quanto resistisse, ele amava aquilo. Eu podia sentir isso tão facilmente quanto sentia a neve atingir minha pele lá fora. Eu o levei para a segunda foto. Meus olhos se arregalaram conforme eu absorvia a visão dramática. Tanques indo para a frente em um comboio, um homem de pé diretamente no caminho deles. Li rapidamente a informação com o coração disparado. *Praça da Paz Celestial, Pequim, 5 de junho de 1989. A foto capturou o protesto de um homem para parar a repressão militar em manifestações contínuas contra o governo chinês.*

Cheguei mais perto da foto. Engoli em seco.

— É triste — eu disse para Rune. Ele assentiu com a cabeça.

Cada nova foto parecia evocar uma emoção diferente. Ao olhar para esses momentos capturados, eu verdadeiramente entendi por que Rune amava tirar fotografias. Essa exposição demonstrava como o registro dessas imagens havia causado impacto na sociedade. Elas mostravam a humanidade em seu melhor e em seu pior.

Elas destacavam a vida em toda a sua nudez e em sua forma mais pura.

Quando paramos diante da foto seguinte, eu na hora desviei os olhos, sem conseguir olhar completamente. Um abutre esperava, paciente, rondando uma criança macilenta. A imagem imediatamente fez eu me sentir cheia de tristeza.

Eu me mexi para sair dali, mas Rune chegou mais perto da imagem. Minha cabeça se inclinou para cima e eu o observei. Eu o observei estudando cada parte da fotografia. Observei enquanto seus olhos chamejavam e suas mãos se fechavam.

A paixão havia forçado seu caminho.

Finalmente.

— Esta fotografia é uma das mais controversas já tiradas — ele me informou em voz baixa, ainda concentrado na imagem. — O fotógrafo estava cobrindo a fome na África. Enquanto tirava fotos, viu a criança andando atrás de ajuda, e o abutre esperando, pressentindo a morte. — Ele tomou fôlego. — Essa foto mostrou, em uma imagem, a extensão da fome, mais do que todas as reportagens já escritas. — Rune olhou para mim. — Ela fez as pessoas ficarem alertas. Mostrou a elas, em toda a sua severidade brutal, como a fome havia aumentado. — Então apontou para a criança, agachada no chão. — Por causa dessa fotografia, o trabalho humanitário aumentou, a imprensa cobriu mais as dificuldades das pessoas. — Antes de concluir, respirou fundo. — Ela mudou o mundo deles.

Sem querer perder esse impulso, andamos até a próxima.

— Você sabe sobre o que é esta fotografia?

Eu tinha dificuldades para olhar para a maioria das imagens. A maior parte era de dor, de sofrimento. Mas, para um fotógrafo, embora explícitas e de apertar o coração, elas tinham certo tipo de graça poética. Continham uma mensagem profunda e sem fim, tudo capturado em apenas um fotograma.

— Era um protesto contra a Guerra do Vietnã. Um monge budista ateou fogo em si mesmo. — A cabeça de Rune baixou e pendeu para o lado, estudando os ângulos. — Ele nunca estremeceu. Aguentou a dor para declarar que a paz precisava ser alcançada. Isso chamou a atenção para o sofrimento e a inutilidade da guerra.

E o dia seguiu, Rune explicando quase cada foto. Quando chegamos à fotografia final, era a imagem em preto e branco de uma jovem mulher. Era antiga; o cabelo e a maquiagem dela pareciam ser dos anos 1960. Ela aparentava ter cerca de trinta e cinco anos. E estava sorrindo.

Isso me fez sorrir também.

Olhei para Rune. Ele encolheu os ombros, dizendo-me silenciosamente que também não conhecia a foto. O título era apenas *Esther*. Busquei a informação no guia, e meus olhos imediatamente se encheram de lágrimas quando li a inspiração. Quando li por que aquela foto estava ali.

— Que foi? — Rune perguntou, e seus olhos faiscaram com preocupação.

— *Esther Rubenstein. A esposa falecida do patrono desta mostra.* — Pisquei e finalmente consegui terminar: — *Morreu aos vinte e seis anos, de câncer.* — Engoli a emoção e cheguei mais perto do retrato de Esther. — *Colocada nesta mostra por seu marido, que jamais se casou novamente.* O que se lê é que, mesmo que essa foto não tenha mudado o mundo, Esther mudou o dele.

Lágrimas rolaram lentamente dos meus olhos. O sentimento era lindo; a honra, de tirar o fôlego.

Enxugando as lágrimas, olhei de volta para Rune, que tinha se afastado da foto. Meu coração afundou. Eu fui para a frente dele. Sua cabeça pendia baixa. Afastei o cabelo de seu rosto. A expressão torturada que me recebeu me partiu ao meio.

— Por que você me trouxe aqui? — ele perguntou com a garganta fechada.

— Porque isso é o que você ama. — Eu fiz um gesto para o local. — Rune, aqui é a Tisch, da Universidade de Nova York. Aqui é o lugar em que você queria estudar. Eu queria que visse o que pode conquistar um dia. Eu queria que visse o que o seu futuro ainda pode guardar.

Os olhos de Rune se fecharam. Quando se abriram, flagraram meu bocejo sufocado.

— Você está cansada.

— Estou bem — argumentei, querendo falar sobre o assunto naquele momento. Mas eu *estava* cansada. Eu não sabia se podia fazer muito mais coisas sem descansar um pouco.

Rune enlaçou a mão na minha e disse:

— Vamos descansar antes de sairmos à noite.

— Rune — tentei argumentar, falar mais sobre o assunto, mas ele se virou e disse baixo:

— *Poppymin*, por favor. Chega.

Eu podia ouvir o desgaste em sua voz.

— Nova York era *nosso* sonho. Não tem Nova York sem você. Então, por favor... — Ele parou de falar, depois sussurrou tristemente: — Pare.

Sem querer vê-lo tão destruído, assenti. Rune beijou minha testa. Foi um beijo suave. Agradecido.

Quando saímos da mostra, Rune parou um táxi. Em minutos estávamos a caminho do hotel. Assim que chegamos à suíte, Rune deitou-se comigo em seus braços.

Ele não falou nada enquanto eu pegava no sono. Adormeci com a imagem de Esther em minha mente, perguntando-me como o marido dela tinha cicatrizado sua dor depois que ela havia voltado para casa.

Perguntando-me se ele teria mesmo cicatrizado sua dor.

— *Poppymin?*

A voz suave de Rune me despertou. Pisquei na escuridão do quarto, apenas para sentir o dedo delicado de Rune correndo em minha bochecha.

— Ei, querida — ele disse baixo, quando virei o rosto para ele.

Esticando-me, acendi a luminária. Com a luz acesa, eu me concentrei em Rune.

Um sorriso repuxou meus lábios. Ele vestia uma camiseta branca debaixo de um blazer marrom. Usava o jeans preto apertado e as conhecidas botas de camurça preta. Puxei a lapela de seu blazer.

— Você está muito elegante, querido.

Os lábios de Rune se moldaram em um meio sorriso. Ele se inclinou para a frente e me beijou delicadamente. Quando recuou, notei que seu cabelo tinha acabado de ser lavado e seco. E, diferentemente de alguns dias, ele tinha passado um pente nele, e seus fios dourados estavam sedosos entre meus dedos.

— Como você está se sentindo? — ele perguntou.

Estiquei meus braços e minhas pernas.

— Um pouco cansada e dolorida de tanto andar, mas estou bem.

A testa de Rune se enrugou de preocupação.

— Você tem certeza? Não temos de sair hoje se não estiver a fim.

Mudando de posição no travesseiro, parei a apenas um centímetro do rosto de Rune e disse:

— Nada me faria perder hoje. — Passei a mão em seu blazer marrom e macio. — Especialmente com você todo bonitão. Não tenho ideia do que você planejou, mas, se fez você tirar sua jaqueta de couro, deve ser algo realmente especial.

— Acho que sim — Rune respondeu, depois de uma pausa dramática.

— Então, estou definitivamente bem — eu disse, confiante, permitindo que Rune me ajudasse a ficar sentada quando essa simples tarefa havia se tornado um esforço muito grande.

Rune abaixou-se e me encarou.

— Eu te amo, *Poppymin*.

— Eu também te amo, querido — respondi. Quando me levantei, com a ajuda de Rune, não pude evitar ficar vermelha. Ele ficava mais lindo a cada dia que passava, mas com esse visual ele fazia meu coração galopar no peito. — O que eu devo vestir? — perguntei a Rune. Ele me levou à sala da suíte. Uma mulher estava esperando no centro da sala, com equipamentos de cabelo e maquiagem espalhados ao seu redor.

Pasma, olhei para Rune. Ele nervosamente tirou o cabelo do rosto.

— Sua tia organizou tudo. — Ele encolheu os ombros. — Para você ficar perfeita. Não que você não seja, de qualquer maneira.

A mulher na sala acenou e bateu na cadeira à sua frente. Rune levou minha mão à sua boca e a beijou.

— Vai, temos que sair em uma hora.

— O que eu visto? — perguntei, sem fôlego.

— Nós providenciamos isso também.

Rune me levou até a cadeira e eu me sentei, parando brevemente para me apresentar a Jayne, a cabeleireira e maquiadora.

Rune foi sentar-se no sofá do outro lado da sala. Eu estava cheia de felicidade quando ele tirou a câmera da bolsa sobre a mesa lateral. Observei Rune levar a câmera ao olho enquanto Jayne começava a me preparar. E, pelos quarenta minutos seguintes, ele capturou aqueles momentos.

Eu não poderia ficar mais feliz nem se tentasse.

Jayne se inclinou, conferindo meu rosto e, com uma pincelada final em minha bochecha, foi para trás e sorriu.

— Aí está, garota. Tudo pronto.

Ela se afastou e começou a empacotar suas coisas. Quando acabou, ela me deu um beijo no rosto.

— Tenha uma boa noite, senhorita.

— Obrigada — respondi e a acompanhei até a porta.

Quando me virei, Rune estava de pé em minha frente. Ele levantou as mãos até meu cabelo recém-enrolado.

— *Poppymin* — ele disse, roucamente. — Você está linda.

Baixei a cabeça.

— Estou?

Rune levantou a câmera e apertou o botão. Abaixando-a de novo, ele assentiu.

— Perfeita.

Rune pegou minha mão e me levou até o quarto. Pendurado na porta estava um vestido preto de cintura império. Sapatos de salto baixo estavam no chão, sobre o carpete felpudo.

— Rune — sussurrei, enquanto minha mão corria pelo tecido suave. — É tão lindo.

Rune levantou o vestido e o colocou na cama.

— Vista-se, querida, temos que ir.

Assenti com a cabeça, ainda aturdida. Rune saiu do quarto e fechou a porta. Em minutos eu estava vestida e enfiei os pés nos sapatos. Fui até o espelho do banheiro, e um suspiro admirado saiu de minha boca quando mirei a garota olhando de volta. Meu cabelo estava enrolado e não havia um fio fora do lugar. Minha maquiagem ostentava olhos levemente esfumaçados e, o melhor de tudo, meus brincos de infinito brilhavam.

Uma batida veio da porta do quarto.

— Entre! — gritei. Eu não podia desgrudar do meu reflexo.

Rune se moveu atrás de mim, e meu coração derreteu quando vi sua reação no espelho... o olhar surpreso em seu rosto lindo.

Ele colocou as mãos em meus braços. Inclinando-se, uma delas se ergueu para afastar meu cabelo enquanto ele me beijava bem abaixo da orelha. Senti o ar faltar com o toque dele, com seus olhos ainda fixos nos meus no espelho.

Meu vestido tinha um leve decote na frente, mostrando meu colo, com alças largas na extremidade dos ombros. Rune beijou meu pescoço, antes de levar a mão ao meu queixo e virar minha boca para a dele. Seus lábios quentes se derreteram nos meus e eu suspirei, de pura felicidade, em sua boca.

Rune se esticou até o balcão e levantou meu laço branco nas mãos. Ele o colocou em meu cabelo. Lançando-me um olhar tímido, ele disse:

— Agora você está perfeita. Agora você é a minha Poppy.

Meu estômago revirou com a rouquidão de sua voz, então se virou completamente quando ele pegou minha mão e me guiou. Um casaco comprido esperava no quarto e, como um verdadeiro cavalheiro, ele o estendeu e o colocou sobre meus ombros.

Quando virei meu rosto para ele, Rune perguntou:

— Você está pronta?

Assenti e deixei que Rune me levasse até o elevador e então porta afora. Uma limusine nos esperava, e o motorista vestido elegantemente abriu a porta para que entrássemos. Eu me virei para Rune para perguntar como ele tinha organizado tudo, mas, antes que eu pudesse, ele respondeu:

— DeeDee.

O motorista fechou a porta. Apertei forte as mãos de Rune enquanto saíamos pelas ruas agitadas. Observei Manhattan zunir pela janela, e então paramos.

Vi o prédio antes de sair da limusine, e meu coração martelou de empolgação. Rapidamente virei a cabeça para Rune, mas ele já tinha saído. Ele apareceu na minha porta, abrindo-a para mim e estendendo-me a mão.

Pisei na rua e olhei para o imenso prédio diante de nós.

— Rune — sussurrei. — É o Carnegie Hall. — Minha mão foi até a boca.

Rune fechou a porta e a limusine saiu. Ele me puxou para perto e disse:

— Vem comigo.

Enquanto caminhávamos para a entrada, tentei ler todos os avisos para conseguir alguma pista sobre a apresentação. Por mais que procurasse, porém, não consegui descobrir quem se apresentaria naquela noite.

Rune me levou pelas grandes portas, e um homem nos cumprimentou do lado de dentro e nos apontou o caminho a seguir. Rune me guiou até que tivéssemos passado pelo saguão e entrado no auditório principal. Se antes eu já estava sem fôlego, não sei dizer como eu me sentia naquele momento – de pé no salão que tinha sido meu sonho desde garotinha.

Após absorver o vasto espaço impressionante – os balcões dourados, o vermelho exuberante das cadeiras e do tapete –, franzi a testa, percebendo que estávamos totalmente sozinhos. Não havia plateia. Não havia orquestra.

— Rune?

Rune balançou nervosamente sobre os pés e apontou para o palco. Segui sua mão. No centro do grande palco havia uma única cadeira e um violoncelo ao lado, com o arco sobre ele.

Tentei entender o que via, mas não consegui. Era o Carnegie Hall. Uma das casas de concerto mais famosas de todo o mundo.

Sem dizer nenhuma palavra, Rune me levou pela coxia em direção ao palco, parando em um conjunto de degraus provisórios. Eu me virei para ele, e Rune me olhou nos olhos.

— *Poppymin*, se as coisas tivessem sido diferentes... — Ele respirou fundo, mas conseguiu se compor o suficiente para continuar: — Se as coisas tivessem sido diferentes, você poderia tocar como profissional aqui um dia. Você poderia tocar como parte de uma orquestra, a orquestra da qual sempre sonhou em participar. — A mão de Rune apertou a minha. — Você poderia tocar o solo que sempre quis apresentar neste palco. — Uma lágrima caiu do olho de Rune. — Mas, como isso não pode acontecer, porque a vida é tão desgraçadamente injusta... quis que você tivesse essa oportunidade. Saber como seria seu sonho. Queria que você tivesse sua chance sob os holofotes. Holofotes que, na minha opinião, você merece não apenas por ser a pessoa que eu mais amo em todo o mundo, mas por ser a melhor violoncelista. A musicista mais talentosa.

A percepção veio. A magnitude do que ele fizera por mim começou a se insinuar, vagando lentamente para descansar em meu coração exposto. Sentindo os olhos se encherem de lágrimas, cheguei mais perto de Rune, espalmando as mãos em seu peito. Pisquei para ele, tentando esconder as lágrimas nos olhos. Sem conseguir segurar minhas emoções, tentei perguntar:

— Você fez... como você... fez isso?

Rune me puxou e me guiou para cima das escadas, até que eu estivesse no palco que tinha sido a grande ambição da minha vida. A mão de Rune apertou a minha de novo, no lugar de palavras.

— Hoje o palco é seu, *Poppymin*. Sinto muito por eu ser o único a testemunhar sua apresentação, mas apenas queria que você realizasse esse sonho. Eu queria que você tocasse neste salão. Eu queria que sua música enchesse este auditório. Queria que seu legado fosse gravado nestas paredes.

Chegando mais perto de mim, Rune colocou as mãos em meu rosto e enxugou minhas lágrimas com os polegares. Pressionando a testa contra a minha, ele sussurrou:

— Você merece isso, Poppy. Você deveria ter mais tempo para ver este sonho realizado, mas... mas...

Apertei as mãos em torno dos pulsos de Rune enquanto ele se esforçava para terminar. Meus olhos se apertaram, expelindo as lágrimas que ainda restavam.

— Não — acalmei-o e levantei o braço de Rune para beijar seu pulso disparado. Pousando-o em meu peito, completei: — Está tudo bem, querido.

Inspirei, e um sorriso molhado se espalhou em meus lábios. O cheiro de madeira encheu minhas narinas. Se eu fechasse os olhos o suficiente, parecia que podia ouvir o eco de todos os músicos que tinham pisado naquele palco de madeira, os mestres que agraciaram aquele salão com sua paixão e sua genialidade.

— Nós estamos aqui agora — eu disse e me afastei de Rune.

Abrindo os olhos, pisquei diante da vista que da minha posição elevada eu tinha do auditório. Eu o imaginei repleto de gente, todos vestidos para um concerto. Homens e mulheres que amam sentir a música em seu coração. Sorri ao ver a imagem tão vibrante em minha mente.

Quando me virei para o rapaz que tinha conseguido esse momento para mim, eu estava emudecida. Não tinha palavras para expressar precisamente o que tal gesto tinha feito para minha alma. O presente que Rune tinha me dado de modo tão puro e doce... meu maior sonho virar realidade.

Então, eu não falei. Eu não conseguia.

Em vez disso, soltei os pulsos de Rune e andei até o assento solitário que me esperava. Passei a mão sobre o couro preto, sentindo a textura sob a ponta dos dedos. Fui até o violoncelo, o instrumento que sempre sentira como uma extensão de meu corpo. Um instrumento que me enchia de uma alegria que ninguém pode explicar até experimentá-la de verdade. Uma alegria que tudo abrange e que carrega uma forma mais elevada de paz, de tranquilidade, de serenidade; um amor delicado como nenhum outro.

Desabotoei o casaco e o fiz deslizar pelos braços, apenas para que duas mãos conhecidas o levantassem e então contornassem gentilmente a minha pele. Olhei para trás, para Rune, que silenciosamente depositou um beijo em meu ombro nu e então deixou o palco.

Eu não vi onde se sentou, pois, assim que ele deixou o palco, o holofote bem acima da cadeira foi de um brilho fraco para um potente. As luzes da casa foram apagadas. Olhei para a cadeira iluminada com uma mistura inebriante de nervosismo e excitação.

Dei um passo à frente enquanto o salto dos meus sapatos fazia um eco reverberar nas paredes. O som sacudiu meus ossos, incendiando meus músculos enfraquecidos, rejuvenescendo-os com vida.

Levantei o violoncelo e senti seu braço. Segurei o arco em minha mão direita, e sua madeira esguia se ajustou perfeitamente a meus dedos.

Eu me sentei na cadeira, inclinando o violoncelo para deixar o espigão na altura perfeita. Endireitando o violoncelo, o mais bonito que eu já tinha visto, fechei os olhos e levei as mãos às cordas, puxando cada uma para conferir se estavam afinadas.

Estavam perfeitamente afinadas, é claro.

Eu me movi para a beira do assento, plantando os pés no chão de madeira até me sentir pronta.

Então me permiti olhar para cima. Levantei o queixo para o holofote como se ele fosse o sol. Respirando profundamente, fechei os olhos e acoplei o arco à corda.

E toquei.

As primeiras notas do "Prelúdio" de Bach fluíram de meu arco para a corda e dali para o salão, apressando-se para preencher o grande ambiente com os sons celestiais. Oscilei enquanto a música me tomou em seu abraço, vertendo de mim, expondo minha alma para que todos ouvissem.

E em minha cabeça o salão estava lotado. Cada assento estava ocupado por aficionados me ouvindo tocar. Ouvindo a música que exigia ser ouvida. Executando melodias que não deixariam ninguém de olhos secos na casa. Exalando tal paixão que todos os corações seriam preenchidos e os espíritos seriam tocados.

Sorri sob o calor da luz, que estava aquecendo meus músculos e extinguindo a dor. A peça chegou ao fim. Então toquei outra. E toquei repetidas vezes, até que tanto tempo havia se passado que eu podia sentir meus dedos começando a doer.

Levantei o arco, e um imenso silêncio agora envolvia o salão. Deixei uma lágrima cair enquanto pensava no que tocar em seguida. Eu sabia o que tocaria em seguida. O que eu *tinha* que tocar em seguida.

Aquela peça de música que sonhei que tocaria naquele palco prestigioso. Aquela peça que falava à minha alma como nenhuma outra. Aquela que teria uma presença ali muito depois que eu tivesse ido. Aquela que eu tocaria como uma despedida da minha paixão. Depois de ouvir seu eco perfeito naquele salão magnífico, eu não a tocaria, eu não poderia tocá-la, de novo. Não haveria mais violoncelo para mim.

Esse lugar teria de ser onde eu deixaria essa parte do meu coração. Seria onde eu diria adeus à paixão que tinha me mantido tão forte, que tinha sido minha salvação nos momentos em que fiquei perdida e sozinha.

Ali seria onde as notas seriam deixadas para dançar no ar pela eternidade.

Senti um tremor em minhas mãos quando fiz uma pausa antes de começar. Senti as lágrimas correndo grossas e rápidas, mas não eram de tristeza. Eram por dois amigos leais – a música e a vida que a criava – dizendo um para o outro que precisavam se separar, mas que um dia, *algum dia*, estariam novamente juntos.

Incluindo-me, coloquei o arco na corda e deixei "O cisne", de "O carnaval dos animais", começar. Enquanto minhas mãos agora firmes começavam a originar a música que eu tanto adorava, senti um nó tomar minha garganta. Cada nota era uma prece sussurrada, e cada crescendo era um hino cantado alto, para o Deus me dera esse dom. O dom de tocar música, de senti-la em minha alma.

E essas notas eram meus agradecimentos ao instrumento por me permitir tocar sua glória com tanta graça.

Permitir que eu o amasse tanto que ele se tornou parte de quem eu era – o próprio tecido do meu ser.

E, por fim, enquanto fluíam tão suavemente pelo salão, os compassos delicados da peça sinalizavam minha gratidão eterna ao rapaz sentado silenciosamente no escuro. O rapaz com tanto dom para a fotografia como eu para a música. Ele era meu coração. O coração que me fora dado gratuitamente quando criança. O coração que era metade do meu próprio. O rapaz que, embora despedaçado por dentro, me amava tão profundamente que tinha me dado essa despedida. Deu a mim, no presente, o sonho que meu futuro jamais poderia me dar.

Minha alma gêmea que capturava momentos.

Minha mão tremeu quando a última nota soou, e minhas lágrimas caíram na madeira. Mantive a mão no ar, o fim da peça suspenso até que o eco final de sua nota superior sussurrada flutuasse até os céus para tomar seu lugar entre as estrelas.

Fiz uma pausa, deixando a despedida ser absorvida.

Então, tão silenciosamente quanto possível, fiquei de pé. E, sorrindo, imaginei a plateia e seus aplausos. Fiz uma reverência com a cabeça e baixei o violoncelo até o chão, colocando o arco sobre ele tal como eu o tinha encontrado.

Inclinei a cabeça de volta para o túnel de luz que vinha de cima uma última vez e entrei na escuridão. Meus saltos criaram uma batida abafada de tambor enquanto eu deixava o palco. Quando cheguei ao último degrau, as luzes da casa se reacenderam, levando embora os vestígios do sonho.

Respirei profundamente enquanto percorria com o olhar as cadeiras vermelhas vazias, então olhei de volta para o violoncelo posicionado exatamente como estava no palco, esperando pacientemente o próximo jovem músico a ser abençoado por sua graça.

Tinha acabado.

Rune ficou de pé lentamente. Meu estômago embrulhou quando vi suas bochechas avermelhadas pela emoção. Meu coração pulou uma batida quando vi a expressão em seu belo rosto.

Ele tinha entendido. Ele tinha entendido minha verdade.

Ele entendia que era a última vez que eu tocava. E eu podia ver, com clareza absoluta, a mistura de tristeza e orgulho em seus olhos.

Quando chegou até mim, Rune não tocou as marcas de lágrimas no meu rosto, assim como deixei as dele intocadas. Fechando os olhos, ele me beijou. E nesse beijo senti seu derramamento de amor. Senti um amor que, aos dezessete anos, eu era abençoada por ter recebido.

Um amor que não conhecia limites.

O tipo de amor que inspira a música que perdura por eras.

Um amor que deveria ser sentido, destinado e estimado.

Quando Rune se afastou e olhou nos meus olhos, eu sabia que esse beijo seria escrito em um coração de papel cor-de-rosa com mais devoção do que todos os anteriores.

O beijo oitocentos e dezenove foi o beijo que mudou tudo. O beijo que provou que o rapaz taciturno de cabelo comprido da Noruega e a garota excêntrica do Extremo Sul podiam encontrar um amor que rivalizava com os maiores.

Mostrou que o amor era simplesmente a tenacidade em certificar-se de que a outra metade de seu coração sabia ser adorada de todas as maneiras. Em cada minuto de cada dia. Que o amor era a ternura em sua forma mais pura.

Rune respirou profundamente, então sussurrou:

— Não tenho palavras no momento... em nenhum dos meus idiomas.

Ofereci um sorriso fraco em retorno. Porque eu também não tinha.

O silêncio era a perfeição. Era muito melhor que palavras.

Peguei a mão de Rune e o guiei para o corredor e para fora do saguão. A fria rajada do vento de fevereiro em Nova York foi um alívio bem-vindo depois do calor de dentro do prédio. Nossa limusine estava esperando; Rune devia ter ligado para o motorista.

Deslizamos para o banco traseiro. O motorista deu partida, e Rune me puxou para o seu lado. Caí voluntariamente sobre ele, aspirando o aroma fresco de seu blazer. A cada curva que o motorista fazia, meu ritmo cardíaco aumentava. Quando chegamos ao hotel, peguei a mão de Rune e entramos.

Nem uma única palavra havia sido dita durante o trajeto até ali, nem um som feito enquanto o elevador chegava ao último andar. O cartão abrindo a fechadura eletrônica soou como um trovão no corredor quieto. Abri a porta, meus passos ecoando no chão de madeira, e entrei na sala.

Sem parar, fui até a porta do quarto, apenas olhando para trás para me certificar de que Rune me seguia. Ele ficou na porta, observando-me sair.

Nossos olhares se encontraram e, precisando dele mais do que de ar, levantei lentamente a mão. Eu o queria. Eu precisava dele.

Eu precisava amá-lo.

Observei Rune respirar fundo e então vir em minha direção. Ele andou cuidadosamente até onde eu o esperava. Deslizou a mão até a minha, seu toque mandando lampejos de luz e amor pelo meu corpo.

Os olhos de Rune estavam escuros, quase pretos, e suas pupilas dilatadas borravam o azul. Sua necessidade era tão forte quanto a minha, seu amor provado e sua confiança tão completa.

Uma calma me inundou como um rio. Eu a deixei entrar, levei Rune ao quarto e fechei a porta. A atmosfera se espessou ao nosso redor, os olhos intensos e aferidores de Rune observando cada movimento meu.

Sabendo que eu tinha a atenção inabalável dele, soltei sua mão e dei um passo para trás. Levantando meus dedos trêmulos, comecei a soltar os grandes botões do meu casaco, nossos olhares presos um no outro sem vacilar enquanto o casaco se abriu e eu lentamente deixei que ele caísse no chão.

A mandíbula de Rune se retesou enquanto ele observava, e seus dedos se abriam e fechavam ao lado do corpo.

Tirei os sapatos e meus pés descalços afundaram no carpete felpudo. Tomando um fôlego fortificante, cruzei o carpete até onde Rune estava esperando. Quando parei na frente dele, levantei os olhos, cujas pálpebras pesavam com o ataque de pensamentos dentro de mim.

O peito largo de Rune subia e descia; a camiseta branca apertada sob o blazer exibia seus músculos. Sentindo o rubor cobrindo minhas bochechas, coloquei delicadamente a palma das mãos sobre seu peito. Rune ficou imóvel enquanto minhas mãos quentes o tocavam. Então, mantendo os olhos nos dele, deslizei-as para seus ombros, livrando-o do blazer, que caiu no chão, a seus pés.

Respirei três vezes, lutando para controlar o nervosismo que corria por mim. Rune não se moveu. Ele permaneceu completamente imóvel, deixando-me explorar; corri a mão por seu estômago, sobre seu braço, e peguei suas mãos. Levantei nossas mãos dadas até minha boca e, em um movimento tão familiar para nós dois, beijei nossos dedos entrelaçados.

— É assim que deveria ser sempre — sussurrei, olhando para nossos dedos trançados.

Rune engoliu em seco e assentiu com a cabeça.

Meus pés deram um passo para trás, e outro. Eu nos levei em direção à cama. O edredom estava puxado, e a ponta havia sido dobrada pela camareira. Quanto mais perto eu chegava da cama, mais meus nervos se acalmavam e uma paz se estabelecia dentro de mim. Porque isso era certo. Nada, *ninguém*, poderia me dizer que era errado.

Parando antes da beirada da cama, soltei nossas mãos. Movida pelo desejo, peguei a barra da camiseta de Rune e a levei lentamente acima de sua cabeça. Ajudando-me, ele jogou a camiseta no chão, ficando de pé com o torso nu.

Rune dormia assim toda noite, mas algo na atmosfera e na maneira como ele fez eu me sentir com a surpresa de hoje tornou tudo diferente.

Era diferente.

Era tocante.

Mas éramos *nós*.

Levantando as mãos, pousei as palmas em sua pele e corri a ponta dos dedos pelos picos e vales de seu abdômen. A pele de Rune se arrepiou, e sua respiração difícil sibilou por entre seus lábios levemente abertos.

Enquanto meus dedos exploravam seu peito largo, eu me inclinei para a frente e pousei os lábios sobre seu coração. Ele batia como as asas de um beija-flor.

— Você é perfeito, Rune Kristiansen — sussurrei.

Os dedos de Rune se levantaram para se enlaçar em meu cabelo. Ele guiou minha cabeça para cima. Mantive os olhos baixos até o último segundo, quando finalmente olhei para cima e encontrei seu olhar azul-claro como cristal. Seus olhos brilhavam.

Os lábios cheios de Rune se abriram e ele sussurrou:

— *Jeg elsker deg.*

Ele me amava.

Movimentei a cabeça para mostrar que o tinha escutado. Mas minha voz tinha sido roubada pelo momento. Pela preciosidade de seu toque. Dei um passo para trás, e os olhos de Rune acompanharam cada movimento meu.

Eu queria que me acompanhassem.

Levei a mão à alça em meu ombro, acalmei os nervos e a deixei cair pelo braço. A respiração de Rune se entrecortou enquanto eu liberava a outra alça, o vestido de seda caindo a meus pés. Forcei os braços para os lados – a maior parte do meu corpo estava revelada para o rapaz que eu amava além de qualquer coisa no mundo.

Eu estava descoberta, mostrando as cicatrizes que tinha obtido ao longo de dois anos. Mostrando tudo de mim – a garota que ele sempre conhecera e as cicatrizes de batalha da minha luta inabalável.

O olhar de Rune baixou para correr sobre mim. Mas não havia repulsa em seus olhos. Vi apenas a pureza de seu amor se mostrando. Vi apenas querer e necessidade e, sobretudo, seu coração todo exposto.

Apenas para os meus olhos.

Como sempre.

Rune foi chegando cada vez mais perto, até que seu peito quente estivesse pressionado contra o meu. Com um toque leve como pena, ele colocou meu cabelo atrás da orelha e então deixou as pontas dos dedos vagarem pelo meu pescoço nu e meu flanco.

Meus olhos bateram com a sensação. Arrepios correram pela minha espinha. O aroma do hálito mentolado de Rune encheu meu nariz enquanto ele se curvava para a frente e arrastava seus lábios suaves pelo meu pescoço, espalhando beijos em minha pele exposta.

Eu me segurei em seus ombros fortes, ancorando-me no chão.

— *Poppymin* — ele sussurrou roucamente enquanto sua boca passava pelo meu ouvido.

Inalando profundamente, sussurrei:

— Faça amor comigo, Rune.

Rune ficou imóvel por um instante e então, movendo-se até que seu rosto estivesse em frente ao meu, ele olhou brevemente nos meus olhos antes de pousar os lábios nos meus. O beijo era tão doce quanto essa noite, tão suave quanto seu toque. Esse beijo era diferente, era a promessa do que estava por vir, a promessa de Rune de ser delicado... sua promessa de me amar assim como eu o amava.

As mãos fortes de Rune pousaram na minha nuca enquanto sua boca se movia lentamente contra a minha. Então, quando eu estava sem fôlego, suas mãos pousaram em minha cintura e cuidadosamente me levantaram até a cama.

Minhas costas atingiram o colchão macio, e do centro da cama observei Rune livrar-se do resto de suas roupas, sem tirar os olhos dos meus ao se deitar ao meu lado.

A intensidade do belo rosto de Rune fez eu me derreter, ficando meu coração a bater em um ritmo *staccato*. Rolando de lado para ficar de frente para ele, corri os dedos por sua bochecha e sussurrei:

— Eu também te amo.

Os olhos de Rune se fecharam, como se ele precisasse ouvir aquelas palavras mais do que sua próxima respiração. Ele se moveu sobre mim, sua boca tomando a minha. Minhas mãos correram por suas costas fortes até seu cabelo longo. As mãos de Rune correram pelo meu flanco e então também me livraram do resto das minhas roupas e as jogaram no chão, com as outras.

Eu estava sem fôlego quando Rune se elevou sobre mim. Sem fôlego quando ele me olhou nos olhos e perguntou:

— Você tem certeza, *Poppymin*?

Sem poder conter um sorriso, respondi:

— Mais do que tive sobre qualquer coisa na minha vida.

Meus olhos se fecharam enquanto Rune me beijava novamente, suas mãos explorando meu corpo – todas as partes um dia conhecidas. E fiz o mesmo. Com cada toque e cada beijo, meu nervosismo se afastava, até que éramos novamente Poppy e Rune – não havia começo nem fim para nós.

O ar se tornava mais pesado e quente conforme nos beijávamos e explorávamos, até que finalmente Rune foi para cima de mim. Sem quebrar o contato visual, ele me tomou para si novamente.

Meu corpo se encheu de vida e de luz enquanto ele nos tornava um só. Meu coração se encheu de tamanho amor que tive medo de que não pudesse conter toda a felicidade que o inundava.

Eu o abracei enquanto caíamos novamente na Terra, apertando-o nos meus braços. A cabeça de Rune pousou na curva do meu pescoço, cuja pele estava brilhante e quente.

Mantive os olhos fechados, sem querer me afastar daquele momento. O momento perfeito. Por fim, Rune levantou a cabeça. Vendo a expressão vulnerável em seu rosto, eu o beijei gentilmente. Tão gentilmente como ele tinha me tomado. Tão gentilmente quanto ele tinha lidado com meu coração frágil.

Seus braços aninharam minha cabeça, mantendo-me segura. Quando me afastei do beijo, encontrei seu olhar amoroso e sussurrei:

— Beijo oitocentos e vinte. Com meu Rune, no dia mais incrível da minha vida. Depois que fizemos amor... Meu coração quase explodiu.

A respiração de Rune ficou presa em sua garganta. Com um breve beijo final, ele rolou para o meu lado e me envolveu em seus braços.

Meus olhos se fecharam e peguei em um sono leve. Tão leve que senti Rune me beijar na cabeça e sair da cama. Quando a porta do quarto se fechou, pisquei no quarto escuro, ouvindo o som da porta do terraço se abrir.

Empurrando o edredom para o lado, vesti o roupão pendurado do lado da porta e as pantufas colocadas cuidadosamente no chão. Ao passar pela porta, sorri, sentindo o cheiro de Rune em minha pele.

Entrei na sala, indo na direção da porta que dava para fora, mas parei imediatamente. Porque pela larga janela eu pude ver Rune no chão, de joelhos. Desmoronando.

Senti como se meu coração fosse fisicamente partido em dois enquanto eu o observava, lá fora, no ar frio da noite, vestindo apenas jeans. As lágrimas fluíam de seus olhos enquanto suas costas balançavam com uma dor que estremecia o corpo.

As lágrimas toldaram minha visão enquanto eu o observava. Meu Rune. Tão destruído e sozinho sentado na neve que caía levemente.

— Rune. *Querido* — sussurrei para mim mesma enquanto forçava meus pés até a porta, fazia minha mão virar a maçaneta e ordenava que meu coração se preparasse para a dor que causava essa cena.

Meus pés amassaram a camada fina e quebradiça de neve sob meus pés. Rune não parecia escutar. Mas eu o escutava. Escutava sua respiração sem controle. E, pior ainda, escutava seus soluços torturantes. Eu ouvia a dor o devastando. Eu vi a maneira como ele se balançava para a frente, com as palmas das mãos plantadas no chão debaixo dele.

Sem poder segurar o choro, corri para a frente dele e o abracei. Sua pele nua estava gelada ao toque. Parecendo não notar o frio, Rune caiu em meu colo, seu torso longo e largo buscando o conforto dos meus braços.

E ele desmoronou. Rune desmoronou completamente: rios de lágrimas caíam por seu rosto, respirações roucas se transformavam em baforadas de fumaça branca ao atingirem o ar congelante.

Eu balançava para a frente e para trás, abraçando-o forte.

— Shh — eu o acalmei, tentando seriamente respirar entre minha própria dor. A dor de ver o rapaz que eu amava se partindo em pedaços. A dor de saber que eu teria de ir logo, mas querendo resistir ao chamado do lar com todo o meu coração.

Eu tinha feito um acordo com minha vida que desaparecia. Agora eu queria lutar para ficar com Rune, *por* Rune, mesmo sabendo que era inútil.

Eu não tinha controle sobre o meu destino.

— Rune — sussurrei enquanto minhas lágrimas se perdiam em seus longos fios de cabelo em meu colo.

Rune olhou para cima, sua expressão devastada, e perguntou roucamente:

— Por quê? Por que eu tenho que te perder? — Ele balançou a cabeça e seu rosto se contorceu em dor. — Porque eu não posso, *Poppymin*. Eu não posso ver você ir embora. Eu não posso aguentar pensar que não vou ter você assim pelo resto de nossas vidas. — Ele se engasgou com um soluço, mas conseguiu dizer: — Como um amor como o nosso pode ser partido? Como você pode ser levada tão cedo?

— Eu não sei, querido — suspirei, desviando o olhar, em um esforço de me aguentar. As luzes de Nova York cintilavam em minha linha de visão. Lutei contra a dor que veio quando ele fez aquelas perguntas. — Apenas é, Rune — eu disse, com tristeza. — Não há razão para ser eu. Por que não eu? Ninguém merece isso, mas ainda assim eu tenho... — Perdi as palavras, mas consegui acrescentar: — Eu tenho de confiar que há uma razão maior, ou eu desabaria com a dor de deixar tudo o que amo para trás. — Respirei e disse: — Deixar você, especialmente depois de hoje. Especialmente depois de fazer amor com você esta noite.

Rune olhou em meus olhos cheios de lágrimas. Como se reunisse suas últimas forças, ele ficou de pé e me levantou nos braços. Eu estava feliz, pois me sentia fraca demais para me mexer. Eu não tinha certeza se teria conseguido me levantar do chão frio e molhado se tentasse.

Juntando os braços em torno do pescoço de Rune, pousei minha cabeça em seu peito e fechei os olhos enquanto ele me carregava para dentro, de volta para o quarto.

Rune levantou o edredom e me colocou debaixo dele, juntando-se a mim em seguida, envolvendo os braços em minha cintura enquanto olhávamos um para o outro sobre o meu travesseiro.

Os olhos de Rune estavam vermelhos, seu longo cabelo estava úmido da neve e sua pele estava manchada com a profundidade de sua tristeza. Levei a mão a seu rosto. Sua pele estava gelada.

Rune apoiou a face em minha palma.

— Naquele palco esta noite, eu sabia que você estava se despedindo. E eu... — Sua voz ficou presa, então ele tossiu e terminou: — Isso tornou tudo real demais. — Seus olhos brilharam com novas lágrimas. — Aquilo me fez perceber que estava realmente acontecendo. — Rune pegou minha mão e a levou ao peito. Ele a apertou forte. — E eu não consigo respirar. Eu não consigo respirar quando tento imaginar viver sem você. Tentei uma vez, e não deu certo. Mas... pelo menos você estava viva, por aí, em algum lugar. Logo... logo...

Ele cortou as palavras enquanto as lágrimas caíam. Desviou a cabeça de meu olhar.

Vi sua face se retrair. Rune piscou.

— Você está assustada, *Poppymin*? Porque eu estou aterrorizado. Estou aterrorizado com o inferno que a vida parece sem você.

Fiz uma pausa. Pensei de verdade em sua pergunta. E me permiti sentir a verdade. Eu me permiti ser honesta.

— Rune, não tenho medo de morrer. — Baixei a cabeça, e a dor que jamais havia me tomado antes subitamente encheu cada célula minha. Deixei minha cabeça baixar até a dele e sussurrei: — Mas desde que você voltou, desde que meu coração recuperou a batida dele... você... venho sentindo todo tipo de coisa que não sentia antes. Rezo para ter mais tempo, assim poderei viver mais dias em seus braços. Rezo para ter minutos mais longos, assim você poderá me presentear com mais beijos. — Após retomar o fôlego, acrescentei: — Mas, pior que tudo isso, estou começando a sentir medo.

Rune se aproximou, seu braço estreitando minha cintura. Levantei minha mão trêmula até seu rosto.

— Medo de deixar você. Eu não tenho medo de morrer, Rune, mas estou aterrorizada com a ideia de ir a algum lugar novo sem você.

Os olhos de Rune se fecharam e ele sibilou, como se estivesse em dor.

— Eu não me conheço sem você — eu disse baixo. — Mesmo quando você estava em Oslo, eu imaginava seu rosto, eu me lembrava da sensação da sua mão segurando a minha. Eu tocava suas músicas favoritas e lia os beijos em meu pote. Assim como minha vovó me disse para fazer. E eu fechava os olhos e sentia seus lábios sobre os meus. — Eu me permiti sorrir. — Eu lembrava da noite em que fizemos amor pela primeira vez e do sentimento em meu coração naquele momento... realizado... em paz. — Funguei e logo limpei minhas bochechas úmidas. — Embora você não estivesse comigo, estava em meu coração. E era o suficiente para me sustentar, embora eu não estivesse feliz. — Beijei a boca de Rune, apenas para saborear seu gosto, e continuei: — Mas agora, depois desse tempo juntos novamente, estou com medo. Afinal, quem somos nós sem o outro?

— Poppy — Rune rouquejou.

Minhas lágrimas caíram com um total abandono, e chorei:

— Eu te machuquei por te amar tanto. E agora tenho de sair em uma aventura sem você. E não consigo suportar como isso te machuca. Não posso te deixar tão sozinho e sentindo dor.

Rune me puxou para o seu peito. Eu chorei. Ele chorou. Compartilhamos nossos medos de perda e amor. Meus dedos pousaram em suas costas e me reconfortei com seu calor.

Quando nossas lágrimas tinham se abrandado, Rune me afastou delicadamente e examinou meu rosto.

— Poppy — ele perguntou, roucamente —, como o céu é para você?

Eu podia ver em seu rosto que ele queria desesperadamente saber. Recompondo-me, declarei:

— Um sonho.

— Um sonho — Rune ecoou, e vi a beira de seu lábio levantar.

— Li uma vez que quando você sonha, a cada noite, é na verdade uma visita ao lar. *Lar*, Rune. Céu. — Comecei a sentir o calor que aquela visão trazia a meus dedos dos pés. Ele começou a se espalhar por todo o meu corpo. — Meu céu será você e eu no bosque florido. Como sempre. Para sempre dezessete anos. — Peguei uma mecha do cabelo de Rune entre os dedos, estudando a cor dourada. — Você já teve um sonho tão vívido que quando acordou acreditou que era real? Que parecia real?

— *Ja* — Rune disse baixo.

— É porque ele era real, Rune, de certa maneira. Então, à noite, quando você fechar os olhos, eu estarei lá, encontrando você em nosso bosque. — Chegando mais perto, acrescentei: — E, quando for a hora de você voltar para casa também, serei eu que te darei boas-vindas. E não haverá preocupação nem dor. Apenas amor. — Suspirei feliz. — Imagine isso, Rune. Um lugar onde não há dor nem mágoa. — Fechei os olhos e sorri. — Quando penso nisso dessa maneira, não tenho mais medo.

Os lábios de Rune roçaram os meus.

— Parece perfeito — ele disse com o sotaque pesado, a voz áspera. — Quero que você tenha isso, *Poppymin*.

Abri os olhos e vi a verdade e a aceitação no rosto lindo de Rune.

— Será desse jeito, Rune — eu disse, com uma certeza inquebrantável. — Nós não terminaremos. Nunca.

Rune me rolou até que pousei em seu peito. Fechei os olhos, embalada pelo ritmo hipnótico de sua respiração profunda. Quanto eu estava prestes a pegar no sono, Rune perguntou:

— *Poppymin?*
— Sim?
— O que você quer do tempo que resta?

Pensei em sua pergunta, mas apenas poucas coisas me vieram à mente.

— Quero ver as cerejeiras em flor uma última vez. — Sorri contra o peito de Rune. — Quero dançar na formatura com você. — Levantei a cabeça e o flagrei sorrindo para mim. — Com você em um smoking e com o cabelo penteado, fora do rosto.

Rune balançou a cabeça, divertindo-se com aquilo.

Suspirando com a felicidade pacífica que tínhamos encontrado agora, eu disse:

— Quero ver um último nascer do sol perfeito. — Sentando-me mais para cima, olhei nos olhos de Rune e completei: — Mas, acima de tudo, quero voltar para casa com seu beijo em meus lábios. Quero passar para a próxima vida sentindo seus lábios quentes nos meus. — Voltando a me aninhar no peito de Rune, fechei os olhos e sussurrei: — É para isso que eu mais rezo. Durar o suficiente para conquistar essas coisas.

— São perfeitas, querida — Rune sussurrou, acariciando meu cabelo.

E foi assim que adormeci, sob a proteção de Rune.

Sonhando que todos os meus desejos haviam sido atendidos.

Feliz.

13
Nuvens escuras e céus azuis

Rune

Eu desenhava círculos preguiçosos no papel enquanto meu professor falava em voz monótona sobre compostos químicos. Minha mente estava ocupada com Poppy. Sempre estava, mas naquele dia era diferente. Fazia quatro dias que tínhamos voltado de Nova York, e a cada dia ela ficava mais quieta.

Eu lhe perguntava constantemente o que havia de errado. Ela sempre me dizia que não era nada. Mas eu sabia que havia algo. Naquela manhã estava pior.

Senti a mão dela muito fraca na minha enquanto andávamos para a escola. Sua pele estava muito quente ao toque. Eu tinha perguntado se ela estava se sentindo doente, mas ela apenas balançou a cabeça e sorriu.

Ela sabia que aquele sorriso me faria parar de vez.

Normalmente faria, mas não naquele dia.

Alguma coisa parecia esquisita. Meu coração apertava a cada vez que eu me lembrava da hora do almoço, quando sentamos com nossos amigos e ela ficou nos meus braços. Ela não falou nada; apenas ficou fazendo traços com a ponta do dedo sobre minha mão.

Aquela tarde havia se arrastado, e cada minuto estava cheio de preocupação de que ela não estivesse bem. De que o tempo dela estava chegando ao fim. Endireitando-me rapidamente, tentei afastar o pânico que aquela imagem trazia. Mas não funcionou.

Quando o alarme soou, indicando o fim do dia escolar, pulei do meu assento e corri para o corredor, lançando-me para o armário de Poppy. Quando cheguei lá, Jorie estava ali parada, de pé.

— Onde ela está? — perguntei secamente.

Jorie deu um passo surpreso para trás e apontou para a porta dos fundos. Enquanto eu me dirigia rapidamente para a saída, Jorie gritou:

— Ela não parecia muito bem na aula, Rune. Estou preocupada.

Arrepios percorreram minha espinha quando deparei com o ar quente. Meus olhos sondaram o pátio até que encontrei Poppy de pé sob uma árvore no parque em frente. Empurrei meus colegas e corri até ela.

Ela não me notou, pois olhava para a frente, aparentemente presa em um transe. Havia um leve brilho de suor cobrindo seu rosto, e a pele de seus braços e pernas parecia pálida.

Fiquei de pé na frente. Os olhos baços de Poppy estavam morosos enquanto piscavam e focaram lentamente os meus. Ela forçou um sorriso.

— Rune — ela sussurrou fracamente.

Coloquei a mão em sua testa, e minhas sobrancelhas se franziram de preocupação.

— Poppy? O que você tem?

— Nada — ela disse, de modo pouco convincente —, só estou cansada.

Meu coração batia contra minhas costelas enquanto eu absorvia sua mentira. Sabendo que tinha de levá-la aos pais dela, eu a recolhi sob meu braço. Quando sua nuca quase escaldou meu braço, engoli em seco um palavrão.

— Vamos para casa, querida — eu disse suavemente. Poppy passou os braços em torno da minha cintura. Seu aperto era fraco, mas eu podia dizer que ela estava usando meu corpo para se manter ereta. Eu sabia que ela protestaria se eu tentasse carregá-la.

Fechei os olhos por um segundo no momento em que pisamos no caminho para o parque. Tentei sufocar o medo que tomava conta de mim por dentro. O medo de ela estar doente. De isso ser...

Poppy estava em silêncio, a não ser por sua respiração, que foi ficando mais profunda e sibilante conforme andávamos. Quando entramos no bosque florido, os passos de Poppy fraquejaram. Olhei para baixo apenas para sentir seu corpo perder toda a força.

— Poppy! — gritei, pegando-a um pouco antes que ela atingisse o chão. Olhando para ela em meus braços, afastei o cabelo úmido de seu rosto.

— Poppy? Poppy, querida, o que há de errado?

Os olhos de Poppy começaram a rolar, perdendo o foco, mas senti sua mão segurando a minha, o mais forte que podia. Mal era um aperto.

— Rune — ela tentou dizer, mas sua respiração se tornou muito rápida; ela tinha dificuldade para reter ar o suficiente para soltar a voz.

Enfiei a mão no bolso, tirei o celular e liguei para a emergência. Assim que a telefonista atendeu, dei o endereço de Poppy e informei sobre a doença dela.

Peguei Poppy nos braços e estava a ponto de sair correndo quando a palma da mão dela pousou fracamente no meu rosto. Olhei para baixo, apenas para ver uma lágrima rolar por seu rosto.

— Eu... eu... não estou pronta... — ela conseguiu dizer antes que sua cabeça caísse para trás e ela lutasse para ficar consciente.

Apesar do rasgo no meu coração ao ver o espírito e o corpo fracos de Poppy, comecei a correr. Forçando-me a ir mais rápido que nunca.

Ao passar por minha casa, vi minha *mamma* e Alton na entrada.

— Rune? — minha *mamma* chamou e, quando viu Poppy pendurada em meus braços, sussurrou: — Não!

O som da sirene da ambulância soou a distância. Sem perder tempo, abri a porta da frente da casa de Poppy com um chute.

Corri para a sala; não havia ninguém lá.

— Socorro! — gritei tão alto quanto podia. Então ouvi passos vindo em minha direção.

— Poppy!

A mãe de Poppy veio correndo pelo canto enquanto eu a colocava no sofá.

— Meu Deus! Poppy!

A sra. Litchfield se agachou ao meu lado, colocando a mão sobre a cabeça da filha.

— O que aconteceu? O que ela tem? — perguntou.

Balancei a cabeça.

— Não sei. Ela apenas desmoronou em meus braços. Chamei uma ambulância.

Assim que essas palavras saíram da minha boca, ouvi o som da ambulância entrando na rua. A mãe de Poppy correu para fora da casa. Eu a observei indo e senti gelo substituindo o sangue em minhas veias. Passei as mãos pelo cabelo, sem saber o que fazer. Uma mão fria pousou em meu pulso.

Virei os olhos de volta para Poppy e a vi lutando para respirar. Meu rosto se entristeceu com essa visão. Ficando mais perto, beijei sua mão e sussurrei:

— Você vai ficar bem, *Poppymin*. Eu prometo.

Poppy arfava, buscando fôlego, mas, conseguindo colocar a palma da mão em meu rosto, ela disse de modo quase inaudível:

— Ainda... não vou... para casa...

Assenti com a cabeça e beijei sua mão, apertando-a forte com a minha.

Então o som de paramédicos entrando na casa surgiu de trás de mim, e me levantei para deixá-los passar. Mas, enquanto isso, a mão de Poppy apertou a minha. Lágrimas corriam de seus olhos.

— Estou bem aqui, querida — sussurrei. — Não vou deixar você.

Os olhos de Poppy me mostraram agradecimento. O som de choro veio de trás de mim. Ao me virar, vi Ida e Savannah paradas do lado, observando, chorando nos braços uma da outra. A sra. Litchfield foi para o outro lado do sofá e beijou a cabeça de Poppy.

— Você vai ficar bem, querida — ela sussurrou, mas, quando olhou para mim, pude ver que ela não acreditava nas próprias palavras.

Ela também achava que a hora havia chegado.

Os paramédicos colocaram uma máscara de oxigênio sobre o rosto de Poppy e a botaram em uma maca. A mão de Poppy ainda segurava a minha; ela se recusava a soltar. À medida que os paramédicos a tiravam da casa, ela não afrouxou o aperto em minha mão, seus olhos não deixaram os meus enquanto lutava para mantê-los abertos.

A sra. Litchfield corria atrás, mas, quando viu a mão de Poppy apertando a minha tão forte, ela disse:

— Você vai com a Poppy, Rune. Vou seguir bem atrás com as meninas.

Eu podia ver o conflito em seu rosto. Ela queria estar com a filha.

— Eu as levo, Ivy. Você vai com Poppy e Rune — ouvi minha mãe dizer atrás de mim.

Subi na parte traseira da ambulância, e a sra. Litchfield veio comigo.

Mesmo quando os olhos de Poppy se fecharam no caminho até o hospital, ela não largou minha mão. E, enquanto a sra. Litchfield desmoronava em lágrimas ao meu lado, dei minha outra mão a ela.

Fiquei ao lado de Poppy enquanto ela era levada para uma sala de oncologia. Meu coração batia tão rápido quanto os médicos e enfermeiras se moviam – um borrão, uma massa de atividade.

Lutei contra o nó que bloqueava minha garganta. Mantive o torpor dentro de mim a distância. Poppy estava sendo cutucada e espetada – sangue tirado, temperatura tirada, muitas coisas para contar. E minha querida lutou. Quando seu peito se tornou errático por causa da incapacidade de respirar direito, ela ficou calma. Quando a inconsciência tentou derrubá-la, ela forçou seus olhos a ficarem abertos.... ela forçou seus olhos a ficarem fixos nos meus, formando meu nome com os lábios a cada vez que ela quase sucumbia.

Fiquei forte para Poppy. Eu não deixaria que ela me visse cair.

Ela precisava que eu fosse forte.

A sra. Litchfield estava ao meu lado, segurando minha mão. O sr. Litchfield entrou correndo, com uma pasta na mão e a gravata desarrumada.

— Ivy — ele disse em uma voz apressada —, o que aconteceu?

A sra. Litchfield enxugou as lágrimas e pegou a mão do marido.

— Ela entrou em colapso no caminho de casa, no colo de Rune. Os médicos acreditam que seja uma infecção. O sistema imunológico dela está tão baixo que ela não consegue lutar contra a infecção. — O sr. Litchfield olhou para mim, enquanto a sra. Litchfield completava: — Rune carregou Poppy nos braços por todo o caminho até em casa. Ele correu e chamou uma ambulância. Ele a salvou, James. Rune salvou nossa menina.

Engoli em seco ao ouvir as palavras da sra. Litchfield. O sr. Litchfield assentiu, imaginei que em agradecimento, e então correu em direção à filha. Eu o vi apertando-lhe a mão, mas os médicos logo afastaram do caminho.

Passaram-se cinco minutos até que um médico falasse com a gente. Ele ficou imóvel, o rosto sem expressão.

— Sr. e sra. Litchfield, o corpo de Poppy está tentando lutar contra uma infecção. Como vocês sabem, o sistema imunológico dela está severamente comprometido.

— Chegou a hora? — a sra. Litchfield perguntou com a garganta apertada de dor.

As palavras do médico se infiltraram em meu cérebro. Virei a cabeça para o outro lado ao sentir um par de olhos me observando.

Os médicos tinham aberto um espaço, e por ele vi o rosto bonito de Poppy coberto por uma máscara e cateteres em seus braços. Mas seus olhos verdes, aqueles olhos verdes que eu adorava, estavam em mim. Sua mão pendia do lado.

— Faremos tudo o que pudermos. Daremos a ela um momento antes da anestesia.

Ouvi o médico dizer que a colocariam em um coma induzido por medicamentos para ajudá-la a lutar contra a infecção. E que tínhamos que vê-la antes disso. Mas meus pés já estavam se movendo. A mão dela estava estendida para mim.

Assim que peguei a mão de Poppy, vi seus olhos procurando pelos meus e sua cabeça balançar fracamente. Fechei brevemente os olhos, mas, quando se abriram, não pude parar uma lágrima que escorria. Poppy emitiu um som sob a máscara de oxigênio, e não precisei tirá-la para saber o que havia dito. Ela não ia me deixar ainda. Eu podia ver a promessa em seus olhos.

— Rune — o sr. Litchfield disse. — Podemos ficar um momento a sós com a Poppy, para beijá-la e falar um pouco com ela?

Assenti e fui para o lado, mas Poppy balbuciou alguma coisa e balançou de novo a cabeça. Ela apertou minha mão mais uma vez. Porque ela não queria que eu saísse.

Inclinando-me para a frente, depositei um beijo em sua cabeça, sentindo seu calor em meus lábios, inalando seu cheiro doce.

— Vou estar bem ali, *Poppymin*. Não vou deixar você, eu prometo.

Os olhos de Poppy me seguiram enquanto eu me afastava. Observei enquanto o sr. e a sra. Litchfield falavam baixo com a filha, beijando-a e segurando sua mão.

Eu me encostei na parede do pequeno cômodo, fechando os punhos enquanto lutava para me segurar. Eu tinha de ser forte para ela. Ela odiava lágrimas. Ela odiava sobrecarregar a família com tudo isso.

Ela não me veria desmoronar.

A sra. Litchfield desapareceu da sala. Quando voltou, Ida e Savannah a acompanhavam. Tive de me virar quando vi a dor nos olhos de Poppy. Ela adorava as irmãs, não queria que a vissem desse jeito.

— Poppy — Ida gritou e correu para o lado dela.

A mão fraca de Poppy vagou até o rosto da irmã mais nova. Ida beijou Poppy na bochecha, então se afastou para os braços da sra. Litchfield. Savannah foi a seguinte. Ela se descontrolou ao ver a irmã, sua heroína, daquela maneira. Poppy segurou a mão de Savannah, que sussurrou:

— Eu te amo, PopPops. Por favor... por favor, não se vá, não ainda.

Poppy balançou a cabeça, então olhou de volta para o meu lado, a mão se esforçando para se mover em minha direção. Andei até lá, sentindo que cada passo era um quilômetro. Dentro de mim havia uma tempestade de escuridão em turbilhão, mas, assim que minha mão deslizou na dela, a tempestade se acalmou. Poppy piscou para mim, seus longos cílios escuros esvoaçando sobre suas bochechas. Sentei-me na beira da cama e afastei o cabelo de seu rosto.

— *Hei, Poppymin* — eu disse baixo, com toda a força que eu podia reunir. Os olhos de Poppy se fecharam ao ouvir minhas palavras. Eu sabia que, sob aquela máscara, ela estaria sorrindo. Quando os olhos dela se fixaram nos meus, eu disse:
— Eles precisam te anestesiar para ajudar você a lutar contra essa infecção. — A cabeça de Poppy assentiu em compreensão. — Você vai sonhar, querida — eu disse e me obriguei a sorrir. — Vá visitar sua vovó por um tempo, enquanto você junta forças para voltar para mim. — Poppy suspirou, e uma lágrima escapou de seu olho. — Temos coisas a fazer antes de você ir para casa, lembra?

Poppy assentiu levemente, e beijei seu rosto. Quando fui para trás, sussurrei:
— Durma, querida. Vou ficar bem aqui, esperando você voltar para mim.

Acariciei os cabelos de Poppy até que ela fechou os olhos e percebi que ela tinha adormecido.

O médico entrou um segundo depois.
— Vocês podem ir e aguardar na sala dos familiares. Darei notícias assim que ela estiver encaminhada.

Ouvi a família saindo, mas, ao olhar para a mão de Poppy na minha, eu não queria soltá-la. Uma mão pousou em meu ombro; o médico estava me olhando. Ele disse:

— Nós vamos tomar conta dela, filho, eu prometo.

Pousando um último beijo na mão de Poppy, eu me forcei a soltá-la e sair da sala. Enquanto as portas se fechavam atrás de mim, vi sua família na sala em frente. Mas eu não podia entrar. Eu precisava de ar. Eu precisava...

Corri em direção a um pequeno jardim no final do corredor e irrompi pela porta. O vento quente passou pelo meu rosto, e, vendo que eu estava sozinho, cambaleei até o banco no centro do jardim. Jogando-me no assento, deixei a tristeza tomar conta de mim.

Minha cabeça caiu para a frente e pousou em minhas mãos. As lágrimas se derramaram pelo meu rosto. Ouvi o som da porta se abrindo. Quando olhei para cima, vi meu *pappa*.

Esperei que a raiva costumeira me atingisse depois de observar seu rosto. Mas ela deveria estar enterrada sob uma massa de dor. Meu *pappa* não disse nada. Em vez disso, ele se aproximou e sentou ao meu lado. Ele não fez um gesto para me confortar. Ele sabia que eu não receberia bem seu toque. Ele apenas se sentou ali enquanto eu desmoronava.

Uma parte de mim estava feliz. Eu jamais diria a ele. Porém, por mais que eu não admitisse, eu não queria estar sozinho.

Eu não tinha certeza de quanto tempo havia passado, mas por fim me endireitei e tirei o cabelo do rosto. Esfreguei a mão no rosto.

— Rune, ela...

— Ela vai ficar bem — eu disse, cortando seja lá o que ele tentava dizer. Olhei para a mão de meu *pappa* pousada em seu joelho, fechando e abrindo como se ele refletisse se deveria estendê-la e me tocar.

Minha mandíbula se retesou. Eu não queria aquilo.

Meu tempo com Poppy estava se esgotando, e era culpa dele eu ter tido apenas... o pensamento se perdeu. Eu não sabia quanto tempo eu ainda tinha com a minha garota.

Antes que meu *pappa* pudesse fazer qualquer coisa, a porta se abriu de novo, e dessa vez o sr. Litchfield entrou. Meu *pappa* se levantou e apertou a mão dele.

— Sinto muito, James — meu *pappa* disse.

O sr. Litchfield deu-lhe tapinhas no ombro e perguntou:

— Você se importa se eu falar com Rune por um minuto?

Eu me retesei, cada músculo em mim se preparando para a raiva dele. Meu pai olhou para mim, mas assentiu.

— Vou deixar vocês dois a sós.

Pappa saiu do jardim. O sr. Litchfield caminhou devagar até onde eu estava sentado e então se abaixou até o banco ao meu lado. Segurei a respiração, esperando que ele falasse. Como ele não falou nada, eu disse:

— Eu não vou deixá-la. Não me peça para ir embora, porque eu não vou a lugar algum.

Eu sabia que soaria raivoso e agressivo, mas meu coração batia contra minhas costelas com o pensamento de que ele me diria que eu precisava ir. Se eu não estivesse com Poppy, eu *não* tinha para onde ir.

O sr. Litchfield se retesou e então perguntou:

— Por quê?

Surpreso por sua pergunta, eu me virei para ele e tentei ler seu rosto. Ele me olhava de perto. Ele realmente queria saber. Sem desviar de seu olhar, eu disse:

— Porque eu a amo. Eu a amo mais do que qualquer coisa no mundo. — Minha voz atravessou minha garganta fechada. Inalando profundamente, consegui dizer: — Prometi a Poppy que jamais sairia do lado dela. E, mesmo se não tivesse, eu não seria capaz de sair. Meu coração, minha alma, tudo está conectado a Poppy. — Minhas mãos se fecharam. — Não posso deixá-la agora, não quando ela mais precisa de mim. E não vou deixá-la até que ela me obrigue.

O sr. Litchfield suspirou e passou a mão no rosto. Ele se recostou no banco e disse:

— Quando você voltou para Blossom Grove, Rune, dei uma olhada em você e não conseguia acreditar em como havia mudado. Fiquei desapontado — ele admitiu.

Senti meu peito apertar com aquele golpe. Ele balançou a cabeça e continuou:

— Vi você fumando, vi seu comportamento, e supus que você não tivesse mais nenhuma semelhança com o menino que era antes. Aquele que amava minha filha assim como ela o amava. O menino que... eu teria apostado minha vida... andaria sobre fogo pela minha menina... Mas, do jeito que você é agora, eu jamais teria esperado que a amasse do jeito que ela merece. — A voz do sr. Litchfield enrouqueceu com a dor. Limpando a garganta, ele disse: — Eu lutei contra você. Quando vi que vocês dois tinham se conectado novamente, tentei dizer a ela para ficar longe. Mas vocês dois sempre foram como ímãs, atraídos por alguma força desconhecida. — Ele soltou um riso. — A vovó de Poppy sempre disse que vocês eram impelidos um ao outro por um propósito maior. Um que nós jamais saberíamos até que ele se apresentasse. Ela disse que os grandes amores estão sempre destinados a ficar juntos por uma razão maior. — Ele fez uma pausa e, virando-se para mim, afirmou: — E agora eu *sei*.

Eu o olhei diretamente nos olhos. A mão firme do sr. Litchfield pousou em meu ombro.

— Vocês foram destinados a ficar juntos, assim você poderia ser a luz para guiá-la através de tudo isso. Você foi criado perfeitamente para ela, para tornar esse tempo especial para minha garota. Para certificar-se de que os dias que restavam a ela fossem cheios de coisas que a mãe dela e eu jamais poderíamos dar.

A dor me atravessou e fechei os olhos. Quando os abri novamente, o sr. Litchfield tinha baixado a mão, mas ainda me fez olhá-lo de frente.

— Rune, eu era contra você. Mas podia ver o quanto ela o amava. Eu só não tinha certeza se você também a amava.

— Eu amo — eu disse roucamente. — Nunca deixei de amá-la.

Ele assentiu com a cabeça.

— Eu não sabia disso até a viagem a Nova York. Eu não queria que ela fosse. — Ele inspirou e disse: — Mas, quando ela voltou, percebi que havia uma nova paz dentro dela. Então Poppy me disse o que você fez por ela. Carnegie Hall? — Ele balançou a cabeça. — Você deu à minha menina o maior sonho dela, pela única razão que você queria que ela o concretizasse... Para fazê-la feliz... porque você a amava.

— Ela me dá mais — respondi e baixei a cabeça. — Apenas sendo ela mesma, ela me dá dez vezes isso.

— Rune, se Poppy sair dessa...

— Quando — interrompi. — *Quando* ela sair dessa.

Levantei a cabeça para ver o sr. Litchfield olhando para mim.

— Quando — ele disse com um suspiro esperançoso. — Eu não vou ficar no seu caminho. — Ele se inclinou para descansar o rosto nas mãos. — Ela nunca ficou bem depois que você foi embora, Rune. Sei que você teve dificuldades por não tê-la em sua vida. E eu teria de ser um tolo para não ver que você culpa seu *pappa* por tudo isso. Por você ter ido embora. Mas às vezes a vida não sai do jeito que esperamos. Nunca esperei perder minha filha, mas Poppy me ensinou que não posso ficar com raiva. Porque, filho — ele disse e olhou para o meu rosto —, se a Poppy não está com raiva por ter uma vida curta, como qualquer um de nós pode se atrever a ficar com raiva por ela?

Eu o encarei de volta, silenciosamente. Meu coração bateu mais rápido com as palavras dele. Imagens de Poppy girando no bosque florido enchiam minha mente, seu sorriso largo enquanto ela aspirava o ar perfumado. Vi aquele mesmo sorriso enquanto eu me recordava dela dançando na água rasa na praia, com as mãos no ar enquanto o sol beijava seu rosto.

Poppy estava feliz. Mesmo com esse diagnóstico, mesmo com toda a dor e toda a decepção com o tratamento, ela estava feliz.

— Fico feliz que você tenha voltado, filho. Você está fazendo com que os dias finais de Poppy sejam, nas palavras dela, "tão especiais quanto é possível ser especial".

O sr. Litchfield ficou de pé. Em um movimento que eu só tinha visto em sua filha, ele inclinou o rosto para o sol que se punha e fechou os olhos.

Depois que baixou a cabeça, ele andou de volta para a porta, olhando para trás para dizer:

— Você é bem-vindo aqui sempre que quiser, Rune. E acho que, com você ao lado dela, Poppy vai sair dessa. Ela vai sair dessa, assim poderá passar uns dias extras com você. Vi aquele olhar nos olhos dela enquanto ela estava deitada na cama; ela não está indo para lugar algum ainda. Você sabe tão bem quanto eu, se ela está determinada a levar algo até o fim, então ela vai levar até o fim.

Meus lábios se levantaram em um meio sorriso. O sr. Litchfield me deixou sozinho no jardim. Enfiei a mão no bolso e puxei meus cigarros. Estava prestes a acender um, mas parei. Enquanto o sorriso de Poppy enchia minha cabeça, seu nariz torcido em desaprovação, tirei o cigarro da boca e o joguei no chão.

— Basta — eu disse alto. — Chega.

Aspirando profundamente o ar fresco, eu me levantei e voltei para dentro. Ao entrar na sala, a família de Poppy estava sentada de um lado, e, do outro, estavam minha mãe, meu pai e Alton. Assim que meu irmãozinho me viu, ele levantou a cabeça e acenou.

Fazendo o que Poppy esperaria que eu fizesse, eu me sentei ao lado dele.

— *Hei*, companheiro — eu disse e quase perdi a compostura quando ele subiu no meu colo e colocou os braços ao redor do meu pescoço.

Senti as costas de Alton tremerem. Quando ele afastou a cabeça, seu rosto estava molhado.

— A *Poppymin* está doente?

Limpei a garganta e fiz que sim com a cabeça. O lábio inferior de Alton tremeu.

— Mas você a ama — ele sussurrou, quebrando meu coração.

Assenti novamente, e ele pousou a cabeça em meu peito.

— Eu não quero que a *Poppymin* vá a lugar algum. Ela fez você falar comigo. Ela fez você ser meu melhor amigo — ele fungou. — Eu não quero que você fique bravo de novo.

Senti cada palavra como um punhal em meu peito. Mas aqueles punhais apenas deixaram entrar luz quando pensei na maneira como Poppy tinha me guiado para Alton. Pensei em como ela ficaria desapontada se eu o ignorasse agora.

Abraçando Alton mais apertado, eu sussurrei:

— Eu não vou ignorar você de novo, companheiro. Eu prometo.

Alton levantou a cabeça e enxugou as lágrimas. Quando puxei o cabelo dele para trás, não pude evitar um sorrisinho. Alton sorriu em resposta e me abraçou mais forte. Ele não me soltou até que o médico entrasse na sala. Ele nos disse que poderíamos entrar e vê-la, dois de cada vez.

O sr. e a sra. Litchfield foram primeiro. Quando chegou a minha vez, empurrei a porta e congelei.

Poppy estava em uma cama no meio do quarto. Aparelhos estavam conectados a ela. Meu coração se partiu. Ela parecia tão debilitada deitada ali, tão quieta.

Sem risos ou sorrisos em seu rosto.

Eu me sentei na cadeira ao lado da cama. Pegando sua mão, eu a levei aos lábios e lhe dei um beijo.

Eu não podia suportar o silêncio. Então comecei a falar a Poppy sobre a primeira vez em que a beijei. Contei a ela sobre cada beijo que conseguia me lembrar desde que tínhamos oito anos – qual era a sensação, como ela fez com que eu me sentisse – sabendo que, se pudesse me ouvir, ela amaria cada palavra.

Revivendo cada beijo tão caro a ela.

Todos os novecentos e dois que havíamos conquistado até agora.

E os noventa e oito que ainda reuniríamos.

Quando ela acordasse.

Porque ela ia acordar.

Tínhamos uma promessa a cumprir.

14

Flores desabrochadas e paz restaurada

Rune
Uma semana depois

— Oi, Rune.

Tirei os olhos do papel no qual estava escrevendo e vi Jorie na porta do quarto de Poppy. Judson, Deacon e Ruby estavam atrás dela, no corredor. Fiz um sinal com o queixo na direção deles, e todos entraram.

Poppy ainda estava na cama, ainda em coma. Depois de uns dias, os médicos disseram que o pior da infecção havia passado e permitiram outros visitantes.

Minha Poppy tinha conseguido. Assim como prometera, ela lutou para evitar que a infecção a derrubasse. Eu sabia que ela conseguiria. Ela tinha segurado minha mão quando fez aquela promessa. Ela tinha me olhado nos olhos.

Estava quase feito.

Os médicos planejavam tirá-la do coma lentamente nos próximos dias. Eles diminuiriam gradualmente a dosagem de anestésicos, começando mais tarde nessa mesma noite. E eu não podia mais esperar. A semana tinha parecido uma eternidade sem ela, tudo parecia errado, fora do lugar. Tanta coisa havia mudado em meu mundo sem ela, e, ainda assim, em contraste, nada no lado de fora havia mudado.

O único acontecimento real era que agora a escola inteira sabia que Poppy não tinha muito tempo. Pelo que ouvi, todos estavam previsivelmente chocados; todos estavam tristes. Frequentávamos a escola desde o jardim de infância com a maioria dessas pessoas. E, embora não conhecessem Poppy como nosso pequeno grupo de amigos conhecia, isso tinha balançado a cidade. As pessoas da igreja dela tinham se reunido para rezar por ela. Para mostrarem seu amor. Eu sabia que se Poppy soubesse disso seu coração aqueceria.

Os médicos não tinham certeza do quanto ela estaria forte quando acordasse. Estavam relutantes em estimar quanto tempo ela ainda tinha, mas o médico dela disse que a infecção a tinha enfraquecido severamente. Ele nos disse que precisávamos nos preparar: quando ela finalmente acordasse, poderíamos ter apenas semanas à frente.

Por mais que esse golpe doesse, por mais que isso arrancasse meu coração do peito, tentei me alegrar com as pequenas vitórias. Eu teria semanas para ajudar Poppy a realizar seus desejos. Eu teria o tempo de que eu precisava para me despedir de verdade, ouvir seu riso, vê-la sorrir e beijar seus lábios macios.

Jorie e Ruby entraram no quarto primeiro, indo para o lado da cama oposto àquele em que eu estava sentado para segurar a mão de Poppy.

Deacon e Judson pararam ao meu lado, colocando as mãos nos meus ombros, em apoio. No minuto em que a notícia sobre Poppy se espalhou, meus amigos faltaram à escola para virem me ver. Assim que botei os olhos neles vindo pelo corredor, tive certeza de que todo mundo sabia. Eu sabia que *eles* sabiam. Eles ficaram do meu lado desde então.

Eles ficaram chateados por Poppy não ter dito nada a eles, exceto para Jory. Mas no fim entenderam por que ela não queria nenhum alarde. E acho que eles a amaram mais por isso. Viram sua verdadeira força.

Na última semana, quando não fui à escola, eram meus amigos que me traziam as tarefas dadas pelos professores. Eles me ajudavam, assim como eu tinha feito com Poppy. Deacon e Judson estavam determinados a não deixar que eu repetisse, agora que tínhamos chegado ao último ano juntos. Essa era uma coisa que não me incomodava, mas eu apreciava a preocupação deles.

Na verdade, essa semana me mostrou o quanto eles significavam para mim. Mesmo Poppy sendo toda a minha vida, percebi que tinha amor em outro lugar. Eu tinha amigos que andariam sobre o fogo por mim. Minha *mamma* também vinha todos os dias. Assim como meu *pappa*. Ele não parecia se preocupar com o fato de que eu o ignorava a maior parte do tempo. Ele não parecia se preocupar com o fato de sentarmos em silêncio. Acho que ele apenas se preocupava em estar ali, ao meu lado.

Eu não tinha certeza do que pensar sobre isso.

Jorie olhou para cima, encontrando meus olhos.

— Como ela está hoje?

Eu me levantei da cadeira e sentei na beirada da cama de Poppy. Enlacei os dedos dela nos meus e segurei, apertado. Inclinando-me para a frente, afastei os cabelos de seu rosto e a beijei na testa.

— Ela está ficando mais forte a cada dia — eu disse suavemente e então, apenas para os ouvidos de Poppy, sussurrei: — Nossos amigos estão aqui, querida. Eles vieram ver você de novo.

Meu coração pulou quando pensei ter visto seus cílios batendo, mas, ao olhar por mais tempo, percebi que deveria ter sido minha imaginação. Eu tinha estado desesperado para vê-la novamente por horas incontáveis. Então relaxei, sabendo que, nos dias que estavam por vir, essas coisas não seriam apenas minha imaginação. Elas seriam reais.

Meus amigos se sentaram no sofá perto da janela grande.

— Os médicos decidiram começar a tirá-la gradualmente do coma hoje à noite — eu disse. — Pode levar uns dias para ela ficar totalmente consciente, mas tirá-la do coma assim é o que eles consideram o mais adequado. O sistema imunológico dela se fortaleceu o tanto que eles esperavam. A infecção acabou. Ela está pronta para voltar para nós. — Soltei o ar e completei, em voz baixa: — Finalmente. Finalmente vou poder ver os olhos dela de novo.

— Isso é bom, Rune — Jorie respondeu e me deu um sorriso fraco. Havia um silêncio de expectativa; os meus amigos todos olharam um para o outro.

— *O quê?* — perguntei, tentando ler o rosto deles.

Foi Ruby quem respondeu:

— Como ela vai estar quando acordar?

Meu estômago revirou.

— Fraca — sussurrei. Virando-me para Poppy, acariciei seu rosto. — Mas ela estará aqui de novo. Eu não ligo se precisar carregá-la para onde formos. Só quero vê-la sorrir. Eu vou tê-la de volta comigo, onde é o lugar dela... pelo menos por um tempinho.

Ouvi uma fungada e vi Ruby chorando. Jorie a abraçou forte.

Suspirei em solidariedade, mas disse:

— Sei que você a ama, Ruby. Mas quando ela acordar, quando ela descobrir que todo mundo sabe, aja normalmente. Ela odeia ver as pessoas que ama magoadas. É a pior parte de tudo isso para ela. — Apertei os dedos de Poppy. — Quando ela acordar, precisamos deixá-la feliz, como ela faz com todo mundo. Não podemos demonstrar a ela que estamos tristes.

Ruby assentiu com a cabeça, então perguntou:

— Ela não vai mais voltar para a escola, vai?

Eu balancei a cabeça:

— Nem eu. Não até...

Parei de falar, sem querer terminar a frase. Eu ainda não estava pronto para dizer aquelas palavras. Eu ainda não estava pronto para encarar tudo isso.

Não ainda.

— Rune — Deacon disse com um tom sério na voz. — O que você vai fazer no ano que vem? Na faculdade? Você já se inscreveu em alguma? — Ele torceu as mãos juntas. — Você me deixou preocupado. Nós todos vamos embora. E você nem mencionou nada. Estamos bem preocupados.

— Não estou pensando tão longe — respondi. — Minha vida é aqui, agora, neste momento. Tudo isso vai vir depois. Poppy é o meu foco. Ela sempre foi meu foco. Não dou a mínima sobre o ano que vem nem sobre o que vou fazer.

Um silêncio caiu no quarto. Vi no rosto de Deacon que ele queria falar mais, mas não se atrevia.

— Ela vai conseguir ir à formatura?

Meu coração afundou enquanto Jorie olhava com tristeza para sua melhor amiga.

— Não sei — respondi. — Ela queria muito, mas ainda faltam seis semanas. — Encolhi os ombros. — Os médicos não sabem. — Eu me virei para olhar para Jorie. — É um dos últimos desejos dela. Ir à sua formatura. — Engoli em seco e me virei de novo para Poppy. — No fim, tudo o que ela quer é ser beijada e ir à formatura. É tudo o que ela pede. Nada grandioso, nada que mude a vida... apenas essas coisas. Comigo.

Dei aos meus amigos um momento quando Jorie e Ruby começaram a chorar baixo. Mas eu não desmoronei. Apenas contei silenciosamente as horas até ela voltar para mim. Imaginando o instante em que a veria sorrir mais uma vez. Olhar para mim.

Segurar a mão na minha.

Depois de mais ou menos uma hora, meus amigos se levantaram. Jorie deixou papéis na pequena mesa ao lado da cama de Poppy que eu usava como escrivaninha.

— Matemática e geografia, cara. Os professores escreveram tudo aqui para você. Datas de entrega e coisas assim.

Eu me levantei e me despedi dos meus amigos, agradecendo a eles por terem vindo. Quando eles se foram, fui até a mesa para terminar minha lição de casa. Depois disso, eu levaria minha câmera lá para fora. Minha câmera, que eu não tirava do pescoço há semanas.

A câmera que era parte de mim novamente.

Devem ter se passado horas quando saí silenciosamente do quarto, capturando o dia lá fora. Mais tarde, naquela noite, a família de Poppy começou a encher o quarto, os médicos dela chegando em seguida. Pulei da cadeira e esfreguei os olhos. Eles estavam lá para começar a tirá-la do coma.

— Rune — o sr. Litchfield cumprimentou. Ele andou até onde eu estava e me abraçou. Uma trégua feliz havia se estabelecido entre nós desde que Poppy entrara em coma. Ele me entendia, e eu o entendia. Por causa disso, até Savannah havia começado a confiar que eu não magoaria sua irmã.

E por eu não ter saído dali, nem uma vez sequer, desde que Poppy dera entrada no hospital. Se Poppy estava ali, então eu também estava. Minha dedicação deve ter mostrado que eu a amava mais do que qualquer um deles havia acreditado.

Ida veio até onde eu estava e passou os braços em torno da minha cintura. A sra. Litchfield me deu um beijo no rosto.

Então nós todos esperamos o médico terminar seu exame.

Quando se virou para nós, ele disse:

— A contagem de células brancas de Poppy é tão boa quanto podemos esperar para esse estágio da doença. Vamos reduzir gradualmente os anestésicos e tirá-la do coma. Conforme ela for ficando mais forte, poderemos tirá-la de alguns destes aparelhos. — Meu coração bateu forte, e minhas mãos se fecharam ao lado do meu corpo. — No começo — o médico continuou — Poppy vai recobrar a consciência e perdê-la. Quando estiver consciente, ela pode ficar delirante, um pouco mal. Isso será efeito da medicação ainda no sistema dela. Mas, por fim, deve ficar acordada por períodos maiores de tempo, e se tudo correr bem, em um par de dias nos mostrar sua alegria costumeira. Até que possamos examiná-la em estado consciente, não vamos conseguir determinar o quanto essa infecção a enfraqueceu. Só o tempo dirá. Ela pode ter movimentos limitados que restringem as coisas que ela pode fazer. É improvável que ela recupere toda a força.

Fechei os olhos, rezando a Deus para que ela ficasse bem. E, se não ficasse, prometi que eu a ajudaria – qualquer coisa para me dar um pouquinho mais de tempo. Não importava o que fosse preciso, eu faria qualquer coisa.

Os dois dias seguintes se arrastaram. As mãos de Poppy começaram a se mover levemente, seus cílios começaram a bater, e, no segundo dia, seus olhos começaram a se abrir. Era apenas por uns poucos segundos de cada vez, mas o suficiente para me encher de uma mistura de empolgação e esperança.

No terceiro dia, uma equipe de médicos e enfermeiras veio ao quarto e começou o processo de desconectar Poppy dos aparelhos. Observei, com o coração batendo, enquanto o tubo de respiração era removido da garganta dela. Observei retirarem aparelho após aparelho, até que vi minha garota novamente.

Meu coração inchou.

Sua pele estava pálida, seus lábios normalmente macios estavam rachados. Mas, vendo-a livre de todas aqueles aparelhos, tive certeza de que ela nunca tinha parecido tão perfeita para mim.

Eu me sentei pacientemente na cadeira ao lado de sua cama, segurando sua mão. Minha cabeça estava inclinada para trás enquanto eu olhava, em transe, para o teto. Foi então que senti a mão de Poppy apertando a minha fracamente. Minha respiração pausou. Meus pulmões congelaram. Meus olhos saltaram para Poppy na cama. Os dedos de sua mão livre se moveram, retorcendo-se suavemente.

Esticando-me até a parede, bati com força no botão para chamar as enfermeiras. Quando uma delas entrou, eu disse:

— Acho que ela está acordando.

Poppy havia feito alguns leves movimentos nas últimas vinte e quatro horas, mas nunca tantos e por tanto tempo.

— Vou chamar o médico — ela respondeu e saiu do quarto. Os pais de Poppy, tendo acabado de chegar para sua visita diária, vieram correndo pouco depois.

O médico entrou segundos depois. Enquanto ele se aproximava da cama, fui para trás, para ficar ao lado dos pais de Poppy, deixando a enfermeira assistente verificar os sinais vitais dela.

Os olhos de Poppy começaram a se mexer sob as pálpebras e então lentamente se abriram. Inspirei enquanto seus olhos verdes absorviam sonolentamente os arredores.

— Poppy? Poppy, você está bem — o médico disse, de modo tranquilizador. Vi Poppy tentar virar a cabeça na direção dele, mas seus olhos não conseguiam focar. Senti um aperto em algum lugar dentro de mim quando ela estendeu a mão. Ela estava me procurando. Mesmo em um estado de confusão, ela estava procurando a minha mão. — Poppy, você dormiu por um tempo. Você está bem, mas vai se sentir cansada. Apenas saiba que está bem.

Poppy fez um som como se tentasse falar. O médico se virou para a enfermeira.

— Pegue gelo para os lábios dela.

Eu não podia mais ficar atrás e fui rapidamente para a frente, ignorando o pedido do sr. Litchfield para que eu parasse. Indo para o outro lado da cama, eu me inclinei e envolvi a mão de Poppy na minha. No minuto em que fiz isso, seu corpo se acalmou e ela virou lentamente a cabeça em minha direção. Seus olhos se abriram. Então ela olhou diretamente para mim.

— *Hei, Poppymin* — sussurrei, lutando contra o aperto na garganta.

E então ela sorriu. Era um pequeno sorriso, mal um traço, mas estava ali. Seus dedos fracos apertaram os meus com a força de uma mosca, então ela voltou a dormir.

Soltei um longo suspiro. A mão de Poppy não largou a minha. Então fiquei onde estava. Sentado na cadeira seu lado, fiquei exatamente onde estava.

Outro dia se passou com um número maior de momentos de consciência de Poppy. Ela não estava realmente lúcida quando acordava, mas sorria para mim quando concentrava a atenção em minha direção. Eu sabia que parte dela, embora confusa, sabia que eu estava ali com ela. Seus sorrisos fracos me faziam ter certeza de que eu não estaria em outro lugar.

Mais tarde naquele dia, quando uma enfermeira veio ao quarto para a checagem de hora em hora, perguntei:

— Posso mover a cama dela?

A enfermeira parou o que estava fazendo e levantou uma sobrancelha.

— Para onde, querido?

Andei até a janela larga.

— Aqui — eu disse. — Assim, quando ela acordar de verdade, vai poder olhar lá fora. — Soltei um riso baixo. — Ela ama assistir ao nascer do sol. — Olhei para trás. — Como agora ela não está conectada a nada além da medicação intravenosa, achei que talvez não houvesse problema.

A enfermeira me olhou. Eu podia ver compaixão em seus olhos. Mas eu não queria a compaixão dela. Eu só queria que ela me ajudasse. Eu queria que ela me ajudasse a dar isso a Poppy.

— Claro — ela disse, por fim. — Não vejo por que isso seria um problema.

Meu corpo relaxou. Fui para um lado da cama de Poppy, a enfermeira para o outro, e nós a movemos até ficar em frente à vista do jardim da oncologia pediátrica lá fora. Um jardim que estava sob um céu azul limpo.

— Assim está bem? — a enfermeira perguntou, travando as rodas da cama.

— Perfeito — respondi e sorri.

Quando a família de Poppy chegou, pouco tempo depois, a mãe dela me abraçou.

— Ela vai amar.

Durante o tempo em que permanecemos sentados em torno da cama, Poppy se agitava de vez em quando, mudando de lugar, mas não mais do que poucos segundos.

Nos dois dias anteriores, os pais dela tinham se alternado para passar a noite na sala dos familiares, do outro lado do corredor. Um dormia em casa com as meninas. Na maioria das vezes era a mãe dela que ficava no hospital.

Eu ficava no quarto de Poppy.

Eu deitava ao lado dela na pequena cama todas as noites. Dormia com ela em meus braços, esperando o momento em que ela acordasse.

Eu sabia que os pais dela não estavam exatamente empolgados com isso, mas imaginei que permitiriam, por que não? Eles não proibiriam. Não nessas circunstâncias.

E eu com certeza não ia sair dali.

A mãe de Poppy estava falando à filha adormecida sobre as irmãs dela. Ela contava sobre como elas iam na escola – assuntos cotidianos. Eu estava sentado, ouvindo as histórias por alto, quando bateram de leve à porta.

Quando olhei para cima, vi meu *pappa* abrir a porta. Ele fez um pequeno aceno para a sra. Litchfield, então olhou para mim.

— Rune? Posso falar com você por um segundo?

Eu me retesei, franzindo as sobrancelhas. Meu pai esperou na porta, sem desviar os olhos dos meus. Expirando, eu me levantei da cadeira. Meu pai se afastou da porta enquanto eu me aproximava. Quando saí do quarto, vi que ele segurava algo na mão.

Ele balançava sobre os pés nervosamente.

— Sei que você não me pediu para fazer isso, mas revelei seus filmes para você.

Eu congelei.

— Sei que me pediu para levá-los para casa. Mas eu vi você, Rune. Tenho observado você tirar essas fotografias e sei que elas são para Poppy. — Ele encolheu os ombros. — Agora que Poppy está acordando cada vez mais, imaginei que você gostaria de tê-las aqui, para que ela as veja.

Sem dizer mais nada, ele me entregou um álbum de fotos. Estava cheio de cópias de todas as coisas que eu havia capturado enquanto Poppy dormia. Eram todos os momentos que ela havia perdido capturados.

Minha garganta começou a se fechar. Eu não tinha estado em casa. Eu não tinha conseguido revelar as fotos a tempo para ela... mas meu pai...

— Obrigado — eu disse roucamente e baixei os olhos para o chão.

Em minha visão periférica, vi o corpo de meu *pappa* relaxar, liberando a tensão. Ele levantou a mão, como se fosse tocar meu ombro. Fiquei imóvel enquanto ele fazia isso. A mão de meu *pappa* pausou no meio do ar, mas ele, claramente decidindo se empenhar, colocou a mão no meu ombro e o apertou.

Fechei os olhos ao sentir sua mão em mim. E, pela primeira vez em uma semana, senti que conseguia respirar. Por um segundo, enquanto meu *pappa* me mostrava que estava comigo, respirei de fato.

Mas, quanto mais eu ficava ali, mais eu não sabia o que fazer. Eu não tinha ficado assim com ele por tanto tempo. Não o tinha deixado chegar tão perto.

Precisando me afastar, sem conseguir lidar com isso de novo, assenti com a cabeça e voltei ao quarto. Fechei a porta e me sentei, com o álbum no colo. A sra. Litchfield não perguntou o que era, e eu também não disse a ela. Ela continuou recitando suas histórias para Poppy até ficar tarde.

Assim que a sra. Litchfield saiu do quarto, tirei as botas e, como fazia todas as noites, abri as cortinas e fui me deitar ao lado de Poppy.

Eu me lembro de olhar para as estrelas, e o que senti em seguida foi um toque de mão acariciando meu braço. Desorientado, abri os olhos piscando, os primeiros raios de um novo dia se infiltrando no quarto.

Tentei clarear a névoa do sono na minha cabeça. Eu sentia cabelos fazendo cócegas no meu nariz e um respirar morno passando pelo meu rosto. Olhando para cima, pisquei para afastar o sono dos olhos, e meu olhar colidiu com o par de olhos verdes mais belo que eu já tinha visto.

Meu coração pulou uma batida, e um sorriso se espalhou pelos lábios de Poppy enquanto suas covinhas se afundavam em suas bochechas pálidas. Levantando a cabeça, surpreso, segurei sua mão e sussurrei:

— *Poppymin?*

Poppy piscou, piscou novamente, então seu olhar percorreu o quarto. Ela engoliu em seco, retraindo-se. Vendo que seus lábios estavam ressecados, eu me estiquei e peguei o copo de água da mesa de cabeceira. Levei o canudo à sua boca. Poppy bebeu uns pequenos goles, então empurrou o copo para o lado.

Ela suspirou de alívio. Peguei seu protetor labial de cereja favorito na mesa e passei uma camada fina em seus lábios. Sem desviar o olhar do meu, ela sorriu, um sorriso largo e bonito.

Sentindo o peito se expandir com a luz, eu me inclinei e pressionei os lábios contra os dela. Foi rápido, mal podia ser chamado de beijo, mas, quando me afastei, Poppy engoliu em seco e sussurrou roucamente:

— Beijo número...

Ela franziu as sobrancelhas enquanto a confusão se apresentava em seu rosto.

— Novecentos e três — terminei para ela.

Poppy assentiu.

— Quando eu voltei para o Rune — ela completou, sustentando meu olhar e apertando fracamente minha mão —, exatamente como prometi que faria.

— Poppy — eu sussurrei em resposta e baixei a cabeça até aninhá-la na curva de seu pescoço. Eu queria abraçá-la o mais perto que podia, mas ela parecia uma boneca frágil, fácil de quebrar.

Os dedos de Poppy pousaram em meu cabelo e, em um movimento tão familiar quanto respirar, correram pelos fios, a respiração leve de Poppy fluindo pelo meu rosto.

Levantei a cabeça e olhei para ela. Eu me certifiquei de absorver cada detalhe de seu rosto, seus olhos. Eu me certifiquei de apreciar o momento.

O momento em que ela voltou para mim.

— Quanto tempo? — ela perguntou.

Afastei o cabelo de seu rosto e disse:

— Você ficou sedada por uma semana. Você vem acordando gradualmente nos últimos dias.

Os olhos de Poppy se fecharam momentaneamente e então se abriram de novo.

— E quanto tempo... me resta?

Balancei a cabeça, orgulhoso de sua força, e respondi honestamente:

— Não sei.

Poppy assentiu com a cabeça, num movimento quase inexistente. Sentindo um calor na nuca, eu me virei e olhei para a janela. Sorri. Olhando novamente para Poppy, eu disse:

— Você se levantou com o sol, querida.

Poppy franziu as sobrancelhas até que eu saí da frente. Quando o fiz, ouvi-a tomar fôlego com força. Ao olhar para seu rosto, vi os raios alaranjados beijando sua pele. Vi seus olhos fecharem e abrirem novamente, enquanto um sorriso repuxava seus lábios.

— É lindo — ela sussurrou.

Coloquei o travesseiro atrás dela, observando o céu se iluminar com a chegada do novo dia. Poppy não disse nada enquanto assistia ao sol subir no céu, banhando o quarto com sua luz e seu calor.

Sua mão apertou a minha.

— Eu me sinto fraca.

Meu estômago pesou.

— A infecção te atingiu forte. Causou danos.

Poppy assentiu em entendimento e então se perdeu mais uma vez na visão da manhã.

— Eu senti falta disso — ela disse, apontando o dedo para a janela.

— Você se lembra de alguma coisa?

— Não — ela respondeu baixinho. — Mas sei que senti falta deles do mesmo jeito. — Ela olhou para a mão e disse: — Mas eu me lembro de sentir sua *mão* na minha... É estranho, não me lembro de mais nada, mas me lembro disso.

— *Ja?* — perguntei.

— Sim — ela respondeu baixinho. — Acho que sempre vou me lembrar da sensação da sua mão segurando a minha.

Esticando-me para o lado, levantei o álbum de fotos que meu pai havia trazido, coloquei-o no colo e o abri. As primeiras fotos eram do sol levantando através de nuvens grossas. Os raios se dividiam pelos ramos de folhas de pinheiro, capturando perfeitamente os tons de rosa.

— Rune — Poppy sussurrou, passando a mão pela fotografia.

— Essa foi a primeira manhã em que você ficou aqui. — Dei de ombros. — Eu não queria que você perdesse seu nascer do sol.

A cabeça de Poppy se moveu até pousar novamente em meu ombro. Eu sabia que tinha feito o certo. Senti felicidade em seu toque. Era melhor que palavras.

Folheei o álbum. Mostrei a ela as árvores começando a florir do lado de fora. As gotas de chuva na janela no dia em que choveu bastante. E as estrelas no céu, a lua cheia e os passarinhos fazendo ninhos nas árvores.

Quando fechei o álbum, Poppy moveu a cabeça para trás e me olhou nos olhos.

— Você capturou os momentos que eu perdi.

Sentindo minhas bochechas ficarem quentes, baixei a cabeça.

— Claro. Eu sempre farei isso.

Poppy suspirou.

— Mesmo quando eu não estiver aqui... Você precisa capturar todos esses momentos.

Meu estômago revirou. Antes que eu pudesse falar qualquer coisa, ela levou a mão até meu rosto. Parecia tão leve.

— Prometa. — Como eu não respondi, ela insistiu: — Prometa, Rune. Essas fotos são muito preciosas. — Ela sorriu. — Pense no que pode capturar no futuro. Apenas pense nas possibilidades que estão à frente.

— Eu prometo — respondi baixo. — Eu prometo, *Poppymin*.

Ela exalou o ar.

— Obrigada.

Inclinando-me, beijei sua bochecha. Quando me afastei, rolei para ficar de frente para ela na cama.

— Senti sua falta, *Poppymin*.

Sorrindo, ela sussurrou de volta:

— Eu também senti sua falta.

— Temos muita coisa para fazer quando você sair deste lugar — eu disse a ela, observando a empolgação se acender em seus olhos.

— Sim — ela respondeu.

Ela esfregou os lábios um no outro e perguntou:

— Quanto tempo até a primeira florada?

Meu coração se dilacerou quando eu soube o que ela estava pensando. Ela estava tentando avaliar quanto tempo ainda tinha. E se ela conseguiria. Se viveria para ver seus poucos desejos restantes se realizarem.

— Acham que em uma semana, quando muito.

Dessa vez não havia como disfarçar a imensa felicidade que irradiava de seu sorriso largo. Ela fechou os olhos.

— Consigo chegar até lá — ela declarou, confiante, e segurou minha mão um pouquinho mais forte.

— Você vai ficar mais tempo — prometi e observei enquanto Poppy assentia.

— Até mil beijos de garoto — ela concordou.

Acariciando sua bochecha com a mão, eu disse:

— Então vou prolongá-los.

— Sim — Poppy sorriu. — Até o infinito.

Poppy recebeu alta do hospital uma semana depois. A verdadeira extensão do quanto a infecção a havia afetado se tornou aparente depois de uns dias. Poppy não conseguia andar. Ela tinha perdido toda a força das pernas. O médico nos informou que, caso o câncer dela tivesse se curado, com o tempo ela recuperaria essa força. Mas, como as coisas estavam, ela jamais andaria novamente.

Poppy estava em uma cadeira de rodas. E, sendo Poppy, ela não deixou que isso a afetasse nem um pouco.

— Desde que eu ainda possa ir lá fora e sentir o sol no rosto, estarei feliz — disse quando o médico deu a ela a notícia ruim. Ela olhou para mim e completou: — Desde que eu ainda possa segurar a mão de Rune, eu não ligo se não puder mais andar.

E, apenas assim, ela fez eu me derreter no lugar.

Segurando as novas fotos na mão, corri pela grama entre nossas casas até a janela de Poppy. Enquanto pulava a janela, eu a vi dormindo em sua cama.

Ela tinha sido trazida para casa naquele dia. Estava cansada, mas eu tinha que mostrar aquilo para ela. Era minha surpresa. Minhas boas-vindas.

Um de seus desejos se realizara.

Assim que entrei no quarto, Poppy abriu os olhos, e um sorriso enfeitou seus lábios.

— A cama estava fria sem você — ela disse, correndo a mão pelo lado em que eu me deitava.

— Eu tinha que pegar uma coisa para você — eu disse, sentando-me na cama. Inclinei-me e a beijei. Eu a beijei profundamente, sorrindo enquanto suas bochechas coravam na sequência. Poppy pegou um coração em branco de dentro de seu pote e escreveu algo.

Olhei para o pote quase cheio enquanto ela jogava o coração lá dentro.

Estávamos quase lá.

Virando-se, Poppy se moveu até ficar sentada.

— O que você tem na mão? — ela perguntou, com empolgação na voz.

— Fotos — anunciei e observei seu rosto se acender de felicidade.

— Meu presente favorito — ela disse. E eu sabia que cada palavra era verdade. — Seus momentos mágicos capturados.

Entreguei-lhe o envelope; Poppy o abriu. Ela arquejou quando seus olhos viram o que havia nas fotografias. Ela examinou uma com excitação, então se virou para mim com olhos esperançosos.

— Primeira florada?

Sorri para ela e assenti. Poppy colocou a mão sobre a boca e seus olhos brilharam de felicidade.

— Quando essas fotos foram tiradas?

— Uns dias atrás — respondi e vi sua mão baixar e seus lábios se curvarem em um sorriso.

— Rune — ela sussurrou e buscou minha mão. Ela a aproximou do meu rosto. — Isso significa...

Eu fiquei de pé.

Fui até o lado dela na cama e a peguei nos braços. As mãos de Poppy envolveram meu pescoço. Encostei os lábios nos dela e, quando afastei a cabeça, perguntei:

— Você está comigo?

Suspirando feliz, ela respondeu:

— Estou com você.

Eu a coloquei delicadamente na cadeira de rodas, puxei o cobertor sobre suas pernas e fui para os pegadores. Poppy inclinou a cabeça para trás quando eu ia começar a empurrá-la para o corredor. Baixei os olhos para ela.

— Obrigada — ela sussurrou.

Beijei sua boca virada para cima.

— Vamos.

A risada contagiante de Poppy ecoou pela casa enquanto eu a empurrava pelo corredor e para fora, no ar fresco. Eu a carreguei degraus abaixo. Uma vez que ela estava novamente na cadeira em segurança, eu a empurrei pela grama em direção ao bosque. O clima estava quente, e o sol brilhava em um céu limpo.

Poppy inclinou a cabeça para trás para absorver o calor do sol, e seu rosto se encheu de vida enquanto o fazia. Quando seus olhos se abriram, eu sabia que ela tinha sentido o perfume antes mesmo que víssemos o bosque.

— Rune — ela disse, enquanto apertava os braços da cadeira de rodas.

Meu coração batia cada vez mais rápido enquanto nos aproximávamos. Então, quando viramos uma esquina e o bosque florido apareceu, prendi o fôlego.

Um arquejo alto escapou da boca de Poppy. Pegando minha câmera do pescoço, andei para ficar ao seu lado até ter a visão perfeita de seu rosto. Poppy nem me notou apertando o botão várias vezes; ela estava muito perdida na beleza à sua frente. Hipnotizada ao esticar a mão e acariciar delicadamente uma pétala recém-nascida com um toque leve como pena. Então ela inclinou a cabeça para trás, com os olhos fechados e os braços no ar, enquanto seu riso ecoava pelo bosque.

Segurei a câmera, o botão preparado para o momento que eu rezei para vir em seguida. E então veio. Poppy abriu os olhos, completamente extasiada pelo momento, e olhou para mim. Meu dedo apertou o botão — seu rosto sorridente estava cheio de vida, o fundo era um mar de cor-de-rosa e branco.

As mãos de Poppy baixaram lentamente e seu sorriso se abrandou enquanto ela me observava. Abaixei a câmera ao retornar o olhar, as flores de cerejeira cheias e vibrantes em torno de onde ela sentava – sua auréola simbólica. Então caí em mim. Poppy, *Poppymin*, ela era a flor de cerejeira.

Ela era a minha flor de cerejeira.

Uma beleza sem par, de vida limitada. Uma beleza tão extrema em sua graça que não poderia durar. Fica para enriquecer nossas vidas, então voa com o vento. Nunca esquecida. Porque nos lembra de que devemos viver. De que a vida é frágil, mas, nessa fragilidade, há força. Há amor. Há propósito. Lembra-nos de que a vida é curta, que nossa respiração é contada e que nosso destino é fixo, independentemente do quanto lutamos.

Lembra-nos de não desperdiçar um só segundo. Viver intensamente, amar mais intensamente ainda. Caçar sonhos, buscar aventuras... capturar momentos.

Viver lindamente.

Engoli em seco enquanto esses pensamentos rodopiavam em minha mente. Então Poppy estendeu a mão.

— Leve-me para o bosque, querido — ela pediu baixinho. — Eu quero viver essa experiência com você.

Deixando a câmera pender em meu pescoço, fui para trás da cadeira de rodas e a empurrei pelo caminho de terra. Poppy inspirava, lenta e comedidamente. A garota que eu amava absorvia tudo. A beleza do momento. Um desejo realizado.

Chegando à nossa árvore, cujos galhos explodiam com tons de rosa pastel, peguei um cobertor de trás da cadeira e o coloquei no chão. Levantei Poppy nos braços e nos sentamos debaixo de nossa árvore, a vista do bosque se espalhando diante de nós.

Poppy encostou em meu peito. E ela suspirou; pegou minha mão que estava pousada em seu estômago e sussurrou:

— Nós conseguimos.

Afastando o cabelo de seu pescoço, beijei sua pele quente.

— Nós conseguimos, querida.

Ela parou por um minuto.

— É como um sonho... é como uma pintura. Quero que o céu seja exatamente assim.

Em vez de me sentir magoado ou triste com seu comentário, eu me peguei desejando isso para Poppy. Desejando tanto que ela tivesse isso, para sempre.

Eu podia ver como ela estava cansada. Eu podia ver que ela sentia dor. Ela nunca disse, mas não precisava. Ela falava comigo sem palavras.

E eu sabia. Eu sabia que ela ficaria até que eu estivesse pronto para deixá-la ir.

— Rune?

A voz de Poppy me trouxe à tona. Encostando-me de volta na árvore, levantei Poppy para deitá-la sobre minhas pernas, assim eu podia vê-la. Assim eu poderia gravar na memória cada segundo desse dia.

— *Ja?* — respondi e passei os dedos por seu rosto. Sua testa estava enrugada de preocupação. Eu me sentei um pouco mais endireitado.

Poppy respirou fundo e disse:

— E se eu esquecer?

Meu coração se partiu ao meio ao observar o medo cruzar seu rosto. Poppy não sentia medo. Mas disso ela tinha.

— Esquecer o quê, querida?

— Tudo — ela sussurrou com a sua voz levemente entrecortada. — Você, minha família... todos os beijos. Os beijos que quero reviver até ter você de novo um dia.

Forçando-me a ficar forte, assegurei a ela:

— Você não vai esquecer.

Poppy desviou o olhar.

— Uma vez eu li que as almas se esquecem da vida delas na Terra quando se vão. Que elas precisam se esquecer ou não conseguirão seguir, ficar em paz no céu. — Seu dedo começou a traçar desenhos nos meus. — Mas eu não quero isso — ela acrescentou, de modo quase inaudível. — Eu quero me lembrar de tudo.

Olhando para mim, ela disse com lágrimas nos olhos:

— Jamais quero me esquecer de você. Preciso de você comigo, sempre. Quero observar você viver sua vida. A vida excitante que sei que você vai ter. Quero ver as fotografias que vai tirar. — Ela engoliu em seco e continuou: — Mas, acima de tudo, quero meus mil beijos. Eu nunca quero me esquecer do que dividimos. Quero me lembrar deles sempre.

— Então vou encontrar uma maneira de você vê-los — eu disse, e, com a brisa que nos envolveu, a tristeza de Poppy se foi.

— Você vai? — ela sussurrou, e havia uma clara esperança em sua voz suave.

Assenti, e então respondi:

— Eu prometo. Eu não sei como, mas vou. Nada, nem mesmo Deus, vai me impedir.

— Enquanto eu espero em nosso bosque — ela disse, com um sorriso distante, sonhador.

— *Ja*.

Assentando-se novamente em meus braços, Poppy sussurrou:

— Isso seria bom. — Inclinando a cabeça, ela continuou: — Mas espere um ano.

— Um ano?

Poppy assentiu com a cabeça.

— Li que uma alma leva um ano para fazer a passagem. Eu não sei se é verdade, mas, no caso de ser assim, espere um ano para me lembrar de nossos beijos. Não quero perder isso... não importa o que você faça.

— Certo — concordei, mas tive de parar de falar. Eu não tinha certeza de que não desmoronaria.

Pássaros voavam de árvore para árvore, perdendo-se de vista no bosque. Enlaçando nossas mãos, Poppy disse:

— Você me deu isso, Rune. Você me deu este desejo.

Eu não conseguia responder. Minha respiração se interrompeu enquanto ela falava. Eu a envolvi mais forte em meus braços e então, com o dedo sob seu queixo, a trouxe de volta para minha boca. A doçura ainda estava ali em seus lábios macios. Quando afastei o rosto, ela manteve os olhos fechados e disse:

— Beijo novecentos e trinta e quatro. No bosque florido, em plena florada. Com meu Rune... e meu coração quase explodiu.

Eu sorri. Enquanto sorria, senti uma dor de felicidade por minha garota. Estávamos quase lá. O final de sua aventura estava à vista.

— Rune? — Poppy chamou.

— Sim? — respondi.

— Você parou de fumar.

Expirando, respondi:

— *Ja*.

— Por quê?

Pausando para compor minha resposta, admiti:

— Alguém que eu amo me ensinou que a vida é preciosa. Ela me ensinou a não fazer nada para pôr a aventura em risco. E eu a escutei.

— Rune — Poppy disse, com dificuldade.

— Ela é preciosa — ela sussurrou —, tão preciosa; não desperdice um minuto.

Poppy relaxou sobre mim, observando a beleza do bosque. Enquanto aspirava profundamente, ela me confidenciou baixo:

— Eu acho que não vou chegar à formatura, Rune.

Meu corpo ficou imóvel.

— Estou me sentindo realmente cansada. — Ela tentou se segurar em mim com força e repetiu: — Realmente cansada.

Apertei os olhos até fechar e a puxei para perto.

— Milagres podem acontecer, querida — respondi.

— Sim — Poppy disse, sem fôlego —, podem.

Ela levou minha mão à boca e beijou cada um de meus dedos.

— Eu teria amado ver você de smoking. E eu teria amado dançar com você, sob as luzes, uma música que me fizesse pensar em nós dois.

Sentindo Poppy começar a se cansar em meus braços, afastei a dor que essa imagem havia invocado e disse:

— Vamos voltar para casa, querida.

Enquanto eu me levantava, Poppy buscou minha mão. Olhei para baixo.

— Você vai ficar do meu lado, não vai?

Agachando-me, botei as mãos em torno de seu rosto.

— Para sempre.

— Ótimo — ela sussurrou. — Ainda não estou pronta para deixar você ir, não ainda.

Enquanto eu a empurrava para casa, enviei uma prece silenciosa a Deus, pedindo a ele para dar a Poppy apenas mais duas semanas. Ele poderia levar minha garota para casa depois disso; ela estava pronta, eu estaria pronto. Apenas depois que eu desse a ela todos os seus sonhos.

Deixe-me apenas dar a ela esse desejo final.

Eu precisava.

Era meu agradecimento final por todo o amor que ela tinha me dado.

Era o único presente que eu poderia dar.

15
Corações de luar e sorrisos de luz do sol

Poppy
Duas semanas depois

Eu estava sentada em minha cadeira, no banheiro de minha mãe, enquanto ela cobria meus cílios com rímel. Eu a observei como nunca tinha feito antes. Ela sorriu. Eu observei, certificando-me de que tinha gravado cada parte de seu rosto em minha memória.

A verdade é que eu estava me esvaindo. Acho que bem no fundo todos nós sabíamos. Quando eu acordava a cada manhã, com Rune ao meu lado, apenas me sentia um pouco mais cansada, um pouco mais fraca.

Mas, em meu coração, eu me sentia forte. Eu podia ouvir o chamado do lar ficando mais forte. Eu podia sentir a paz do seu chamado fluir por mim, minuto após minuto.

E eu estava quase pronta.

Enquanto eu observava minha família ao longo dos últimos dias, soube que eles ficariam bem. Minhas irmãs estavam felizes e fortes, e meus pais se amavam intensamente, então eu sabia que eles ficariam bem.

E Rune. Meu Rune, a pessoa que eu achava mais difícil deixar... ele tinha crescido. Ele ainda não tinha percebido que não era mais o rapaz mal-humorado e difícil que havia voltado da Noruega.

Ele estava vibrante.

Ele sorria.

Ele estava fotografando de novo.

Mas, melhor ainda, ele me amava abertamente. O rapaz que havia voltado se escondia atrás de uma parede de escuridão. Agora não mais: seu coração estava aberto. E, por causa disso, ele havia deixado entrar luz em sua alma.

Ele ficaria bem.

Mamãe foi até o closet. Quando voltou ao banheiro, estava segurando um belo vestido branco. Esticando-me, passei a mão pelo tecido.

— É lindo — eu disse e sorri para ela.

— Vamos vesti-lo em você, que tal?

Eu pisquei, confusa.

— Por quê, mamãe? O que está acontecendo?

Mamãe abanou a mão, encerrando a questão.

— Já chega de perguntas, menininha.

Ela ajudou a me vestir, calçando sapatos brancos nos meus pés.

O som da porta do quarto se abrindo fez com que eu me virasse. Quando olhei, minha tia DeeDee estava na porta com a mão sobre o peito.

— Poppy — ela disse com os olhos cheios de lágrimas. — Você está linda.

DeeDee deu uma olhada para minha mãe e estendeu a mão. Minha mãe abraçou a irmã, e elas ficaram ali, olhando para mim. Sorrindo com o olhar no rosto delas, perguntei:

— Posso ver?

Minha mãe empurrou minha cadeira para a frente do espelho, e eu fiquei imóvel diante da visão do meu reflexo. O vestido estava tão bonito, mais bonito do que eu poderia ter imaginado. E meu cabelo... meu cabelo estava preso do lado em um coque baixo, com meu laço branco favorito preso em cima dele.

Como sempre, meus brincos de infinito se destacavam, espalhafatosos e orgulhosos.

Corri as mãos pelo vestido.

— Eu não entendo... parece que estou vestida para a formatura...

Meus olhos saltaram para minha mãe e DeeDee no espelho. Meu coração perdeu o controle de suas batidas.

— Mamãe? — perguntei. — Eu vou? Mas ainda faltam duas semanas! Como...

Minha pergunta foi interrompida pelo som da campainha. Mamãe e DeeDee se entreolharam, e mamãe ordenou:

— DeeDee, vá atender à porta.

DeeDee começou a se mover, mas mamãe estendeu a mão e a parou com um toque no braço.

— Não, espere, pegue a cadeira, eu preciso carregar Poppy pelas escadas.

Mamãe me levantou até sua cama. DeeDee saiu do quarto, e ouvi a voz do meu pai lá embaixo, abafada por outras. Os pensamentos se remexiam em minha cabeça, mas não me atrevi a ficar esperançosa. Ainda assim, eu queria tanto que essas esperanças se concretizassem.

— Você está pronta, querida? — minha mãe perguntou.

— Sim — respondi, sem fôlego.

Eu me pendurei na minha mãe enquanto descíamos as escadas e íamos até a porta da frente. Ao nos virarmos, meu pai e minhas irmãs, que estavam na sala, olharam na minha direção.

Então, embora eu me sentisse fraca, minha mãe me levou até a porta. Lá, encostado no batente, estava Rune. Ele tinha um ramo de flores de cerejeira na mão... e estava usando um smoking.

Meu coração se estilhaçou.

Ele estava me dando meu desejo.

Assim que nossos olhos se encontraram, Rune se endireitou. Eu o observei engolir em seco enquanto minha mãe me colocava na cadeira de rodas. Quando ela se afastou, Rune se agachou, sem ligar para quem mais estava ali, e sussurrou:

— *Poppymin.*

Minha respiração pausou quando ele acrescentou:

— Você está tão linda.

Estendendo a mão, puxei as pontas de seu cabelo loiro.

— Está penteado para trás, assim posso ver seu rosto lindo. E você está usando um smoking.

Um sorriso torto repuxou seus lábios.

— Eu te falei que usaria — ele respondeu.

Rune pegou minha mão e, tão delicadamente quanto podia, colocou a pulseira de flores em meu pulso. Passei a mão sobre as pétalas. Não pude evitar um sorriso.

Olhando nos olhos azuis de Rune, perguntei:

— Isso é de verdade?

Curvando-se para a frente, ele me beijou e sussurrou:

— Você vai à formatura.

Uma lágrima escapou do meu olho, turvando minha visão. Observei o rosto de Rune ficar sério, mas ri e disse a ele:

— São lágrimas boas, querido. Eu só estou muito feliz.

Rune engoliu em seco. Estiquei a mão e toquei seu rosto.

— Você me fez tão impossivelmente feliz.

Esperei que ele tivesse ouvido o significado mais profundo daquelas palavras. Porque eu não estava me referindo apenas a esta noite. Eu queria dizer que ele sempre me fez a garota mais feliz do planeta. Ele precisava saber.

Ele precisava sentir a verdade daquele fato.

Rune levantou minha mão e a beijou.

— Você também me fez tão feliz.

E eu soube que ele havia entendido.

O som da voz de meu pai desprendeu nossos olhares.

— Certo, meninos, é melhor vocês irem.

Percebi a brusquidão no tom de meu pai. Eu sabia que ele queria que fôssemos porque aquilo tudo era demais para ele.

Rune se levantou e foi para trás da minha cadeira.

— Você está pronta, querida?

— Sim — respondi, confiante.

Toda a fraqueza que eu estava sentindo desapareceu em um instante. Porque Rune tinha de algum modo feito esse desejo se realizar para mim.

Eu não desperdiçaria um só segundo.

Rune me empurrou até o carro da minha mãe. Ele me levantou da cadeira de rodas e me colocou no banco da frente. Eu estava com um sorriso imenso no rosto. Na verdade, não parei de sorrir durante todo o trajeto.

Quando estacionamos na escola, ouvi a música vinda de dentro sair à deriva pela noite. Fechei os olhos, saboreando cada imagem: o desfile de limusines chegando uma atrás da outra, os estudantes vestidos de maneira elegante, todos entrando no ginásio da escola.

Com muito cuidado, como sempre, Rune me tirou do carro e me colocou na cadeira, então foi para a minha frente e me beijou. Ele me beijou com sentimento. Como se soubesse que esses beijos eram limitados, assim como eu sabia que eram.

Isso deixava cada toque e cada gosto muito mais especiais. Tínhamos nos beijado quase mil vezes, porém os últimos eram os mais especiais. Quando você sabe que algo é finito, isso torna aquilo muito mais significativo.

Quando ele se afastou um pouco, coloquei as mãos ao redor de seu belo rosto e disse:

— Beijo novecentos e noventa e quatro. Na minha formatura de segundo grau. Com meu Rune... meu coração quase explodiu.

Rune respirou fundo e deu um último beijo em meu rosto. Então ele começou a me empurrar em direção ao ginásio. Os professores que estavam de acompanhantes nos viram chegar. A reação deles aqueceu meu coração. Eles sorriram e me abraçaram – e fizeram com que eu me sentisse amada.

A música soava alta de dentro do salão. Eu estava ansiosa para ver como o local fora decorado. Rune alcançou a porta, e, quando a abriu, o ginásio da escola entrou em meu campo de visão... uma visão revestida de tons de branco e rosa. Linda e perfeitamente decorado com o tema da minha flor favorita.

Minha mão subiu até a boca. Baixando-a, sussurrei:

— Tema de flor de cerejeira.

Olhei para Rune. Ele encolheu os ombros.

— E o que mais poderia ser?

— Rune — sussurrei, enquanto ele me empurrava para dentro do salão. Os jovens dançando por perto pararam quando entrei. Por um minuto me senti desconfortável ao ser recebida por seus olhares.

Essa era a primeira vez que a maioria deles me via desde... Mas o desconforto logo foi esquecido quando eles começaram a se aproximar, cumprimentando-me e me desejando o melhor. Um pouco depois, vendo claramente que eu estava sufocada, Rune me empurrou até uma mesa de frente para a pista de dança.

Sorri quando vi todos os nossos amigos sentados na mesa. Jorie e Ruby me viram primeiro. Elas se levantaram e correram para o nosso lado. Rune foi para trás enquanto minhas amigas me abraçavam.

— Minha nossa, Pops. Você está tão linda — Jorie gritou.

Eu ri e fiz um gesto para o vestido azul dela.

— Você também, querida.

Jorie sorriu em resposta. Judson veio atrás dela, pegando sua mão. Ao olhar para as mãos dos dois, sorri novamente.

Jorie me olhou nos olhos e deu de ombros.

— Achei que um dia isso fosse acontecer.

Eu estava feliz por ela. Era bom saber que ela estava com alguém que adorava. Ela tinha sido uma amiga incrível para mim.

Judson e Deacon me abraçaram em seguida, e depois Ruby. Quando todos os nossos amigos tinham me cumprimentado, Rune tomou seu lugar na mesa. É claro que ele ficou na cadeira ao meu lado, segurando minha mão.

Eu o vi me observando, sem tirar os olhos de meu rosto. Virando-me para ele, perguntei:

— Você está bem, querido?

Rune assentiu, então se inclinou para dizer:

— Acho que nunca vi você tão linda. Não consigo tirar os olhos de você.

Minha cabeça se inclinou para o lado enquanto eu absorvia seu olhar.

— Gosto de você de smoking — anunciei.

— Ficou bem, acho. — Rune mexeu na gravata-borboleta. — Foi quase impossível colocar isto.

— Mas você conseguiu — provoquei.

Rune desviou o olhar, então olhou de volta.

— Meu *pappa* me ajudou.

— Ele ajudou? — perguntei baixinho.

Rune deu um rápido aceno de cabeça.

— E você deixou? — insisti, notando aquela inclinação persistente em seu queixo. Meu coração disparou enquanto eu esperava pela resposta. Rune não sabia que meu desejo secreto era que ele restabelecesse seu relacionamento com seu *pappa*.

Ele logo precisaria dele.

E seu *pappa* o amava.

Era o obstáculo final que eu queria que Rune superasse.

Rune suspirou.

— Deixei.

Não pude evitar que um sorriso se formasse em meus lábios. Eu me inclinei e coloquei a cabeça em seu ombro. Olhando para cima, eu disse:

— Estou realmente orgulhosa de você, Rune.

A mandíbula de Rune se retesou, mas ele não tinha nada para dizer em resposta.

Levantei a cabeça e estudei o salão, observando nossos colegas de classe dançando e se divertindo. E adorei ver isso. Olhei para cada pessoa com a qual tinha crescido, perguntando-me o que fariam da vida quando crescessem. Com quem se casariam, se teriam filhos.

Então meus olhos pararam em um rosto conhecido olhando para mim através do salão. Avery estava sentada com outro grupo de amigos. Quando encontrei seus olhos, levantei a mão e dei um tchauzinho. Avery sorriu e acenou de volta.

Retornei o olhar para nossa mesa e vi Rune encarando Avery. Quando pousei a mão em seu braço, ele suspirou e sacudiu a cabeça para mim.

— Só você — ele disse. — Só você.

Conforme a noite passava, eu observava, contente, nossos amigos dançarem. Apreciei esse momento. Apreciei ver todo mundo parecendo tão feliz.

O braço de Rune envolveu meu ombro.

— Como você fez isso? — perguntei.

Rune apontou para Jorie e Ruby.

— Foram elas, *Poppymin*. Elas queriam que você tivesse isso. Fizeram tudo. Adiantaram a data. O tema, tudo.

Olhei para ele com ceticismo.

— Por que eu tenho a impressão de que não foram só elas?

Um rubor brilhou nas bochechas de Rune enquanto ele dava de ombros. Eu sabia que ele tinha feito muito mais do que havia revelado.

Chegando mais perto, peguei seu rosto em minhas mãos e disse:

— Eu te amo, Rune Kristiansen. Eu te amo tanto, tanto.

Os olhos de Rune se fecharam por um segundo a mais. Ele respirou fundo, então abriu os olhos e declarou:

— Eu também te amo, *Poppymin*. Mais do que acho que você jamais saberia.

Enquanto eu lançava os olhos pelo ginásio, sorri.

— Eu sei, Rune... *eu sei*.

Rune me segurou mais perto. Ele me pediu para dançar, mas eu não queria levar minha cadeira para a pista lotada. Eu estava feliz observando todo mundo dançar quando vi Jorie andar até o DJ.

Ela olhou para mim. Eu não podia ler seu olhar, mas então ouvi os acordes iniciais de "If I could fly", do One Direction, inundarem o salão.

Fiquei imóvel. Uma vez eu tinha dito a Jorie que essa música me fazia pensar em Rune. Ela me fazia pensar em quando Rune estava longe de mim na Noruega. E, acima de tudo, me fazia pensar em como meu Rune era comigo quando estávamos a sós. Um docinho. Só para mim. *Apenas para os meus olhos.* Quando ele disse ao mundo que era mau, ele disse a mim que estava apenas apaixonado.

Ele era amado.

Tão completamente.

Eu tinha dito a ela de maneira sonhadora que, se um dia nós nos casássemos, essa seria nossa música. Nossa primeira dança. Rune lentamente se levantou; Jorie deve ter contado a ele.

Enquanto Rune se inclinava, balancei a cabeça, sem querer levar minha cadeira para a pista de dança. Mas então, para minha surpresa, com um movimento que roubou completamente meu coração, Rune me pegou nos braços e deslizou comigo para a pista.

— Rune — protestei fracamente, envolvendo os braços em torno de seu pescoço. Rune balançou a cabeça, sem dizer uma palavra, e começou a dançar comigo nos braços.

Recusando-me a olhar para qualquer outro lugar, mirei em seus olhos, sabendo que ele podia ouvir cada pedaço da letra, vendo claramente em seu rosto que ele sabia que aquela música era para nós.

Ele me abraçou apertado, balançando suavemente com a música. E, como sempre foi comigo e com Rune, o resto do mundo desapareceu, deixando apenas nós dois. Dançando entre as flores, completamente apaixonados.

Duas metades de um todo.

Enquanto a música atingiu seu crescendo, lentamente terminando, eu me inclinei para a frente e perguntei:

— Rune?

— *Ja?* — ele respondeu roucamente.

— Você me levaria para um lugar?

Suas sobrancelhas loiro-escuras se franziram, mas ele assentiu com a cabeça. Quando a música estava acabando, ele me puxou para um beijo. Seus lábios tremeram levemente contra os meus. Sentindo-me tomada pela emoção também, eu me permiti uma lágrima solitária, antes de respirar fundo e espantá-la.

Quando Rune se afastou, sussurrei:

— Beijo novecentos e noventa e cinco. Com meu Rune. Na formatura enquanto dançávamos. Meu coração quase explodiu.

A testa de Rune encostou na minha.

Enquanto Rune nos levava dali, olhei para o centro da pista. Jorie estava de pé, imóvel, observando-me, com lágrimas nos olhos. Capturando o olhar dela, coloquei a mão sobre o coração e formei com os lábios as palavras:

— *Obrigada... Eu te amo... Vou sentir sua falta.*

Os olhos de Jorie se fecharam. Quando se abriram novamente, ela respondeu da mesma maneira:

— *Eu te amo e vou sentir sua falta também.*

Ela levantou a mão em um pequeno aceno, e Rune me olhou nos olhos.

— Pronta?

Assenti, então ele me colocou na cadeira de rodas e me tirou do salão. Quando Rune já tinha me sentado no banco do passageiro e entrado no carro, ele me olhou e perguntou:

— Para onde vamos, *Poppymin*?

Suspirando em completa felicidade, revelei:

— Para a praia. Deixe-me ver o sol nascer na praia.

— Nossa praia? — Rune inquiriu, enquanto dava a partida no carro. — Vamos demorar um pouco para chegar lá, e já é tarde.

— Eu não ligo — respondi. — Desde que a gente chegue antes do sol.

Eu me recostei no banco, tomando a mão de Rune nas minhas enquanto começávamos nossa aventura definitiva na costa.

Na hora em que chegamos à praia, a noite havia se arrastado. O nascer do sol seria em poucas horas. E eu estava contente com isso.

Eu queria esse tempo com Rune.

Enquanto parávamos em um estacionamento, Rune olhou para mim.

— Você quer sentar na areia?

— Sim — eu disse apressadamente, olhando para as estrelas brilhantes no céu.

Ele fez uma pausa.

— Pode estar frio para você.

— Eu tenho você — respondi e observei enquanto a expressão dele se abrandava.

— Espere aqui.

Rune saiu do carro, e eu o ouvi tirando coisas do porta-malas. A praia estava escura, iluminada apenas pela lua brilhante lá em cima. Sob o luar, vi Rune estendendo um cobertor na areia, com outros cobertores extras do porta-malas ao seu lado.

Enquanto ele voltava, levantou as mãos e desfez a gravata-borboleta, então abriu vários botões da camisa. Ao observar Rune, eu me perguntava como havia tido tanta sorte. Eu era amada por esse rapaz, amada tão intensamente que outros amores empalideciam em comparação.

Embora minha vida tenha sido curta, eu tinha amado longamente. E, no final, era o suficiente.

Rune abriu a porta do carro e, esticando-se para dentro, me pegou em seus braços fortes. Eu ri enquanto ele me aninhava.

— Eu sou pesada? — perguntei, enquanto ele fechava a porta do carro.

Rune me olhou nos olhos.

— De jeito nenhum, *Poppymin*. Peguei você.

Sorrindo, beijei sua bochecha e deitei a cabeça em seu peito enquanto nos dirigíamos para o cobertor. O som das ondas quebrando enchia o ar noturno e uma brisa morna suave soprava em meu cabelo.

Quando chegamos ao cobertor, Rune ficou de joelhos e me deitou delicadamente. Fechei os olhos e inalei o ar salgado, enchendo os pulmões.

A sensação de lã cobrindo meus ombros me fez abrir os olhos. Rune estava me enrolando nos cobertores para me aquecer. Inclinei a cabeça para trás, observando-o atrás de mim.

Notando meu sorriso, ele beijou a ponta do meu nariz. Eu ri, subitamente me vendo num abraço apertado de seus braços protetores.

As pernas de Rune se endireitaram para me encaixar. Minha cabeça foi para trás, para pousar em seu peito. Eu me permiti relaxar.

Rune depositou beijos no meu rosto.

— Você está bem, *Poppymin*? — ele perguntou.

Assenti.

— Estou perfeita — respondi.

A mão de Rune tirou o cabelo do meu rosto.

— Você está cansada?

Eu ia balançar a cabeça, mas, querendo ser honesta, respondi:

— Sim, estou cansada, Rune.

Eu senti e ouvi seu suspiro profundo.

— Você conseguiu, querida — ele disse orgulhosamente. — As cerejeiras em flor, a formatura...

— Tudo o que falta são nossos beijos — terminei a frase para ele. Eu o senti concordar com a cabeça. — Rune? — eu disse, precisando que ele me ouvisse.

— *Ja?*

Fechando os olhos, levei a mão aos meus lábios e disse:

— Lembre-se, o milésimo beijo é para quando eu for para casa.

Rune se retesou contra mim. Apertando mais seu braço ao meu redor, perguntei:

— Tudo bem para você?

— Tudo — Rune respondeu.

Mas eu podia dizer, pela rouquidão de sua voz, que o pedido o havia atingido com força.

— Não consigo imaginar uma despedida mais linda e cheia de paz do que seus lábios nos meus. O fim de nossa aventura.

A aventura que vivemos por nove anos. — Encarei seus olhos intensos e sorri. — E quero que saiba que nunca me arrependi de um dia, Rune. Tudo que aconteceu entre nós dois foi perfeito. — Apertando-lhe a mão, eu disse: — Quero que saiba o quanto te amei. — Então virei meu ombro, assim olhava Rune diretamente nos olhos, e completei: — Prometa-me que sairá em aventuras ao redor do mundo. Visitará outros países e experimentará a vida.

Rune assentiu. Esperei pelo som de sua voz.

— Eu prometo — ele respondeu.

Concordando com a cabeça, soltei um fôlego reprimido e descansei a cabeça em seu peito.

Minutos se passaram em silêncio. Eu observava as estrelas enquanto elas cintilavam no céu. Vivendo o momento.

— *Poppymin?*

— Sim, querido?

— Você foi feliz? Você... — Ele limpou a garganta. — Você amou sua vida?

Respondendo com cem por cento de honestidade, eu disse:

— Amei minha vida. Tudo. E amei você. Por mais que pareça um clichê, isso sempre foi suficiente. Você sempre foi a melhor parte de cada dia meu. *Você* era a razão de cada sorriso.

Fechei os olhos e repassei nossas vidas em minha mente. Eu me lembrei das vezes em que o abracei e ele me abraçou mais forte. Eu me lembrei de como o beijei e ele me beijou mais profundamente. E, o melhor de tudo, eu me lembrei de como o amei e ele sempre se empenhou em me amar mais.

— Sim, Rune — eu disse, com certeza absoluta. — Amei minha vida.

Rune soltou a respiração, como se minha resposta tivesse levantado um fardo de seu coração.

— Eu também — Rune concordou.

Franzi as sobrancelhas. Olhando para ele, eu disse:

— Rune, sua vida não acabou.

— Poppy, eu...

Interrompi o que ele estivesse para dizer com um gesto de mão.

— Não, Rune. Me escuta. — Respirei fundo. — Você pode sentir que vai perder metade do coração quando eu me for, mas isso não te dá permissão para viver metade de uma vida. E metade de seu coração não terá ido embora. Porque eu sempre estarei andando ao seu lado. Estou entranhada no tecido do qual você é feito... assim como você sempre estará ligado à minha alma. Você vai rir e explorar... para nós dois.

Segurei a mão de Rune, implorando para que ele escutasse. Ele desviou o olhar, então me olhou nos olhos, como eu queria.

— Sempre diga sim, Rune. Sempre diga sim para novas aventuras.

O lábio de Rune se curvou no canto, enquanto eu o olhava com dureza. Ele passou o dedo em meu rosto.

— Certo, *Poppymin*, eu direi.

Sorri com seu divertimento e então disse, com toda a seriedade:

— Você tem tanto a oferecer ao mundo, Rune. Você é o rapaz que me deu beijos, que realizou meus últimos desejos. Esse rapaz não para porque sofreu uma perda. Em vez disso, ele se levanta, tão certo como o sol se levanta a cada novo dia. — Suspirei. — *Aguente a tempestade*, Rune. Então, lembre-se de uma coisa.

— O quê? — ele perguntou.

Deixando de lado minha frustração, sorri e disse:

— *Corações de luar e sorrisos de raios de sol.*

Sem conseguir segurar o riso, Rune o soltou... e foi lindo. Fechei os olhos enquanto o profundo tom de barítono me envolvia.

— Eu sei, *Poppymin*, eu sei.

— Bom — eu disse, triunfante, e me encostei nele novamente. Meu coração se apertou quando vi a aurora começando a despontar no horizonte. Abaixando-me, peguei silenciosamente a mão de Rune e a segurei na minha.

O nascer do sol não precisou de narração. Eu havia dito a Rune tudo o que tinha para dizer. Eu o amava. Eu queria que ele vivesse. E eu sabia que o veria novamente.

Minha paz estava feita.

Eu estava pronta para me desvencilhar.

Como se sentisse a conclusão em minha alma, Rune me abraçou impossivelmente apertado, enquanto o sol surgia sobre as águas azuis, fazendo sumir as estrelas.

Minhas pálpebras começaram a pesar enquanto eu me acomodava tão satisfeita nos braços de Rune.

— *Poppymin?*

— Sim?

— Foi o suficiente para você também?

O tom áspero da voz de Rune fez meu coração se partir, mas assenti levemente.

— Mais do que tudo — confirmei e, com um sorriso, acrescentei só para ele: — Você foi *tão especial quanto é possível ser especial*.

Rune tomou fôlego com minha resposta.

Enquanto o sol se levantava até seu lugar, para cuidar do céu de modo protetor, eu disse:

— Rune, estou pronta para ir para casa.

Rune me apertou uma última vez, então se mexeu para se levantar. Enquanto ele se movia, levantei fracamente minha mão e segurei em seu pulso. Rune olhou para mim e piscou para se livrar das lágrimas.

— Estou dizendo que... estou pronta para ir para *casa*.

Os olhos de Rune se fecharam por um momento. Ele se agachou e aninhou meu rosto em suas mãos. Quando seus olhos se abriram, ele assentiu.

— Eu sei, querida. Senti no momento em que você decidiu isso.

Sorri. Dei uma última olhada para a vista panorâmica.

Estava na hora.

Rune me levantou delicadamente nos braços, e observei seu rosto lindo enquanto ele andava sobre a areia. Ele sustentou meu olhar.

Virando-me uma vez mais para olhar o sol, meus olhos baixaram para a areia dourada. E então meu coração se encheu de uma luz impossível quando sussurrei:

— Olhe, Rune. Olhe para suas pegadas na areia.

Os olhos de Rune deixaram os meus para observar a praia. Ele segurou a respiração, e seu olhar voltou para mim. Com os lábios tremendo, sussurrei:

— Você me carregou. Nos meus momentos mais difíceis, quando eu não podia andar... você me carregou.

— Sempre — Rune conseguiu responder roucamente. — Para sempre e sempre.

Respirando profundamente, encostei a cabeça em seu peito e me aquietei.

— Me leve para casa, querido.

Enquanto Rune dirigia, não tirei os olhos dele nem uma única vez.

Eu queria me lembrar dele exatamente assim.

Sempre.

Até que ele estivesse de volta aos meus braços para sempre.

16
Sonhos prometidos e momentos capturados

Rune

Aconteceu dois dias depois.

Dois dias deitando ao lado de Poppy na cama, guardando cada traço dela na memória. Abraçando-a, beijando-a – chegando ao nosso beijo novecentos e noventa e nove.

Quando voltamos da praia, a cama de Poppy havia sido puxada para a janela, como no hospital. A cada hora ela enfraquecia, mas, típico de Poppy, a cada minuto que se passava ela estava cheia de felicidade. Seus sorrisos assegurando a todos que estava bem.

Eu estava tão orgulhoso dela.

Do fundo do quarto, assisti a cada um dos membros de sua família beijando-a em despedida. Ouvi quando suas irmãs e DeeDee disseram a ela que a veriam de novo. Eu me mantive forte quando seus pais seguraram as lágrimas pela menina deles.

Quando sua mãe se afastou, vi a mão de Poppy se estender. Ela estava me buscando. Aspirando profundamente, forcei meus pés pesados em direção à sua cama.

Ela ainda me deixava sem fôlego por ser tão linda.

— *Hei, Poppymin* — eu disse e me sentei na beirada da cama.

— Oi, querido — ela respondeu, e sua voz era agora pouco mais que um sussurro. Levei minha mão à dela e dei-lhe um beijo na boca.

Poppy sorriu novamente e derreteu meu coração. Uma rajada de vento soprou pela janela, assoviando contra o vidro. Ela aspirou com força. Eu me virei para ver o que ela via.

Uma massa de pétalas de flores saiu navegando pelo vento.

— Elas estão indo embora... — ela disse.

Fechei meus olhos por um instante. Era adequado que Poppy se fosse no mesmo dia em que as flores de cerejeira perdiam suas pétalas.

Elas estavam guiando sua alma para casa.

A respiração de Poppy se esvaziou, e me inclinei para a frente, sabendo que a hora chegara. Pousei minha testa na dela, apenas uma última vez. Poppy levantou a mão macia até meu cabelo.

— Eu te amo — ela sussurrou.

— Eu também te amo, *Poppymin*.

Enquanto eu me afastava, Poppy olhou nos meus olhos e disse:

— Verei você em seus sonhos.

Tentando segurar minha emoção, respondi roucamente:

— Verei você em meus sonhos.

Poppy suspirou, e um sorriso pacífico enfeitou seu rosto. Então ela fechou os olhos, inclinando o queixo para cima para seu beijo final, sua mão apertando a minha.

Abaixei até sua boca e depositei o beijo mais suave, mais significativo, em seus lábios macios. Poppy exalou pelo nariz, seu perfume doce me envolvendo... e ela nunca mais respirou de novo.

Eu me afastei relutantemente e abri os olhos, agora testemunhando Poppy em sono eterno. Ela estava tão linda agora quanto sempre tinha sido em vida.

Mas eu não conseguia deixá-la e depositei outro beijo em seu rosto.

— Mil e um — sussurrei alto. Eu depositei outro, e outro. — Mil e dois, mil e três, mil e quatro.

Sentindo um toque de mão em meu braço, olhei para cima. O sr. Litchfield estava balançando a cabeça com tristeza.

Tantas emoções corriam dentro de mim que eu não sabia o que fazer. A mão agora imóvel de Poppy permanecia na minha, e eu não queria soltá-la. Mas, quando olhei para baixo, eu sabia que ela tinha retornado para casa.

— *Poppymin* — sussurrei e olhei para fora da janela, para as pétalas caídas correndo. Ao olhar para trás, vi o pote de beijos de Poppy na prateleira, um único coração de papel em branco e uma caneta ao lado. Fiquei de pé, peguei tudo e corri para a varanda. Assim que o ar atingiu meu rosto, eu me joguei contra a parede, piscando para tentar afastar as lágrimas que corriam pelo meu rosto.

Desmoronei no chão, apoiei o coração de papel no joelho e escrevi.

O milésimo beijo
Com Poppymin
Quando ela voltou para casa.
Meu coração explodiu completamente.

Abri o pote, coloquei o coração agora preenchido dentro e o fechei. Então...

Eu não sabia o que fazer. Procurei em torno de mim por algo para ajudar, mas não havia nada. Coloquei o pote ao meu lado e os braços em torno das pernas, e balancei para a frente e para trás.

Um rangido soou no degrau. Quando olhei para cima, meu *pappa* estava ali. Olhei em seus olhos. Isso foi tudo de que ele precisou para entender que Poppy havia ido embora. Os olhos de meu *pappa* imediatamente se encheram de lágrimas.

Eu não conseguia mais segurar as lágrimas, então eu as libertei, com força total. Senti braços em volta de mim. Eu me retesei, então olhei para cima e vi meu *pappa* me abraçando.

Mas dessa vez eu precisava disso.

Eu precisava dele.

Desistindo dos últimos traços de raiva que eu ainda guardava, caí nos braços de meu *pappa* e libertei todas as minhas emoções reprimidas. E meu *pappa* permitiu que eu fizesse isso. Ele ficou comigo naquela varanda enquanto o dia dava espaço para a noite. Ele me abraçou sem dizer uma única palavra.

Era o quarto momento, e o final, que definiu minha vida – perder minha garota. E, sabendo disso, meu pai simplesmente me abraçou.

Eu tinha certeza de que, se escutasse com atenção o vento uivante que passava, eu teria ouvido os lábios de Poppy abrindo um grande sorriso enquanto dançava em seu caminho para casa.

Poppy foi enterrada uma semana depois. A cerimônia foi tão bonita quanto ela merecia. A igreja era pequena, a despedida perfeita para uma garota que amou os amigos e a família com todo o seu coração.

Decidi não ir à casa dos pais de Poppy depois da cerimônia e voltei para o meu quarto. Menos de dois minutos depois, uma batida soou na minha porta, e minha *mamma* e meu *pappa* entraram.

Na mão de meu *pappa* havia uma caixa. Franzi as sobrancelhas quando ele a colocou em minha cama.

— O que é isso? — perguntei, confuso.

Meu *pappa* sentou-se ao meu lado e colocou a mão no meu ombro.

— Ela nos pediu para entregar isto a você depois do funeral dela, filho. Ela preparou tudo um bom tempo antes de morrer.

Meu coração trovejou em meu peito. Meu *pappa* bateu os dedos na caixa selada.

— Há uma carta dentro, ela pediu que eu dissesse a você para lê-la primeiro. E algumas caixas também. Elas estão numeradas na ordem em que você deve abri-las.

Meu *pappa* ficou de pé. Quando ele estava indo, apertei sua mão.

— Obrigado — eu disse roucamente. *Pappa* se inclinou e beijou minha cabeça.

— Eu te amo, filho — ele disse baixo.

— Eu também te amo — respondi, querendo dizer cada palavra. Naquela última semana, as coisas tinham sido mais fáceis entre nós. Se a vida curta de Poppy tinha me ensinado algo, era que eu tinha de aprender a perdoar. Eu tinha que amar e tinha que viver. Culpei meu *pappa* por tanto tempo. No fim, minha raiva só causou dor.

Corações de luar e sorrisos de raios de sol.

Minha *mamma* me deu um beijo no rosto.

— Estaremos ali fora se precisar de nós, certo?

Ela estava preocupada comigo. Mas também havia uma parte dela que tinha relaxado. Eu sabia que era a ponte que eu havia construído com meu *pappa*. Eu sabia que era a liberação de toda a raiva que eu abrigava.

Assenti e esperei que saíssem. Levei quinze minutos até conseguir abrir a caixa. Imediatamente vi a carta no topo.

Levei mais dez minutos para abrir o selo.

Rune,
Deixe-me começar dizendo o quanto te amo. Sei que você sabia disso; não acho que exista alguém no planeta que não tenha percebido o quanto éramos perfeitos um para o outro.

No entanto, se você está lendo esta carta, é porque já estou em casa. E, mesmo enquanto escrevo isto, saiba que não estou com medo.

Imagino que a última semana tenha sido ruim para você. Imagino que tenha sido um esforço até para respirar, sair da cama a cada dia – eu sei, porque é assim que eu me sentiria em um mundo desprovido de você. Mas, embora eu entenda, me magoa saber que minha ausência fará isso com você.

A parte mais difícil foi ver as pessoas que eu amo desmoronarem. Em relação a você, a pior parte para mim foi ver a raiva queimando-o por dentro. Por favor, não permita que isso aconteça de novo.

Ainda que apenas para mim, continue a ser o homem que você se tornou. O melhor homem que eu conheço.

Você vai ver que eu te dei uma caixa.

Pedi ajuda ao seu pappa *há várias semanas. Pedi a ele para me ajudar – ele fez isso sem pensar duas vezes. Porque ele te ama tanto.*

Espero que você saiba disso também.

Na caixa há outro envelope grande. Por favor, abra-o agora, então explicarei.

Meu coração disparou enquanto eu colocava delicadamente a carta de Poppy em minha cama. Com as mãos tremendo, puxei de dentro da caixa o envelope grande. Precisando ver o que ela tinha feito, logo abri o selo. De dentro, puxei uma carta. Minhas sobrancelhas franziram em confusão, então vi o timbre da carta, e meu coração parou completamente.

Universidade de Nova York. Escola de Artes Tisch.

Meus olhos examinaram a página, e li:

Sr. Kristiansen, em nome do comitê de admissões, é minha honra e privilégio informá-lo que foi admitido em nosso programa de Fotografia e Imagem...

Li a carta inteira. Duas vezes.

Sem entender o que estava acontecendo, mexi nas coisas para achar a carta de Poppy e segui lendo.

Parabéns!

Sei que neste momento você estará confuso. Essas sobrancelhas loiro-escuras que adoro tanto estarão abaixadas e aquela sua carranca estará desenhada em seu rosto.

Mas tudo bem.

Espero que você esteja chocado. Espero que resista no início. Mas, Rune, você não vai resistir. Essa escola é seu sonho desde que éramos crianças, e só porque não estou mais aí para viver meu sonho junto com você não significa que você deva sacrificar o seu.

Por te conhecer tão bem, também sei que nas minhas semanas finais você terá abandonado tudo para ficar ao meu lado. Eu te amo por isso mais do que você jamais entenderá. A maneira como cuidou de mim, me protegeu... a maneira como me abraçou e me beijou com tanta doçura.

Eu não mudaria nada.

Mas sei que seu amor sacrificaria seu futuro.

Eu não podia deixar isso acontecer. Você nasceu para capturar aqueles momentos mágicos, Rune Kristiansen. Nunca vi um talento como o seu. Também nunca vi alguém tão apaixonado por algo. Você é destinado para fazer isso.

Eu tinha que me certificar de que aconteceria.

Dessa vez, eu tive de carregar você.

Antes de pedir que olhe outra coisa, quero que saiba que foi seu pappa *que me ajudou a montar seu portfólio para garantir seu lugar. Ele também pagou as mensalidades do primeiro semestre e seu alojamento. Mesmo enquanto você continuou a magoá-lo, ele fez isso de modo tão generoso que me fez chorar. Ele fez isso com tanto orgulho que me nocauteou.*

Ele te ama.

Você é amado além da medida.
Agora, por favor, abra a caixa número um.

Contendo meus nervos desgastados, peguei a caixa etiquetada e a abri. Dentro estava um portfólio. Eu folheei as páginas. Poppy e meu *pappa* tinham reunido foto após foto de paisagens, alvoradas, pores do sol. Na verdade, o trabalho do qual eu mais tinha orgulho.

Mas então, quando cheguei à última página, fiquei imóvel. Era Poppy. Era a foto de Poppy na praia comigo tantos meses antes. Aquela em que ela tinha se virado para mim no momento mais perfeito, permitindo que eu a capturasse em filme – uma foto que falava de sua beleza e graça mais do que quaisquer palavras poderiam falar.

Minha foto favorita de todos os tempos.

Enxugando as lágrimas dos olhos, passei o dedo sobre seu rosto.

Ela era tão perfeita para mim.

Baixando lentamente o portfólio, peguei de novo a carta e continuei.

Impressionante, hein? Você é mais talentoso do que palavras podem descrever, Rune. Eu sabia, quando enviamos seu trabalho, que você seria aceito. Posso não ser especialista em fotografia, mas até eu podia ver como você consegue capturar imagens que ninguém mais consegue. Como você tem um estilo tão único.

Tão especial... tão especial quanto é possível ser especial.

A foto no final é a minha favorita. Não porque é uma foto minha, mas porque conheci a paixão que a foto reacendeu. Eu vi, naquele dia na praia, o fogo dentro de você voltar à vida.

Foi o primeiro dia em que soube que você ficaria bem quando eu tivesse ido. Porque comecei a ver o Rune que eu conheço voltando. O garoto que daria a vida por nós dois. O garoto agora curado.

Mirando de novo o rosto de Poppy, ela me olhando da foto, eu não podia evitar pensar na exposição na Universidade de Nova York. Ela já devia saber naquele dia que eu tinha sido aceito.

Então pensei na última foto, *Esther*. A foto que o patrono tinha exibido como a peça final. A foto de sua esposa falecida, que tinha morrido muito jovem. A foto que não mudou o mundo, mas que mostrava a mulher que tinha mudado o mundo dele.

Nada descrevia aquela fotografia, agora olhando de volta para mim, melhor do que essa explicação. Poppy Litchfield era apenas uma garota de dezessete anos de uma cidadezinha na Geórgia. Ainda assim, desde o dia em que a conheci, ela virou meu mundo de cabeça para baixo. E, mesmo agora, depois de sua morte, ela ainda o estava mudando. Enriquecendo-o e o enchendo de uma beleza altruísta que jamais seria rivalizada.

Pegando novamente a carta, eu li:

Isso me leva à minha caixa final, Rune. Aquela que sei que vai fazer você protestar mais, mas aquela que você precisa seguir.

Eu sei que neste momento você está confuso, mas, antes de deixá-lo, preciso que saiba de algo.

Ser amada por você foi a maior conquista da minha vida. Eu não tinha muito tempo e nada próximo do tempo suficiente para estar com você como eu queria. Mas nesses anos, nos meus meses finais, eu soube o que era amor de verdade. Você me mostrou isso. Você trouxe sorrisos ao meu coração e luz à minha alma.

Mas, o melhor de tudo, você me trouxe seus beijos.

Enquanto escrevo isto e reflito sobre os vários meses desde que você voltou à minha vida, eu não posso ficar amarga. Não posso ficar triste por nosso tempo ter sido limitado. Não posso ficar triste porque não vou poder viver minha vida ao seu lado. Porque eu tive você pelo tempo que pude, e isso foi perfeito. Ser amada tão acaloradamente, tão intensamente, de novo, era suficiente.

Mas não será para você. Porque você merece ser amado, Rune.

Quando descobriu que eu estava doente, sei que você sofreu por não poder me curar. Me salvar. Mas, quanto mais penso nisso, mais acredito que não era você que estava destinado a me salvar. Em vez disso, eu estava destinada a salvar você.

Talvez por meio da minha morte, por meio de nossa jornada juntos, você tenha encontrado seu caminho de volta para você. A aventura mais importante que já tive.

Você atravessou a escuridão e permitiu que a luz entrasse.

E essa luz é tão pura e forte que vai te carregar por isso... vai te levar ao amor.

Enquanto você lê isso, posso imaginá-lo balançando a cabeça. Mas, Rune, a vida é curta. De qualquer modo, aprendi que o amor é ilimitado e o coração é grande.

Então, abra seu coração, Rune. Mantenha-o aberto e permita-se amar e ser amado.

Dentro de alguns instantes, vou querer que você abra a última caixa. Mas, antes disso, simplesmente quero agradecer a você.

Obrigada, Rune. Obrigada por me amar tanto que senti isso a cada minuto de cada dia. Obrigada por meus sorrisos, por sua mão segurando a minha tão apertado...

Por meus beijos. Todos os mil. Cada um foi apreciado. Cada um foi adorado.

Como você foi.

Saiba que mesmo que eu tenha ido, Rune, você jamais estará sozinho. Eu serei a mão segurando a sua para sempre.

Serei as pegadas andando ao seu lado na areia.

Eu te amo, Rune Kristiansen. Com todo o meu coração.

Não posso esperar para vê-lo em seus sonhos.

Baixando a carta, senti lágrimas silenciosas escorrendo pelo meu rosto. Levantei a mão e as enxuguei. Respirei profundamente antes de erguer a última caixa da minha cama. Era maior que as outras.

Abri cuidadosamente a tampa e puxei o conteúdo. Meus olhos se fecharam quando percebi o que era. Então li a mensagem manuscrita à mão de Poppy presa em torno da tampa.

Diga sim para novas aventuras
Para sempre e sempre
Poppy x

Mirei o grande pote de conserva em minha mão. Mirei os vários corações de papel azul reunidos dentro dele. Corações de papel em branco, apertados contra o vidro. O rótulo no pote dizia:

Mil Beijos de Garota

Segurando o pote em meu peito, eu me deitei na cama e apenas respirei. Não tenho certeza de quanto tempo fiquei deitado ali, olhando para o teto, revivendo cada momento que tive com minha garota.
Mas, quando a noite baixou e pensei em tudo o que ela tinha feito, um sorriso feliz se espalhou pelos meus lábios.
Uma paz encheu meu coração.
Não tenho certeza de por que senti isso naquele momento. Mas eu tinha certeza de que, em algum lugar, lá no desconhecido, Poppy estava me observando com um sorriso de covinhas em seu rosto bonito... e um grande laço branco no cabelo.

Um ano depois
Blossom Grove, Geórgia

— Você está pronto, companheiro? — perguntei a Alton enquanto ele corria pelo corredor e colocava a mão na minha.

— *Ja* — ele disse e me deu um sorriso banguela.

— Que bom, todo mundo já deve estar lá agora.

Levei meu irmão porta afora e andamos para o bosque florido. A noite estava perfeita. O céu estava limpo e cheio de estrelas cintilantes e, é claro, a lua.

Minha câmera pendia do meu pescoço. Eu sabia que precisaria dela essa noite. Eu sabia que teria de capturar essa visão para guardá-la para sempre.

Eu tinha feito uma promessa a *Poppymin*.

O som das pessoas reunidas no bosque chegou a nós primeiro. Alton olhou para mim, de olhos arregalados.

— Isso parece o som de um monte de gente — ele disse, nervosamente.

— Mil — respondi, enquanto virávamos para dentro do bosque. Eu sorri; as pétalas brancas e cor-de-rosa estavam em plena florada. Fechei os olhos momentaneamente, lembrando-me da última vez em que havia estado ali. Então os abri novamente, sentindo um calor se espalhar pelo meu corpo com essa reunião das pessoas da cidade; elas tinham se aglomerado no pequeno local.

— Rune!

O som do chamado alto de Ida me trouxe de volta ao aqui e agora. Sorri enquanto ela corria pela multidão, parando apenas quando afundou em meu peito e passou os braços em torno da minha cintura.

Ri quando ela olhou para mim. Por um minuto, vi Poppy em seu rosto jovem. Seus olhos estavam cheios de felicidade quando ela me deu um sorriso – tinha covinhas, também.

— Sentimos muita saudade sua — ela disse e foi para trás.

Quando levantei a cabeça, Savannah estava na minha frente, abraçando-me delicadamente. O sr. e a sra. Litchfield vieram depois, seguidos por minha mãe e meu pai.

A sra. Litchfield me deu um beijo no rosto, e então o sr. Litchfield apertou minha mão, antes de me puxar para um abraço. Quando se afastou, ele sorriu.

— Você parece bem, filho. Bem de verdade.

Assenti.

— O senhor também.

— Como está Nova York? — perguntou a sra. Litchfield.

— Bem — eu disse.

Vendo-os esperar por mais, confessei:

— Eu amo a cidade. Tudo nela. — Fiz uma pausa e então completei em voz baixa: — Ela teria amado também.

Lágrimas brilharam nos olhos da sra. Litchfield, então ela fez um gesto mostrando a multidão atrás da gente.

— Ela vai amar *isso*, Rune. — A sra. Litchfield assentiu com a cabeça e enxugou as lágrimas. — E não tenho dúvida de que ela vai ver isso lá do céu.

Eu não respondi. Não conseguia.

Movendo-se para me deixar passar, os pais e as irmãs de Poppy ficaram um passo atrás de mim, enquanto meu pai colocava o braço em torno dos meus ombros. Alton ainda estava apertando forte minha mão. Ele se recusava a me soltar desde que eu tinha chegado em casa para essa visita.

— Todo mundo está pronto, filho — meu pai me informou.

Vendo um pequeno palco no meio do bosque, um microfone esperando, fui até lá, bem quando Deacon, Judson, Jorie e Ruby entraram no meu caminho.

— Rune! — Jorie exclamou com um grande sorriso e me deu um abraço. Assim como fizeram todos.

Deacon me deu um tapinha nas costas e disse:

— Todo mundo está pronto, apenas esperando pelo seu sinal. Não deu muito trabalho avisar que estávamos fazendo isso. Conseguimos mais voluntários do que precisávamos.

Assenti com a cabeça e estudei as pessoas da cidade esperando com suas lanternas chinesas nas mãos. Naquelas lanternas, em letras pretas grandes, estava cada beijo que eu dera em Poppy. Meus olhos focaram para ler as que estavam mais perto...

... *Beijo duzentos e três, debaixo de chuva na rua, meu coração quase explodiu... Beijo vinte e três, no meu jardim, sob a lua, com meu Rune, meu coração quase explodiu... Beijo novecentos e um, com meu Rune, na cama, meu coração quase explodiu...*

Engolindo a intensa emoção presa em minha garganta, parei quando vi uma lanterna esperando por mim ao lado do palco. Olhei pelo bosque procurando quem a havia deixado. Quando a multidão se dividiu, vi meu pai me observando atentamente. Eu o olhei nos olhos, então ele baixou o olhar antes de se afastar.

O milésimo beijo... *com Poppymin. Quando ela voltou para casa... meu coração explodiu completamente...*

Era certo que eu mandasse para cima esse beijo para minha garota. A própria Poppy desejaria que eu o enviasse para ela.

Subindo no palco, com Alton ao meu lado, levantei o microfone e o bosque caiu em silêncio. Fechei os olhos, reunindo forças para fazer isso, e então levantei a cabeça. Um mar de lanternas chinesas sendo levantado, pronto para voar, olhava de volta para mim. Era perfeito. Mais do que eu poderia ter sonhado.

Levantei o microfone, respirei fundo e disse:

— Não vou falar muito. Não sou muito bom em falar em público. Eu só gostaria de agradecer a vocês por se reunirem aqui nesta noite... — E parei. Minhas palavras haviam secado. Passei a mão pelos cabelos e, me recompondo, consegui dizer:

— Antes de morrer, minha Poppy me pediu para enviar esses beijos para ela de um jeito que ela os visse no céu. Sei que a maioria de vocês não chegou a conhecê-la, mas ela foi a melhor pessoa que conheci... ela teria apreciado este momento.

Meu lábio se curvou em um sorriso torto ao pensar em seu rosto quando ela as visse.

Ela ia amar.

— Então, por favor, acendam suas lanternas e ajudem meus beijos a chegarem à minha garota.

Baixei o microfone. Alton ofegou quando isqueiros em todo o bosque acenderam as lanternas e as fizeram pairar no céu noturno. Uma depois da outra, elas flutuaram pela escuridão, até que o céu estava brilhando com luzes navegando para cima.

Curvando-me, peguei a lanterna ao nosso lado e a segurei no ar. Olhando para Alton, eu disse:

— Você está pronto para mandar isso para a *Poppymin*, companheiro?

Alton concordou com a cabeça e acendi a lanterna. Na hora em que a chama pegou, soltamos o milésimo beijo, o final. Endireitando-me, observei enquanto a lanterna navegava pelo ar atrás das outras, apressando-se para seu novo lar.

— Uau — Alton sussurrou e colocou a mão na minha novamente. Seus dedos apertaram forte os meus.

Fechando os olhos, enviei uma mensagem silenciosa: *Aqui estão seus beijos, Poppymin. Prometi que eles iriam até você. Que eu encontraria uma maneira.*

Eu não podia tirar os olhos do espetáculo de luzes acima, mas Alton puxou minha mão.

— Rune? — ele perguntou, e eu olhei para onde ele estava, observando-me.

— *Ja?*

— Por que tivemos que fazer isso aqui? Neste bosque?

— Era o lugar predileto de *Poppymin* — respondi baixinho. Alton assentiu.

— Mas por que tivemos que esperar que as flores de cerejeira aparecessem primeiro?

Respirando fundo, expliquei:

— Porque *Poppymin* era como as flores das cerejeiras, Alt. Ela teve uma vida curta, como elas, mas a beleza que ela trouxe nesse tempo jamais será esquecida. Porque nada tão lindo pode durar para sempre. Ela era uma pétala de flor, uma borboleta... uma estrela cadente... ela era perfeita... sua vida foi curta... mas ela era minha.

Respirei fundo e finalmente sussurrei:

— Assim como eu era dela.

Epílogo

Rune
Dez anos depois

Pisquei ao acordar, o bosque florido entrando em plena vista. Eu podia sentir o sol brilhante em meu rosto, o cheiro da abundância das pétalas das flores enchendo meus pulmões.

Respirei profundamente e levantei a cabeça. O céu escuro pairava acima, um céu cheio de luzes. Mil lanternas chinesas, enviadas anos atrás, flutuando no ar, perfeitamente em seus lugares.

Sentando-me, observei o bosque para verificar se cada flor estava totalmente aberta. Estava. Mas, enfim, sempre estava. Aqui a beleza durava para sempre.

Como ela.

O som de um canto suave veio da entrada do bosque, e meu coração começou a disparar. Eu me levantei e esperei com a respiração suspensa que ela aparecesse.

E então ela apareceu.

Meu corpo se encheu de luz quando ela veio pela curva com as mãos levantadas para roçar suavemente as árvores cheias. Observei enquanto ela sorria para as flores. Então observei quando ela me notou no meio do bosque. Observei quando um imenso sorriso se espalhou em seus lábios.

— Rune! — ela chamou, empolgada, e correu diretamente para mim.

Sorrindo de volta, eu a levantei nos braços enquanto ela envolvia o meu pescoço com os dela.

— Senti saudade sua! — ela sussurrou em meu ouvido, e eu a abracei um pouquinho mais apertado. — Eu senti tanta, tanta saudade sua!

Indo para trás para absorver seu rosto lindo, sussurrei:

— Também senti saudade sua, querida.

Um rubor subiu pelas bochechas de Poppy, suas covinhas profundas completamente à mostra. Esticando-me, peguei sua mão na minha. Poppy suspirou quando o fiz, então voltou o olhar para mim. Olhei para minha mão na dela. Minha mão de dezessete anos. Eu sempre tinha dezessete anos quando vinha aqui em meus sonhos. Assim como Poppy sempre tinha desejado.

Éramos exatamente como éramos.

Poppy ficou na ponta dos pés, atraindo minha atenção para ela mais uma vez. Coloquei a mão em seu rosto, me abaixei e levei seus lábios aos meus. Poppy suspirou contra minha boca, e eu a beijei profundamente. Eu a beijei suavemente. Eu não queria soltá-la mais.

Quando finalmente me afastei, os olhos de Poppy se abriram. Ela sorriu enquanto nos guiava para que nos sentássemos sob nossa árvore favorita. Quando nos sentamos, eu a abracei, as costas dela pressionadas contra meu peito. Afastando o cabelo de seu pescoço, pousei beijos suaves sobre sua pele doce. Quando eu estava ali, quando ela estava em meus braços, eu a tocava o máximo que podia, eu a beijava... eu a abraçava sabendo que logo teria de ir embora.

Poppy suspirou de felicidade. Ela estava observando as lanternas brilhantes no céu. Eu sabia que ela fazia muito isso. Essas lanternas a deixavam feliz. Essas lanternas eram nossos beijos, dados de presente só para ela.

Recostando-se em mim, Poppy perguntou:

— *Como estão minhas irmãs, Rune? Como está Alton? Meus pais e os seus?*

Eu a abracei mais forte.

— *Eles estão todos bem, querida. Suas irmãs e seus pais estão felizes. E Alt, ele é perfeito. Ele tem uma namorada que ama mais que a vida e está indo bem no beisebol. Meus pais estão ótimos também. Todo mundo está bem.*

— *Isso é bom* — *Poppy respondeu, feliz.*

Então ela ficou em silêncio.

Franzi o cenho. Nos meus sonhos, Poppy sempre me perguntava sobre meu trabalho – todos os lugares que eu tinha visitado, quantas fotos minhas tinham sido publicadas recentemente e se tinham ajudado a salvar o mundo. Mas nessa noite ela não perguntou. Ela ficou em meus braços, contente. Ela se sentia ainda mais em paz, se isso era possível.

Poppy se mexeu onde estava sentada, então perguntou curiosamente:

— *Você já se arrependeu de não ter encontrado outra pessoa para amar, Rune? Já se arrependeu de nunca ter beijado outra pessoa a não ser eu nesse tempo todo? De nunca ter enchido o pote que te dei?*

— *Não* — *respondi honestamente.* — *Mas eu* amei, *querida. Amo minha família. Amo meu trabalho. Amo meus amigos e todas as pessoas que encontrei em minhas aventuras. Tive uma vida boa e feliz,* Poppymin. *E eu amo, e eu* tenho *amado com todo o meu coração,* você, *querida. Nunca parei de amar* você. *Você é suficiente para uma vida toda.* — *Suspirei e prossegui:* — *E meu pote foi preenchido… foi preenchido junto com o seu. Não há mais beijos para serem recolhidos.* — *E, virando o rosto de Poppy para mim, pousando minha mão sob seu queixo, eu disse:* — *Estes lábios são seus,* Poppymin. *Eu os prometi para você anos atrás. Nada mudou.*

O rosto de Poppy se abriu em um sorriso contente, e ela sussurrou:
— Do mesmo jeito que estes lábios são seus, Rune. Sempre foram seus e só seus.

Ao me mover no chão macio, ao botar a palma da mão no solo, subitamente percebi que a grama sob mim parecia mais real do que em qualquer uma das minhas visitas anteriores. Quando eu vinha para Poppy em meus sonhos, o bosque sempre parecia que estava mesmo dentro do meu sonho. Eu sentia a grama, mas não as folhas, eu sentia a brisa, mas não a temperatura, eu sentia as árvores, mas não a casca de seus troncos.

Ao levantar a cabeça esta noite, neste sonho, senti a brisa quente passar pelo meu rosto. Eu podia senti-la, tão real como quando eu estava acordado. Senti a grama sob minhas mãos, as folhas e a aspereza da terra. E, enquanto eu me inclinava para beijar o ombro de Poppy, senti o calor de sua pele nos meus lábios, senti sua pele se arrepiar após o toque.

Percebendo o olhar intenso de Poppy em mim, olhei para vê-la me observando com olhos arregalados, em expectativa.

Então me dei conta.

Entendi por que tudo isso parecia tão real. Meu coração bateu mais rápido em meu peito. Porque era real... se eu tivesse avaliado corretamente...

— Poppymin? — perguntei e respirei fundo. — Isto não é um sonho, é?

Poppy se ajoelhou diante de mim e colocou as mãos delicadas no meu rosto.

— Não, querido — ela sussurrou e observou meus olhos.
— Como? — sussurrei, confuso.

O olhar de Poppy se abrandou.

— Foi rápido e cheio de paz, Rune. Sua família está bem; eles estão felizes por você estar em um lugar melhor. Você viveu uma vida curta, mas completa. Uma vida boa, a que sempre sonhou ter.

Eu congelei, então perguntei:

— *Você quer dizer...?*

— *Sim, querido* — *Poppy respondeu.* — *Você voltou para casa. Você voltou para casa, para mim.*

Um grande sorriso se espalhou pelos meus lábios, e uma onda de pura felicidade me atingiu. Sem poder resistir, apertei meus lábios nos de Poppy. No minuto em que senti seu gosto doce, uma paz profunda me tomou por dentro. Afastei meu rosto e coloquei a testa na dela.

— *Vou poder ficar aqui com você? Para sempre?* — *perguntei, rezando para que fosse verdade.*

— *Sim* — *Poppy respondeu suavemente, e eu podia ouvir a serenidade completa em sua voz.* — *Nossa próxima aventura.*

Isso era real.

Era real.

Eu a beijei de novo, suave e lentamente. Os olhos de Poppy permaneceram fechados depois, então um rubor se espalhou por suas bochechas com lindas covinhas. Ela sussurrou:

— *Um beijo para sempre com meu Rune... em nosso bosque florido... quando ele finalmente voltou para casa.*

Ela sorriu.

Eu sorri.

Então ela acrescentou:

— *... e meu coração quase explodiu.*

Fim

Cena extra

Rune
Blossom Grove, Georgia
Um ano depois da morte de Poppy

Eu ainda via as lanternas chinesas cintilando enquanto desapareciam alto no céu da meia-noite. Pousei a cabeça no vidro da janela, sem conseguir tirar os olhos da representação visual de todos os beijos tão queridos. Eles subiram, juntando-se às estrelas, à lua e à minha garota.

Mais um momento que significava tanto para nós dois e que, no entanto, estava impossivelmente fora de alcance.

Respirei fundo, lutando contra o aperto na garganta. Minha visão embaçou com as lágrimas. Porém, depois de dois minutos, deixei a água salgada transbordar e correr pelo rosto. Pisquei, tentando me livrar delas, mas elas continuaram vindo. Nesse ano que se passou desde que perdi Poppy, tantas lágrimas foram derramadas. Antes eu lutava contra elas, tinha a sensação de que estava falhando com Poppy por estar triste, por sentir tanta saudade dela que eu achava que não conseguia respirar, não conseguia *viver*. Mas agora deixo as lágrimas correrem. Ela era minha alma gêmea, e seria para sempre. Eu sobrevivera a um ano sem ela, e havia sido difícil.

Mas eu estava ali. Tinha conseguido. *Ainda* estava conseguindo. Precisava encarar isso como um progresso.

Uma luz se acendeu na casa de Poppy. Vi o sr. Litchfield entrando no corredor. Mas meus olhos se concentravam apenas na janela pela qual tinha entrado mais vezes do que me lembrava.

Como se o passado surgisse como uma aparição diante de mim, vi uma versão minha de treze anos correndo pelo gramado na calada da noite, e Poppy enfiando a cabeça entre as cortinas, com o sorriso largo com covinhas que ela sempre me dava quando eu aparecia no quarto dela e a abraçava a noite inteira.

Um calor se espalhou pelo meu peito apertado, relaxando os músculos. Sempre ajudava... lembrar dos sorrisos dela, do riso, do amor pela vida. Isso apagava uma imagem que tinha me assombrado mais do que qualquer outra nos últimos doze meses. Dela deitada na cama, morta, para nunca mais olhar para mim de novo com aqueles grandes olhos verdes, para nunca mais segurar minha mão, ou beijar meus lábios...

Fechei os olhos e me forcei a soltar a pontada de dor que sentia atravessando meu peito. Quando os abri, passei a mão pelo vidro da janela, vendo a última das lanternas desaparecer ao longe, e disse:

— Espero que você goste delas, querida.

Então, fui para a cama e, como todas as noites, tive esperanças de sonhar com *Poppymin* de novo.

— Vamos, pessoal — disse a sra. Litchfield enquanto nos conduzia para dentro da casa deles. Olhei em torno do lar que um dia fora tão familiar quanto o meu. Estava igual, a não ser pelas novas fotos que tinham sido adicionadas às paredes já preenchidas. Retratos que capturavam Ida em eventos escolares, e uma de Savannah lendo debaixo da árvore em

Blossom Grove que Poppy e eu amávamos tanto – a que agora abrigava o túmulo de Poppy.

Poppy tinha sido enterrada em nosso local favorito.

Parei de repente quando vi a foto de Poppy que tinha sido colocada na parede enquanto eu estava fora, na faculdade. Aquela que eu tinha tirado dela na praia quando me mudei de volta para a Georgia, a que ela havia incluído no meu portfólio para entrar na Universidade de Nova York.

Eu não tinha percebido que a sra. Litchfield estava ao meu lado até ela falar, me tirando do transe:

— Acho que é a minha foto predileta que já tiraram dela — ela disse, e eu percebi o nó em sua voz. Ela passou o braço no meu, apertando. — Deveria ter sido tirada por você. — Ela bateu a palma nas costas da minha mão. — Você sempre enxergou o quão especial ela era. Via o coração verdadeiro dela.

Tirei os olhos da fotografia e encarei a mãe de Poppy. Ela me olhou nos olhos.

— Amo meu marido mais do que minha própria vida. Mas só pude entender o que era uma alma gêmea depois que vi vocês dois juntos, principalmente no fim… quando ela estava mais doente. — Os olhos da sra. Litchfield brilharam. — Mas eu me preocupo com você, Rune.

— Se preocupa? — perguntei, a voz rouca enquanto lutava para segurar a onda de emoções que tentava sair.

Ela apertou minha mão – seus dedos tremiam.

— Você amou muito minha filha, com tanta intensidade, e com tudo o que tinha, desde novinho. Eu me preocupo que, agora que ela se foi, seja muito difícil para você seguir em frente… — Ela parou de falar e respirou fundo, claramente para manter a compostura. Lançou um olhar exausto para a sala de estar, para onde todos deveriam ter ido.

Olhei de novo para a foto de Poppy dançando na praia. Deixei a lembrança daquele dia me inundar. Senti a serenidade que ela transpirava enquanto dançava nas ondas. A felicidade e o amor me consumiram enquanto eu a observava – finalmente tinha minha garota de volta, mesmo que tivesse sido temporariamente.

— Ela era tudo para mim — eu disse em voz baixa. — Meu amor por ela era mais do que consigo explicar.

— Não precisa explicar, Rune. Eu via. Nós todos víamos. Uma lágrima furtiva escorreu pelo rosto da sra. Litchfield.

— Não há necessidade de se preocupar comigo — eu continuei, e olhei nos olhos úmidos dela. — Porque agora eu a amo mais que nunca. — Sorri para a fotografia. — E agora eu tenho a intenção de viver... por nós dois. Como ela queria.

Uma lágrima escorreu pelo rosto da sra. Litchfield, e ela a enxugou rapidamente.

— Tudo bem? — O sr. Litchfield apareceu na porta, a preocupação desaparecendo de seu rosto ao ver a esposa, de braço dado comigo e olhando para uma foto da menina mais linda do mundo.

— Tudo, tudo — respondeu a sra. Litchfield, puxando o braço do meu e me beijando no rosto. Ela enxugou disfarçadamente as lágrimas e passou as mãos pelo vestido. — Então vamos jantar! — ela disse, e saiu rapidamente da sala. Fiquei pensando se foi mais por autopreservação. Mal podia imaginar o que aquela data estava fazendo com eles. A primeira filha, longe para sempre.

— Tudo bem, filho? — perguntou o sr. Litchfield.

Tirei os olhos de Poppy e assenti. Às vezes não sabia se estava, mas eu não tinha opção a não ser seguir em frente. O sr. Litchfield deu uns tapinhas no meu ombro, então fez um aceno me chamando para segui-lo até a sala.

Respirei fundo e fui atrás dele.

Alton correu diretamente para mim, colocando-se ao meu lado como sempre fazia quando eu vinha visitar minha casa.

Passei a mão pelo cabelo loiro comprido dele, meu irmão menor abrindo um sorriso imenso e desdentado para mim. Eu ainda lutava bastante para me perdoar pelo modo como tinha ignorado meu irmãozinho na Noruega, quando fomos obrigados a ir embora da Georgia, anos antes. Mas estava me esforçando para compensar isso agora.

— Ei, Rune! — Ida, a irmã mais nova de Poppy, veio em minha direção e me deu um abraço apertado.

Sempre doía um pouco olhar para Ida. Era como ser levado de volta no tempo, como se estivesse olhando para Poppy quando éramos mais novos, do cabelo escuro até as covinhas.

Eu estava orgulhoso de Ida. Mesmo sendo jovem e tendo sido afetada pelo luto como fora quando Poppy morreu, ela se agarrava firme à chama que vivia dentro dela – a mesma chama que nunca tinha se apagado na irmã mais velha. Poppy sempre a deixava brilhar, até nos dias mais difíceis.

— Como vai a escola? — perguntei.

— Bem! — ela disse. — Entrei no grupo de dança, então basicamente estou morando nos ensaios ultimamente.

Eu a beijei na testa. Ela estava indo muito bem. Poppy sempre se preocupara com as irmãs, queria saber como elas ficariam quando fosse embora – uma irmã mais velha protetora até o último suspiro.

Enquanto os meus pais e os de Poppy seguiam para a mesa completamente arrumada, olhei pela sala procurando por Savannah.

— Ela vai sair logo — informou Ida, claramente percebendo meu questionamento silencioso sobre a ausência da irmã.

Uma expressão preocupada se formou no rosto normalmente feliz de Ida. Ela apertou as mãos, demonstrando nervosismo no gesto.

— Ela ainda está mal, sabe?

Eu sabia como era, mas não tinha percebido que Savannah estava sofrendo tanto. Ida chegou mais perto.

— Ela está estudando em casa agora — disse Ida em voz baixa. — Não conseguia mais ir para a escola. Ficou muito difícil para ela estar cercada de pessoas depois que a Pops nos deixou...

Meu coração despencou. Bem naquele momento, Savannah veio pelo corredor, saindo de seu quarto. Eu a vi caminhar lentamente, a cabeça baixa, vestida de preto, a tristeza sobre ela como um manto.

— Oi, Sav — eu cumprimentei quando ela chegou perto, forçando minha voz a ficar firme.

Como se eu a tivesse arrancado de um transe, Savannah levantou a cabeça.

— Ah, oi, Rune. Não tinha visto vocês todos aqui.

Ela parecia cansada, *tão* cansada. Savannah sempre fora a mais quieta das irmãs Litchfield. Ficava sempre contente por rir das irmãs mais escandalosas a distância, feliz por simplesmente *estar* entre aquelas personalidades cativantes. Mas eu percebia seu luto evidenciado por seus ombros curvados, a perda de peso notória, e a dor dilacerante que se apossara de seus olhos.

Caminhei até Savannah e a abracei.

— Como você está? — perguntei, sentindo que ela enrijecia em meus braços.

Savannah se afastou, mas pousou o olhar no chão.

— Estou bem, obrigada — ela disse, fugindo de meu olhar cheio de suspeita, a mentira escapando de seus lábios com facilidade.

Abri a boca para dizer algo mais – perguntar o que eu poderia fazer para ajudar, *qualquer coisa* – quando a sra. Litchfield anunciou:

— O jantar está pronto! Vamos nos sentar.

Em alguns minutos estávamos todos sentados. O sr. Litchfield acomodou-se na ponta da mesa e limpou a garganta.

— Obrigado a todos vocês por virem esta noite. — Ele respirou fundo, então balançou a cabeça. — Não consigo acreditar que o meu bebê foi embora há um ano já. — O sr. Litchfield ficou olhando para seu prato, a voz embargada. Ele esticou o braço e apertou a mão da esposa – ela a segurou como se, naquele momento, isso fosse a única coisa que a impedia de desabar.

Aquilo me arrasou.

Senti uma mãozinha apertar a minha. Alton. Eu a segurei, sorrindo para ele, que me olhava com preocupação e confusão no rosto. Ele era bem pequeno quando Poppy morreu, e ainda não tinha entendido bem o significado de morte e luto. Só percebia todo mundo triste. Também sentia falta dela, mas não era capaz de compreender que, na realidade, ela jamais mais voltaria para nós.

Senti a mão de minha *mamma* pousar no meu antebraço. Levantando os olhos, Ida olhava para o papai dela, os olhos brilhando. Mas foi em Savannah que mais me concentrei. Ela estava olhando para o saleiro, mãos fechadas sobre a toalha de mesa de linho floral, como se manter a atenção em alguma coisa diretamente à vista fosse a única coisa que a impedia de se desmanchar.

— Ela era um tornado — disse o sr. Litchfield, rindo, um momento de alegria saindo de trás de sua dor. Um sorrisinho repuxou meus lábios. *Um tornado...* ela era. — Minha menininha era tão feliz, tão positiva... especialmente diante das circunstâncias, quando a maioria das pessoas teria desmoronado. A força dela... — ele parou de falar, sem conseguir continuar, a garganta apertada, os olhos cerrados com força.

— Ela era tão especial quanto é possível ser especial — *Pappa* completou para o sr. Litchfield, salvando-o do silêncio profundo que todos nós havíamos adotado. *Pappa* olhou para mim e sorriu. — E eu sei que ela está olhando para todos nós, todos *vocês,* e que está orgulhosa de como vocês lidaram com tudo isso.

Então baixei a cabeça, um aperto do tamanho do Texas me impedindo de respirar. *Mamma* pegou minha mão e chegou perto de mim, para me segurar, impedir que eu caísse.

— Ela vai ver as lanternas — disse uma voz suave, quebrando a neblina de tristeza que havia tomado a sala. Ida. — Ela vai ver as lanternas lá do céu neste segundo e sorrir tanto que daria para disputar com o sol da Georgia.

Prendi o fôlego, enxergando aquela cena de modo tão vívido na minha mente. O fio de otimismo de Ida espantou um pouco da escuridão, e a sra. Litchfield falou:

— Ela vai. Eu sei disso.

— Sinto falta dela — declarei, levantando os olhos e mirando todo mundo que amava em torno da mesa. Soltei um riso afetuoso. — Ela iria amar isto aqui — eu disse, apontando para todos nós ao redor da mesa. — Iria amar saber que estamos todos aqui, juntos. Todas as pessoas preferidas dela reunidas.

Então senti Poppy. Senti a presença dela se esgueirar com a verdade daquelas palavras. Quase podia senti-la ao meu lado, pousando a cabeça no meu ombro, o amor desmedido dela nos envolvendo como um manto.

— Ela iria amar — repetiu a sra. Litchfield, com um traço de felicidade no tom de voz. — E iria ficaria muito brava por estarmos todos aqui tristes e chorando.

— Corações de luar e sorrisos de raio de sol — disse Ida, e aquela névoa negra de dor começou a se dissipar em torno de nós. Um toque de riso nostálgico encheu a sala. — Ela sempre dizia isso. Nunca me deixava ficar desanimada quando eu estava triste. Ela falava: *Ida, menina, nós temos tanta sorte na vida. Não deixe as coisas pequenas te afetarem.*

Assenti, sorrindo, vendo na minha mente Poppy dizer exatamente aquilo. Ida soava exatamente como ela, e por um momento eu a escutei de novo. Escutei *Poppymin*.

— *Papai, os passarinhos estão cantando bem alto hoje* — falou o sr. Litchfield, recordando-se do que Poppy um dia lhe dissera. — *Que som lindo, perfeito!*

Senti um aperto no coração. Nunca conheci ninguém mais otimista que *Poppymin*. Todos ao redor da mesa começaram a repetir algo que ela tinha dito. Até Alton.

— Ela me dava doces escondido e me dizia: *Doces para o menininho mais doce do mundo.*

Olhei para o nada, vendo Poppy na minha mente de um jeito muito vivo. A mesa ficou em silêncio, feliz em recordar nossa menina e o que a fazia brilhar.

— *Não sei se existe alguém que eu tenha amado tanto quanto amei você* — recitei, relembrando o que Poppy sussurrara para mim um dia antes de morrer.

Quando estávamos só eu e ela no quarto, observando as cerejeiras balançarem ao vento pela janela, deitados juntos. Meu sorriso desapareceu à medida que as lembranças vieram à tona. Não tinha a intenção de falar em voz alta, mas talvez fosse Poppy me incentivando a compartilhar.

— Era verdade — afirmou o sr. Litchfield. Olhei para o pai de Poppy. — Não sei se alguém já amou outra pessoa como vocês amaram.

Um eco de dor lancinante ameaçou me dominar. Mas eu o segurei.

Todos olharam para Savannah em seguida. Ela era a única que não tinha dito nada. Sua cabeça ainda estava baixa, mas o peito subia e descia em movimentos rápidos, as mãos mais apertadas que antes. A mãe foi falar com ela, mas, antes que pudesse, Savannah empurrou a cadeira para trás e saiu da sala.

Eu me levantei para segui-la, mas o sr. Litchfield balançou a cabeça.

— Ela ainda está tentando lidar com as coisas. Tem dias melhores que outros. Precisamos deixar que ela processe isso do jeito dela.

— Ela achou esta semana especialmente difícil — completou a sra. Litchfield. A mãe de Poppy se levantou e começou a tirar as tampas dos pratos cobertos. — Vamos comer antes que esfrie.

Nós comemos e eu contei tudo à família de Poppy sobre a Universidade de Nova York e sobre morar naquela cidade. Ida falou sobre seu grupo de dança. A noite caiu, as estrelas apareceram, e fomos para a sala de estar para tomar alguns drinques após o jantar. Eu me levantei do sofá para ir ao banheiro. Estava na metade do corredor quando vi uma luz acender na varanda. Tive um vislumbre de movimento para o lado.

Abri a porta e vi Savannah sentada em uma cadeira, debaixo de um cobertor, com um caderno de anotações nas mãos, apertado contra o peito.

Não... não era um caderno de anotações. Então caiu a minha ficha: era o diário que Poppy tinha deixado para Savannah. O que ela tinha escrito em seus últimos meses. Eu nem sabia o que havia nele.

Era apenas para os olhos de Savannah.

O som dos grilos enchia a noite de primavera. Savannah me olhou da escuridão. Fechei a porta e fui me sentar ao lado dela. Ela ficou em silêncio por vários minutos, até dizer:

— Ainda não li.

A voz dela era pouco mais forte que um sussurro. Como se fosse possível, ela apertou o diário ainda mais forte contra o peito.

— Eu simplesmente... *não consigo*...

Sua voz se interrompeu e meu coração se partiu por ela.

— Você tem que ler no seu tempo — eu disse.

Não sabia mais o que dizer. Savannah estava sofrendo. Eu também estava sofrendo. Não me sentia qualificado para dar nenhum tipo de conselho a ela. Mas Poppy daria. Poppy saberia exatamente o que dizer. Era o superpoder dela.

— Como você consegue? — perguntou Savannah, por fim, olhando na minha direção. Fiquei tenso com a pergunta. — Como você levanta todos os dias sem ela? Como você conseguiu seguir em frente e ter uma vida normal sem ela ao seu lado?

Eu sabia que Savannah não estava brava comigo ou questionando nada que eu tivesse feito. Ela estava me perguntando com sinceridade como eu conseguia respirar sem a irmã dela ao meu lado.

Pensei na resposta, porque era complicado. Ninguém tinha me preparado para o que seria a minha vida depois de Poppy. Eu não conhecia a profundidade da dor que se seguiria depois que ela me deixasse – o sofrimento, a tristeza visceral, a raiva potente por perder o amor da minha vida, não acreditar que ela realmente tinha ido embora, me ajoelhar no meio da noite implorando para Deus trazê-la de volta para mim, ainda que fosse só por mais um dia.

— Tem alguns dias em que eu realmente não sei — respondi, a voz rouca e entrecortada.

Eu me inclinei para a frente, o cabelo caindo para esconder meu rosto. Esfreguei as mãos. Minha respiração falhava, o peito apertado de um jeito impossível.

— Tem dias que nem consigo sair da cama, Sav. — Balancei a cabeça. — Quando olho para as pessoas na rua, de mãos dadas, apaixonadas... Quero berrar para os céus, perguntando por que a *minha* alma gêmea foi arrancada de mim. Por que algumas pessoas ruins têm vida longa, mas a menina mais perfeita do mundo morreu antes de sair da adolescência.

Perdi o fôlego. Ouvi fungadas ao meu lado. Eu me virei para ver lágrimas escorrendo pelo rosto de Sav.

— Mas então eu escuto a Poppy — eu disse, e Savannah fez uma careta confusa. Dei de ombros. — Não sei explicar. Olhei para o bosque florido, onde minha querida me esperava. — Em alguns dias eu sinto que ela está comigo, como se ela não tivesse ido embora.

Sorri um pouco.

— Consigo falar com Poppy como se ela estivesse aqui do meu lado, falando comigo também.

Passei a mão pelo cabelo.

— Consigo ouvir a voz dela, a risada contagiante. Escuto ela tocando violoncelo, sinto o amor dela em volta de mim, me fazendo companhia quando a saudade que sinto é tão forte que não consigo me mexer.

Coloquei a mão sobre o coração.

— Nunca fui uma pessoa espiritualizada, mas acredito que ela está comigo, sempre.

A respiração de Savannah estava pesada.

— Acredito que ela está comigo a cada minuto do dia.

Meu corpo foi envolvido por um calor súbito, reconfortante. *Aqui está ela,* pensei.

— E eu acredito que vou estar com ela de novo. Sei que vou ver minha querida de novo. Sei disso com tudo o que sou. — Limpei a garganta. — Isso ajuda... — Soltei o ar devagar, profundamente. — Isso me ajuda a seguir em frente, principalmente quando acho que não consigo.

Lágrimas silenciosas caíam pelo rosto de Savannah. Eu me curvei e peguei a mão dela. Ela permitiu, e ficamos sentados em silêncio. As lembranças de Poppy corriam pela minha mente como um portfólio de imagens. A primeira vez que a vi, nosso primeiro beijo, a primeira vez que a ouvi tocar violoncelo, a primeira fotografia que tirei dela, o bosque florido, os sorrisos, a primeira vez que fizemos amor, então o beijo final, a imobilidade... ela finalmente livre da dor e em paz...

Savannah endireitou a cabeça e ficou de pé.

— Vou entrar — ela sussurrou. Seu rosto estava vermelho de tanto chorar. Ela passou por mim, depois parou ao abrir a porta. — Obrigada, Rune.

Assenti, sem saber bem pelo que ela estava grata. Tive a impressão de que não a ajudara em nada. A ferida do tamanho de Poppy deixada em nossas vidas parecia tão impossível de cicatrizar.

— Você vai ficar bem, Sav — garanti.

Ela me deu um olhar triste, apaziguador, depois desapareceu para dentro da casa. Eu ouvia todo mundo conversando lá dentro, mas não queria voltar... não conseguia. Minha alma me levava para outro lugar. Um puxão com a força de um ímã me atraía para o único lugar onde eu queria – não, *precisava* – estar.

Peguei o celular e enviei uma mensagem de texto para meu pai:

Estou indo ver a minha garota.

Coloquei o celular de volta no bolso e fui até o bosque florido. Conforme entrava, uma sensação instantânea de paz me atravessou. Sempre acontecia, mas só ficara mais intenso depois que Poppy se fora... depois que ela fora enterrada debaixo da árvore que nós dois amávamos. Minha garota descansava ali, esperando por mim – não havia outro lugar no mundo em que eu mais quisesse estar.

Meus pés amassavam as pétalas de flor de cerejeira que haviam caído no chão, o bosque era uma pintura em vários tons de branco e rosa. Como um ano antes, quando Poppy nos deixara, os galhos estavam ficando nus, a vida bela, mas curta, das flores chegando a outro fim.

Meu coração saltou quando vi a lápide de mármore branco adiante. Meus passos ficaram mais lentos enquanto eu abaixava o escudo emocional que mantinha no lugar a maior parte dos dias. Eu só me desnudava para *Poppymin*. Só para ela eu mostrava todo o meu coração. Parei quando cheguei ao túmulo. Fiquei de joelhos e corri as mãos sobre ele.

— *Poppymin* — sussurrei, e então permiti que a represa arrebentasse.

Permiti que os meses e meses de dor e angústia e que a saudade de minha querida, perante a qual quase não sobrevivi, viessem como um tsunami. Chorei tanto que tombei para a frente, as mãos na terra eram a única coisa que me mantinha ereto, uma torrente de lágrimas caindo no chão. Eu as deixei cair. Caíram lágrimas por tudo o que Poppy tinha perdido. Lágrimas por todos os beijos que deveríamos ter colocado no nosso pote, pelas fotografias que eu deveria ter tirado, e por todas as lembranças que deveríamos ter construído.

Porque tudo aquilo tinha sido arrancado tão cruelmente.

Meu peito ondulava com esforço, minhas mãos tremiam, e minha respiração ficou difícil enquanto eu exorcizava meu luto.

Enquanto me permitia aquele momento de entrega total.

Não sei por quanto tempo chorei. Quando as lágrimas começaram a diminuir, e meus dedos tinham cavado a camada superior da terra, eu entendi que foi por um bom tempo. Respirei longa e profundamente, meu peito e minha garganta doloridos da libertação de uma tristeza de um ano.

Eu estava exausto.

Eu me arrastei para a frente, colei as costas na lápide e pousei a palma da mão na grama abaixo de mim. Poppy jazia ali embaixo, bem ali, e ainda assim tão longe. Aspirei com dificuldade e sussurrei:

— Estou com saudade, querida. — Fechei os olhos, sentindo o cansaço afundar nos meus ossos. — Tanta saudade...

Bastaram alguns segundos para uma brisa quente soprar por mim, bagunçando meu cabelo. Um aroma sutil de baunilha encheu o ar, e, bem assim, pude sentir *Poppymin* ao meu lado. Rolei a cabeça para o lado, como se ela estivesse ali, bem junto de mim. Minha mão formigou, e eu vi em minha mente... a mão de Poppy envolvendo a minha. Mantive os olhos fechados e a vi em um devaneio.

Um dedo correu pelo meu rosto e, quando levantei o olhar, ela estava ali. Meu coração pulou só por vê-la novamente, sentir a mão dela apertando a minha, e seu maravilhoso sorriso se espalhando pelo rosto bonito. Estiquei a mão e toquei sua pele macia. Passei a ponta do dedo pelas covinhas profundas que eu tanto amava.

— *Ei, Poppymin...* — sussurrei, minha voz mal aparecendo.

Apertei a mão dela com mais força, desejando que aquela visão, aquele devaneio, não desaparecesse, só para me dar um pouco mais daquele tempo roubado com minha garota. Eu só... só precisava *dela*.

— Oi, querido — ela disse, e deixei que o som de sua voz caísse sobre mim. Como ela sempre fizera, começou a mandar embora meu cansaço, minha dor. Olhei para nossas mãos dadas e as trouxe para os lábios. Dei um beijo nas costas da mão, em cada um dos dedos.

Ela estava tão quente. Tão *viva*.

Passei o olhar sobre o corpo dela, curado e não mais falhando. Então examinei seu rosto, seu rosto lindo, perfeito...

— Senti tanta saudade — repeti. — Nem consigo explicar quanto.

Poppy se inclinou para a frente e apertou a testa na minha.

— Eu também — ela sussurrou.

Então ela se enrolou ao meu lado e olhou para os galhos de árvore acima.

— As flores de cerejeira estão indo embora de novo — observou, e eu a apertei com força em meus braços.

Nada se comparava com aquilo. Nada chegara perto de como ela se encaixava perfeitamente em mim, como se um poder superior tivesse nos desenhado como um conjunto que combinava. Eu sabia que ninguém jamais tomaria o lugar dela.

Para sempre ela seria a única para mim.

Poppy olhou para mim, e fiz questão de memorizar cada parte do rosto dela.

— Como está a minha família? — Poppy perguntou, como se soubesse onde eu tinha estado.

— Bem, querida — respondi, omitindo Savannah da minha resposta.

Mas um lampejo de preocupação passou pelos olhos verdes de Poppy.

Ela sabia, de qualquer maneira.

Mas então Poppy se sentou e colocou a palma da mão no meu rosto.

— Rune... — ela murmurou, como se estivesse maravilhada — as lanternas.

Meu coração se encheu de luz. Os olhos de Poppy brilhavam.

— Elas eram tão perfeitas — ela disse, e então baixou de novo sobre meu peito.

Poppy levantou nossas mãos juntas, beijando meus dedos, depois as colocou sobre o coração. Senti as batidas dele. Ela se acomodou de novo encostada em mim.

— Me conta — ela disse, e eu sorri. Toda vez era a mesma coisa. Toda vez que nos imaginava juntos, toda vez que sonhava conosco, ela sempre me pedia isso. Tinha pedido em seus últimos dias.

Eu daria à minha querida qualquer coisa que ela pedisse.

— Nós iríamos acordar tarde — eu disse, e ouvi a rouquidão em minha voz.

Senti que Poppy sorria.

— Eu deixaria você cochilando na cama, quentinha e sonolenta, e iria fazer o café da manhã.

— O que nós iríamos comer? — ela perguntou, seguindo com o jogo.

Ela amava quando imaginávamos isso. Quando falávamos e vivíamos o que deveria ter sido.

— Croissants — afirmei, ciente de que ela adorava. — E ovos.

— E café — ela completou, com empolgação na voz. — Eu iria sentir o cheiro de café passando pelo coador, deitada na cama, olhando pela janela do quarto para o sol brilhando em Nova York.

Vi isso com tanta clareza em minha cabeça. Vivi isso na minha imaginação. Senti que era real. Naquele momento, eu tinha minha garota de volta e nós realmente vivíamos aquela vida.

— Eu iria sair da cama, e colocar meu roupão — ela disse, pousando a cabeça de novo em meu peito.

Eu a apertei com mais força, precisando que ela ficasse mais um pouco, assim eu poderia ouvir sobre o nosso dia. Nenhuma quantidade de tempo seria o suficiente.

— Então eu iria andar pelo nosso apartamentinho, e iria para onde você estava, no fogão.

O mármore da lápide era duro atrás da minha cabeça, mas abraçar Poppy afastava qualquer desconforto.

— E eu iria te abraçar por trás, apertando o rosto nas suas costas — Poppy fez uma pausa, e eu sabia que ela estava tão envolvida em nossos sonhos quanto eu. — Você iria colocar a comida de lado e se virar, me envolvendo nos braços.

— Minha parte favorita — declarei.

Poppy inclinou a cabeça para cima e sorriu, despedaçando meu coração, que inflava.

— E nós iríamos dançar com a música que você estava ouvindo enquanto cozinhava.

Eu assenti, porque isso teria acontecido.

— Você iria me beijar na boca, um dos milhares e milhares de beijos que teríamos dado.

Assenti, incapaz de falar.

— Então levaríamos nossa comida para nossa mesinha ao lado da janela e ficaríamos olhando para as pessoas lá embaixo.

Pousei um beijo na cabeça de Poppy, o cabelo macio sob meus lábios.

— E depois, Rune?

Corri os dedos pelo cabelo de Poppy, saboreando o fato de ela estar de volta ali comigo.

— Eu te levaria até o Central Park — narrei, minha voz parecendo mais alta enquanto a brisa em torno de nós começava a diminuir.

Eu a apertei mais, pousando o rosto na cabeça dela.

— As cerejeiras estão em plena florada.

— Isso — ela disse, com felicidade no tom de voz.

— E eu iria tirar fotos. Tantas fotos de você, de nós, que eu iria revelar depois e pendurar no nosso apartamento.

Poppy se mexeu contra mim, e eu a apertei com mais força. Nosso tempo não podia ter terminado. Eu precisava que ela ficasse só um pouco mais.

— Jantaríamos sob o luar — ela disse, e se virou em meus braços.

Ela ficou de joelhos, e senti a brisa aumentar de novo, senti o cheiro do bosque florido com mais força, o sonho se dispersando lentamente.

Poppy colocou a palma da mão no meu rosto, e eu balancei a cabeça.

— Ainda não — pedi, tentando segurá-la.

— Então nós iríamos para a cama — ela disse, e eu balancei a cabeça, nada pronto para sua partida. — E você me abraçaria — ela continuou —, e me amaria, e nós iríamos pegar no sono lado a lado, em segurança nos braços um do outro, e teria sido o dia mais perfeito.

Virei o rosto, começando a sentir pânico, mas Poppy guiou meu rosto de volta para o dela.

— Nunca estou longe, querido — ela garantiu, e seus grandes olhos verdes me imploravam para compreender. Ela apertou a mão para meu coração. — Estou sempre aqui.

E então ela beijou repetidamente minha testa, minhas bochechas e, por fim, meus lábios.

— Estou sempre nos seus sonhos.

Concordei e virei o rosto para beijar o centro da palma da mão dela. Poppy me deu um sorriso pálido.

— Eu tenho tanto orgulho de você.

Fiquei imóvel, tentando permanecer naquele momento para sempre, mas, quando Poppy começou a desaparecer, eu soube que não poderíamos.

— Eu te amo — ela disse, e, com seu sorriso lindo, o amor em seus olhos e o encanto em sua voz, o cansaço começou a sair do meu corpo, minha tristeza se transformando em amor puro pela minha garota. *Poppymin*, minha alma gêmea e para sempre o amor da minha vida.

Segurei o rosto de Poppy nas mãos.

— Eu te amo tanto.

— Viva por nós — disse Poppy, e eu assenti.

Beijei os lábios dela, depois o rosto, a testa, todas as partes que podia, enquanto ela desaparecia.

— Te vejo nos seus sonhos — ela prometeu, e eu estendi a mão enquanto a dela escapava, minha garota indo embora na brisa com as pétalas de flor caindo.

Eu me concentrei em respirar, inspirar e expirar cinco vezes antes de abrir os olhos. Pisquei na escuridão, tentando me concentrar, meu devaneio desfeito.

O espaço ao meu lado estava vazio, mas, quando passei a palma da mão no lugar onde Poppy acabara de estar, poderia jurar que senti calor onde ela estivera sentada. Seu aroma permaneceu no ar ao meu redor e nas minhas roupas. Quando passei os dedos nos lábios, tive a sensação de que eles tinham acabado de ser beijados.

Sorri e relaxei contra a lápide. Poppy fora embora, mas ela nunca havia me deixado. Eu a sentia todos os dias.

— Eu te amo, *Poppymin* — falei em voz alta no bosque silencioso. — Você vai ter orgulho de mim, prometo.

Eu me recostei de novo na lápide, observando mais pétalas de flores caindo, estrelas brilhantes espiando entre os galhos balançando. E fiquei com minha garota só mais um pouquinho.

Playlist

VÁRIAS músicas me ajudaram a escrever esta história. Mas duas bandas formaram, basicamente, a trilha sonora. Em geral, em minhas trilhas, eu vario os gêneros, mas quis me manter fiel à inspiração e mostrar a vocês as canções que ajudaram a moldar a fábula de Poppy e Rune.

One Direction
"Infinity", John Ryan, Jamie Scott, Julian Bunetta; Syco Music/ Sony Music, 2015.
"If I could fly", Harry Styles, Johan Carlsson, Ross Golan; Syco Music/ Sony Music, 2015.
"Walking in the wind", Harry Styles, Jamie Scott, John Ryan, Julian Bunetta; Columbia/ Columbia Records/ Sony Music/ Syco Music, 2015.
"Don't forget where you belong", Niall Horan, Tom Fletcher, Danny Jones, Dougie Poynter; Syco Music/ Sony Music, 2013.
"Strong", Louis Tomlinson, John Ryan, Jamie Scott, Julian Bunetta; Syco Music/ Sony Music, 2013.
"Fireproof", Liam Payne, Louis Tomlinson, John Ryan, Jamie Scott, Julian Bunetta; Syco Music, 2014.
"Happily", Harry Styles, Savan Kotecha, Carl Falk; Syco Music/ Sony Music, de 2013.

"Something great", Harry Styles, Jacknife Lee, Gary Lightbody; Syco Music/ Sony Music, 2013.

"Better than words", Liam Payne, Louis Tomlinson, Julian Bunetta, John Ryan, Jamie Scott; Syco Music/ Sony Music, 2013.

"Last first kiss", Liam Payne, Zayn Malik, Louis Tomlinson, Kristoffer Fogelmark, Albin Nedler, Savan Kotecha, Rami Yacoub, Carl Falk; Sony Music, 2012.

"I want to write you a song", Ammar Malik, John Ryan, Julian Bunetta; Syco Music/ Sony Music, 2015.

"Love you goodbye", Jacob Kasher, Julian Bunetta, Louis Tomlinson; Syco Music/ Sony Music, 2015.

Little Mix

"Secret love song part II", Emma Rohan, Jez Ashurst, Rachel Furner; Sony Music/ Syco Music, 2015.

"I love you", Camille Purcell, Jade Thirlwall, Jesy Nelson, Leigh-Anne Pinnock, Perrie Edwards, TMS; Sony Music/ Syco Music, 2015.

"Always be together", Dapo Torimiro, Ester Dean; Columbia, 2012.

"Love me or leave me", Julia Michaels, Matt Radosevich, Shane Stevens; Sony Music/ Syco Music, 2015.

"Turn your face", Priscilla Renea , Steve Mac; Columbia, 2012.

Outros artistas

"Eyes Shut", Emre Turkmen, Michael Goldsworthy, Olly Alexander; Interscope, 2015.

"Heal", Tom Odell; RCA, 2013.

"Can't take you with me", Afie Jurvanen; Brushfire/ Island/ Republic, 2014.

"Let the river in", Dotan, Will Knox; Virgin EMI, 2014.

"Are you with me", Suzan Suzan Stortelder, Freek Rikkerink; Sony Music, 2015.

"Stay Alive", Ryan Adams, Theodore Shapiro; Universal/ Universal-Island Records, 2013.

"Beautiful World", Aidan Hawken; Gravação independente, 2009.

"O cisne", de "O carnaval dos animais", Camille Saint-Saëns; várias gravações, composto em 1886.

"When we were young", Adele Adkins, Tobias Jesso, Jr.; Sony Music; 2015.

"Footprints", Josh Valle, Nikhil Seetharam, Sia Furler, Tyler Williams; Monkey Puzzle/ RCA, 2016.

"Lonely Enough", Jessi Alexander, Jon Randall; Wrasse, 2007.

"Over and over again", Greg Bonnick, Hayden Chapman, Jin Choi, Nathan Sykes, Ali Tennant; Global/ Universal, 2015.

Para ouvir a trilha sonora, por favor vá à minha página "A Thousand Boy Kisses" no Spotify.

Agradecimentos

Mãe e pai, obrigada por me apoiarem neste livro. Suas batalhas pessoais contra o câncer mudaram não só a mim, mas nossa pequena família. Sua bravura e, mais importante, sua positividade e suas atitudes inspiradoras diante de algo tão difícil me fizeram olhar para a vida de maneira completamente diferente. Embora os últimos anos tenham sido incrivelmente árduos, eles me fizeram apreciar cada respiração de cada dia. Eles me fizeram apreciar vocês dois além da medida – os melhores pais do mundo. Eu amo muito vocês dois! Obrigada por me permitirem usar suas experiências nesta história. Isso a tornou verdadeira. Isso a tornou real.

Vovó. Você foi tirada de nós muito jovem. Você era minha melhor amiga e eu a amava muito – ainda amo. Você era hilariante e sempre uma presença tão positiva e iluminada. Quando pensei na vovó de Poppy, não havia outra pessoa para tomar como modelo para ela. Eu era "a menina dos seus olhos" e sua melhor companheira, e, mesmo que você tenha ido embora, espero que este livro a tenha deixado orgulhosa! Espero que você esteja sorrindo lá em cima como vovô, em sua própria versão do bosque florido.

Jim, meu falecido sogro. Você foi tão corajoso até o final, um homem para ser admirado. Um homem de quem seu filho e a mulher dele tiveram tanto orgulho. Sentimos muito a sua falta.

Ao meu marido. Obrigada por ter me encorajado a escrever um romance young adult. Contei a você a ideia deste livro há muito tempo e você me incitou a escrevê-lo, apesar de ser tão diferente dos meus gêneros costumeiros. Devo este livro a você. Eu te amo para sempre. Até o infinito.

Sam, Marc, Taylor, Isaac, Archie e Elias. Amo todos vocês.

Aos meus fabulosos leitores beta: Thessa, Kia, Rebecca, Rachel e Lynn. Como sempre, um IMENSO obrigada. Este foi difícil, mas vocês ficaram comigo – mesmo eu tendo feito a maior parte de vocês chorar! Amo vocês todos.

Thessa, minha estrela e mega-assistente. Obrigada por operar minha página no Facebook e me manter sob controle. Obrigada por todas as modificações que você me fez. Mas, mais que tudo, obrigada por me encorajar a manter o epílogo deste livro – nós nos estressamos um pouco com essa decisão, não? Certo, MUITO. Mas você foi meu esteio ao longo disso. Eu te amo demais. Você nunca ignora meus textos desesperados tarde da noite. Eu não poderia querer uma amiga melhor.

Gitte, minha adorável viking norueguesa! Obrigada por entrar nesta aventura comigo. Desde o primeiro momento em que eu te contei que tinha essa ideia de um livro young adult de fazer chorar – e, oh, o cara era norueguês –, você me encorajou a escrevê-lo. Obrigada pela inspiração – ele é o Rune perfeito! Mas, mais que tudo, obrigada por ser você. Você é uma amiga verdadeira e incrível. Você me apoiou durante todo o caminho. Eu te amo, *Pus Pus*!

Kia! Que time incrível nós formamos. Você vem sendo a MELHOR editora e revisora de todos os tempos. Esta é a primeira de muitas histórias que virão. Obrigada pelo trabalho duro. Significou tudo para mim. Ah, e obrigada pela checagem musical! Minha companheira de Arco de Ouro (junto com

Rachel). Quem imaginaria que todos aqueles nossos anos tocando violoncelo viriam a calhar?

Liz, minha agente incrível. Eu te amo. Esta é para minha primeira incursão em young adult!

Gitte e Jenny (as duas desta vez) do TottallyBooked Book Blog. Novamente, não tenho mais nada a dizer além de obrigada e amo vocês. Em tudo o que eu faço, vocês me incentivam. A cada vez que mudo de gênero, vocês me apoiam. Vocês são duas das melhores pessoas que eu conheço. Eu aprecio nossa amizade... "tão especial quanto é possível ser especial".

E um grande obrigada a todos os muitos blogs maravilhosos que me apoiam e promovem meus livros. Celesha, Tiffany, Stacia, Milasy, Neda, Kinky Girls, Vilma... Aah! Eu poderia continuar e continuar.

Tracey-Lee, Thessa e Kerri, um grande obrigada por comandar meu time de rua: The Hangmen Harem. Amo vocês todos!

Minhas @FlameWhores. Comigo nos dias bons e ruins. Adoro vocês, garotas!

Aos membros do meu time de rua AMO VOCÊS!!!

Jodi e Alycia, amo vocês, garotas. Vocês são minhas amigas queridas.

Minhas garotas do Instagram!!! Adoro todas vocês!

E, finalmente, meus leitores maravilhosos: quero agradecer-lhes por lerem este livro. Eu imagino que neste momento seus olhos estão inchados e seu rosto vermelho com tanta choradeira. Mas espero que tenham amado Poppy e Rune tanto quanto eu. Espero que a história deles fique no coração de vocês para sempre.

Eu não poderia fazer isto sem vocês.

Amo vocês.

Para sempre e sempre.

Até o infinito.

Biografia da autora

Tillie Cole nasceu em Teesside, no Reino Unido, filha de mãe inglesa e pai escocês. Depois de se formar na Universidade de Newcastle, ela viajou ao redor do mundo com seu marido, que é jogador de rúgbi profissional, e deu aulas para alunos do ensino médio por alguns anos antes de terminar seu primeiro romance.

Hoje em dia, depois de voltar para as suas raízes, mora na Inglaterra com o marido e o filho.

Ela escreve livros para o público young adult, como o best-seller *Mil beijos de garoto*, e romances contemporâneos, como *Um desejo para nós dois* e *Doce lar* e *Doce queda*.

Editora Planeta
Brasil | **20 ANOS**

Acreditamos nos livros

Este livro foi composto em Fairfield LH 45
e impresso pela Geográfica para a
Editora Planeta do Brasil em novembro de 2023.